petite

Edward Carey

petite

TRADUIT DE L'ANGLAIS
PAR JEAN-LUC PININGRE

le cherche midi

Vous pouvez consulter notre catalogue général
et l'annonce de nos prochaines parutions sur notre site :
www.cherche-midi.com

Directeur de collection : Arnaud Hofmarcher
Coordination éditoriale : Marie Misandeau
Relecture : Pierre Delacolonge

Titre original : *Little*
Éditeur original : Riverhead Books

92, avenue de France
75013 Paris

Mis en pages par Nord Compo
Dépôt légal : avril 2021
ISBN 978-2-7491-6351-2

LA VIE EXTRAORDINAIRE
ET LES AVENTURES HISTORIQUES
D'UNE SERVANTE DÉNOMMÉE

PETITE,

comprenant des voyages à travers trois pays, des enfants et parents perdus, des fantômes de singes, des mannequins de couturier, des poupées en bois, un monde de personnages factices, un roi, deux princesses, sept médecins, l'homme qui parcourait Paris à pied, l'homme qui garnissait les vitrines, sa patronne de mère, l'homme qui recensait les assassins, des philosophes célèbres, des héros et des monstres, toute personne d'importance, plusieurs maisons, chacune plus grande que la précédente, le progrès, le déclin, une famille étendue, des scènes historiques, des gens ordinaires ou fameux, de l'amour, de la haine, des massacres d'innocents, des meurtres attestés, des corps démembrés, du sang dans les rues, de la misère, de la prison, le dénuement complet, un mariage, des souvenirs conservés, des calamités exposées chaque jour, l'histoire incarnée.

Écrites par
elle-même.

ÉGALEMENT

dessinées par elle-même,
à la mine, au fusain, à la craie noire.

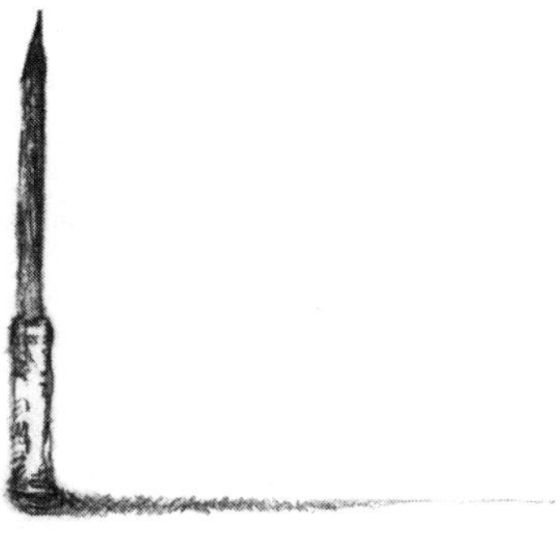

Un crayon de Petite

Pour Elizabeth

AVANT

1761-1767

UN PETIT VILLAGE

De ma naissance jusqu'à ce que j'atteigne l'âge de six ans

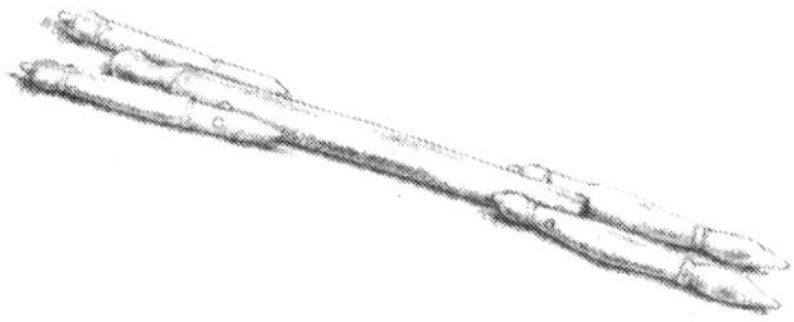

CHAPITRE UN

Dans lequel je nais
et décris mère et père

L'année qui vit Wolfgang Amadeus Mozart, âgé de cinq ans, écrire son Menuet pour clavecin, l'année pendant laquelle les Anglais prirent Pondichéry à la France, cette année 1761, lorsqu'on publia la mélodie de *Brille, brille, petite étoile*, que les Parisiens, dans leurs salons, racontaient des histoires de bêtes dans leur château, d'hommes à la barbe bleue, de belles endormies, de chats bottés, de pantoufles de vair, d'enfants mal coiffés, de filles et de peaux d'âne, tandis que les Londoniens fêtaient dans leurs clubs le couronnement de George III et de la princesse Charlotte, à des lieues de toute cette activité, dans un village d'Alsace, aidée par une sage-femme rougeaude et deux femmes de chambre, une mère terrifiée donna naissance à un très petit, petit bébé.

En hâte, il fut baptisé Anne-Marie Grosholtz, bien que, par la suite, on l'appelât simplement Marie. Moi. Je n'étais pas plus grosse, au départ, que les deux mains réunies de ma mère, déjà menues, et on ne s'attendait pas à ce que je vive longtemps. Pourtant, après avoir survécu une nuit, malgré les prédictions contraires, je réussis à respirer une semaine entière. Après quoi, mon cœur continua de battre la mesure, sans interruption, pendant tout un mois. Têtue, cette petite chose, vraiment.

Ma mère, mince femme solitaire, avait dix-huit ans à ma naissance et mesurait un peu moins de cinq pieds. Elle était marquée par l'éducation reçue de son père pasteur, un ouragan vêtu de noir. C'était un homme très strict que la variole avait fait veuf et qui n'avait jamais quitté sa fille des yeux. À sa mort, maman avait commencé une nouvelle vie, rencontré d'autres personnes, reçu la visite de villageois, parmi lesquels se trouvait un soldat. Ce soldat, resté célibataire au-delà de l'âge usuel, s'était attaché à elle. Il était souvent d'humeur sombre à cause des choses effroyables dont il avait été témoin, telle la perte de plusieurs camarades de régiment. Et il avait pensé qu'ils seraient heureux, pour ainsi dire, de partager leur tristesse, maman et lui. Elle avait pour nom Anna-Maria Waltner, le sien était Joseph Georg Grosholtz. Ils s'étaient mariés. Mon père et ma mère. Dans l'amour et dans la joie.

Maman avait le nez aquilin, et papa, je crois, un menton saillant et légèrement relevé. Apparemment, ce nez et ce menton allaient bien ensemble. Après un certain temps, cependant, la permission de mon père toucha à sa fin et il repartit à la guerre. Le nez de maman et le menton de papa s'étaient connus pendant trois semaines.

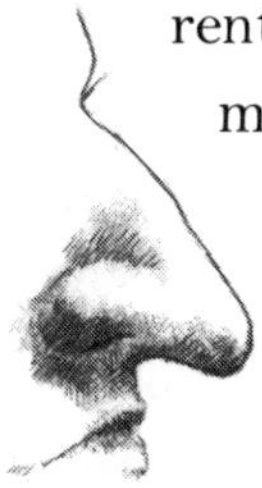

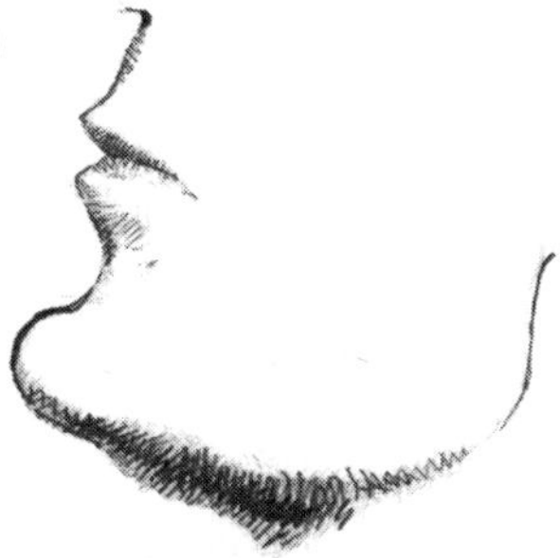

Pour commencer, et pour toujours, il y eut de l'amour. L'amour que mon père et ma mère éprouvèrent l'un pour l'autre s'est à jamais inscrit sur mon visage. Je suis née avec le nez Waltner et le menton Grosholtz, deux attributs remarquables en soi, qui ornaient joliment les figures de leurs familles respectives. Chez moi, en revanche, le résultat de leur association se révéla un tantinet disgracieux, comme si ma tête arborait plus de formes qu'il n'était nécessaire. Les enfants poussent comme ils poussent. Certains se distinguent par l'abondance de leur chevelure, font leurs dents à un âge précoce, se voient couverts de taches de rousseur ; d'autres ont le teint si pâle que leur blanche nudité effraie ceux qui les regardent. Mon nez et mon menton me précédèrent toute ma vie. Bien sûr, je ne savais rien des corps extraordinaires que j'aurais à étudier, des vastes bâtiments qui me serviraient de logement, des événements sanglants qui me prendraient en étau. Et pourtant, semble-t-il, mon nez et mon menton les pressentirent dès le départ. Mon nez et mon menton, merveilleux compagnons, une armure pour la vie.

Les filles de ma condition n'allant pas à l'école, ma mère m'a instruite avec l'aide de Dieu. La Bible fut mon abécédaire. Cela mis à part, je rentrais les bûches, ramassais du petit bois dans la forêt, faisais lessives et vaisselles, découpais les légumes, me rendais chez le boucher. Je balayais. Lessivais. Courais. Toujours occupée. Maman m'a enseigné l'effort. Tant qu'elle s'activait, elle était satisfaite ; c'est lorsqu'elle s'arrêtait que le doute la rattrapait, jusqu'à ce que de nouvelles activités le dissipent. Elle était sans cesse en mouvement, et le mouvement lui convenait bien.

— Cherche ce que tu peux faire, me disait-elle. Tu trouveras toujours quelque chose. Ton père reviendra un jour, il verra que tu es une enfant utile et serviable.

— Merci, maman. Je tiens à être utile, c'est mon souhait.

— Quelle charmante créature es-tu !

— Moi ? Une créature ?

— Oui, ma créature à moi.

Elle me brossait les cheveux avec une vigueur extraordinaire. Parfois, elle me caressait la joue ou tapotait mon bonnet. Sans doute n'était-elle pas très belle, mais pour moi si. Elle avait un grain de beauté sous une de ses paupières. J'aimerais me rappeler son sourire. Je sais qu'elle souriait.

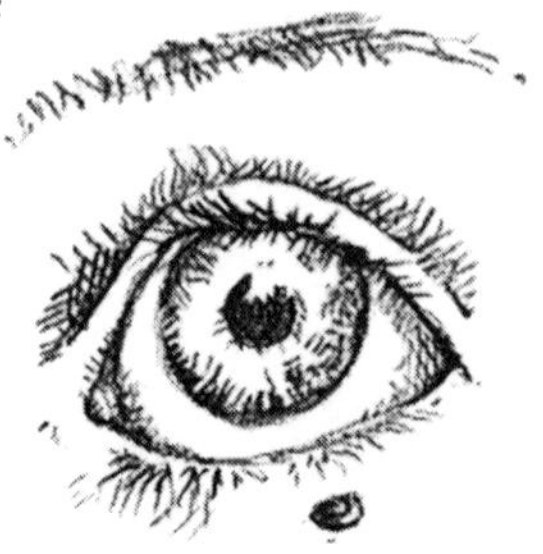

À l'âge de cinq ans, j'avais atteint la taille du vieux chien des voisins. Je m'élèverais plus tard jusqu'à celle des poignées de porte, que j'avais plaisir à lustrer. Plus tard encore – et je ne devais pas grandir davantage –, j'arriverais à hauteur du cœur de bien des gens. Les femmes du village, qui m'observaient, marmonnaient quelquefois en m'embrassant : « Elle sera difficile à marier. »

Le jour de mon cinquième anniversaire, maman m'a donné une poupée que j'ai baptisée Marta. J'ai appris à connaître son petit corps, qui était une réduction du mien au sixième environ ; je l'avais toujours sur moi et j'ai tout appris de son anatomie, parfois brutalement, parfois avec une grande tendresse. On me l'a offerte nue et sans visage. C'était un assemblage de cinq pièces de bois, réunies par deux chevilles, que l'on pouvait articuler de façon à représenter une forme humaine. Ma mère exceptée, elle fut mon premier rapport au monde ; je ne m'en séparais jamais. Nous étions heureuses ensemble, maman, Marta et moi.

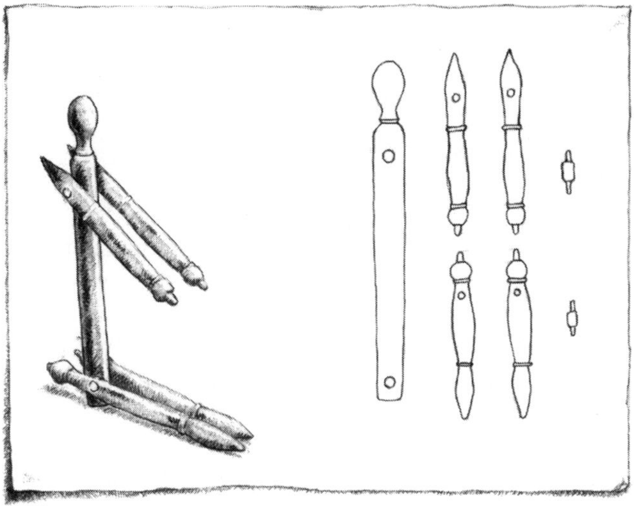

CHAPITRE DEUX

La famille Grosholtz

L'armée trouvant toutes sortes de prétextes pour lui refuser une nouvelle permission, mon père fut longuement absent au début. Que pouvait-il faire ? Pauvre graine de pissenlit qui vole où le vent l'emporte. Cela ne veut pas dire que nous l'avions oublié. Maman m'asseyait parfois sur l'escabeau près du feu pour me parler de lui. J'éprouvais tant de plaisir à prononcer ces mots : « mon père ». Il m'arrivait, lorsque j'étais seule, de converser avec le poêle, comme si c'était lui, avec une chaise ou le coffre, sinon avec les arbres, de les saluer et les prendre dans mes bras, afin de préparer son retour. Il était partout au village, à l'église et dans les étables. C'était un homme droit, disait maman. Il le serait resté, dans notre imagination, s'il n'était pas revenu.

Mais un jour, il revint. Mon vrai père. On l'avait forcé à prendre sa retraite. Non après un combat – il n'y en eut pas, cette année-là, en Europe –, mais à cause d'un canon hors d'usage. Ce canon-là avait été endommagé à la bataille de Freiberg en 1762, et certainement mal réparé par la suite, puisque la dernière salve de cette pièce d'artillerie défectueuse a définitivement bouleversé mon existence. Lors d'un défilé, un dimanche, on voulut donc sonner le canon (ce qui ne lui arriverait plus), lequel, entièrement bouché, cracha derrière lui une longue traînée de soufre, de charbon, de salpêtre et de métal brûlant. Mon père se trouvait à proximité, et voilà comment il obtint enfin la permission de revenir parmi nous.

Heureuse et inquiète à la fois, maman était dans tous ses états : « Ton père va rentrer ! Il ne tardera pas à se remettre, j'en suis sûre. Ton père, Marie ! »

Il n'est cependant pas rentré sur ses deux pieds. Il fallait le pousser dans un fauteuil roulant. Ses yeux jaunes, larmoyants, ne semblèrent pas reconnaître l'épouse qui se dressait devant lui ; ils ne cillèrent pas quand elle gémit en tremblant. Père n'avait plus un cheveu sur le crâne ; le coup de canon l'avait scalpé. Surtout, il manquait à ce pauvre ballot le plus grand os du visage, le maxillaire inférieur, communément appelé mâchoire.

Je dois à présent confesser une chose : si j'affirme avoir hérité de son menton, c'est parce que je le suppose. Pour quelle autre raison porterais-je cette insolente et fière protubérance ? N'ayant jamais vu cet homme, j'avais voulu m'approprier son profil afin d'être sûre, chaque jour, que j'étais bien sa fille, qu'il était bien mon père. Ces années étant loin derrière, leurs acteurs ayant disparu, je ne me rappelle pas avec certitude si l'idée s'est imposée après son retour, lorsqu'il a fallu combler une lacune, ou si j'ai toujours entretenu cette conviction. Cependant, le menton manquait, je désirais mieux comprendre et me représenter cet homme à présent affligé. J'aurais aimé le voir entier et j'imaginais que mon visage était capable de compléter le tableau, difforme et regrettable, qu'il offrait.

Son retour suggérait l'avenir auquel j'étais destinée. Une petite fenêtre s'est ouverte, qui m'appelait.

À la place du maxillaire inférieur, on lui avait fixé une mandibule de métal, censée reproduire le bas du visage. C'était une pièce moulée et l'on pouvait raisonnablement croire que des dizaines de malheureux disposaient du même appareil étincelant. Il était possible de le retirer. Papa était revenu en deux morceaux, qui s'assemblaient avec un peu d'effort.

Le pauvre n'avait aucune idée de l'endroit où il était. Il ne reconnaissait pas sa femme, et la petite fille qui l'observait en silence le déconcertait.

Pour l'assister, maman est retournée chercher la sage-femme, une dame aux bras épais, attentionnée et essoufflée, qui se rendait disponible pour quelques sous. Celle-ci recourut aux services du Dr Sander, qui habitait le village voisin. Ensemble, ils aménagèrent pour mon père la petite pièce attenante à la cuisine, qu'il ne quitta jamais une fois qu'il y fut. Il restait allongé là toute la journée, à regarder par la fenêtre et parfois seulement le plafond, sans jamais, je pense, se concentrer sur rien. J'ai veillé de longues heures à son chevet. Comme il était muet, je lui donnais mes mots, à la place de tout ce qu'il aurait pu me raconter.

Peu après, maman monta dans sa chambre à l'étage, dont elle referma la porte. De jour en jour, elle passait plus de temps couchée. Elle ne s'activait plus, ce qui ne lui a jamais profité. Selon le docteur, elle souffrait d'un choc prolongé et il fallait peu à peu l'aider à reprendre ses esprits. Son corps se transforma : sa peau devint luisante et jaune comme une pelure d'oignon. Elle répandait des odeurs. Un matin d'hiver, je l'ai trouvée dehors, à peine habillée, couchée sur le sol en train de pleurer. Je l'ai aidée à remonter dans sa chambre.

J'allais d'un parent à l'autre, maman en haut, papa en bas, leur lisais à chacun des passages de la Bible. Grâce au petit escabeau, un prolongement de moi-même, je me plaçais, selon les besoins paternels, à différents endroits autour du lit. J'étais présente quand on le lavait. Très gentille avec moi, la sage-femme me serrait contre elle et je m'étonnais qu'un corps soit aussi gros. Je la serrais, moi aussi, de toutes mes forces. Nous prenions souvent nos repas ensemble et elle me donnait une part de son assiette. En évoquant ma mère, elle secouait la tête ; en parlant de mon père, elle avait l'air inquiet.

Un matin que j'étais assise près de lui, il est mort d'une mort minuscule, presque légère. Je l'observais attentivement. Il a tremblé un peu, râlé presque et, discrètement, sans qu'on le remarque, nous a quittés. Un dernier petit bruit, une dernière pensée de la tête de Grosholtz de mon Grosholtz de père à sortir de sa bouche. Je lui tenais la main quand la sage-femme est arrivée. Aussitôt elle comprit qu'il ne comptait plus parmi les vivants. Doucement, elle plaça une de ses mains sur sa poitrine, avant de mettre l'autre par-dessus. Puis elle prit la mienne et m'emmena dans la maison de sa fille, où j'ai dû dormir, cette nuit-là.

Quelques jours plus tard, papa fut enterré. Mais ce père dans sa boîte, sur laquelle nous étions invités à jeter de la terre, était incomplet. Le Dr Sander m'avait confié sa mandibule qui, pensait-il, avait quelque valeur. C'était un objet assez lourd, comme une tasse en étain qu'on aurait remplie d'eau. N'allait-elle pas lui manquer ? Peut-être aurions-nous été mieux avisés de ne pas l'en séparer. J'eus envie d'ouvrir la tombe pour la glisser dans le cercueil. Comment s'exprimerait-il sans elle au paradis ? Mais j'ai réfléchi et conclu : sa mandibule n'était pas son menton. On l'avait copiée sur celui d'un autre. J'étais seule à avoir le vrai, que je garderais toujours, sous le nez de maman.

Outre sa mandibule, il laissait derrière lui un uniforme militaire, une veuve et une orpheline dans une situation d'extrême pauvreté. Sa pension de l'armée ne nous suffirait pas. Pour que nous survivions, maman avait besoin de travail. Soucieux de notre sort, Sander fut bientôt averti, grâce à ses relations, qu'un certain Philippe Curtius, à l'hôpital de Berne, cherchait une domestique. Un emploi et le sentiment d'être utile, affirmait le bon docteur, préserveraient la santé de maman.

Bien qu'envahie d'une tristesse qui semblait l'embraser, ma mère prit la peine d'écrire au Dr Curtius, qui lui répondit. Quand sa lettre arriva, elle retrouva le mouvement, et plus vivement que jamais, comme si elle redoutait un arrêt fatal.

— Un monsieur très instruit, Marie ! s'exclama-t-elle, les yeux écarquillés. Un médecin de la ville ! Fini, les petites pièces sombres de la campagne. À nous les hauts immeubles, tout baignés d'air et de lumière ! Mon père, ton grand-père, avait toujours pensé que nous étions dignes d'une ville. Une belle ville ! Ah, ce M. Curtius !

Peu après, au cours de l'année 1767, maman et moi nous dirigions vers Berne à bord d'une charrette. Assise auprès d'elle, je m'accrochais d'une main à sa robe, serrais la mandibule de l'autre, et j'avais fourré Marta dans la poche de ma jupe. La famille Grosholtz déménageait. La charrette bringuebalait, nous disions au revoir au village qui m'avait vue naître, aux porcheries, à l'église, à la tombe de papa.

Nous ne reviendrions pas.

LIVRE UN

1767-1769

UN VOYAGE SANS RETOUR

J'aurai bientôt huit ans

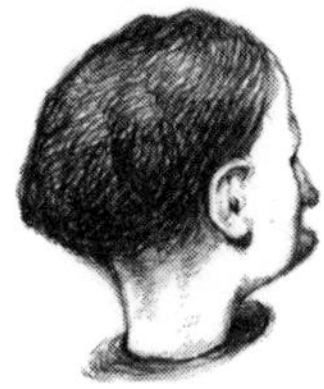

CHAPITRE TROIS

◆ ◆ ◆

Dans lequel ma mère et moi découvrons bien des choses merveilleuses, certaines dans des vitrines en bois de rose, et où je deviens le témoin d'un second décès

Berne, la nuit, se compose de hauts bâtiments tristes et d'étroites rues sans éclairage, dans lesquelles des ombres se faufilent. Par chance, l'hôpital se dressait au-dessus des autres maisons. On nous posa en face de celui-ci, ainsi que notre unique malle, héritée de mon pieux grand-père. Impatiente de retrouver sa campagne, la charrette repartit en bringuebalant.

Le portail noir en bois, au milieu de l'édifice, était assez large pour permettre à deux voitures de le franchir côte à côte. Imaginez la bouche d'un titan, avide de nouveaux patients qu'il engouffre et digère dans ses vastes et mystérieux intérieurs. Nous nous approchâmes donc, maman et moi, du portail noir. Comme il était doté d'une cloche, ma mère sonna et le bruit retentit dans la cour vide de l'hôpital. Il s'ensuivit une petite toux et des crachotements. Un carré s'ouvrit dans le bois et une tête apparut, que nous distinguions mal.

— Non, merci, dit la tête.

— S'il vous plaît, dit maman.

— Revenez demain matin.

— Je vous en prie, nous venons voir le Dr Curtius. Il nous attend.

— Qui ça ?

— Le Dr Curtius. Nous allons vivre chez lui, ma fille et moi.

— Curtius ? Mais il est mort, Curtius. Il y a cinq ans.

Maman insista.

— J'ai reçu cette lettre de lui, la semaine dernière.

Une main se dégagea de l'ouverture, qui saisit la lettre, et le judas se referma. Des voix bruissèrent de l'autre côté, il s'ouvrit de nouveau et la tête réapparut.

— Ah oui, l'autre Curtius, là-bas. Personne n'est jamais venu nous le demander, celui-là. Il ne réside pas ici, mais dans la Welserstrasse. Vous ne savez pas où c'est ? Vous arrivez de la campagne, hein ? Je suppose qu'Ernst peut vous y conduire.

Une voix nouvelle retentit, et la tête lui répondit :

— Si, si, Ernst, tu fais ce que je te dis. Ernst va vous y mener. Faites le tour par la droite, il y a une autre porte. Quelqu'un, devant, agitera une lanterne. Ce quelqu'un-là, c'est Ernst.

Le judas se referma encore tandis qu'Ernst s'avançait déjà vers nous, vêtu de l'uniforme noir des gardiens de l'hôpital. Il avait un nez qui n'indiquait pas la même direction que son visage ; le nez partait d'un côté, la tête de l'autre. Visiblement, ce monsieur s'était beaucoup battu dans son jeune âge.

— Curtius ? vérifia-t-il.

— Le Dr Curtius, confirma maman.

Il répéta : « Curtius », et nous partîmes.

À cinq minutes seulement de l'hôpital, se trouvait une vilaine petite rue : la Welserstrasse. Tandis que nous la longions, les maisons paraissaient chuchoter : « Ne restez pas là. Poursuivez votre chemin. Disparaissez. » Ernst s'arrêta finalement devant une étroite petite bâtisse, serrée entre deux demeures menaçantes, insalubres et mal entretenues.

— La maison de Curtius, déclara Ernst.

— Celle-là ? s'étonna maman.

— Celle-là même. J'y suis venu une fois. Je ne recommencerai pas. Je ne vous dirai pas ce qu'il y a dedans, mais je peux vous dire que je n'aime pas ça. Non, Curtius, ça n'est pas pour moi. Pardonnez-moi, je repars avant que vous frappiez.

Et il s'est éclipsé avec son nez contrarié, d'un pas plus vif qu'auparavant.

Nous avons posé notre malle. Mère s'est assise dessus pour regarder la porte et elle semblait heureuse qu'elle soit fermée. C'est donc moi qui me suis avancée et qui ai frappé trois fois. Quatre. La porte s'ouvrit enfin, mais personne ne sortit. J'ai attendu un instant avec maman, j'ai tiré sur sa main, le temps qu'elle se ressaisisse, et nous sommes entrées ensemble, avec notre malle.

Elle a doucement refermé derrière nous. Je me suis cramponnée à sa robe tandis qu'elle scrutait l'obscurité.

— Là ! s'est-elle soudain exclamée.

Quelqu'un était tapi dans un coin. Un homme très maigre, très grand. Si maigre qu'il paraissait réduit à la famine. Si grand que sa tête touchait presque le plafond. Il avait le visage blême d'un fantôme. Les lueurs d'une bougie, dans le vestibule, révélèrent peu à peu les cavités qui devaient être ses joues, ainsi que des yeux chassieux et de courtes mèches de gras cheveux noirs. Comme pour nous protéger, nous sommes restées près de notre malle.

— Je cherche le Dr Curtius, a expliqué ma mère.

Un long silence, un vague hochement de tête.

— Je souhaiterais le voir, a-t-elle ajouté.

La tête a émis un léger bruit. Peut-être disait-elle « oui ».

— *Puis-je* le voir ?

Lentement, à voix basse, comme s'il s'agissait d'une coïncidence, la tête a admis :

— Mon nom est bien Curtius.

— Je suis Anna-Maria Grosholtz, a dit maman, qui s'efforçait de garder contenance.

— Oui.

Les présentations étant faites, un autre silence a suivi. Puis l'homme dans le coin du vestibule a repris, toujours très lentement :

— Je… C'est que… je n'ai pas l'habitude de recevoir. Je manque de pratique, ces derniers temps. Je suis… très dépourvu, en ce domaine. On a besoin d'être entouré, d'avoir des gens autour de soi, de leur parler… faute de quoi on oublie… enfin, voyez-vous… on ne sait plus ce que *c'est*, exactement. Ni quoi faire avec eux. Mais cela va changer maintenant. Grâce à vous. N'est-ce pas ?

Un silence plus long encore.

— Si vous voulez bien, peut-être… puis-je vous montrer la maison, maintenant ?

Le désarroi inscrit sur son visage, maman a approuvé.

— Oui, sans doute aimeriez-vous visiter. Je suis si heureux que vous soyez là. Bienvenue. J'avais pensé à le dire quand vous êtes arrivées. J'y ai pensé toute la journée, pour me préparer. Et puis… ah, j'ai oublié. Je n'ai pas… oui, l'habitude…

Lentement toujours, il s'est détaché du mur. Longiligne, il ressemblait à une combinaison de tringles et de manches à balai qu'il déplia peu à peu, à la manière d'une araignée. Nous l'avons suivi en conservant une distance respectable.

— Je vous ai réservé une chambre en haut, a-t-il dit en montrant la chandelle dans l'escalier. Pour vous seulement. Je n'y vais jamais. J'espère qu'elle vous conviendra.

Puis, avec un peu plus d'assurance :

— Venez. Par ici, je vous prie.

Le Dr Curtius ouvrit une porte dans le vestibule, qui donnait dans un petit couloir. Celui-ci conduisait à une autre porte, sous laquelle luisait un rai de lumière. Sans doute la pièce où il se trouvait quand j'ai frappé.

— Voilà où je travaille.

Il s'est arrêté devant la porte, son immense dos devant nous. Puis, se dressant de toute sa hauteur, il articula posément :

— Voulez-vous bien entrer ?

À l'intérieur, plus d'une dizaine de photophores brillaient, fournissant un éclairage merveilleux. La pièce était si encombrée que cela défiait l'entendement. De longues étagères étaient garnies de flacons, renfermant des poudres de différentes couleurs. D'autres, plus courtes, rassemblaient d'épaisses fioles, dotées de gros bouchons qui semblaient vous prévenir que leur contenu visqueux – noir, brun, ou transparent – avait le pouvoir de tuer. Et ces petites boîtes remplies de cheveux… Oh ! n'était-ce pas des cheveux humains ? Sur une table à tréteaux étaient disposés différents bacs de cuivre et plusieurs centaines d'outils aux pointes acérées, certains guère plus grands qu'une épingle, certains incurvés, et quelques-uns avaient la taille d'un hachoir. Au milieu de la table, sur une planche à découper, trônait un objet blanchâtre en train de sécher.

Difficile de deviner quoi. Un morceau de viande ? Un filet de poulet, peut-être ? Non, et pourtant il avait quelque chose de commun, de quotidien. Ah, je l'avais sur le bout de la langue… Mais oui – incroyable –, c'était bien cela !

Une langue, sans doute humaine, sur une table à tréteaux. Que faisait-elle là ? Où était son propriétaire ?

L'atelier ne renfermait pas que des langues. Il y avait plus impressionnant : de grandes vitrines en bois de rose, dotées d'étagères superposées qui couvraient tout un mur, du haut en bas et de gauche à droite. Des étiquettes, marquées d'une fine calligraphie sépia, déployaient une foule de mots : *ossa, neurocranium, columnae vertebralis, articulatio sternoclavicularis, musculus temporalis, bulbus oculi, nervus vagus, organa genitalia.* Sur la table, un petit écriteau près de la langue indiquait : *lingua.*

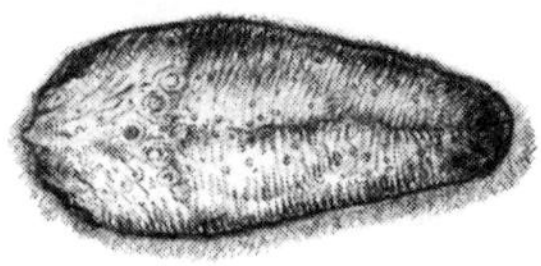

Je commençais à comprendre : des parties du corps. La pièce en était pleine. J'étais là, petite fille, en train de contempler les parties du corps humain. C'était la fin des présentations : « Petits bouts du corps humain, voici une petite Marie. Petite Marie, voici un corps humain en pièces détachées. » Cramponnée à sa robe, je ne quittais pas ma mère, mais ne perdais rien du spectacle.

Curtius prit la parole :

— Appareil urogénital, avec vessie attenante. Les os : depuis le fémur, le plus grand et le plus solide de tous, jusqu'au lacrymal, le plus petit et le plus fragile de la face.

Il passa en revue tout son atelier.

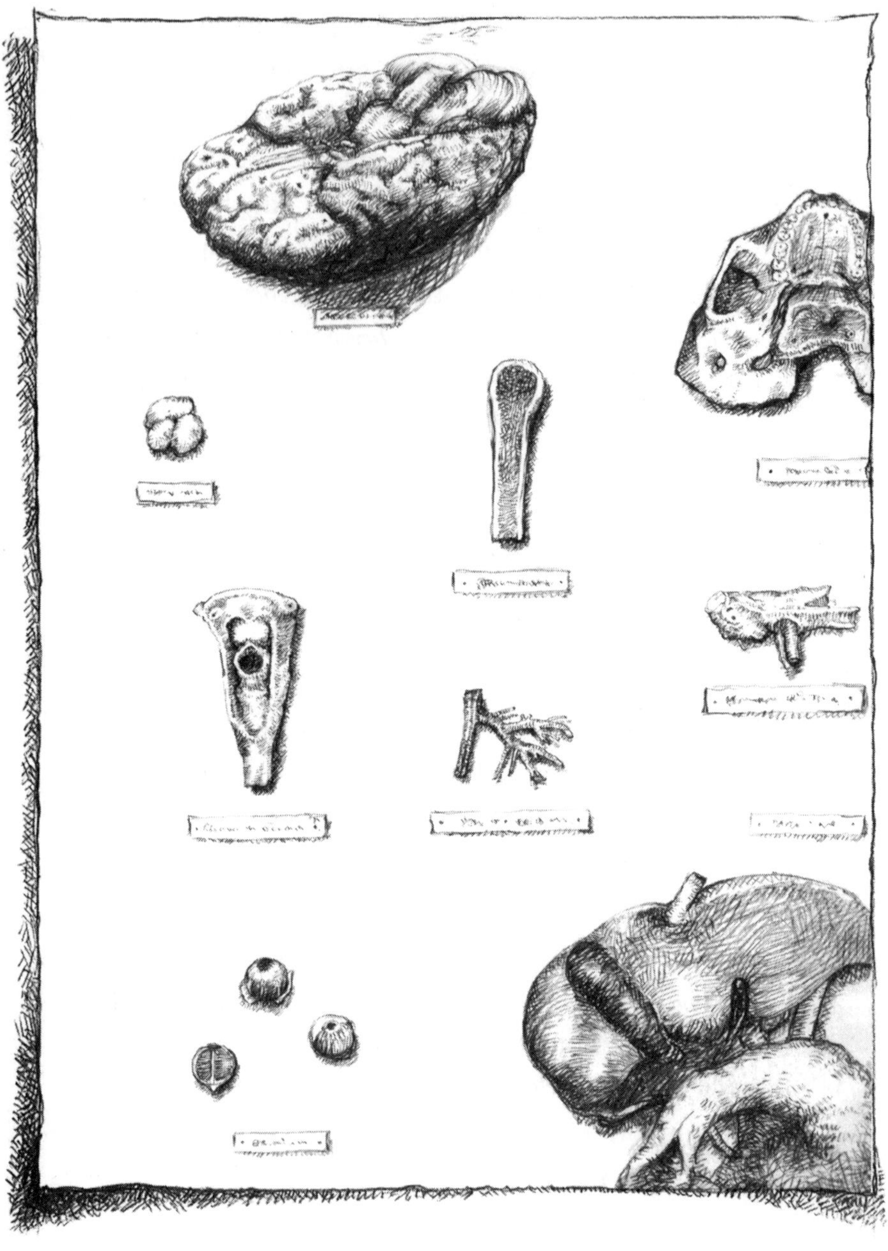

— Beaucoup de muscles aussi. Bien répertoriés. Dix représentations de la tête, depuis l'occipito-frontal jusqu'au ptérygoïdien médial. Quelques schémas artériels également, depuis la thyroïdienne supérieure jusqu'à la carotide commune. Les veines, ensuite : cérébelleuses, grande saphène, splénique, gastrique, cardiaque, pulmonaire. Et les organes ! Disposés individuellement sur des coussins de velours rouge, ou groupés par panneaux. L'incroyable complexité de l'appareil auditif et de ses osselets : un véritable labyrinthe ! La longue masse des intestins, le grêle, le gros, ses circonvolutions !

En étudiant la pièce, maman se sentait de plus en plus mal. Curtius dut lire l'horreur sur son visage, car il se pressa d'ajouter :

— C'est mon œuvre, mon œuvre. Le labyrinthe, la vessie et les ventricules, je les ai faits moi-même. Mais ce ne sont que des reproductions, des copies. Je ne voulais pas… Je n'ai pas l'habitude… Rien d'authentique, bien sûr. Ils en ont l'air, certainement. N'est-ce pas ? Dites oui. Il faut dire oui. Ils ressemblent à des vrais, mais n'en sont pas. Comprenez-moi bien, tout cela est mon travail. Mes excuses ! Qu'allez-vous penser de moi ?

Nous nous sommes tournées vers lui, si étonnées par cet étalage de curiosités que nous avions omis de remarquer la plus éloquente : le Dr Curtius lui-même, en pleine lumière. Il avait l'air jeune, plus jeune que maman. En apercevant sa silhouette dans l'ombre, je l'avais cru vieux, mais je découvrais à présent cet homme timide et passionné, jeune vraiment, et haletant. Il dominait son atelier du haut de ses six pieds, sinon plus, et nous avec.

Très fier de nous voir contempler son œuvre. Les joues creuses, jamais pleines, lorsqu'il inspirait, le nez tendu le long de son visage telle une corde raide, ses minces narines légèrement épatées. Des veines plus ou moins épaisses couraient sur son front. Enfin, cet étrange individu avait d'immenses mains osseuses, qu'il joignit à présent sur son torse étroit. Je crus qu'il allait prier, mais il se mit à applaudir. Pas à tout rompre ; à la manière d'un petit enfant ravi à qui l'on a promis une douceur. Un bruit joyeux qui paraissait déplacé dans cette pièce. Il se penchait sur ses mains mobiles, comme si elles retenaient un oiseau blanc qui battait des ailes devant son cœur, et dont il avait peur qu'il s'échappe.

— J'ai fait ça, moi tout seul. Avec de la cire. Cela n'est qu'une partie, j'en ai beaucoup plus. L'hôpital en abrite la majorité, bien des gens viennent les voir.

J'observais ma mère qui, très pâle, bouche bée, transpirait. Une fois encore, le silence s'installait. Certainement déçu, Curtius nous a demandé si nous n'aimerions pas dormir après notre long voyage.

— Oui, nous sommes bien fatiguées, monsieur.

— Alors bonne nuit.

— Pardonnez-moi, s'est-elle rappelé. Nos passe-ports. Nous devrions sans doute vous les remettre.

— Non, conservez-les soigneusement.

J'ai suivi maman qui montait notre malle à l'étage. Elle a refermé derrière nous la porte de la petite chambre. Nous entendions Curtius déambuler au rez-de-chaussée. Assise près de la fenêtre, elle est restée si longtemps immobile que j'ai craint un instant qu'elle retombe malade. J'ai fini par l'aider à se coucher. Nous n'avons pas dormi de la nuit dans notre nouvelle demeure. Elle se retenait à moi, qui m'accrochais à Marta. Le matin venu, nous étions encore toutes trois emboîtées. Trois petites femmes, très inquiètes.

Avant de descendre, maman m'a dit :

— Nous dépendons l'une de l'autre, comprends-tu ? Nous devons lui donner satisfaction. S'il nous abandonne, nous sommes perdues. Tant que nous resterons à son service, nous serons saines et sauves. Rends-toi bien utile, chère enfant.

J'ai voulu attraper un pan de sa robe mais, d'un air triste, elle me l'a interdit.

Il lui confia les clefs. Nous brossions les parquets. Elle faisait la cuisine. Nous allions au marché, et le marché l'effrayait. Les rues grouillaient de monde, et ce n'était pas tout. Au-dessus des étals, les animaux entiers ou découpés, exposés comme des criminels, accrochés par les pattes, les oiseaux au cou flasque, au bec taché de sang – tout lui rappelait Curtius. Sans compter les yeux des poissons, les mouches, les mains rouges des marchands.

Au moins, le calme régnait chez lui. Il passait ses journées dans son atelier. Lorsqu'il apparaissait, rarement, il semblait étonné de nous voir. « Je n'ai pas l'habitude, comprenez-vous… », murmurait-il et il se retirait. À l'heure du déjeuner, maman posait son assiette sur un plateau, le nez plissé par le dégoût. Elle hésitait, frissonnait et renversait la soupe. Alors je l'asseyais à une chaise, puis apportais moi-même son repas à Curtius. Je le trouvais penché sur son ouvrage – trois langues dans un tableau : celle qui servait de modèle, celle qu'il reproduisait dans la cire, parfaitement imitée, et la pointe de la sienne, coincée entre ses lèvres puisqu'il s'appliquait.

— Votre soupe, monsieur.

Il ne répondait pas. Je la lui laissais et refermais la porte. Plus tard ce même jour, il ne répondit pas non plus quand je lui portai le ragoût. Et ainsi de suite pendant notre première semaine chez lui. Deux fois, il vint à la cuisine déclarer à ma mère :

— C'est un tel plaisir de vous avoir. Je suis si content, si... *heureux.*

Maman s'accrochait à son crucifix.

La deuxième semaine, alors que, je suppose, nous commencions à mieux nous connaître, un coup à la porte nous fit tressaillir. C'était un visiteur de l'hôpital, vêtu d'un uniforme noir, semblable à celui de M. Ernst, mais qui s'appelait Heinrich. Heinrich avait un visage et un nez sans intérêt ; je ne me rappelle que son nom, guère plus intéressant.

— Livraison pour Curtius, dit-il après s'être présenté. Je suis le porteur. Nous nous verrons souvent. Alors, qu'avons-nous aujourd'hui ?

Il a soulevé le couvercle d'une boîte en fer et tapoté un objet recouvert de mousseline.

— Un bout de boyau, non ?

Maman a fermé les yeux et s'est signée. Je me suis avancée, voulant me rendre utile, et j'ai tendu les mains. Heinrich paraissait incertain.

— Merci, ai-je dit en allongeant les bras.

À contrecœur, il m'a confié la boîte et maman s'est empressée de refermer la porte. Me regardant comme si elle ne me connaissait plus, elle s'est réfugiée dans la cuisine. Je la suivis : devais-je remettre l'objet à Curtius ? Elle approuva sans réserve, me fit signe de ressortir. Je suis allée à l'atelier.

— Un bout de boyau, monsieur, ai-je annoncé en posant la boîte sur la table, à la place du plateau habituel.

Cette fois, il a levé les yeux.

Maman avait de plus en plus de mal à travailler. Elle s'asseyait à la cuisine, les mains posées sur son petit crucifix. Elle était terrorisée par les mouches, toujours présentes, qui traversaient l'atelier, volaient d'une pièce à l'autre et lui rappelaient constamment où nous étions. Les yeux fermés mais bien réveillée, elle restait immobile sur sa chaise. J'obéissais à ses ordres en me rendant utile.

Deux jours après l'arrivée du boyau, je me tenais près du feu dans la cuisine, où elle me lisait la Bible, quand Curtius a frappé doucement avant d'entrer.

— Madame veuve Grosholtz…

Maman a fermé les yeux.

— Madame veuve Grosholtz, si cela ne vous dérange pas trop, j'aimerais… À propos, je suis si heureux de, hum, profiter de votre compagnie, si enchanté que nous nous entendions si bien, de former cette charmante petite communauté… Alors, oui, je souhaiterais que l'on m'aide un peu à l'atelier. Y voyez-vous un inconvénient ? Demain serait un bon jour pour commencer. À la première heure. Je voudrais vous montrer comment manipuler mes pièces, afin que vous ne les abîmiez pas. Et que vous les connaissiez mieux. Je ne doute pas que vos nouvelles fonctions vous plairont. En un rien de temps, vous en saurez autant que moi.

Il crut voir maman hocher la tête. Trompeuses apparences. C'était un mouvement de recul.

— Bonne nuit, dit-il. Et merci.

Cette nuit-là, dans notre chambre au grenier, elle m'a embrassée sur le front avant de me coucher.

— Tu seras une bonne fille, Marie, toujours serviable. Je suis désolée, j'ai fait de mon mieux, mais je n'y arrive pas.

— Tu n'arrives pas à quoi, maman ?

— Sois gentille et tais-toi. Bonne nuit.

— Bonne nuit.

Elle m'a ordonné de fermer les yeux. « Tourne-toi vers le mur. » Je l'ai entendue s'affairer, retirer un drap, déplacer une chaise, et me suis endormie.

Quand je me suis réveillée aux premières heures du matin, la chandelle était éteinte. De faibles lueurs bleues pénétraient dans la pièce et il manquait maman près de moi dans le lit. Une vague forme était suspendue aux poutres et je ne me rappelais pas avoir déjà vu pareille chose. À mesure que la lumière entrait, j'ai commencé à comprendre. Ma mère s'était pendue.

Anxieuse, j'ai saisi un de ses pieds nus, lequel n'avait rien pour me rassurer. Il était froid et ce froid confirmait les faits. La mort d'une femme n'a peut-être rien de compliqué, il en est qui meurent partout, plusieurs même à l'instant, le temps que j'écrive cette phrase. Mais, contrairement à toutes les autres, cette femme-là, retenue à une poutre, avait été ma mère. Jusque-là, j'avais pu me cacher derrière elle ; à présent, j'étais exposée. Ce n'était pas une mort calme et réfléchie, comme celle de mon père. Non, celle-ci était résolue, précipitée. Maman s'était arrachée à la vie. À quelle robe allais-je m'accrocher ? Il n'en serait plus question, jamais, jamais. Elle me faisait un glacial pied de nez, me rejetait sans ambages.

— Maman ! Maman, maman !

Ma mère, ou cette forme qui n'était plus elle, restait silencieuse. Prise de panique, j'ai cherché désespérément quelque chose pour me consoler, me protéger, et n'ai trouvé que Marta.

Le Dr Curtius a dû m'entendre crier, car il m'a appelée depuis la première marche de l'escalier.

— Où est Mme Grosholtz ? demanda-t-il. C'est l'heure. L'heure est passée. Nous étions d'accord.

— Elle ne viendra pas, monsieur, lui répondis-je sur le palier.

— Il le faut, il le faut. C'était convenu.

— S'il vous plaît, monsieur. S'il vous plaît, docteur.

— Oui ?

— Je crois qu'elle est morte.

Alors il est monté au grenier. Curtius avait l'habitude des morts. Il savait tout des visages affaissés, des corps sans vie. En passant la porte, il a donc reconnu celui-ci, suspendu comme un pardessus, le dernier pour lui d'une longue série.

— Partie, a-t-il dit. Partie, partie…

Il a refermé et je suis restée près de lui en haut de l'escalier.

— Partie, a-t-il répété en se penchant tout bas vers moi, comme s'il murmurait un secret.

J'ai dessiné un pigeon pour remplacer maman

Il a redescendu l'escalier et, hochant la tête, s'est retourné pour chuchoter de nouveau : « Partie. » Son visage tordu trahissait un horrible chagrin. Puis il est sorti de la maison, qu'il a bien fermée derrière lui.

Un long moment passa et je me suis assise avec Marta à mi-chemin de l'escalier. Nous sommes restées immobiles à attendre. Maman est là-haut, pensais-je. Oh, maman est là-haut et maman est morte.

Des hommes sont finalement arrivés de l'hôpital, qui raccompagnaient Curtius.

— Je ne peux m'associer à personne, leur disait-il. Je sais dissocier les corps, oui, les disséquer. J'ai compétence pour cela, j'excelle même à cet art, mais tous refusent de travailler avec moi. Ils se taisent, se renferment, et ils partent.

En montant l'escalier jusqu'au grenier, les hommes nous ont contournées, Marta et moi. C'est à peine s'ils nous ont considérées. Le plus âgé a ouvert la porte de la chambre et fait entrer tout le monde – excepté Curtius et nous, enfermés au-dehors. Nous nous sommes demandé, je pense, quelle faute grave nous avions commise pour être traités de la sorte. Soudain intimidé, Curtius ne me regardait plus, bien que nous fussions à présent très proches, ce jeune docteur et moi. Il paraissait brusquement si jeune, presque un enfant, et ne quittait pas la porte des yeux.

Elle s'est rouverte après quelque temps.

— Descendez avec la petite et restez avec elle, a ordonné le monsieur âgé.

Il parlait calmement, lentement, d'un air sévère.

Contrarié, Curtius lui a répondu d'une petite voix blessée :

— Si je dois la toucher, Dr Hoffmann, je crains qu'elle meure, elle aussi.

— Balivernes ! Allons, Philippe ! Faites ce que je vous dis, Philippe Curtius !

— Je ne sais pas, vraiment je ne sais pas.

— Emmenez l'enfant. Laissez-nous travailler.

— Mais que vais-je faire d'elle ?

— Aucune importance ! a lâché ce Hoffmann. Éloignez-la, c'est tout.

Et la porte se referma.

Au bout d'un moment, Curtius m'a doucement tapé sur l'épaule.

— Viens, s'il te plaît, m'a-t-il priée, et il m'a conduite en bas dans son atelier.

J'ai mis Marta dans ma poche pour qu'elle ne risque rien, puis je me suis levée et j'ai suivi Curtius sans hâte.

Dans l'atelier, il a regardé autour de lui, cherchant sans doute un moyen de m'occuper. Il a semblé trouver la réponse en dégageant une boîte pleine d'os d'une étagère. Puis il m'a tendu – avec une grande gentillesse – une omoplate humaine, la droite, crois-je me rappeler.

— Un bon os, a-t-il chuchoté. Un os très rassurant. Il fait partie de la ceinture scapulaire. Large, plat et triangulaire. Tu peux le frotter entre le pouce et l'index. Tu verras comme c'est apaisant.

Un autre moment passa, et le Dr Hoffmann, qui était le médecin-chef de l'hôpital, est descendu nous rejoindre dans l'atelier. J'étais assise sur un tabouret, pendant que Curtius, devant moi, fouillait dans ses boîtes d'os.

— Voilà le temporal, m'expliquait-il. Ici, le pariétal gauche. Là, le sacrum… Merveilleux, n'est-ce pas ? Tant de bons amis !

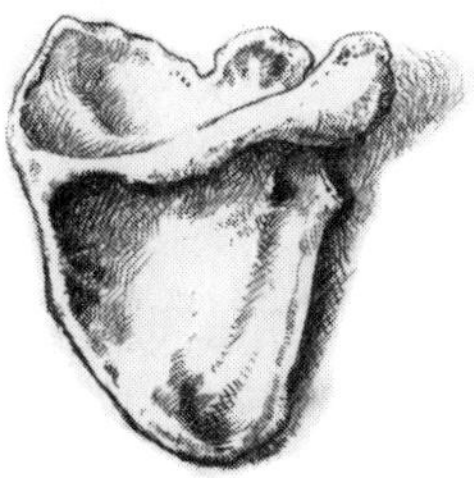

— Nous avons terminé, a déclaré le médecin-chef.

Je n'ai pas bougé.

— Bien, a-t-il continué, qu'allons-nous faire de l'enfant ? Il va lui falloir un logement.

— Puis-je la garder ? a aussitôt demandé Curtius. Je voudrais bien.

J'étais le sujet de la discussion. Je n'ai pas fait un geste.

— Hors de question.

— Oh, j'aimerais tant.

— Pourquoi diable ?

— Elle n'a pas peur.

— De quoi aurait-elle peur ?

— Pas des os, en tout cas.

— Quelle importance ?

— Elle est très sage.

— Oui, et alors ?

— Peut-être est-elle intelligente, aussi. Mais, pour l'instant, si cela ne vous dérange pas, je la garde.

— Elle vous rend donc service ?

— Je saurai l'instruire, sans doute.

— Bien, a conclu le médecin-chef. Après tout, ça m'est égal. Gardez-la un moment. Jusqu'à ce qu'on ait une meilleure idée.

CHAPITRE QUATRE

Dans lequel un devient deux

La première soirée que nous avons passée ensemble, j'ai accompagné Curtius à la cuisine, où il tentait de préparer notre repas. Cherchant à me rendre utile comme maman me l'avait enseigné, je lui ai demandé si je pouvais l'aider, car il était très agité. J'ai empêché les casseroles de brûler et j'ai fait de mon mieux.

— Je n'ai pas peur de toi, m'a-t-il dit. Pas le moins du monde. Tu n'as rien, tu n'es pas malade, n'est-ce pas ?

Quand nous avons fini et qu'il était l'heure de se coucher, il m'a regardée monter l'escalier.

— Bonne nuit, petit enfant.

— Bonne nuit, monsieur.

— Comment t'appelles-tu ? Je devrais le savoir, bien sûr. Je suis maladroit avec les enfants, je fais certainement des bêtises, mais en général ils portent un nom. Quel est le tien ?

— Anne-Marie Grosholtz. Ma mère m'appelait simplement Marie.

— Alors bonne nuit, Marie. Va te coucher.

— Bonne nuit, monsieur.

J'ai donc monté les marches, en nourrissant le faible espoir que maman soit encore là, pour lui raconter cette journée tout à fait extraordinaire. Évidemment, il n'y avait personne en haut. Les messieurs de l'hôpital l'avaient emportée. Cependant, ils avaient oublié le drap avec lequel elle s'était pendue, roulé en boule dans un coin de la pièce. Alors j'ai compris qu'elle ne reviendrait jamais. Ni le lendemain, ni le surlendemain, ni à la fin de la semaine. La ville de Berne, la maison du Dr Curtius et moi-même allions devoir faire sans elle. Je me suis demandé où ils l'avaient emmenée.

J'appréhendais notre chambre au grenier. Sans regarder les poutres, je la voyais encore suspendue à sa corde, le cou de travers et la tête penchée. Mais quand je les regardais, elle n'était plus là. D'ailleurs, cela n'était plus ma mère, quelqu'un me l'avait volée. Je me méfiais de cette chambre – j'aurais préféré me trouver n'importe où, plutôt qu'au grenier – et donc, quand je fus certaine que le Dr Curtius dormait dans la sienne, je redescendis l'escalier sans un bruit, munie d'une couverture, de Marta que m'avait donnée maman et de la mandibule de papa. J'ai essayé la cuisine, mais, dans la cuisine, le cou tordu et la tête penchée me poursuivaient encore, et la bible de ma mère, posée sur le rebord de la fenêtre, m'effrayait à présent. N'importe où, ai-je pensé, plutôt que le grenier *et* la cuisine. Quand j'en suis ressortie, j'avais toujours l'impression d'être suivie, et il est apparu que l'atelier était le seul endroit où je n'aurais pas peur. Je savais que Curtius y conservait des choses terribles, des secrets qu'il valait mieux laisser tranquilles, cependant, dans le couloir, il y avait ces images dans mon dos. Je suis entrée et j'ai vite refermé la porte. J'étais seule dans la pièce remplie d'os et organes, dont les fantômes se pressaient autour de moi, mais il n'y avait plus ni tête ni cou. Alors, sans rien déranger, je me suis fait un petit lit sous la table et, implorant les gentils organes de ne pas m'importuner, j'ai fermé les yeux très fort et me suis finalement endormie.

J'avais eu l'intention de me réveiller assez tôt pour remonter l'escalier sans que le docteur m'entende, mais le matin fut soudain là et Curtius me secouait.

— Ah, te voilà ! Couchée ici ! Allons, allons, il faut se lever.

Il ne m'a rien reproché. J'ai plié ma couverture que j'ai rangée sur une étagère, tandis que le souvenir de maman revenait en courant.

— Allons, allons. Il faut te dépêcher.

À sept heures précises, débuta mon éducation.

— Il faut te rappeler, a-t-il dit, accroupi devant moi, que je n'ai pas l'habitude des gens. Je ne les connais que par petits bouts. Jamais entiers. J'ai besoin de les comprendre, pour savoir. Toutefois les copies que j'en fais, mes reproductions, ont une forte influence sur moi. Je rêve parfois que je suis enfermé dans une vitrine, sur une étagère en bois de rose, tendue de velours rouge. Et ce qui me terrorise, qui me saute aux yeux, que je ne peux oublier, c'est que je m'y sens bien ! Laissez-moi sortir !

lâcha-t-il en tapotant ma poitrine. À l'aide, quelqu'un ! Ne m'entendez-vous pas frapper contre le verre ? C'est moi, derrière ! Qui va me libérer ? Car j'ai besoin de connaître les gens. Et j'ai besoin de te connaître, toi. Oui. Alors, nous y voilà. C'est le moment. Tu ne me fais pas peur. Pas le moins du monde.

Se redressant, il s'est mis au travail.

Un instant plus tard, il se retournait.

— Je sais ! Je sais ! Je sais comment m'y prendre !

Faisant le tour de l'atelier, il a rassemblé divers objets qu'il a posés sur la table.

— Eh bien, Marie, car c'est ton nom, n'est-ce pas ? a-t-il dit, satisfait de ses progrès. Si tu es prête et que tu veux bien, commençons.

— Je suis tout à fait prête, monsieur.

— Ces outils appartenaient à mon père. C'était l'anatomiste de l'hôpital, un très grand homme. Lorsqu'il est mort, j'ai hérité de ses outils.

Curtius s'est approché d'une caisse contenant du plâtre, dont il a prélevé une certaine quantité. Puis il l'a versé dans un seau en fer et l'a mélangé à de l'eau, énergiquement, jusqu'à former une pâte.

— Pour que tu comprennes bien le procédé, que tu n'en perdes rien, je vais fabriquer un moulage. Pas d'une partie invisible de ton corps, non, pas maintenant. Aujourd'hui, pour ton instruction, si cela ne te dérange pas, je vais mouler ta tête.

— Ma tête ?

— Ta tête.

— Ma tête, monsieur ?

— Je répète : ta tête.

— Si vous le souhaitez, monsieur.

— Je le souhaite.

— Alors très bien, monsieur. Ma tête.

Nous avons commencé.

— D'abord un tout petit peu d'huile, afin de pouvoir aisément retirer le plâtre à la fin.

Il l'a appliquée sur mon visage.

— Les pailles ! s'est-il écrié. J'ai failli oublier !

Délicatement, il a introduit dans mes narines des tuyaux de plume d'oie pour me permettre de respirer.

— Ferme les yeux. Ne les rouvre pas avant que je te le demande.

Il est ensuite passé au plâtre. Il trempait dans la pâte de minces couches d'étoffe et les appliquait sur mon visage, que je sentais tout mouillé. Des couches et des couches. Une étrange chaleur recouvrit mes joues, mes paupières, mes lèvres, mon cou, en même temps que le noir se refermait sur moi. J'avais l'impression de flotter quelque part, peut-être déjà morte. Dans cette obscurité, j'ai cru apercevoir maman, qui est repartie aussitôt, et tout est resté noir et vide, il n'y avait plus personne.

Enfin, le plâtre retiré, la lumière revint et j'étais encore là. Sans perdre de temps, Curtius a posé mon empreinte sur la table et m'a lissé les cheveux avec de l'huile. Il m'a redressée pour prendre une deuxième empreinte, cette fois de l'arrière du crâne. Et d'autres ensuite, de mes oreilles.

— Maintenant, il faut remplir le poêle et l'allumer. Je ne le ferai qu'aujourd'hui. Désormais, ce sera ton travail.

Il s'est exécuté, puis :

— Regarde-moi bien.

Il disposa divers éléments sur la table. D'abord, les pigments en poudre.

— Laque de garance, expliqua-t-il. Et du cinabre. Ensemble. Puis du carmin. Un peu de bleu. Du vert. Un soupçon. Bien tout amalgamer. Très peu de jaune. Comme ça. Et encore…

Il s'est placé devant une dame-jeanne, dotée d'un robinet qu'il a ouvert pour recueillir du liquide dans un petit récipient.

— ... de la térébenthine, qu'on ajoute toujours aux pigments. Donc : un mélange. Donc : ta couleur.

Sur une étagère, il a saisi une grande jatte en cuivre qu'il m'a montrée, dedans, dehors, avant de l'installer sur le poêle.

— Jusque-là : rien. Bien, voilà un tabouret, alors assieds-toi. Je crois que nous sommes prêts.

Il s'est muni d'un gros couteau, s'est dirigé vers une armoire fermée à clef, qu'il a ouverte. Hors de ma vue, minutieusement, il a découpé quelque chose, refermé l'armoire et, revenant vers moi, m'a montré une matière jaunâtre.

— Cette substance que j'ai là est essentielle. Même si, en soi, a-t-il dit en la malaxant tendrement dans ses mains, elle n'est rien ni personne. Elle peut être très aimable, ou très timide, se parer de beauté ou de laideur, elle peut se faire os, se muer en paroi abdominale, en réseau artériel ou veineux, en nœuds lymphatiques. Elle peut prendre la forme d'un hypothalamus, briller comme un ongle, couler comme le mince sirop qui tapisse nos oreilles, ou s'enrouler comme les mille pieds d'intestins contenus dans notre ventre. Tout, tout, tout, elle peut tout être ! Elle peut même être TOI !

— Mais qu'est-ce, monsieur ?

— Elle est vision, elle est mémoire, elle est histoire. Grise comme le poumon, ou brun-rouge comme le foie.

— Elle peut remplacer ma poupée Marta ?

— Bien sûr ! Elle imite la surface de tout objet avec une précision surprenante. Rêche, lisse, dentelée, brillante, plate, marbrée, grêlée, fendue, balafrée, croûteuse, glissante… À toi de choisir. Il n'est pas de surface qu'elle ne puisse remplacer.

— Alors elle peut aussi être maman ?

— Non, mon enfant, a-t-il dit au bout d'un moment. Cela n'est pas possible. Mon père et ma mère non plus, qui sont morts également. On aurait pu, mais c'est trop tard. Fort regrettable. Ils ont sombré dans le néant et ne reviendront pas. Comprends-tu ? Nous gardons leur image en nous, une image imprécise, une lueur, quelques miettes. Mais pas de surface, vois-tu, et il faut une surface. Voilà la seule et unique règle. Navré pour ta maman.

— Je suis bien désolée que ce ne soit pas possible.

— Il faut aussi lui donner une personnalité, a-t-il aussitôt poursuivi, s'apercevant que j'allais pleurer. Un minimum d'instruction. Devons-nous la lui fournir, petite fille, jeune Marie ? Pour que tu te rendes compte quelle merveilleuse servante elle est, quelle excellente comédienne ?

— Oui, monsieur.

— Fort bien. Pourquoi ne pas la tenir dans tes mains ? Tiens, prends-la, sens-la.

Je l'ai prise. Je l'ai sentie.

— Ce n'est que de la cire, ai-je remarqué, déçue.

— Non, non, non, non ! *Pas que !* Jamais, au grand jamais ! Chaque cire est sacrée et celle-ci est la reine de toutes, la plus noble. Amoureuse du détail, immense imitatrice, d'une absolue sincérité. Tu as dans les mains la plus fine des cires d'abeille.

— Cire d'abeille, ai-je répété pour me rappeler.

— Produite par des abeilles asiatiques du genre *apis.* Bien, faisons-la travailler.

— Genre *apis.*

Curtius la mit à fondre dans la jatte en cuivre, ajouta les pigments ainsi qu'un peu de résine. Il me montra à quelle température régler le feu et comment mélanger très doucement. Alors il était prêt. Avec un pain de savon mou, il brossa le moule de mon visage pour qu'on puisse facilement retirer la cire, une fois durcie. Ensuite, il la versa. Une quantité minuscule pour commencer, une fine couche pour tapisser l'intérieur, en surveillant constamment l'opération. Saisissant le moule à deux mains, il l'agita de façon qu'elle se répartisse également, que toutes les bulles d'air disparaissent ; un instant plus tard, il déposa la deuxième couche, attendit de nouveau, puis une troisième, une quatrième et une cinquième. Les deux dernières, expliqua-t-il, servaient à donner de l'épaisseur, de la solidité. Quelques minutes d'attente supplémentaires, et la cire se détacha sans effort.

— Est-ce mon visage ? ai-je demandé.

— Précisément.

Il me le confia. Comme animé de sa propre vie, le moulage était encore chaud mais ne tarda pas à refroidir. Curtius versa la cire dans les autres empreintes. Chaque moule révélait son secret. Nous avions bientôt devant nous différentes parties de ma tête, toutes portant la couleur exacte de ma peau, comme il l'avait prévu. Pour les cheveux aplatis en haut de mon front, il utilisa des pigments bruns. Il était ensuite nécessaire de réunir les pièces, faites pour s'assembler. Aux jointures, il fallait tailler légèrement chaque partie, ou la découper, puis recouvrir le point de rencontre d'un peu de cire chaude et lisser, afin d'éliminer les renflements. Curtius nivela la base du cou pour que ma tête tienne droite. Comme l'intérieur était creux, il le remplit de vieux chiffons, d'étoupe de chanvre et de copeaux de bois.

— Pour la stabilité, déclara-t-il.

Ma tête était là, sur l'établi.

— Fabriquée, précisa-t-il, pas disséquée.

Je l'ai examinée : c'était bien Marie, les yeux fermés, avec le nez de sa mère et le menton de son père. Il me semblait exister deux fois.

À la fin de cette première journée, nous avons mangé notre soupe à la cuisine.

— S'il vous plaît, monsieur.

— Oui, qu'y a-t-il ?

— Je me posais une question : où ont-ils emmené ma maman ?

— Aucune idée. Nous trouverons peut-être. Le Dr Hoffmann devrait savoir. Nous lui demanderons lorsqu'il viendra.

— J'aimerais aller sur sa tombe.

— Oui, oui. Certainement. Nous demanderons.

J'ai débarrassé quand nous avons fini et il a dit :

— Il est temps de se coucher, Marie Grosholtz.

— Oui, monsieur.

Je craignais évidemment de retourner au grenier.

— Tu peux dormir en bas, si tu veux. Dans l'atelier. Mais ne touche à rien ! Attends voir une seconde… Tu n'avais pas peur, sans personne avec toi ?

— Les vitrines me regardaient. Je les sentais.

— Et alors ?

— Au bout d'un moment, je les ai oubliées.

— Ah bon ? Il y en a que ça dégoûte. Au lit, maintenant. Et dors comme une marmotte.

Je suis revenue à l'atelier, où je me suis couchée sous la table. Par-dessus se trouvait ma tête. À condition de me tenir tranquille, j'étais sûre d'entendre les vitrines respirer. Si ma tête était là aussi, c'est que j'y avais ma place.

J'ai pensé également que, si je faisais attention, Curtius me garderait avec lui.

CHAPITRE CINQ

❖ ❖ ❖

Le retour du médecin-chef

Quand il ne me demandait pas de surveiller le poêle, le Dr Curtius me priait de lui passer ses outils. Pour le servir, je devais connaître le nom de chacun. Il y avait des compas et des spatules, des brunissoirs et des stylets, des affiloirs et du catgut, des palettes et des gouges, des grattoirs et du fil à couper l'argile ; tout un bataillon de couteaux : macaroni, fermoir, fluteroni, burin ; des outils en fer, en plomb, en bois dur ou tendre, de rose ou de merisier, épais ou fins, certains très aiguisés, d'autres au contraire émoussés. Il me fallait bien les connaître. C'était les outils courants du sculpteur, mais une partie seulement de l'éventail de Curtius. Il possédait de nombreux instruments de chirurgie, qu'il jugeait indispensables à son travail. Eux aussi portaient un nom et ne devaient jamais être désignés par « celui-ci », « celui-là », « la longue pointe tordue » ou le « bout en hameçon ». Il était nécessaire de mémoriser la gamme entière. On avait les bistouris, cannelés,

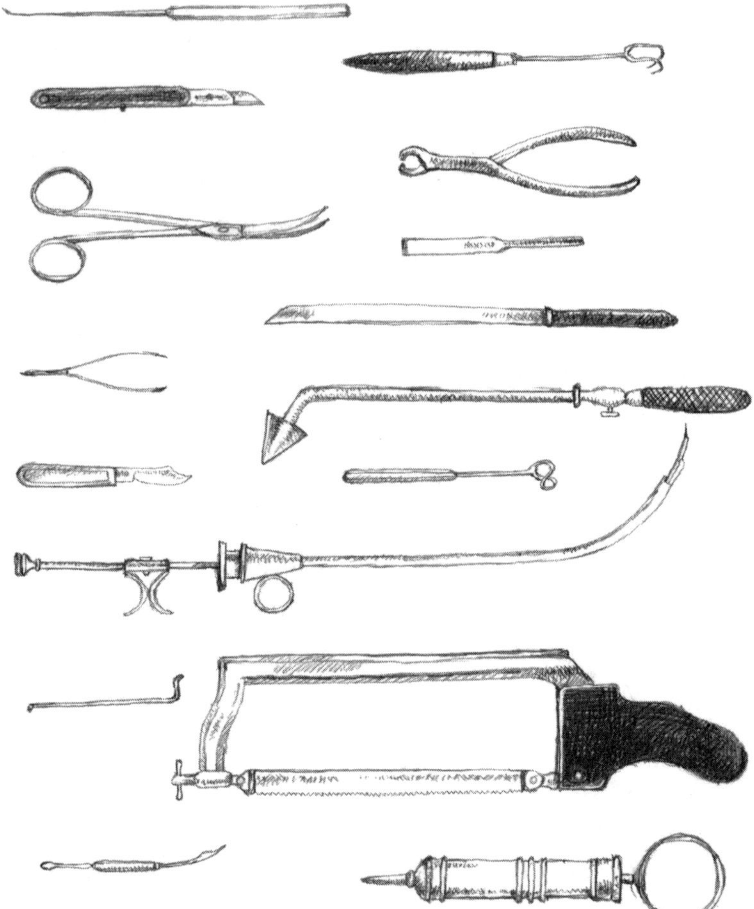

courbes et droits. Toutes sortes de ciseaux, canules, écarteurs, élévateurs, pinces, porte-aiguilles, rapprocheurs. Le stylet et la sonde cannelés. N'oublions pas les cautères – à pointe mousse, pointe aiguë, coudés sur le plat ou sur le champ. Ne jamais confondre un stylet aiguillé et une aiguille à séton. Nous avions l'ordinaire pince pélican et la clef de Garengeot. Ici un couteau à cataracte, là une sonde nasale, plus loin un abaisse-langue, par là, un gorgeret. Ces instruments bizarres étaient conçus pour fouiner à l'intérieur des gens, retirer ceci, arracher cela, gratter par ici, cautériser par là. Mais Curtius en faisait un autre usage ; il les avait adaptés à l'art du modelage. De mon point de vue, ils semblaient impatients de pénétrer un corps. Chaque fois que j'en saisissais un par le manche, j'avais l'impression qu'il cherchait à se retourner et à fouiller sous ma peau. Il fallait démontrer sa force avec ces objets-là ; ils affirmaient leur personnalité avec détermination. D'où l'importance de toujours leur prouver qui était le maître, car à peine aviez-vous relâché votre vigilance qu'ils se rebellaient. Plusieurs fois, ils eurent le dessus sur moi, cherchant à me grignoter un doigt ou me mordre la paume, ce qui mettait Curtius en rage. Car auprès de lui, ils se tenaient bien. Il les avait domptés. Dans ses mains, ils étaient doux comme des agneaux.

Cette semaine-là, M. Heinrich de l'hôpital vint deux fois avec ses boîtes en fer, remplies d'organes qu'il chargeait Curtius de reproduire. Je l'observais et commençais à l'assister dans certaines de ses tâches. Nous étions dans le cœur des choses. Souvent, celles qu'on nous apportait avaient été abîmées par les étudiants en anatomie. Il n'en restait parfois que des lambeaux. Par leur faute, un torse était criblé de trous. Nous disposions sur l'établi des tissus jaunes et gris. Leur odeur effaçait toutes les autres. Bien longtemps après, elle se maintenait à vos côtés, dans votre bouche, votre nez, sur vos yeux, sur la peau. « Organes, me demandais-je, d'où provenez-vous ? De qui ? » Il suffisait d'une cicatrice, d'une tache de rousseur, d'une verrue, d'un pli dans la chair froide, de poils le long d'un bras pour que la question se pose. Passé un temps, l'horreur qu'ils généraient disparaissait. On prenait l'habitude, on s'y attendait. Curtius m'a appris cela.

— C'est juste un bout de corps humain, Marie. Pas de quoi s'affoler. On en voit tous les jours, des corps humains.

À la fin de la semaine, le Dr Hoffmann nous a rendu visite. Il s'est planté, émerveillé, devant ma tête en cire.

— Tiens, tiens, une deuxième petite fille, a-t-il remarqué. La ressemblance est grande, Curtius. Joli travail.

— Merci, monsieur, a dit Curtius.

— Évidemment, ce sont des choses sans importance, continuait Hoffmann, incapable de se détacher de mon double. Je ne crois pas que… Non, bien sûr.

— Oui, monsieur ?

— Non, non, c'est inutile. Stupide, même.

— Quoi donc, monsieur ?

— Eh bien, Curtius, je songeais que… peut-être pourriez-vous modeler ma propre tête, aussi ressemblante. Qu'en pensez-vous ?

— Je pourrais, en effet.

— Vraiment ?

— Certainement, monsieur.

— Me trouvez-vous idiot ?

— Pas du tout. Voulez-vous vous asseoir ?

— Avec plaisir. Pourquoi ne serais-je pas honoré de quelque façon ? J'ai tant fait pour les autres. Je ne demande pas un bronze, non. Mais une statue de cire, comme celle-ci, cela me plairait.

— Rien d'impossible.

— Bien. Très bien.

Pendant que Curtius ouvrait une caisse de plâtre, je me suis approchée.

— Prenez un siège, monsieur.

Le médecin-chef paraissait tendu, mais il s'est assis. J'ai enveloppé ses épaules d'un long drap, comme chez le barbier-chirurgien. Curtius nous a rejoints avec de l'huile.

— Je dois ouvrir un peu votre chemise pour dégager le cou. Fermez les yeux, monsieur.

— Bon.

— Et gardez-les fermés.

Hoffmann a tressailli quand mon maître a commencé à lui appliquer l'huile sur le visage.

— Me voilà à votre merci, Curtius, ou je me trompe ?

— Il est indispensable que vous restiez parfaitement immobile. J'insère maintenant des pailles dans vos narines, par lesquelles vous devez respirer jusqu'à nouvel ordre.

Le médecin-chef s'est tu pendant que nous poursuivions silencieusement notre travail. Il s'en remettait entièrement à nous. Son torse se soulevait pour tout signe de vie. Lorsque Curtius a dégagé le plâtre, c'est un autre homme, humble et vulnérable, qui est apparu. Mal assuré, il clignait des paupières. J'ai choisi ce moment pour poser ma question.

— S'il vous plaît, monsieur ?

— Qu'y a-t-il, mon enfant ?

— Je me demandais où l'on avait emmené maman.

— Je crains qu'elle soit morte, ta maman.

— Cela, je sais, monsieur. Mais où est-elle ? J'aimerais lui rendre visite.

— Lui rendre visite ? Quelle idée !

— Quand mon père est mort, on l'a mis dans une tombe. Où est celle de maman ?

— Elle n'a pas de tombe, mon enfant.

— Pas de tombe ? Vraiment ?

— Non, non. Il y a un endroit où l'on enterre les malheureux. Par égard pour Curtius, nous ne l'avons pas laissée à l'hôpital aux mains des étudiants. Je ne l'aurais pas permis. Mais… comprends-tu… la fosse commune, comme les autres sans-le-sou, ce jour-là. Avec quelques mots, tout de même, un petit peu de dignité. Et une couche de chaux vive.

— Où est-ce donc ? Où est-elle ? !

Le désespoir me tenaillait.

— On ne me parle pas ainsi. Tu n'as pas le droit.

— S'il vous plaît !

— Nous ne gardons pas trace de ces affaires. Et la chaux agit… vite.

— Maman ! Maman !

Hoffmann s'est tourné vers Curtius.

— Puis-je voir ma tête ?

— Ici, a répondu Curtius en lui montrant l'empreinte. En creux, c'est-à-dire à l'envers. La cire la remettra dans le bon sens.

— J'aimerais tout de même la voir.

— Bien sûr, mais pas tout de suite. Il faut attendre quelques jours. Vous reviendrez. Vous ne nous êtes plus utile, pour l'instant.

— Je dois vous la laisser ?

— Elle sera en sécurité.

Cette nuit-là, seule dans l'atelier, j'ai pleuré dans ma couverture, car maman n'avait pas de tombe. Il ne me restait rien d'elle, plus rien à l'exception de sa bible, qui semblait ne contenir qu'une miette de son malheur. Pourtant une idée me vint à l'esprit tandis que j'essuyais mes larmes et me mouchais. J'avais toujours mon nez – son nez. Donc elle était encore là. Maman, ma mère. Plus qu'une idée, c'est devenu une méthode : elle me l'avait légué et c'est tout ce dont j'avais besoin pour me souvenir. Deux narines, deux jumelles qui me permettraient de respirer l'amour. J'étais contente de mon idée, de mon raisonnement. Je portais père et mère sur moi, je pouvais aller de l'avant.

CHAPITRE SIX

Des têtes

Curtius avait reproduit la tête du médecin-chef. Une tête ridée, avec des lèvres minces et une bouche molle dont les coins tombaient. Hoffmann fronçait les sourcils pour l'éternité.

— La tienne a été une illumination et une immense joie, m'a dit Curtius. Alors que celle-ci me cause de l'anxiété. Elle force le respect et ne me manquera pas.

À son retour, Hoffmann s'est planté devant son effigie. Elle lui a fait grosse impression ; les larmes lui montèrent aux yeux. Les narines épatées, il poussa un grand soupir.

— Oui, a-t-il admis, c'est bien moi. Quelle sensation étrange de pouvoir s'étudier sous tous les angles, de graviter autour de… soi-même. Comme si je n'étais plus le Dr Hoffmann, mais quelqu'un d'autre. Je ne me connaissais pas entièrement, jusque-là. Joli travail.

Je ne sais si son compliment s'adressait à Curtius ou à l'effigie ; sans aucun doute, c'est elle qu'il regardait en prononçant ces mots. Il l'emporta. Ni Curtius ni moi ne l'avons regrettée.

Deux jours plus tard, est arrivé l'aumônier de l'hôpital, qui désirait également la sienne. Il semblait très enthousiaste et Curtius honora sa commande. Lorsqu'il vint chercher sa tête, l'aumônier parut déçu, comme s'il s'attendait à ce qu'on lui offre un saint, mais ne trouvait à la place qu'un petit monsieur chauve avec une fossette au menton.

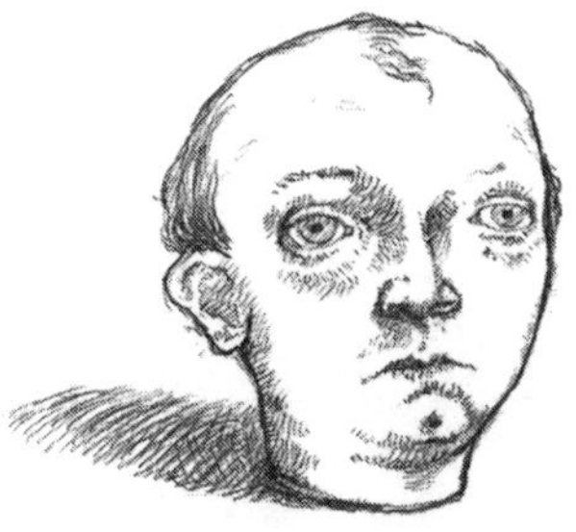

Nous travaillions fort bien, le Dr Curtius et moi, dans son atelier de la Welserstrasse, pensais-je. Quoiqu'il me soit arrivé de le gêner.

— Monsieur, avez-vous un instant ?

— Quoi ?

— Ces organes, là, contre le mur, qui ne sont pas malades – une fois réunis, tiennent-ils dans un corps humain ?

— Oui, tout le monde a les mêmes.

— Non ?

— Si !

— Impossible !

— Je te dis que si.

— Comment ne déborde-t-on pas ?

— Marie, j'essaie de me concentrer ! Nous avions le calme et la tranquillité, dans le temps. Lis un livre.

Comme guidé par l'inspiration, il s'est interrompu.

— Mieux encore, prends-moi ce fusain, une feuille de papier, assieds-toi dans un coin et dessine quelque chose.

— Quoi, monsieur ?

— Eh bien… cela.

— Qu'est-ce ?

— *Medulla oblongata.* Le bulbe rachidien.

— *Medulla oblongata.* Bulbe rachidien. Bien, monsieur. On dirait un rat avec la raie au milieu.

— Dessine !

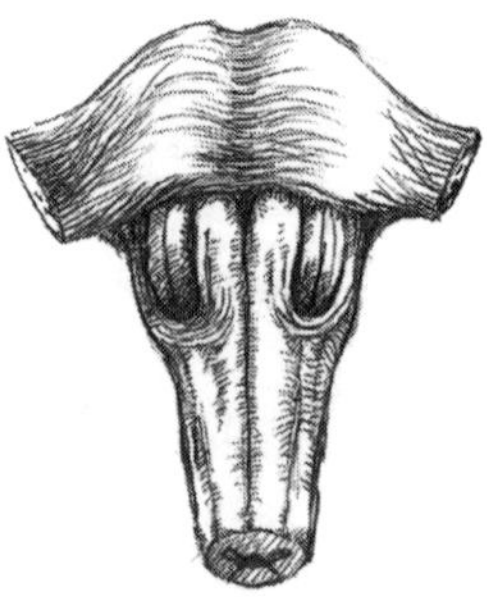

C'est alors que j'ai commencé à dessiner. Quand il ne me demandait pas de surveiller le poêle ou de lui passer ses outils, je m'asseyais dans un coin avec mon fusain.

La quatrième tête qu'a confectionnée Curtius était celle du directeur de l'hôpital. Comme il avait vu celles du médecin-chef et de l'aumônier, le directeur désirait la sienne. Voici une vérité première : les gens éprouvent une vive fascination envers eux-mêmes. Le directeur est venu à la Welserstrasse ; une attention qui ébahit Curtius. Puis le directeur a installé sa tête dans l'atrium de l'hôpital. Il s'arrangeait souvent pour se poster devant elle. Bientôt, des gens qui n'avaient rien à faire là-bas, qui étaient vifs, alertes, en bonne santé, des gens dont l'unique affection avait pour nom curiosité, franchissaient le portail noir à l'arrière du bâtiment pour le seul bénéfice de voir le directeur admirer la tête du directeur.

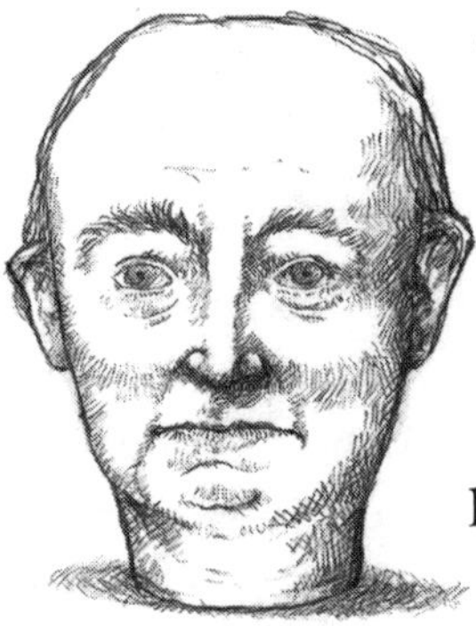

Pour mieux les connaître, je dessinais les outils de sculpteur du père de Curtius. Je dessinais des reins et des poumons, des os et des tumeurs. Je dessinais Marta, la mandibule de papa, et je me dessinais, moi. Je n'étais pas très habile au début, vraiment pas, mais pleine d'enthousiasme.

— Tss. Gribouillages, Marie, remarqua bientôt Curtius. Viens avec moi.

Je l'ai suivi à la cuisine, où il a détaché la mie d'une miche de pain pour en faire une petite boule. Nous sommes revenus à l'atelier et, muni de la petite boule, il a frotté mon dessin, censé représenter une vésicule biliaire. La feuille est presque redevenue blanche, pendant que la mie absorbait tout le noir.

— Quand il y a des défauts – tes dessins en comportent –, tu vas à la cuisine : mie de pain !

Alors que je dessinais, un après-midi, il m'interrogea :

— Mais qu'est-ce ?

— Une de ces choses, là… Un foie, *hepar.*

— Ah, vraiment ? Applique-toi mieux, Marie.

Et plus tard :

— Non, non, tu n'y es toujours pas. Il faut bien observer. Mie de pain.

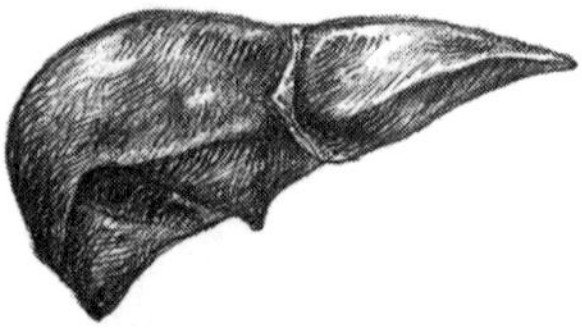

J'ai appris le nom des os en les dessinant. J'ai étudié les organes reproducteurs et compté les bosses d'une épine dorsale. Je dessinais tout. J'examinais les planches de ses ouvrages d'anatomie et les recopiais. Le soir, je m'endormais le crayon à la main. Et je dessinais Curtius.

Grâce au directeur de l'hôpital, les Bernois entendirent parler du Dr Curtius et de la Welserstrasse. Nous reçûmes des visites. Faites ma figure, demandaient-ils, et Curtius obligeait. La tête d'un marchand. D'un forgeron. D'un banquier. D'un policier. Ils étaient un ou deux par semaine.

Je leur ouvrais la porte et leur offrais un siège.

— Par ici, monsieur.

Tous contemplaient les étagères de Curtius et ses modelages.

— Magnifique, n'est-ce pas ?

— Magnifique, approuvaient-ils, pas tout à fait à l'aise.

Je déroulais une serviette autour de leur cou, retirais doucement leur perruque, leur lavais le visage, leur attachais les cheveux. Puis je leur demandais de fermer les yeux, j'appliquais un peu d'huile sur les cils, les sourcils, le menton et le haut du front. Délicatement, j'insérais un tuyau de plume dans chacune de leurs narines. J'étais toujours très polie.

— Ils ne passent plus la porte en morceaux, nota Curtius, mais tout entiers, maintenant.

Il ne manquait que des femmes. C'était toujours des hommes.

Curtius relevait les cicatrices, les fossettes, la plus petite ride, le moindre pore. Avant de reproduire une tête, il dessinait le pourtour des yeux, remplissait des pages et des pages de notes détaillées, d'esquisses et d'aquarelles. Lorsqu'on prend une empreinte, les yeux doivent être fermés, par précaution. Mais il faut les rouvrir, sur l'effigie, pour qu'elle paraisse vivante. Curtius les restituait à l'aide de ses dessins et de ses notes. Devant chaque personne, ai-je cru remarquer, son propre visage semblait changer ; il s'ingéniait à imiter les expressions de ces inconnus, à les refléter, à les absorber comme la cire.

Nos Bernois découvraient la Welserstrasse. Les voitures à chevaux y convergeaient. Seul un homme se plaignit de cette animation. Le Dr Hoffmann pensait que de trop nombreuses têtes dépréciaient la sienne. Et il craignait de perdre son modeleur anatomique. Il pestait, s'agitait. Ce nouveau passe-temps qui accaparait Curtius, plaidait-il, n'avait rien de scientifique. Qu'il poursuive dans cette direction – une activité secondaire, tout au plus –, et on lui couperait les vivres. De fait, l'hôpital supprima ses honoraires.

Un soir, assis à la cuisine, Curtius prononça un discours extraordinaire. Il gardait la tête baissée, comme s'il s'adressait à sa soupe, et je jouai le rôle du public – mieux, en tout cas, que les oignons, le bouillon et les pommes de terre.

— Hoffmann s'est servi de moi, non seulement pour l'instruction de futurs chirurgiens, mais pour l'éducation de tous. À sa demande, j'ai reproduit toutes sortes de pathologies. Il m'appelait pour prendre une empreinte dans une salle de l'hôpital, étudier les papules syphilitiques d'un garçon, modeler la langue ulcérée d'une femme ou le nez d'un homme, ravagé par une infection. Ensuite, quand j'avais le résultat, il m'envoyait dans les rues pour le montrer aux habitants. J'étais censé leur dire : « Ceci est la variole. Attention. » Ou : « Voici une syphilide, là un foie cirrhotique, ici les ravages de l'opium. Prenez garde. »

Il s'est interrompu pour avaler une cuillerée de soupe.

— C'était mon travail, et un tel travail nuit aux relations. Il vous éloigne de tout le monde. Vous êtes l'annonciateur de grands malheurs. Les gens m'évitaient ! J'ai exposé mes griefs au médecin-chef, qui m'a dispensé de porte à porte. Alors je suis resté chez moi, où je ne voyais plus personne. Mais les gens me manquaient et, à contrecœur, Hoffmann a accepté que je prenne des assistants. Alors tu es arrivée, et ta pauvre maman nous a quittés.

« Je ne suis plus seul et je ne suis plus maudit. On vient me voir, on me regarde. On ne me serre pas la main, mais on ne se détourne plus. Je n'avais autrefois pour compagnie que des choses mortes. Aujourd'hui, la vie se souvient de moi et je lui dis : “Bienvenue, bienvenue dans ma maison !” Je l’aime, cette nouvelle vie ! Et voilà que le Dr Hoffmann veut m’en priver ! Eh bien, le Dr Hoffmann ne comprend rien. Je ne reviendrai pas en arrière ! Pas question ! Un rein a toujours un rein pour voisin. Moi, j’étais aussi seul et singulier que l’appendice vermiforme. Ce n’est plus le cas. Grâce à toi.

Il avait terminé sa soupe. J’ai débarrassé son assiette.

— Merci, monsieur.

— Oui.

Il ne m’a pas vue sourire.

CHAPITRE SEPT

◆ ◆ ◆

Une ville au loin

Quand l'hôpital cessa de rémunérer Curtius, ses effigies lui rapportaient juste de quoi survivre. Il ouvrait ses armoires pour vérifier qu'elles contenaient assez de cire et les accessoires dont il avait besoin. Il ne fabriquait plus maintenant que des têtes. On lui apportait des factures pour le loyer, les fournitures, et il reçut un jour une lettre le priant de rembourser plusieurs mois de salaire, pendant lesquels, semblait-il, il avait travaillé pour lui sans se soucier de l'hôpital.

Un beau matin, deux étrangers nous rendirent visite. En regardant par le trou de la serrure, je me suis assurée qu'ils n'étaient pas envoyés par le médecin-chef.

— Par ici, messieurs, les ai-je priés.

Ils portaient des costumes, gris pour l'un, blanc pour l'autre, et tous deux étaient essoufflés. L'homme en blanc disposait d'un carnet, d'une plume d'oie, ainsi que d'un encrier portatif, doté d'un capuchon à ressort ; sa veste était constellée de taches bleues. Il avait un très grand nez et un tout petit menton.

— Nous avons entendu parler de vous, dit-il à Curtius en bon allemand, bien qu'il fût étranger. Vous jouissez de quelque notoriété dans la région. Bien. Nous ne sommes pas pressés par le temps. Donc. Nous allons nous rendre compte par nous-mêmes.

Curtius les convia à regarder les têtes de cire qui, sur l'étagère, attendaient qu'on vienne en prendre possession. L'homme en blanc ne leur jeta qu'un regard, puis s'assit sans y être invité et feuilleta son carnet. L'homme en gris les a longuement considérées, nez à nez, de ses yeux bruns.

— Voilà donc les faciès des citoyens de Berne, leur a-t-il murmuré. Je vous connais. Je vous entends chuchoter dans vos petits couloirs. Vous sifflez, vous chuintez comme le gaz. Tout pleins de réprobation.

Il leur tourna le dos, se tint immobile, puis joignit ses deux mains sur son visage, comme s'il souffrait.

— Où trouver un peu de paix ? s'est-il lamenté.

Alors il retira une plante fanée de sa poche et se mit à l'étudier, comme pour dissiper son énervement, tout en marmonnant dans sa barbe : « *Picris hieracioides*[1] », deux mots qui semblaient l'apaiser.

Pensant que j'importunais l'homme en gris, l'homme en blanc me fit signe d'approcher.

— Laisse-le tranquille, petite ingrate. Viens donc me voir. Il ne comprend pas les enfants. Il en a eu et s'en

1. Picride fausse épervière, cf. *Les Rêveries du promeneur solitaire*, Jean-Jacques Rousseau.

est séparé. Moi, je vous comprends bien. Je devine, par exemple, que tu aimerais savoir ce que j'écris avec tant d'empressement, n'est-ce pas ? Forcément. Eh bien, puisque tu insistes, je vais te le dire. Je me rappelle mes promenades. Une en particulier, qui me revient en mémoire. Je rassemble les promenades de ma vie. On me demande parfois si j'ai marché assez loin pour que cela en vaille la peine, et je réponds : « La question n'est pas de marcher loin, mais de marcher attentivement. » Crois-moi, j'accorde beaucoup d'attention à mes promenades. Bien sûr, tu souhaites maintenant savoir où mes pas m'ont mené. N'est-ce pas, petite effrontée ?

Voilà comment il m'appelait. Manifestement, le terme lui plaisait, et il en a produit d'autres sans se soucier un instant qu'ils puissent me heurter :

— Vilaine tête d'avorton... Monstre en costume d'enfant... Petite chose... Pleurnicharde... Crapaud disgracieux... Débris d'humanité... Petite, petite... *Petite ?* a-t-il conclu, hésitant à me définir vraiment, sinon par le fait que, petite, je l'étais, ou une petite part de quelque chose.

L'homme gratta son nez pointu, se pencha sur ses souliers et j'ai soudain remarqué qu'ils étaient enveloppés d'étoffes, nouées à ses chevilles par leurs extrémités. De ce fait, ils se dérobaient aux regards. Il a détaché ses petits sacs, et sont apparues des chaussures en cuir noir, usées par endroits et serrées d'une grande boucle en métal. Il en a retiré une pour me la donner.

— Tiens. Sens. Sens avec ta grosse truffe.

J'ai senti. Oh, infect !

— Connais-tu cette odeur ?

Comme il n'était pas gentil, j'ai répondu :

— Oui. C'est celle du piétin.

— Non, celle de Paris.

Ce fut ma première approche de la capitale.

— Paris, ai-je répété.

— Mes chaussures ont redessiné toutes ses voies, du Pont-Neuf à la rue Saint-Antoine, en passant par les minuscules venelles. J'en ai fait des phrases, avec mes chaussures ! Car j'écris ce que je vois. Je laisse de côté les monuments, les grandes églises, les bâtiments historiques et je regarde les gens. Les miséreux, les plus heureux et les autres au milieu. Je les connais bien. Ils sont là sur mon chemin et partout dans mes pages. Si tu ouvres un de mes carnets, n'importe où, tu sentiras et entendras toute la puanteur, toute la cacophonie de cette ville. Mes phrases te prendront par la main pour que tu les découvres : les encyclopédistes fatigués, les jeunes prodiges de la chimie, les missionnaires de l'Académie, les comédiens du Français et de l'Opéra, les marionnettistes des boulevards, les cordonniers pointilleux, les perruquiers inquiets, les portiers harassés, les dentistes empressés, les médecins incapables, les chiffonniers, les sages-femmes, les maquerelles, les pickpockets… Les grêlés et les poudrés, les bien nés et les enfants trouvés… Tous les ingrédients de la grosse soupe parisienne !

Cela paraissait un endroit extraordinairement animé.

— Nous formons une indivisible trinité, mon soulier gauche, mon soulier droit et moi. Nous avons foulé tant de choses, traversé tant d'horreurs. Certes, nous avons parfois trébuché, mais nous sommes toujours relevés.

Il m'a posée sur ses genoux, un perchoir déplaisant et inconfortable. Le contact de ses cuisses m'incommodait. Curtius, qui feignait de s'affairer à sa table, en lâcha son couteau interosseux à double tranchant.

— Pourquoi ces sacs autour de vos souliers, monsieur ?

— Je ne leur permets pas de toucher le sol d'une ville aussi déplorable que la vôtre. Au-dehors de Paris, je suis perdu. Alors que, là-bas, on peut bien me bander les yeux, me faire tourner en toupie et me déposer n'importe où, je sais tout de suite dans lequel des seize quartiers je me trouve. Mieux encore, je sais le nom de la rue et de ses habitants. Mais j'ai dû la quitter, ma ville – ô terrible sacrifice –, pour rendre visite à cet homme que tu importunes, petite. Le voilà exilé. Ses livres sont interdits à Paris et brûlés à Genève.

Je me suis tournée vers l'homme en gris, qui étudiait toujours sa plante. Écrivait-il vraiment des livres ? Des livres scandaleux ?

— Elle est ma servante, a finalement expliqué Curtius.

J'en profitai pour me soustraire à ces genoux incommodants et me placer près de mon maître.

L'homme en blanc indiqua nos têtes de cire.

— Tout compte fait, cela ne vaut pas grand-chose, dit-il. L'exécution en soi est convenable, mais vos sujets laissent à désirer. C'est comme si vous aviez choisi un passant dans la rue et décidé qu'il était digne d'intérêt. Alors il attirerait les foules, qui se mettraient en rang pour l'admirer. Non, ces gens sont tout ce qu'il y a de plus ordinaire.

— Je ne pratique pas de discrimination, protesta Curtius. Ni entre les organes, ni entre les visages.

— Vous devriez. Il vous faut des figures qui méritent vos talents, qui vous mettent à l'épreuve. Certes, vous pouvez continuer à sculpter des médiocres, mais quels progrès ferez-vous avec d'ennuyeux inconnus, mesquins et insensibles ? Venez donc à Paris et tenez-y boutique. Vous ne vous en porteriez que mieux. Il est presque tragique que vous gâchiez vos dons à Berne. Pensez aux têtes que vous auriez là-bas. Les plus belles se rencontrent chez nous. Ah, je crains de parler dans le vide, hélas, vous n'êtes pas ce genre d'homme. Enfin, conclut-il, au cas où vous changeriez d'avis, voici comment me retrouver.

Détachant une page de son carnet, il y a noté ses nom et adresse, avec un « Paris » souligné plusieurs fois et orné de fioritures. Il se nommait Louis-Sébastien Mercier.

— Et cet homme-là, si soucieux de sa plante, nous l'appellerons Renou, bien que ce ne soit pas son nom, mais un pseudonyme pour détourner l'attention. La sienne, de tête, n'est pas n'importe laquelle. Vous en conviendrez, je suppose. Pour votre gouverne, puisqu'il est ici chez vous, chuchota Mercier, cet homme est l'auteur de *L'Émile* et *Du contrat social.* Que dites-vous de cela ?

Ignorant tout des travaux du célèbre écrivain, nous ne pouvions saisir la portée de cette révélation.

— Si quand bien même vos pas vous amènent chez nous, où vous aurez des têtes à votre mesure, n'hésitez pas à me rendre visite, déclara Mercier, légèrement déçu. J'aimerais conserver votre trace dans mon carnet, mais, malheureusement pour vous, j'y inscris toujours mieux que les citoyens de Berne. J'admets cependant que vous n'êtes pas banals, vos effigies, vous-même et votre laideron.

— Il n'y aurait de bonnes têtes qu'à Paris ? demanda Curtius, ébahi.

— À Paris et nulle part ailleurs, confirma Mercier, hochant la sienne et souriant. Allons, mon cher Renou – puisque Renou ce sera –, poursuivons notre chemin.

Mercier se retourna vers nous pour expliquer :

— Nous étions poursuivis et, comme nous approchions de votre rue, nous avons pensé à nous réfugier chez vous. Le danger doit maintenant être écarté. Merci de nous avoir consacré un peu de temps.

Curtius les raccompagna à la porte, serra la main énergique de Mercier (qui avait de nouveau enveloppé ses chaussures) et s'inclina devant l'infortuné écrivain qui, pour toute réponse, ferma les yeux.

Quant à moi, j'accordai peu d'importance à ces énergumènes.

CHAPITRE HUIT

Qui apporte son lot de soucis

De sombres nuages annonçaient le retour du Dr Hoffmann et ses dernières mises en garde. Bientôt, dit-il à Curtius, même dès avant la fin de la semaine, des huissiers viendraient le saisir. S'il ne remboursait pas immédiatement les salaires qu'il avait touchés, ses biens deviendraient la propriété de l'hôpital de Berne. Il croulait sous les dettes, insistait le médecin-chef, il était ruiné. Il y avait cependant une possibilité, un espoir de le sortir de l'embarras. Le Dr Hoffmann – qui s'érigeait en homme généreux, se présentait comme « l'unique ami de Curtius » – avait pris ses dispositions afin que celui-ci dispose d'une pièce à l'intérieur du grand et noir monolithe. Là, on s'occuperait de lui et il pourrait se consacrer au modelage anatomique sans craindre d'être dérangé. Bref, conclut le médecin-chef, il serait heureux.

— Est-ce grave ? lui demanda Curtius. Si grave que cela ?

— Peut-être pire, Philippe. Croyez-moi.

— Je n'aime pas les ennuis. Je ne les aime pas du tout. Vous m'inquiétez, docteur, et m'effrayez aussi.

— Il n'est pas bon de s'inquiéter, Philippe. Laissez-moi vous tirer d'affaire. Vous n'êtes pas fait pour affronter les vicissitudes de l'existence, mais pour que l'on veille sur vous. Un homme de votre stature doit être protégé. Venez à l'hôpital, votre officine est déjà prête. Vous serez nourri, logé, blanchi. Plus de soucis ! Plus d'imbroglios financiers ! Vous n'aurez même plus besoin d'argent ! Vous ne manquerez de rien, je m'en assurerai moi-même. L'hôpital sera aux petits soins. Je vous fournirai autant de travail que nécessaire – quoiqu'en matière de chirurgie seulement. Soyez raisonnable, Philippe, tant qu'il m'est possible d'agir. Si vous déclinez mon offre, je crains que l'on vienne vous arrêter pour vous jeter en prison.

— En prison ! s'écria Curtius.

— Vous êtes coupable de vol envers nous. C'est un crime.

— Je l'ignorais ! Je l'ignorais !

— Vous serez à l'abri du danger, Philippe, dans nos murs. Le reste du monde pourra bien s'entredéchirer, vous serez en sécurité chez nous.

— En sécurité ?

— Parfaitement.

— Avec mes modèles ?

— Évidemment.

— Mes têtes ?

— Parfois, peut-être. Ce qu'elles renferment.

— Mais je ne veux plus voir ce qu'elles renferment. Cela me retourne l'estomac, cela me soulève le cœur ! Je suis bien plus heureux avec l'extérieur.

— Philippe, êtes-vous heureux aujourd'hui ?

— Non, non, je reconnais que non.

— Eh bien, c'est à cause de vos têtes. Elles sont la source de votre malheur.

— Et ma servante ? Viendra-t-elle avec moi dans cette officine ?

— Ce serait contraire à notre règlement. En outre, vous n'aurez plus besoin d'elle, puisque nous pourvoirons à tout. Et vous n'avez jamais su garder vos servantes, n'est-ce pas ? Mais je suis là pour vous aider. On l'affectera à la blanchisserie.

— Parmi les draps souillés par toutes les infections ? marmonna mon maître.

— Il faut vous décider, Philippe. Il est temps.

— Oui, la blanchisserie. Fort bien.

— Monsieur, monsieur ! le suppliai-je.

— Paris, me chuchota Curtius.

— Que dites-vous ? demanda le médecin-chef.

— Rien du tout. Dr Hoffmann, m'accorderait-on un peu de temps pour préparer mes affaires ? Sans être dérangé ? Je suis assez méticuleux et j'aurais besoin de tranquillité. Cela ne devrait me prendre qu'une semaine.

— Parfait. J'enverrai des porteurs. La semaine prochaine. Bravo, Philippe, vous voilà raisonnable. Votre père serait fier de vous.

Sur ce, le médecin-chef partit et je ne l'ai plus jamais revu.

— Le courage m'est venu, me dit tout bas mon maître quand la porte fut fermée. Je ne ressens aucune peur. Vous ne m'impressionnez pas, Dr Hoffmann. Quoique… si, beaucoup. Je suis épouvanté, murmura-t-il devant la porte. Mais j'en ai fini avec vous, et avec Berne. Quelle ville ennuyeuse, mesquine et insensible ! Et que de têtes médiocres ! Dont la vôtre, docteur.

Dans l'atelier, il commença à ranger ses outils.

— Puis-je vous aider, monsieur ? proposai-je.

Il ne répondit pas.

— Monsieur, que se passe-t-il ?

— Paris, Marie. Paris.

M'emmenait-il avec lui ? Il n'en disait mot.

— Allez-vous me garder ? Je sais allumer le poêle. Je connais le nom de chaque outil. Je sais préparer les visages, leur mettre des pailles dans le nez. Avec le temps, j'apprendrai encore bien des choses. S'il vous plaît, monsieur, ne m'abandonnez pas.

Il s'interrompit, me posa sur la table et s'accroupit, de sorte que nous étions face à face.

— N'as-tu pas remarqué ce qui est arrivé ? me demanda-t-il, les larmes aux yeux. C'est si extraordinaire ! Comme la petite ulna s'associe au radius, et le péroné au grand tibia : nous formons un couple, toi et moi.

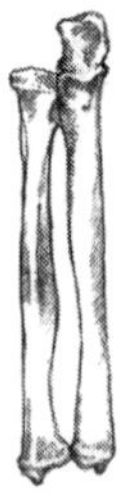

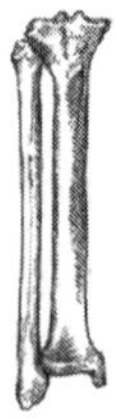

— Monsieur ?

— Je ne puis me passer de toi.

— Merci, monsieur ! Merci !

— Non, non. *Moi*, je te remercie.

Alors donc, nous irions ensemble à Paris. Mais comment allions-nous faire ?

Pour aller à Paris, il faut du courage. Pour se donner du courage, il faut vendre certaines choses afin de réunir un peu d'argent. Contre une jolie somme, mon maître céda quelques outils de son père, et deux de ses ouvrages. Pour ne pas perdre courage, il faut souvent répéter : Paris, Paris, Paris. Pour s'armer plus encore, il faut retrouver son passeport et plier proprement celui de votre maman disparue. Et il n'est pas mauvais, en guise de soutien, de frotter entre le pouce et l'index un os humain ou un moulage.

— La cire vient au secours des affligés, m'assura Curtius en me confiant l'os hyoïde d'une épiglotte. Cela se fait dans certains pays catholiques. Lorsqu'une personne souffre d'un mal, ses parents ou elle-même se procurent une miniature de son membre malade – pas toujours bien sculptée, hélas, mais cela reste de la cire. Et l'idée veut qu'ils aillent la placer à l'église, dans une chapelle particulière, pour que Dieu sache à quel endroit cette personne souffre, ait pitié d'elle et tente de la guérir. Voilà donc : la cire soulage les blessés.

Courageusement, Curtius s'est aventuré hors de la Welserstrasse, afin de réserver deux sièges pour notre voyage. Pris de nausée sur le chemin du retour, il a un peu taché sa veste, mais ce fut tout. Nous avons rangé Marta, la mandibule de papa et mes affaires utiles dans la malle de mon grand-père. Elle était loin d'être pleine. Curtius a soigneusement enveloppé ma tête de cire. « Nous en aurons besoin pour démontrer notre savoir-faire. » Dans une vieille sacoche en cuir, qui avait appartenu à son père, il a logé les outils, appareils et livres qu'il n'avait pas vendus.

Nous avons quitté notre petite maison à l'arrivée des deux porteurs. Curtius leur a laissé sa clef, expliquant que nous partions en promenade, après quoi il les rejoindrait à l'hôpital.

— En promenade avec une malle ? se sont-ils étonnés.

— Oui, oui, leur a dit mon maître, hésitant. Elle est très légère.

— Posez-la, nous l'emportons !

— Pas la peine. Vous avez déjà bien assez de travail avec les meubles, mon établi, les étagères…

Qui suffiraient à rembourser ses dettes, m'avait-il affirmé.

— Mais attention aux moulages ! leur a-t-il recommandé d'un air désolé. Ils sont si jolis ! Et moi, si triste de m'en séparer… ne serait-ce qu'un instant !

Et de nous mettre en route. Quelques heures s'écouleraient, pensait-il, avant que l'on s'aperçoive de notre fuite. Nous nous sommes rendus directement à l'hôtel, où les passagers se rassemblaient déjà. Le coche n'est arrivé qu'au bout d'une éternité ; Curtius gardait les yeux baissés. Enfin, la corne a retenti, on a chargé nos bagages sur le toit, et nos sièges se résumaient à un banc, au-dessus du cocher. Enfin, l'attelage s'est ébranlé. Curtius fondait de nouveau en larmes.

Une demi-heure plus tard, nous passions les portes de la ville. Je fis mes adieux à ma mère disparue ; comme mon père, j'allais à la rencontre du vaste monde, vers un de ces endroits douteux où, parmi d'autres choses, on risquait de perdre sa mâchoire.

Berne s'éloignait derrière nous.

Elle ne reviendrait jamais.

LIVRE DEUX

1769-1771

CHEZ UN MAÎTRE TAILLEUR

Où j'atteindrai l'âge de dix ans

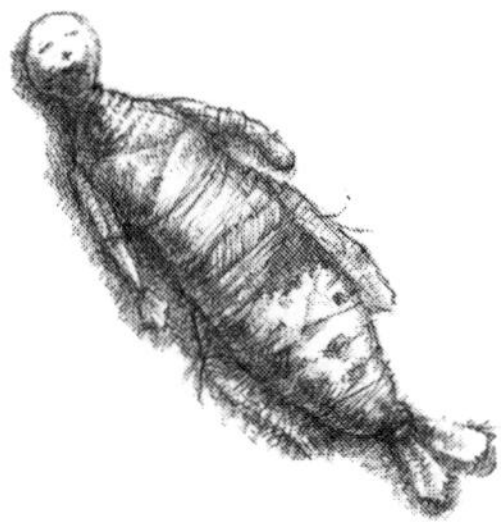

CHAPITRE NEUF

Un magasin de jouets

En chemin, Curtius desserra à peine les mâchoires. Enveloppé dans son manteau, il s'efforçait de ne rien voir. À Neuchâtel, il échangea ses thalers bernois contre des livres françaises. Nous sommes montés dans un deuxième coche avant de traverser la frontière, et nous avons passé la nuit à Dijon. Comme la minuscule chambre qu'il a louée ne comportait qu'un lit, j'ai pris place à l'extrémité de celui-ci. Curtius s'est couché en chien de fusil, mais, pendant son sommeil il s'est parfois allongé sans le vouloir, alors ses pieds roulaient vers moi, tels de grands bateaux dans des vagues de drap. La nuit suivante, à Auxerre, il s'est mis à crier en dormant – des noms d'os et d'organes.

Le lendemain, nous sommes enfin arrivés.

Au départ, Paris n'avait été pour moi qu'une odeur, l'odeur fétide qui se dégageait du soulier gauche de M. Mercier. À présent, la ville m'apparaissait de loin tel un vaste brouillard, sale, jaune, une nappe de gangrène dans le ciel d'hiver, cachant une chose énorme qui palpitait dessous.

Tout devenait plus sombre à mesure que nous approchions. Les couches de saleté s'accumulaient dans l'air. Nous avons atteint la barrière de l'octroi, qui marquait l'entrée de la cité. Devant nous se dressait un bâtiment imposant, haut d'une trentaine de pieds. Les gabelous, de tristes sires aux manteaux verts, nous ont sèchement ordonné de mettre pied à terre. Des mains froides nous ont palpés. Malles et sacs furent ouverts et fouillés. Curtius balbutiait qu'il allait mourir. Je tremblais de peur qu'on nous sépare car, dans ce cas, comment le retrouverais-je ? Tout fut examiné de près. Ma tête de cire passa de main en main jusqu'à ce que, de mauvais gré, elle fût déclarée licite. Un coup de tampon sur nos passe-ports et l'on nous fit tout de même signe d'avancer. Notre voiture s'engouffra sous l'arcade. En chemin, nous longeâmes un lugubre édifice de pierre grise, dont j'apprendrais le nom plus tard : la forteresse de la Bastille.

Tandis que je comptais les maisons de guingois, aux façades blanchies à la chaux, l'odeur s'est réveillée. La même que celle du soulier, mais beaucoup plus forte, car nous étions ici à sa source. J'ai craint d'étouffer. Recouverts de la même boue que le sol, hurlant à pleins poumons, des gens couraient en tous sens autour de nous. Nous nous sommes finalement arrêtés sur une grande place et une échelle a claqué contre le coche. Le dos voûté, les membres inférieurs engourdis, Curtius descendit maladroitement. Je le suivis. Mes pieds, qui avaient huit ans, touchaient enfin

Paris. Aussitôt salis. Je ne m'éloignai pas de mon maître, m'accrochai à un bout de sa veste.

— Bonjour à toi, Paris, murmura-t-il, le souffle lui revenant. Me voilà, me voilà, Philippe Mathé-Curtz, dit Curtius.

Vérifiant d'un coup d'œil que je l'approuvais, il ajouta :

— Nous voilà, Marie.

— Paris.

Qui se moquait bien de notre présence.

— L'adresse, maintenant, dit-il en sortant de sa poche le papier froissé de Mercier.

Des hommes, des femmes nous bousculaient, toute une galerie de visages peu amènes. Nez rouges, yeux jaunes, dents noires, perruques ou crânes rasés, certains lisses et d'autres ridés. Partout l'on s'affairait et nous paraissions gêner. Un porteur maussade, au teint blême, se tenait à proximité, à qui Curtius remit quelques pièces en lui montrant l'adresse où nous voulions nous rendre. Il ne cessait de parler d'un ton impatient, je ne comprenais rien de ce qu'il disait, mais il chargea nos affaires sur sa charrette à bras.

Par les rues mouvementées, nous avons fini par arriver à la bonne porte. Le porteur nous laissa là avec nos bagages. Curtius actionna maintes fois le heurtoir, sans obtenir de réponse. Alors, assis sur le seuil, nous attendîmes une heure, deux, trois, puis quatre. Curtius se demandait ce qu'il advenait à Berne, pendant ce temps. Et peut-être l'hôpital n'était-il pas un si mauvais choix ? Peut-être, à y bien réfléchir, la blanchisserie n'était-elle pas si sale ? Sans doute ses employés ne tombaient-ils pas malades en manipulant du linge souillé ? Pour ma part, je m'inquiétais du sort réservé aux malheureux qui dormaient ici dans la rue.

Soudain, des chaussures claquèrent et cliquetèrent, mais tout aussi vite s'arrêtèrent, tandis qu'une voix s'exprimait en français. Levant les yeux, je reconnus Louis-Sébastien Mercier, non plus paré de sacs de toile par-dessus ses souliers, mais ceux-ci exposés à la vue, et tout crottés. Par bonheur, il n'avait pas oublié son allemand.

— Berne, n'est-ce pas ? Et vous voilà chez moi ?

— Vous m'aviez recommandé, répondit Curtius, votre bonne ville de Paris. Ce fut un long voyage, monsieur, un très, très long voyage.

— Vraiment ? Je suis ravi que vous m'ayez écouté ! Pensez-vous séjourner quelque temps ?

— Je me suis sauvé, monsieur. Sans espoir de retour.

— Ah, longuement, donc ? Dois-je rédiger une note à votre propos ? Que produisez-vous qui soit digne d'intérêt ?

— Des têtes, monsieur. Du moins en produisais-je à Berne.

— Certainement ! Vous êtes venu en faire d'autres. Mais des têtes de Paris, cette fois. Les bonnes. Et pourquoi pas la mienne ?

— C'est ma spécialité.

— Où logez-vous ? Croyez-moi, un logement est toujours utile. De l'argent ?

— Je sculpte des têtes de cire et je m'y entends.

— Que vous croyez. Et vous avez emmené cette enfant, cette… petite effrontée, aux traits rudes et saillants.

— Son nom est Marie.

— Marie, petite exclamation ! Petite graine de sédition ! Petite vexation ! Une petite quelque chose, de toute façon. Oui, Petite me plaît bien. Je l'appellerai ainsi.

— Elle est à mon service.

— Vraiment ?

— Absolument.

— Eh bien, l'on doit vous souhaiter de réussir, sinon vous serez deux à mourir de faim.

— Je n'allais pas l'abandonner.

— Votre bonté naturelle, probablement.

— Elle risquait le pire à la blanchisserie de l'hôpital.

Aurais-je réellement succombé dans leurs sales draps, là-bas ? Quelle sorte d'avenir avions-nous choisi ? Ne creusions-nous pas notre tombe ?

— Elle aurait été nourrie et blanchie, je suppose. Et n'aurait pas manqué de travail.

— Mais nous voilà et je n'ai d'autre endroit où aller, avoua Curtius.

— Sans doute, sans doute.

Mercier, s'il lui reprochait son insouciance, voyait toutefois quelque chose d'héroïque dans son attitude. Et, bien que Paris comptât sans doute plus d'habitants qu'elle n'en pouvait contenir, il restait peut-être ici ou là une niche, une brèche où caser un monsieur et sa servante, et où ils seraient bien. On reconnaissait parfois ces endroits aux petits bouts de papier que les propriétaires glissaient dans la fente d'une porte ou d'un mur. Mercier se lança dans une sorte d'énumération. Il y avait ce tanneur au bord du fleuve ; cependant les lieux étaient nauséabonds ; quelques années plus tôt, un locataire y avait trouvé la mort, dans son sommeil, et sa peau revêtait d'étranges couleurs. Cela ne plut guère à mon maître. Se référant à son expérience médicale, Mercier lui suggéra le premier étage d'un barbier-chirurgien. Non, insista Curtius, il en avait fini avec ces affaires. De la même façon, il refusa d'être logé chez un apothicaire, un coutelier, un préparateur de divers élixirs et un croque-mort. Enfin, Mercier lui proposa d'être hébergé par une veuve, dont le mari avait été tailleur. Elle avait un fils apprenti.

— Une femme ?

— Il y en a pléthore à Paris.

— Mais je n'entends rien aux femmes.

— Et votre Petite ?

— Doit-on l'inclure dans cette catégorie ? Ce n'est que Marie, elle n'a rien pour faire peur, elle. J'oublie parfois que c'est une fille. Elle n'a pas vraiment de sexe, elle a créé un genre à elle : mâle, femelle et Marie. Ma Marie.

J'étais à lui. Il l'affirmait. Rien d'autre ne comptait.

— Sa compagnie me suffit. Je n'ai que faire de la gent féminine, vraiment.

— Souhaitez-vous que je vous aide ou pas ? Je peux rentrer et fermer ma porte.

— Si, si ! J'ai besoin de vous. Une femme alors… Cette veuve…

— La veuve du tailleur.

— Soit.

— À la bonne heure. Je vais appeler une charrette.

— Le sort en est jeté !

— La vie commence pour vous ! dit Mercier. Il suffit d'être ici. Le passé ne compte plus. C'est un magasin de jouets qui vous ouvre ses portes, et vous êtes les derniers entrés. Vous ne savez pas encore ce qu'il vous offre, ni avec qui vous jouerez. Mais vous avez bien le temps. Allons, en route.

Une nouvelle charrette, de l'argent à donner, d'autres rues tortueuses et nous fûmes arrivés.

La rue du Petit-Moine, dans le faubourg Saint-Marcel, s'affaissait en son centre, et en son centre se dressait une maison sans joie, avec un mot inscrit sur une planche voilée, tenue par deux fers rouillés : TAILLEUR. Les fenêtres étaient tendues d'épais draps noirs, graisseux, et, certainement, l'obscurité régnait à l'intérieur. Le tailleur était mort. Poussant la porte, Mercier fit tinter une cloche qui, trouant le silence, retentit deux fois. Un bruit triste, un douloureux *ding-ding*, qui semblait dire : « Aïe. Ouille. » J'allais bien les connaître, cette cloche et son battant (petite boule de métal ressemblant aux calculs rénaux, calcifiés et tachetés, que Curtius avait conservés à Berne).

Enfin, quelqu'un vint ouvrir : un garçon très quelconque, à la peau pâle, sans doute le fils. Mercier lui parla, le garçon acquiesça et s'en retourna dans les ténèbres. Nous l'avons suivi dans le couloir. Le chagrin étouffait les lieux ; nul bruit à l'intérieur, sinon le froufrou des manches de Mercier, le murmure de ses chaussures sur les tapis. À l'obscurité s'ajoutait une odeur de moisi. Non seulement les fenêtres étaient tendues de drap, mais une sorte de linceul recouvrait toute chose, dissimulait les angles. En tâtonnant le long des murs, nous avons traversé la maison jusqu'à une pièce où une unique chandelle fournissait un maigre éclairage. Le fils s'avança vers une forme vêtue qui s'ébranla à peine. Une main s'en dégagea et, non sans tendresse, lui caressa la joue. Cette forme était humaine, sa mère probablement : la veuve, qui nous regardait à présent.

Charlotte, la veuve Picot, portait un grand bonnet noir. Elle était corsetée dans ses habits de deuil. Rebelles, deux mèches de cheveux encadraient ses joues pleines. Elle avait le teint rougeaud, la bouche lippue et des yeux sombres. Il lui restait un vague air de jeune fille, de sorte qu'on pouvait l'imaginer avant que le temps commence à faire son œuvre. Elle n'était pas laide, mais l'inquiétude avait grignoté toute trace de joliesse.

Mercier lui annonça que nous désirions louer une chambre.

— Je confectionne des têtes de cire, expliqua Curtius, bégayant, afin qu'il traduise.

On me pria de déballer mon effigie et de la tenir près de ma figure. J'ai fermé les yeux pour renforcer l'effet. Un bruit disgracieux retentit. Puis la veuve s'exclama et Mercier traduisit :

— Elles sont identiques !

— Mais oui, mais oui, confirma Curtius qui, tout fier, frappa dans ses mains.

— Comment faites-vous cela ?

— C'est mon métier.

— Êtes-vous capable d'en produire d'autres ? demanda-t-elle. Ou seulement celle de la petite ?

— Je reproduis toute surface, humaine ou pas.

— Votre gagne-pain, donc ? traduisit de nouveau Mercier.

— Du pain à gagner, oui.

— Mme Picot soutient qu'il ne serait pas correct de confectionner ces choses dans une chambre à coucher. La maison a des principes. Il vous faudra lui louer un atelier.

La veuve me montra du doigt. J'étais la servante, lui apprit Mercier.

— Nous en avions une, autrefois, dit-elle. Elle a dû retourner chez ses parents, à la campagne.

— Je sais allumer le feu, avançai-je. Je connais tous les outils par leur nom. Je prépare les pigments, je...

— Nous serons ravis d'en avoir une nouvelle, me coupa la veuve. Paulette dormait dans le débarras de la cuisine. Cela conviendrait-il ?

Curtius approuva. Le loyer augmentait encore.

— Fait-elle la cuisine ? s'enquit la dame.

Je lui préparais de bons repas, affirma Curtius, ce qui me mit le sourire aux lèvres, où il resta un long moment pendant la suite de la conversation.

— La maison Picot vous souhaite la bienvenue, déclara la veuve. Vous pourrez constater que nous sommes de bonnes gens, délicats et sincères, rongés par le chagrin. Vous serez tendres avec nous, car un rien nous offense. C'est que nous sommes fort sensibles, mon fils Edmond et moi. Nous pleurons facilement.

Je l'avais oublié ; pourtant, il était toujours là, pâle et inexpressif.

— Nous méritons bien des égards.

— Certainement ! approuva Curtius.

Elle lui tendit sa main. Affolé, il dut croire qu'il fallait la baiser, mais Mercier intervint :

— Payer.

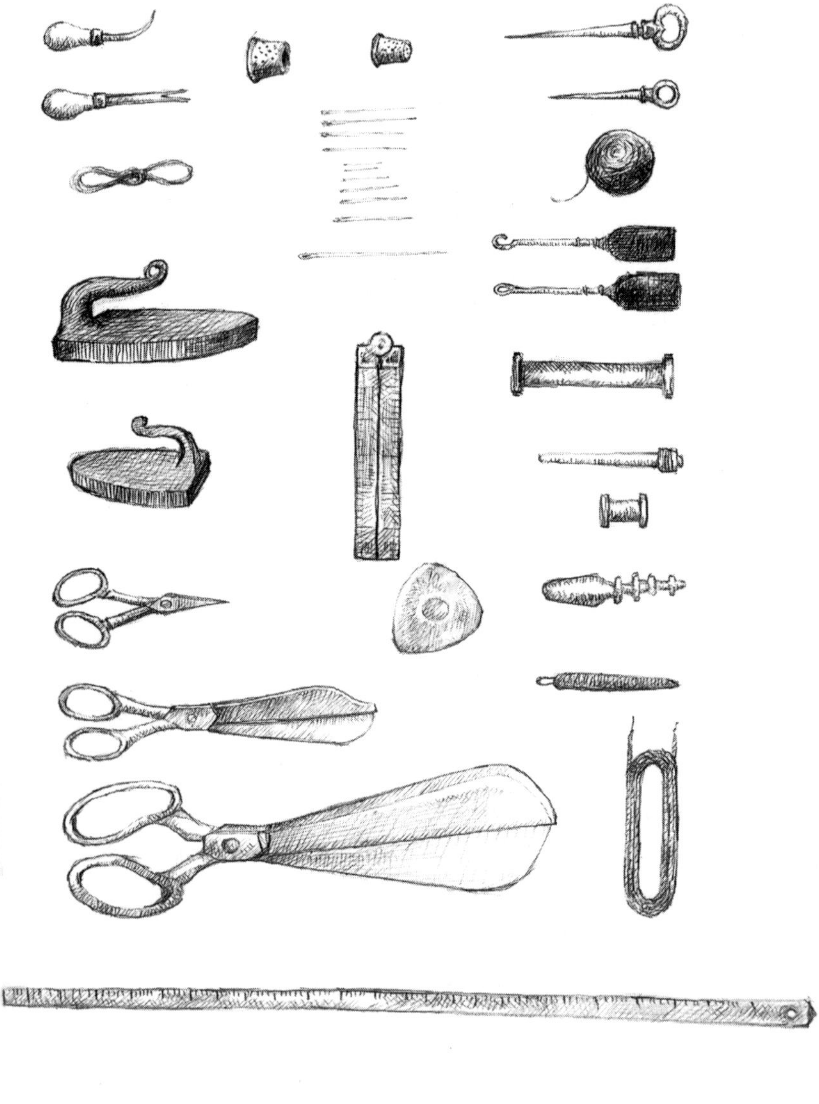

Curtius était venu louer une pièce et, en l'espace de dix minutes, elle lui en avait imposé trois.

— Une dernière chose, dit-elle. Vos passe-ports, je vous prie. Je les conserverai.

— Nos passe-ports ?

— Simple précaution. Il ne faudrait pas que, à court d'argent, vous filiez à l'anglaise.

Il lui confia nos passe-ports, ce qui me parut injuste, puisque c'était les nôtres.

Elle prit son fils à part et, un instant plus tard, j'entendis tinter la cloche : le petit taiseux était sorti. Alors elle nous fit visiter son atelier, plusieurs pièces comprenant des établis, du matériel, des bobines de fil, une craie de tailleur en forme de galet plat. Le monde bien ordonné d'une couturière, chaque objet à sa place. De nombreux ciseaux. De quoi piquer, tailler, gratter les tissus. Tout un assortiment d'aiguilles ; des fers et des alênes ; des fuseaux et des règles.

— Je crois comprendre, chuchota Curtius. Voilà qui ne me laisse pas indifférent.

Elle possédait de nombreux mannequins. Parmi eux, quatre reproduisaient un tronc, sans tête, ni bras, ni jambes ; trois autres avaient des membres et une figure, des pieds fuselés, recouverts d'un bas, des mains qui se réduisaient à une languette, plus proches d'une moufle que d'une menotte. Ceux-là représentaient deux femmes et un homme, aux mêmes visages figés, dotés d'un nez grossier, d'yeux seulement suggérés par l'arcade sourcilière,

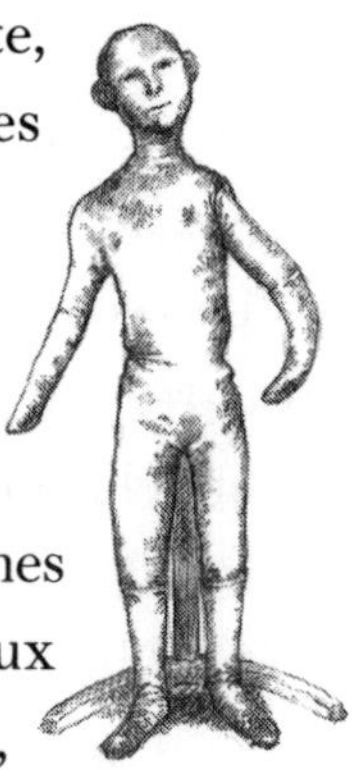

et de coutures de fil rouge en guise de lèvres. Jamais ils n'ouvriraient la bouche. Presque inhumaines, c'était de grandes poupées de chiffon, garnies de ouate, destinées à être exposées en vitrine afin de présenter des costumes. On aurait pu croire un instant qu'il y avait du monde chez la veuve, mais ces silhouettes, dans l'atelier, faisaient de piètres compagnons.

Elle en désigna une dernière, dans un coin, parée d'une cape noire.

— Henri Picot, souffla-t-elle.

— Cette pèlerine, nous traduisit Mercier, habille un mannequin conçu pour ressembler au défunt mari de notre dame. C'est le premier qu'ils ont fabriqué ensemble et elle y est très attachée. Il ne faut jamais le toucher. Elle le tient pour sacré et insiste sur ce point.

Nous avions devant nous le chagrin personnifié, comme si le cœur brisé de la veuve s'était réfugié sous cette défroque.

Elle nous emmena à la cuisine, tout au fond, où l'on me fit signe d'avancer et me présenta le fourneau, les bûches, la soupente à charbon, les poêles et les casseroles, les planches à découper, et divers ustensiles suspendus aux crochets.

— Je préparerai vos repas ici, monsieur.

— Sans doute, Marie, oui.

La veuve ouvrit une petite porte, donnant sur une pièce obscure, humide et minuscule, comportant un grabat et un matelas de paille. Pas de fenêtre. Curtius nous jeta un regard désolé, à la veuve et à moi.

— Une chambre pour dormir, Marie, très bien.

— Oui, monsieur. Mais pourquoi pas dans votre atelier ?

Mercier posa la question à la veuve, qui s'y opposa.

— Je suppose, dit mon maître, que cela n'est pas de mise à Paris. Il faut se comporter comme les Parisiens.

Sa chambre se trouvait à l'étage. Deux fenêtres, un lit sinistre au matelas affaissé qui avait dû soutenir des générations de Picot avant que Curtius vienne y insérer son empreinte filiforme.

— Je serai très heureux, affirma-t-il d'un air terrorisé.

La cloche retentit. Envoyé faire les courses, le fils était rentré. Nous allions partager un repas et Mercier serait des nôtres. La maison Picot disposait d'une salle à manger très sombre. La veuve, son fils, Mercier et Curtius se sont assis devant des assiettes de viande froide et de fromage. J'allais me joindre à eux quand la veuve m'a sèchement repoussée.

À Paris, les gens de maison ne mangeaient pas avec leurs maîtres, semblait-il.

— Ce n'est pas la coutume, assura Mercier. Petite, tu souperas à la cuisine.

J'ai regardé Curtius.

— J'ai tant à apprendre, remarqua-t-il.

— L'étranger, assura Mercier, est un être seul, ignorant et insignifiant, qui court certainement à sa perte. Enfermé dans sa chambre, il jette un coup d'œil au-dehors, mais ne voit rien de Paris. S'il n'apprend pas la langue, il s'exclut de lui-même.

— Alors je vais apprendre, annonça Curtius.

Mercier promit de lui chercher un professeur.

— Que fait-elle encore là ? s'exclama la veuve et, bien que connaissant fort peu de français, cette fois, je l'ai comprise.

Je suis allée à la cuisine, où j'ai mangé comme je devrais m'y habituer : seule à la table. Le garçon falot m'a montré où se trouvaient la réserve d'eau et les cendres de bois pour tout laver. Puis j'ai débarrassé les assiettes, non seulement celle de Curtius, mais les autres aussi. Il est venu me voir.

— Je prends demain ma première leçon. Contre une modeste rémunération, la veuve m'enseignera les rudiments. Elle a bien des cordes à son arc. Mercier reviendra demain pour sa séance de pose. Marie, es-tu satisfaite ?

Il n'attendait pas de réponse.

— Nous sommes arrivés, Marie. Paris, Paris.

Une fois la porte fermée, ma chambre était noire et sans air. J'ai sorti mes affaires : la mandibule, la bible de maman, Marta. En m'allongeant, je croyais entendre les murs pleurer.

CHAPITRE DIX

Autres têtes

Notre première tête à Paris fut celle de Louis-Sébastien Mercier. Inutile de payer mon maître, puisqu'en lui permettant de l'exposer, il lui rendait service, pensait-il. Y avait-il meilleur moyen de faire connaître l'immense talent de Curtius auprès de futurs clients ?

— Montrer celle de la petite est fort bien, mais aussi tendre et vivant soit son portrait, il reste celui d'une singulière enfant, n'est-ce pas ? Il vous faut un visage pourvu d'un peu de gras, expliqua-t-il en pinçant ses joues. Comme le mien.

De fait, il était gras, on pouvait le reconnaître.

Mercier voulut que Curtius reproduise non seulement sa tête et son cou, mais aussi le haut de son torse : un buste en bonne et due forme, afin de suggérer que le Parisien, pour peu qu'on s'attarde sur lui, méritait la comparaison avec les philosophes de l'Antiquité. De fait, une fois réalisée, notre sculpture paraissait plus achevée, elle avait un semblant de corps. Passant la main sur son visage de cire, Mercier s'exclama :

— Quel relief ! Quel territoire ! Nos seize quartiers réunis dans ma physionomie. Et voici Notre-Dame ! s'amusa-t-il en tapotant son nez.

Il montra à Curtius où s'approvisionner dans sa ville bien-aimée. Je ne devais pas les accompagner. La veuve requérait mes services, et Curtius l'approuva. Du doigt, elle pointa le sol de la cuisine, le balai, opina du bonnet et s'en alla.

— J'apprécie avant tout de vous assister, monsieur, lui rappelai-je plus tard.

— Oui, oui.

— Vous m'avez formée à cet effet.

— Bien sûr. Cependant tu dois aider la pauvre femme, qui est si affligée. Marie, puis-je te raconter une histoire ? Elle commençait ainsi, je crois : il était une fois un os solitaire et reclus. Puis un autre os apparut, et un autre os encore…

— De quels os parlez-vous, monsieur ?

— Quels os ?

— Oui, monsieur.

— Voyons… L'épine dorsale, peut-être ? Les côtes. Qu'importe.

— Peu importe lesquels ? Est-ce bien cela, monsieur ?

— Je ne sais précisément. C'est une nouvelle anatomie pour moi. Je n'avais pas rencontré de femmes, jusque-là. Voilà sûrement des os nouveaux, une créature qui voit le jour. Quelle créature exactement, je l'ignore. Ils s'emboîtent pourtant, il faut seulement s'y habituer. Les articulations vont frotter un moment, sans doute. Il est normal d'en souffrir au début.

Mes journées se partageaient entre la veuve et lui, l'atelier et la cuisine. Je devais balayer et cirer les autres pièces. Aussi longtemps que possible, prétextant ne comprendre que l'allemand, j'ai forcé la veuve à mimer ce qu'elle attendait de moi. Me tendant un chiffon, elle indiquait ses fenêtres crasseuses ; je m'inclinais, le temps qu'elle s'en aille, puis m'en revenais à Curtius et à ses instruments.

Nous n'eûmes au départ que peu de clients : de simples artisans, des amis de Mercier, dont son cordonnier, à qui il avait montré son buste. M. Orsand ne vit pas tout de suite l'utilité d'être ainsi dédoublé – il s'occupait des membres inférieurs et les physionomies ne l'intéressaient pas. Pour une somme modique, il accepta toutefois que l'on prenne son empreinte. Une fois sa tête exposée en vitrine, il remarqua vite qu'on le distinguait des autres cordonniers. Les gens préférèrent alors confier leurs pieds à cette tête-là.

Après quoi, la cloche retentit plus souvent. Mercier nous envoya divers commerçants. Je disposais les outils sur la table, allumais le feu, mélangeais les pigments. Quand Curtius manipulait la cire – son privilège –, il était heureux, lui-même, dans son élément. Elle lui livrait peu à peu les secrets de la ville.

Bientôt la cloche tinta davantage pour lui que pour la veuve, comme si la couture était passée de mode. Mes corvées ménagères me donnaient toute liberté de déambuler dans la maison. Je visitais les pièces du rez-de-chaussée, me familiarisais avec leur contenu. Lorsque j'étais sûre d'être seule, j'ouvrais tiroirs et armoires, que je trouvais généralement vides, excepté quelques crottes de souris. Mais je devais être prudente en inspectant une pièce, car je m'apercevais parfois qu'Edmond, le fils, m'y avait précédée. Il se tenait dans un coin ou, assis, me dévisageait de son regard terne. À maintes reprises, il apparut aux côtés du mannequin de feu son père, m'empêchant de déshabiller celui-ci.

Quand je fus habituée à l'obscurité ambiante, que je sus me diriger dans le noir sans craindre de me cogner, j'ai commencé, pour ainsi dire, à y voir plus clair. Quelque chose se cachait sous le deuil. Une chose que le chagrin masquait si vous ne faisiez que passer, si vous étiez fort myope ou n'entriez que dans certaines pièces, comme la salle à manger ou le salon, dans lequel les mannequins arboraient les confections de la veuve. Pourtant, elle était là, cette chose. Elle avait effiloché les rideaux, fendu le verre des fenêtres, élimé les draps ; elle laissait les bougies éteintes et vidait les placards. Cette chose était la misère. Les affaires de la veuve périclitaient. Le jour de notre arrivée, il n'y avait rien eu à manger dans la maison ;

Edmond avait pu aller faire des courses grâce à l'argent de Curtius.

Un soir, je me retrouvai à contempler la pèlerine noire qui recouvrait le mannequin sacré. J'étais certaine d'être seule dans la chambre. L'objet tabou se dressait devant moi et j'avais la ferme intention de le mettre au jour. Soulevant la cape, je découvris une sorte de bonhomme ventripotent, composé de vieux bois et de toile desséchée. Le tissu n'était plus tendu sur l'armature, mais s'enfonçait ; toute la structure se pelait et se fissurait. J'imaginai Henri Picot, encore vivant, sous les traits d'un monsieur craintif, aux manières impeccables, un tailleur d'âge mûr qui avait épousé une jeune femme potelée et lui confectionnait ses robes. Il avait su également la déshabiller puisque, avant de disparaître prématurément, il lui avait donné un enfant. Je voulais bien accepter que ce Picot eût réellement existé, mais, devant ce mannequin vieillot, j'avais peine à le croire. Ce n'était qu'une tête de chiffon, un costume gris râpé aux coutures lâches, avec des boutons à la place des yeux. Un petit homme mangé par les mites.

J'allais lui remettre sa pèlerine quand j'entendis un bruit. La veuve était là. Sans un bruit, sa silhouette endeuillée s'était glissée dans la pièce.

Alors un déchaînement. La colère, les gifles, ses cris, mes cris. Comme si j'avais exhumé le pauvre mari, profané un cadavre.

Curtius accourut.

— Ma faute, Marie, dit-il en mesurant l'étendue du désastre. Marie, je suis coupable.

J'aurais dû te corriger au moins une fois par semaine. Mon propre père, inflexible, me frappait. Je m'étais promis de le faire, à Berne, quand le médecin-chef m'a confié ta garde. Les enfants ont besoin de discipline. Je me souviens de l'avoir pensé et… cela m'a échappé.

La veuve empourprée ne put qu'approuver, mais cette maudite tirade ne lui suffisait pas, car, s'approchant encore, elle m'a de nouveau giflée.

Une claque retentissante, foudroyante, qui m'a laissée choquée, blessée, en rage. J'attendis que Curtius châtie la veuve pour moi, qu'il la blâme, qu'il me venge.

En vain.

— Monsieur ! criai-je. Monsieur !

Il parut surpris, malheureux, et se contenta de murmurer :

— Ah, Marie… Madame, il ne faut pas.

Mais cela n'était rien. Il se mordait seulement les doigts. Ce qui n'était rien non plus. Un rien abominable, absolument terrible, car il signifiait à la veuve qu'elle avait tout pouvoir sur moi.

La cape est retournée sur l'occulte mannequin, Henri Picot à son profond sommeil, et l'on m'a renvoyée sans délai dans ma chambre. La porte s'est refermée sur moi et le noir intégral. J'entendis Curtius et la veuve prendre place dans l'atelier. J'étais seule avec ma joue gonflée.

CHAPITRE ONZE

❖ ❖ ❖

Une série de catastrophes

Curtius n'avait jamais eu de femme dans sa vie. Sa mère était morte en couches : l'arrivée de l'un entraîna le départ de l'autre. Il y en avait une à présent, qui l'impressionnait grandement. Il la laissa bientôt prendre ses décisions à sa place. Il n'osait bouger lorsqu'elle retirait les miettes collées à sa veste.

Cependant il progressait. Son atelier devint vite la pièce la plus importante de la maison. On y tenait salon, on y faisait la conversation, on y voyait rire Mercier. C'était le royaume de Curtius, de la cire, où les couleurs abondaient. Dans cette maison sans joie, seul cet espace restreint connaissait une part de bonheur. On n'y résistait pas. Pas la veuve, en tout cas : elle s'y rendait souvent, observait mon maître, ses méthodes, lui apportait du vin sans qu'il l'ait demandé, s'asseyait auprès de lui pour examiner ce qu'il modelait. Elle perdait fréquemment sur place un ou deux de ses cheveux. Des espions, pensais-je ; je les recueillais et les mettais au feu. La veuve et moi nous disputions mon maître. Elle réclamait son attention, je la dérangeais, elle s'efforçait de m'écarter.

Un jour, en revenant de la cuisine, je me suis aperçue qu'elle s'installait chez lui. Elle apportait aussi du vin aux clients. Et de petits riens à manger. Curtius ne tenta pas de l'arrêter ; il se sentait flatté. Pire : il la remerciait. Les miettes tombaient par terre, craquaient lorsqu'on marchait dessus, de sorte qu'il fallait les ramasser du bout des ongles ou sur la lame d'un couteau. C'est elle, c'est elle surtout qui gênait, cette femme en noir, son odeur, ses cheveux, ses minauderies, cette façon qu'elle avait de se pourlécher les lèvres, de lisser sa robe sur ses genoux, de s'imposer. Cette femme.

Elle étudiait Curtius, ses travaux, ses cires. Un après-midi, elle franchit le pas. Se levant brusquement, elle sortit de l'atelier d'un air décidé, revenant un instant plus tard munie d'un veston qu'elle déplia et tendit devant mon maître. Puis elle indiqua un grand buste, qui se trouvait être celui d'un épicier. Horrifié, Curtius se taisait tandis qu'elle s'empara du buste pour l'habiller. Le haut du dos étant creux, elle y fourra les manches du vêtement, que l'on n'avait pas besoin de voir. Lorsqu'elle l'ajusta, l'épicier avait de vraies épaules. Il était paré.

Silence.

Curtius se voûtait. Je crus qu'il allait s'effondrer. Mais il réunit ses longs bras et, sans un bruit, par deux fois joignit ses mains. Sans le connaître, on aurait pensé qu'il écrasait une mouche, une grenouille, un escargot ou un chaton. Non, non, il applaudissait.

Une personne nue peut être n'importe qui, n'importe quand, la plus éminente ou la plus abjecte. Le corps humain n'a guère changé au cours des siècles. C'est le costume qui lui donne une identité : par-dessous, il reste le même. Curtius souriait au buste habillé. Lorsqu'il souriait, on préférait regarder ailleurs, car c'était un sourire perturbant, énorme et attendri, qui révélait ses mauvaises dents et les trous entre elles. Un sourire à nul autre pareil. On s'inspire de ses proches pour composer le sien, mais, dans son isolement, mon maître n'avait souri qu'aux organes de cire de la Welserstrasse. Comment la veuve allait-elle réagir ? Elle ne se détourna pas. En guise de conclusion, elle hocha la tête. Et tendit sa main.

Elle voulait son loyer.

Il la paya.

Cela n'était que le début. Comme s'il ne suffisait pas qu'elle s'enracine, le fils plaça une chaise dans l'atelier et y élut domicile. Curtius ne disait rien. Dans son coin, Edmond sortait des boutons de leurs boîtes, les étudiait d'un côté puis de l'autre, les alignait sur ses genoux sans changer d'expression.

— On ne touche à rien ici, lui ordonnai-je, bien qu'il ne comprît pas l'allemand. Monsieur, il ne doit rien déranger ! Il faut le lui expliquer.

— Il est assis, Marie.

— N'a-t-il pas à faire ?

— Veux-tu allumer le poêle, Marie ?

— Comment dit-on « ne pas toucher » en français ?

Curtius me l'apprit et j'ai bien retenu. Chaque fois que je levais les yeux par-dessus mon travail, le garçon était encore sur sa chaise, livide, à nous regarder, moi et mon maître. Je lui répétais de ne rien toucher. Me taisais au retour de sa mère.

Cette nuit-là, avant de me coucher, je découvris une chose terrible.

J'avais laissé ma poupée dans ma chambre, assise sur une chaise et voilà qu'elle était couchée sur le ventre ! Marta a plus d'une corde à son arc, elle est fidèle et m'accueille toujours tendrement, mais lorsque je l'assieds, elle reste assise. Ne se coucherait pas sans ma permission. Quelqu'un était entré. Comme il n'y avait de cheveux ni par terre ni sur le lit, je conclus que c'était le fils. J'ai serré Marta contre moi, l'ai démontée et j'ai essuyé chacune de ses pièces avant de les assembler de nouveau.

Ce fut la première d'une série de catastrophes.

Quand je revins à l'atelier le lendemain matin, je trouvai Curtius devant la porte et lui rapportai la chose. Navré d'apprendre ce qui s'était passé, il me rappela que j'avais été réprimandée pour un semblable méfait, et que nous habitions la maison de Mme Picot dont chaque chambre lui appartenait.

— Nos biens sont fragiles. Et convoités, lui fis-je remarquer.

Marmonnant, il me répondit que Paris était fort différente de Berne, qu'on ne pouvait s'attendre à y avoir les mêmes mœurs. Pire encore : il m'a priée, en sus des siens, de pourvoir aux repas de la veuve et de son fils. La porte de l'atelier s'est ouverte : la veuve était à l'intérieur.

— Il n'est pas bon que madame soit toujours à la cuisine, poursuivit-il. N'as-tu pas vu ses mains, si délicates, si douloureuses ?

— Je les connais. L'une d'elles m'a frappée.

— Elle me les a montrées, flétries par le labeur.

— Sans doute, monsieur.

— Je prendrai peut-être leur empreinte. Madame est très généreuse avec moi, elle mérite ma reconnaissance. Tout est si étrange à Paris et elle me met sur la bonne voie. Je m'égare facilement et j'ai parfois besoin d'être guidé.

— Je vous fais la cuisine, monsieur, je vous prépare vos repas.

— Tu es un bienfait à tous égards. Tu es même indispensable. Seulement, désormais, tu feras un peu plus à manger.

— Et je suis votre bras droit.

— Exactement.

— Pas le sien.

— Je te demande une chose et tu dois faire ce que je te demande.

— Bien, monsieur.

— Ne prends pas cet air désespéré, non, ne pleure pas. J'ai mal à cet endroit.

Il posa le poing sur sa poitrine et son muscle vital.

— Bien, monsieur.

Et donc, je le vis moins et vis moins l'atelier. Il ne semblait plus me remarquer. De fait, les Picot s'y trouvaient plus souvent que moi. La veuve et son fils y ont peu à peu installé leur matériel.

À la cuisine, j'ai choisi un jour une assiette de faïence émaillée, ornée d'un joli motif bleu. Une des plus belles. Je l'ai soulevée bien haut et lâchée au-dessus du sol. Un accident, ai-je prétexté.

— Sois plus soigneuse, me gronda Curtius.

Il détestait qu'on maltraite les objets.

— N'aimeriez-vous pas que je vous fasse un dessin, monsieur ?

— Pas pour l'instant, Marie, dit Mme Picot. Ramasse les morceaux. Si tu casses encore quelque chose, tu recevras une correction.

Mon rôle devint celui d'une employée de maison. La veuve vint me voir avec un air dégoûté, ses doigts boudinés et une règle en bois pour prendre mes mesures. Je ne tardai pas à comprendre pourquoi : elle avait retrouvé l'uniforme de Paulette, l'ancienne servante. À l'aide de grands ciseaux, elle le dégrossit comme un boucher découpe sa viande, jusqu'à ce qu'il fasse à peu près ma taille. Je devais à présent porter une robe noire et rêche, ainsi qu'un bonnet blanc usé, orné de quelques cheveux gras de son ancienne propriétaire. La veuve m'ordonna de me changer. Je suis allée dans ma chambre et j'ai fermé la porte.

Quand j'en suis ressortie, affublée de mon déguisement, la maisonnée était réunie pour constater ma transformation. La veuve hocha la tête de la même façon qu'applaudissait Curtius : sans bruit. Edmond, quant à lui, resta impassible.

— Mme Picot trouve que tu as de la chance d'être ainsi habillée, me dit mon maître. Quel beau travail elle a fait pour toi ! Remercie-la.

— De la chance, monsieur ? Le tissu me gratte. Puis-je retirer cette robe ?

On me l'interdit. J'eus bientôt des plaques rouges sur le cou et les épaules. Ces frusques m'irritaient la peau. La veuve les avait cousues et teintées de deuil. J'étouffais dans cet uniforme, il me plongeait dans la mélancolie. Je me suis demandé si elle ne l'avait pas piqué avec ses propres cheveux : elle me drapait de son affliction. J'ai tenté de faire comprendre à Curtius ce que ces dispositions avaient de fâcheux, mais, lorsqu'il me regardait, il ne voyait qu'elle. Pour lui, tout Paris n'était plus que veuvage.

Ivre de reconnaissance, dépossédé, il ne saisit pas la portée de ma métamorphose. J'étais un bien qui, devant lui, avait changé de mains, réduit au rôle de femme de chambre, au vocabulaire limité qu'on lui imposait. Il n'objecta pas. Je dus me rendre à l'évidence : loin d'être parfaits, les adultes sont pétris de défauts – même s'ils ont plus vécu que nous, enfants, et s'érigent en exemple. Certes, leur corpulence leur confère quelque autorité, mais elle est indue. Ils sont si aisément influençables, malléables. La veuve avait Curtius sous son emprise. En bonne couturière, elle l'avait embobiné.

À force de cajoleries, elle le força à se laver, ce malpropre, lui cousit des habits neufs et brûla les vieux. Et lui de se complaire dans ses nouveaux effets. Elle le rasa, lui coupa les cheveux, le coiffa d'une perruque. Le rendait convenable à ses yeux. N'allait-il pas se cabrer ? Non, je le surpris dans sa chambre, crâne ras et frissonnant dans son linge de corps, malaxant sa perruque à crapaud, ânonnant, plein d'orgueil : « Curtius nous sommes et Curtius resterons. »

Son postiche faisait de lui un autre – un autre Parisien. Pour moi, un Curtius dépouillé de lui-même.

Il répondait aux ordres de la veuve comme autrefois à ceux du médecin-chef. À la différence que Hoffmann, s'il lui laissait la bride au cou, ne l'aurait ni plumé ni scalpé. Et pourtant le cher homme n'était que sourire devant elle.

Cela signifiait une interruption dans mon apprentissage, sinon un renoncement. Jusque-là, quand je lui demandais de m'expliquer un point d'anatomie, il s'asseyait pour de longues leçons. Mais aujourd'hui, c'était :

— Une autre fois, Marie. Plus tard, peut-être.

— Puis-je dessiner ?

— Le temps manque, Marie, le temps manque.

Regarderait-il tout de même mes dessins ?

— Marie, ne t'agite pas ainsi. Madame fait la sieste dans son fauteuil, il ne faut pas la réveiller.

J'ai donc ramassé des papiers dans toutes les pièces – de vieilles feuilles jaunies qu'elle n'utilisait pas – et j'ai continué de m'exercer. J'ai aussi trouvé ses crayons, dont j'ai pris possession. Je m'entraînais chaque jour sans faute. Ce que je voyais dans la journée, je le mémorisais afin de le reproduire le soir. Impossible de m'arrêter. Chaque dessin, chaque trait, constituait une preuve de mon existence.

Curtius sortait souvent avec la veuve, impatiente de lui montrer Paris. Mon Paris à moi se réduisait à la maison d'un mort, au marché voisin, au puits, à la blanchisseuse qui emportait le linge une fois par mois. Un jour, en revenant des courses, j'aperçus une forme dans le fossé, un tas d'ordures plus élevé que les autres. M'approchant plus près, je reconnus des cheveux à un bout, puis une tête, une tête de femme. Grisâtre, elle gisait dans la rue et les passants ne lui témoignaient qu'indifférence. Une morte d'âge indéterminé, qui avait été quelqu'un, qui s'était habillée le matin, qui avait marché parmi nous. Voilà Paris, ai-je pensé : des cadavres jonchent les boulevards, et personne ne s'en préoccupe. Je suis rentrée en pressant le pas.

Le lendemain, le corps avait disparu, dénudant une affreuse parcelle de terre sale. Quelles étaient les lois de cette ville ? Y en avait-il ?

J'ai remplacé la morte par un rat

En nous rendant visite, M. Mercier me glissait parfois quelques mots. J'ai retenu son opinion à ce sujet :

— J'aime tant Paris. Mais à la vérité, Petite, elle m'inspire bien des craintes. Elle grandit démesurément et rien ne l'arrêtera.

Chaque fois qu'il venait, je lui demandais où ses pas l'avaient mené. Je l'écoutais attentivement et m'imaginais en train de cheminer par les rues. Remarquant ma curiosité, il resta bientôt plus longtemps avec moi. Assis dans la cuisine, il m'entraînait dans ses longues promenades. Sa main dans la mienne, je fermais les yeux et voyageais avec lui.

CHAPITRE DOUZE

En visite dans Paris avec M. Mercier

— À présent, nous voilà au fleuve, Petite. Es-tu là ? Oui, reste près de moi. Ce pont très fréquenté est l'organe vital de Paris, un cœur qui ne brasse pas de sang, mais ses habitants. Il les projette en tout point de la ville. Les pousse avec plus d'énergie qu'ils n'en avaient au départ. Nous parlons du Pont-Neuf, le plus grand. On trouve de tout ici, pêle-mêle : des beaux, des laids, des jeunes, des vieux, des misérables, des assassins, des saints. Des personnes de bonne volonté et des profiteurs, des génies et des charlatans, des bébés et des crève-la-faim. Ici l'on naît, l'on meurt, des vies sont sauvées quand d'autres sont sacrifiées. Du matin jusqu'au soir, c'est un défilé de chanteurs des rues. Souvent leur manque-t-il un petit quelque chose, la vue, un membre ou la raison. Ils rejoignent leur emplacement et chantent : des chants paillards, des complaintes, des chansons pour pleurer, pour danser, des hymnes à la paix et des chants de guerre. Ils déambulent dans tout Paris, qui est une cité musicale, mais le Pont-Neuf est leur capitale. Ce sont eux qui contrôlent le passage sur le pont, et le passage sur le pont détermine l'étendue de la ville.

« Traversons la place Dauphine. À ta droite, Petite, maintenant. Contournons les tristes édifices du palais de la Cité ; observe le toit de la Sainte-Chapelle, ce grand écrin de verre. Devant toi se dresse Notre-Dame, mais suis-moi vers le portail des supplices, en face, et ces bâtiments de malheur. C'est notre prochaine étape, entrons, entrons.

« Bienvenue dans Paris-la-Honte ! Nom officiel : Hôtel-Dieu, la maison du Seigneur. Surnommée l'antre de la mort. Ici s'affairent prêtres et nonnes, de lit en lit, un malade après l'autre, dictant de fallacieux diagnostics, répandant l'infection telle la divine parole. Voilà ces murs humides que redoutent les pauvres, cet endroit qu'ils mentionnent entre eux. « Je finirai à l'hospice, comme mon père », disent-ils. Et l'Hôtel-Dieu ne les rejettera pas. Ils y viennent pour mourir. Désespoir, détresse, désolation. Ils sont en général six mille, quoique le nombre de patients varie avec les saisons car, bien sûr, il en est de très mortelles. Six mille pour seulement douze cents lits. Qu'importe le mal dont tu souffres, on te jettera dans la couche d'un autre, victime d'une infection distincte et contagieuse ; ce compagnon-là te tuera sans doute. Aux premières lueurs de l'aube, ou dans le noir de la nuit, on évacue les morts dans des charrettes afin de cacher, chaque jour, les moissons de la Faucheuse. Point d'esprit saint en ces lieux, seul y règne le malsain ! Ne respire pas trop fort, Petite, car l'atmosphère ici est la proie du malin, chargée des effluves de la Seine qui humectent chaque chose. Il n'est pas une pierre sèche dans tout cet hôpital. Excuse-moi un instant, mais ce bâtiment a besoin d'un coup de pied. Je lui en donne régulièrement, mes souliers bien-aimés en ont l'habitude. Le cuir se plaint un peu et mes orteils gémissent, mais cela ne fait rien : il a besoin d'être frappé. Il a d'ailleurs bien des cousins en ville qui le méritent aussi.

« Viens, Petite, j'ai encore à te montrer. Dans cette courette pleine d'un air altéré, nauséabond, vois-tu l'appentis adossé à ce mur ruisselant, presque recouvert de mousse ? Une soue pour un cochon, peut-être. Une niche pour un chien mal-aimé. Je l'ai découverte lors d'une de mes promenades. Sois sage et ouvre les yeux. Je dois baisser le ton. Cette cage de bois héberge un malade particulier. Un garçon dans ses guenilles sales, qui marmonne et frissonne tout seul. Un enfant à la tête énorme. Il est fort maigre, vois-tu, et sa tête est si grosse que ses yeux divergent, que ses joues sont deux globes sous son crâne gonflé. C'est un hydrocéphale, qui croupit dans le noir et rogne un os depuis longtemps décharné. Lis le panneau accroché à son cou : NE RIEN DONNER À MANGER. Pardonne-moi ce soudain penchant pour l'allégorie, mais ce gamin, je l'appelle *France*. Son vrai patronyme, je suppose, n'a plus cours. La France, comprends-tu, est un enfant rachitique dont le crâne se nourrit, tandis que son corps reste faible et émacié. Le premier enfle et l'autre fond. Et il dévore, ce crâne, poursuivi par la faim. La France gave sa tête et affame ses membres. Combien de temps vivra-t-elle encore, à ton avis ? Chut, allons, partons, ne nous attardons pas.

Tu ne peux rien faire pour cette tête. Elle s'agite car elle croit que tu vas la nourrir. Les gens ne l'intéressent pas, seulement la chère. Quittons ce taudis moite et exigu, élevons-nous vers le ciel, aussi haut que possible. Je t'emmène à deux cent sept pieds du sol et, depuis le sommet, nous regarderons en bas.

« Notre-Dame, donc. Le temps y est gravé dans la pierre. Le plus grand, le plus célèbre de nos édifices. Un monument de sagesse, une architecture délicate. Mais ne trouves-tu pas que ses arcs-boutants, jaillissant de toutes parts, font d'elle une grosse araignée aux pattes recourbées, plantée sur l'épaisse toile de la cité ? Sans cesse ravitaillée par les charitables visiteurs qui lui donnent la pièce, elle seule, après tout, se dresse au-dessus de l'immense pagaille. Empruntons l'escalier à vis de ce pieux mastodonte. Je te devance et t'attendrai à chaque tour d'hélice.

« Entends-tu ma voix se réverbérer, Petite ? Parfois plus proche, parfois plus loin ? Ici l'escalier rétrécit, mais s'obstine à grimper. Par les meurtrières, tu aperçois la ville qui rapetisse et recule. Entends-tu mon souffle, ponctué par mes bons souliers qui claquent sur les marches ? Elles impriment un rythme à notre ascension, qu'elles voudraient poursuivre indéfiniment. Mais une dernière courbe et nous atteignons le faîte de la tour nord.

« Ici donc, Paris vue d'en haut. Que puis-je te dire ? Ceci : sise au milieu de l'Île-de-France, sur les rives de la Seine, elle est à quarante-huit degrés, cinquante minutes, quatorze secondes de latitude nord. Bien à l'est de Londres. Deux milles de largeur, cinq de circonférence. Tu remarqueras sa forme entièrement ronde. Observe bien… Paris, jadis appelée Lutèce, ce qui signifie – cela ne t'étonnera pas : la cité de la boue. Nous la surnommerons Ville souterraine. Ou Labyrinthe des ombres. Ou Abrégé de l'univers. Tout y est, tout y vit, tout s'y meut. Tu discernes les palais – là, celui des Tuileries ; les hôpitaux – au fond, le dôme des Invalides ; les théâtres – la Comédie-Française, toute proche. Et les prisons : derrière nous, le monstrueux rectangle de la Bastille.

« Mais que signifient-ils ? Comment apprendre, comment déchiffrer ce grand désordre de toits, cette masse informe d'habitants et de maisons, ce creuset d'humanité, ce grand évier qui avale tout, huit cent dix rues, vingt-trois mille bâtisses, sept cent mille âmes ? Toutes séquestrées – car on ne sort pas sans autorisation – et toutes, ou la plupart, cherchant une vie meilleure dans leur monde, le monde de Paris !

« Pourtant, hélas, écoute-moi bien, Petite. Je finis par admettre l'odieuse vérité : la ville suffoque. À bout de souffle, elle ne peut continuer. Les poumons privés d'air, elle halète. Je sens que des questions te viennent aux lèvres. Les questions que chacun se pose. Tu voudrais savoir comment l'on supporte cette abjecte capitale de la misère ? Comment l'on respire constamment une telle puanteur ? Comment l'on demeure dans une mare d'urine, une rigole fangeuse ? Pourquoi l'on plonge volontairement dans ce gouffre ténébreux, alors qu'on a encore des yeux pour voir ? Eh bien, cela tient en un mot : l'habitude. Les Parisiens acceptent leur sort parce que cet endroit, aussi putride et corrompu soit-il, est chez eux. À aucun prix, nous n'en voulons partir, car malgré tout nous l'aimons. Moi le premier.

« Voici la fin de notre promenade. Je retire un soulier et le fais passer. À votre bon cœur, messieurs dames ! Quoi, tu n'as pas d'argent, Petite ? Alors donne-moi un baiser, étrange Parisienne que tu es.

J'embrassais Mercier sur la joue et il s'en allait, me laissant seule à la cuisine où, les yeux fermés, je voguais encore dans les rues.

CHAPITRE TREIZE

Prisonnière

Le soir, je dessinais les têtes des poissons que j'avais achetés le matin. Tout devait être dessiné, et ma réserve de papier s'amenuisait. J'enroulais mes feuilles et les cachais au fond d'un tiroir de la cuisine. La nuit, je me faufilais dans l'atelier pour esquisser les têtes parisiennes de Curtius. Depuis peu, la mienne, qui datait de Berne, avait été retirée de l'étagère et, enveloppée d'un tissu, rangée dans une armoire. Je m'installais auprès de ces messieurs dames, qui semblaient très heureux que je leur tienne compagnie. Sans doute auraient-ils bien aimé parler, mais ils ne le pouvaient pas. C'est le triste dilemme des têtes de cire : de naissance incertaine, elles reproduisent la vie mais celle-ci leur échappe. Sans briser le silence, je murmurais à ces demi-créatures :

— Auriez-vous peur du noir ? Il ne faut pas.

À cette époque, il fallait tendre l'oreille pour entendre les bruits de la maison du tailleur : un lointain *tic-tac*, les roues d'un engrenage, le son d'une vaste machine prête à s'animer. Il fallait avoir foi en l'existence, surtout, car ces murs endeuillés ne logeaient qu'une veuve et son aiguille de fils, un mince docteur bernois et sa jeune servante. Leur affaire, bien modeste, n'attirait guère l'attention. Les gens trouvent tant de façons de gagner leur vie. Des milliers d'autres commerces fleurissaient en ville. Mercier m'apprit que, rue des Chiens[1], un père et son fils fabriquaient des yeux de verre ; Curtius commença bientôt à en garnir ses têtes. Sur le quai des Morfondus[2], un homme vendait des perruques d'occasion ; Curtius avait également recours à lui. Rue Censier, une grosse Toulousaine avait fondé une école dans laquelle on enseignait l'art des fleurs en papier ; la veuve en plaçait des bouquets dans l'atelier, rebaptisé le salon. Et rue du Petit-Moine, une boutique se proposait de modeler dans la cire les bustes d'humbles commerçants parisiens. Les gens trouvent tant de façons de gagner leur vie.

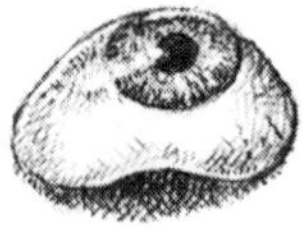

1. Rue disparue (serait aujourd'hui dans le 5e arrondissement).
2. Aujourd'hui quai de l'Horloge.

Les mois passaient. La veuve confectionnait des vêtements pour notre petit monde. Un jour, tandis que je polissais les outils, elle souleva un buste tout en parlant, et le reposa maladroitement, de sorte qu'il ballottait légèrement. S'en apercevant, mon maître s'écria (pour mon plus grand plaisir) :

— Négligence ! Ce n'est pas un quartier de viande !

Revoilà mon Curtius, ai-je pensé. Mais aussitôt il prit un air consterné. La veuve se tut. Comme il s'était exclamé en allemand, elle n'avait pas saisi ce qu'il disait, seulement la colère. Brusquement, elle était en larmes. Il s'en rendit compte et se mit lui aussi à pleurer. L'atelier n'était plus qu'un profond sanglot. La gorge serrée, la veuve paraissait si triste que le fils accourut. Je me rappelai que le tailleur était mort depuis quelques semaines seulement ; le chagrin, encore frais, pesait. Jamais plus, elle ne devait se montrer ainsi, tel un être humain forcé de subsister.

Puis, alors qu'elle essuyait ses joues avec son mouchoir, elle tourna la tête, me surprit en train de la regarder et, à cet instant, la bouche légèrement tordue, comprit ce que j'avais vu : sa vulnérabilité. Ce qui fit d'elle une ennemie plus farouche.

Par la suite, elle s'appliqua toujours en déplaçant un buste. Avec, d'abord, de la délicatesse, puis, je l'admets, une certaine forme de tendresse. Elle sembla découvrir que Curtius cajolait ses têtes, s'inquiétait de leur nez, de leur menton. Sensible au moindre repli de chair, il était amoureux des lèvres et des paupières. Devant un sourcil, il se pâmait ; devant un grain de beauté ou une fossette, il s'extasiait. Si le barbier avait oublié trois poils sous le nez d'un bonhomme, il s'assurait qu'ils seraient sur l'effigie. Peu importait qu'un visage soit marqué de couperose, de pores dilatés et visibles ; peu lui importait un œil vairon ou une peau si brillante qu'il fallait à la fin peindre un filet de sueur. Curtius, qui aimait tous ses clients, les reproduisait. Et, de tous ces visages, c'est celui de la veuve qu'il fréquentait le plus. Cette proximité eut raison de ses défenses.

La veuve a observé, compris.

À mon grand regret, tandis qu'elle apprenait, le désordre s'est installé. Revenant à l'atelier chaque fois que possible, j'ai découvert de nouvelles et terribles dispositions. Ses outils, par exemple, avaient rejoint ceux de mon maître sur la table. Tenant au début une place à part, ils s'en sont rapprochés, les ont apprivoisés. Pour creuser dans la cire un conduit auditif, Curtius utilisait un trocart à tige droite, l'instrument pointu que l'on enfonce sous la peau pour vider les abcès. Eh bien, je surpris la veuve un jour, qui s'en servait pour perforer son calicot. Ce n'était pas tout : contre toute attente, Curtius employait le crochet à boutonnière de la Picot pour sculpter des narines. Dans ces circonstances, on comprendra qu'il me fallait agir avant qu'il soit trop tard.

J'étais seule capable de restaurer l'ordre dans la maisonnée. Seule capable de les aider. J'étais censée ranger chaque chose à un endroit déterminé ; c'était un de mes devoirs. J'y ai donc procédé. J'ai rassemblé les outils du tailleur pour les disposer proprement dans l'atelier du tailleur, d'où ils n'auraient jamais dû sortir. M'a-t-on remerciée de mes louables attentions ? Nullement. Tous deux se sont plaints, objectant, protestant, comme quoi ils ne retrouvaient plus rien. J'étais méchante, semblait-il, très méchante. Je n'avais pas le droit de toucher à ce qui ne m'appartenait pas. La veuve souhaita qu'on se débarrasse de moi, qu'on me renvoie à Berne, qu'on me chasse du royaume de France où je n'étais pas bienvenue. Chez qui me renverrait-on, là était la question. Toutefois mon maître ne voulut pas me congédier, seulement me corriger.

On déclara que mes péchés méritaient punition. Je me préparai à recevoir une volée et me demandai qui allait s'en charger : elle ou lui ? Ni l'un ni l'autre. J'aurais préféré, car mon châtiment fut bien pire : on me défendit d'entrer dans l'atelier de mon maître. Accès interdit, à vie. Je plaidai ma cause, mais il m'a seulement tapoté la tête, gentiment, par-dessus mon bonnet, en répétant que leur décision était prise. D'une certaine façon, il me disait adieu. Dès lors, je n'allais plus le voir que quelques minutes chaque jour, sous l'œil attentif de la veuve.

Curtius m'avait montré tant de choses. Il avait fait preuve d'affection. À tort, peut-être. Dans le cas contraire, sans doute aurais-je été plus sage ; une servante appliquée ; je n'aurais pas entretenu tant d'idées. Mais il m'avait donné le goût du travail, de la réflexion, de la cire, et j'avais pris goût à ce goût. Je m'y accrochai. La nuit, pendant qu'ils dormaient à l'étage, je me faufilais dans l'atelier où les têtes de cire me rapportaient les événements de la journée. Et je dessinais. J'ouvrais les ouvrages d'anatomie dont je reproduisais les planches. Mon maître me manquait. Il ne venait plus à la cuisine. Seul Mercier me rendait visite, me pinçait les joues de ses doigts tachés d'encre avant de repartir, pressé de courir les rues.

Et donc, un beau matin, je me réjouis lorsqu'on frappa à la porte et que mon maître entra.

— Marie, dit-il, mais ces mots furent suivis par d'autres : La veuve cherche les patrons de son mari. Saurais-tu où ils se trouvent ?

— Les patrons de son mari, monsieur ? Mais non, je le promets.

La Picot était livide. Ces feuilles jaunies que j'avais chipées étaient bien des patrons, qu'elle m'accusait d'avoir mis au feu. J'étais une sale petite étrangère, incapable de rester à sa place.

— Marie, dit Curtius, les paupières humides, cette fois, tu mérites une correction.

— Non, monsieur, non !

Alors le fils muet a parlé. Quatre mots seulement, que je compris grâce à Curtius : « je » et « les » et « ai » et « pris ». Puis il s'est tu.

Ce n'était pas vrai. Il n'y était pour rien. Pourquoi mentait-il ? Pourquoi ces mots qui plongèrent la cuisine dans le silence ? La veuve le fit sortir.

— Elle devrait s'excuser, monsieur, remarquai-je, profitant de ce répit miraculeux. S'excuser auprès de moi.

— Non, Marie, c'est moi qui devrais m'amender. Je t'ai tenue pour responsable et j'en suis désolé.

Cela ne suffit pas à me réconforter.

La question demeurait : pourquoi le gamin blafard avait-il menti ?

Un soir, alors que je montais faire le lit de mon maître, je découvris encore une chose extraordinaire. Risquant un regard au travers de sa porte ouverte, je vis la veuve qui, sans son habituel bonnet, révélait une prodigieuse masse de cheveux. Muni d'un peigne, Edmond se mouvait autour de ce vaste pelage. Sa mère, paisible, avait fermé ses yeux globuleux. Tapie dans l'obscurité, j'observai le fils qui, les bras perdus dans cette immense toison, démêlait ses nœuds. Cloîtrée le jour, la douce faiblesse de sa mère sortait le soir de son carcan pour une séance de câlins. Edmond cajolait ses aimables mèches, les tressait, formait de grands boyaux velus qu'il enroulait autour de sa tête avant de les recouvrir d'un carré d'étoffe noire, dont elle nouait les extrémités sous son double menton. Alors, une fois ses cheveux cachés, elle retrouvait son masque de dureté. La veuve rouvrit les yeux, m'aperçut derrière la porte et je m'enfuis. Ses cheveux me rappelaient un personnage de la bible de maman, la Marie-Madeleine du désert.

Pour me punir d'avoir espionné la veuve – le terme qu'elle utilisa : « espionner » –, on m'interdit de monter le soir à l'étage.

— S'il te plaît, ne la contrarie pas, m'implora Curtius.

Je ne devais même plus nettoyer sa chambre : la veuve s'en chargerait. Je n'étais bonne qu'à préparer les plats et laver la vaisselle. Assise à la cuisine, je bouillonnais ; je bouillonnais tellement que, au bout d'un moment, je suis allée à l'atelier où je suis entrée sans frapper.

— Si je suis une employée, je mérite un salaire. Les apprentis ne sont pas payés, mais les employés le sont.

— Marie, que fais-tu ici ?

Curtius s'est retourné vers la veuve. J'ai compris par leurs gestes qu'ils parlaient d'argent. J'ai tendu la main. La veuve a ri.

— Alors ? ai-je insisté.

— Eh bien, a dit mon maître. Je ne demande qu'à te payer. Je le ferai un jour, quand nous aurons de quoi. Cela viendra sûrement. Pour l'instant, tu as le vivre et le couvert.

— Je suis certaine que l'on paie les employés.

— Tu as sans doute raison. Je ne connais pas les usages de ce pays. Mais tout ira bien.

— Vraiment ?

— Bien sûr.

La veuve dit quelques mots. Curtius afficha un pâle sourire.

— Marie... tu dois partir, maintenant.

— Vraiment, monsieur ?

— Oui, Marie.

— Bien, monsieur.

Je n'avais d'autre endroit où aller. Si je partais, qu'adviendrait-il de moi ? Le seul choix qui s'offrait était de rester ici ; je n'avais que cette vie. Ou je courrais à ma perte, comme la morte dans la rue. De plus, je ne pouvais abandonner mon maître. Sans moi, comment se défendrait-il ? La veuve le dévorerait. N'en ferait qu'une bouchée.

CHAPITRE QUATORZE

Edmond à la cuisine

Assise à la table, j'étais en train de dépouiller un lapin et je devais être concentrée car j'ai failli ne pas entendre ce léger bruit. Un froufrou. Je n'étais pas seule. Le fils était là. Il m'a longtemps regardée, je l'ai longtemps regardé.

— Pas touche, lui ai-je dit dans sa langue.

Puis, au bout d'un moment :

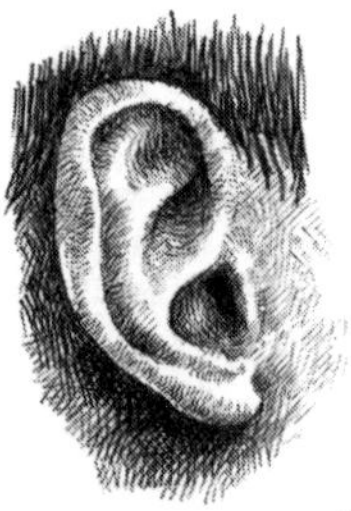

— Merci.

Aussitôt ses oreilles ont rougi. Je puis le confier, ce garçon avait les oreilles les plus éloquentes qu'il m'ait été donné de voir. Enfin, il a hoché la tête, comme s'il avait longuement réfléchi à une chose et atteint une conclusion. Et, de sa poche, il a sorti une poupée de tissu bien maigrelette.

— Edmond, a-t-il dit en me la montrant.

— Edmond ? ai-je demandé en la désignant.

— Edmond.

— Edmond ? Edmond *et* Edmond ?

Ce qu'il a confirmé. Il lui avait donné son nom. Visiblement, cette poupée était issue du mannequin du tailleur. La maison sans joie logeait une double famille, la première, de chair et d'os, l'autre de tissu. On ne prêtait pas attention à la seconde ; ses membres, très réservés, formaient un clan sombre et boudeur. Mais, au bout d'un moment, sous leur enveloppe rêche, leurs formes humaines devenaient reconnaissables. On entendait presque leurs soupirs ; ils occupaient l'espace. De la toile naissaient des sentiments ; des espérances pointaient dans l'ombre. Edmond m'avait porté son double, un rejeton du mannequin paternel.

Après avoir moi aussi réfléchi, je me suis lavé les mains et je l'ai imité.

— Marta, ai-je dit en dégageant lentement ma poupée de ma poche.

Il l'avait déjà vue, mais ignorait son nom.

Délicatement, il a posé son Edmond près d'elle sur la table. Sa poupée se composait d'une douzaine de morceaux d'étoffe, bordant sur le gris, maintenus ensemble par du fil. C'était une mosaïque de débris et de chutes ; difficile de distinguer les membres du corps. Elle avait été maintes fois ravaudée, avec de nouvelles pièces cousues par-dessus les autres. Une petite personne à qui murmurer ses secrets, à entourer de soins.

Assis à mes côtés, il regardait ma Marta, je regardais son Edmond. Puis il l'a rangé dans sa poche, s'est levé, m'a saluée de la tête, est parti sans un mot. Je mesurais l'importance de cette apparition. Ce garçon s'était révélé entièrement, par le seul moyen qu'il avait : une moite poupée de chiffon. C'était la première fois qu'il venait me voir à la cuisine.

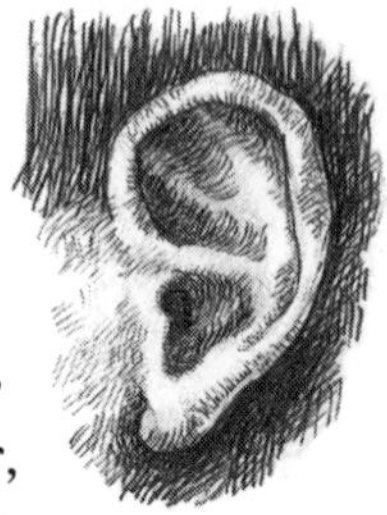

Dès lors, il m'a rendu visite chaque fois que sa mère sortait. Pour s'occuper, il apportait des boutons qu'il alignait sur ses genoux. Au départ, il se tenait très tranquille. J'ai tenté de le dessiner, mais, quand je posais mon crayon sur le papier, cela n'allait jamais. Le nez ne ressemblait pas vraiment à un nez, les yeux et la bouche ne se ressemblaient pas non plus. J'avais moins de mal avec les oreilles, surtout lorsqu'elles rougissaient, et j'ai craint qu'il ait beaucoup moins de personnalité que sa poupée. Mais je me suis appliquée et, peu à peu, une forme est apparue, telle l'horloge de la mort[1] qui ne quitte son abri qu'au dernier moment, quand vous avez veillé un défunt toute une nuit, bien après que les autres se sont couchés. Une fois son dessin réussi, j'ai pu m'y rapporter, et je le voyais enfin clairement. Edmond, une énigme que j'aurais percée.

1. Surnom de la grosse vrillette, *deathwatch beetle*, littéralement « celle qui veille les morts ».

Il avait des lèvres charnues, des yeux verts, des narines légèrement irrégulières. Quelques taches de rousseur sur l'arête du nez, un grain de beauté sur la nuque. J'ai continué à le dessiner, jusqu'à ce qu'il y soit habitué. Au point que, si je ne le faisais plus, il semblait désolé.

En ce temps-là, j'étais une étrangère qui vivait dans le brouillard, comme aurait dit Mercier. Je n'existais pas vraiment. Excepté les quelques mots que m'assenait la veuve, je ne comprenais pas beaucoup de choses. Il me fallait un précepteur et j'allais le trouver. Lorsqu'elle sortait avec mon maître et qu'Edmond me rejoignait, je lui confiais d'autres tâches que tripoter sa poupée et ses boutons. Je me suis munie d'un torchon – évidemment, je tenais le mot de sa mère – et le lui ai montré.

— Torchon, torchon.

Il n'a rien répondu.

J'ai indiqué la fenêtre :

— Fenêtre.

Puis le poulet suspendu par le cou à un crochet.

— Poulet. Poulet.

Edmond restait coi.

Je lui ai montré le bouton dans sa main. Une fois. Deux fois.

Enfin, dans son propre langage, il a bafouillé :

— Bouton…

— Bou-ton ! ai-je répété. Bou-ton.

Après *chemise*, *col* et *cheveux*, il a enfin saisi qu'il devait m'enseigner le français. Pour cela, nous allions aux ateliers de couture qui, délaissés par la veuve, étaient devenus son domaine. J'indiquais un objet et il me disait son nom.

Il fallait que je m'en souvienne et qu'il m'interroge, la fois suivante. Edmond se révéla un tuteur consciencieux. Quand je me trompais, il secouait doucement la tête, mais jamais il n'éleva la voix. Il fut toujours gentil et doux.

J'ai appris le français par la langue des tailleurs. Comme mon maître, qui m'avait transmis des connaissances précises, Edmond m'ouvrit les portes d'un univers singulier. Mes premiers mots furent, non pas *chat* et *rat*, mais *fil*, *ciseaux* et *bobine*. Je sus dire *gousset* avant *bonne nuit*, *toile de jute* avant *enchantée*, *calicot* avant *bonjour*, *dé à coudre* avant *missel*. J'ai appris *craquette* et *poinçon*, *marquoir* et *poussoir*, je distinguais la *mesure de culotte* de la *mesure de veste*. J'étais immergée dans ce monde de mots.

Edmond ne se séparait jamais ni de sa poupée ni de son ruban de couture, une longue bande de cuir fin, dotée de graduations petites et grandes. La maison comptait d'autres outils de ce genre, diverses baguettes en bois, toutes ponctuées de chiffres, mais il tenait spécialement à son ruban, qu'il nouait autour de sa taille lorsqu'il ne s'en servait pas. Il a pris mes mesures. Au bout de plusieurs mois de leçons clandestines, il ne me suffisait plus de dire : « Je m'appelle Marie », mais encore : « Je m'appelle Marie et voici mes mensurations : deux pouces et quart à chaque épaule, sept et demi de tour de cou, quinze de l'aisselle au poignet, sept et demi autour de la taille. » Lorsqu'il eut terminé de m'expliquer les nombres, je comprenais presque tout ce qu'il disait.

J'ai fini par lui en demander plus. Il me fallait des abécédaires, des livres d'école pour savoir lire. Je voulais connaître d'autres termes que ceux du tailleur. Grâce à lui, j'ai acquis du vocabulaire. J'ai bientôt rattrapé mon maître et, parfois même, l'ai devancé.

— Où as-tu découvert ce mot ? m'interrompait la veuve. Je ne l'ai jamais dit devant toi.

Edmond m'a emmenée dans la grande pièce qui donnait sur la rue et, toujours calme et précis, m'a posé la question :

— Et nos mannequins, veux-tu que je te les présente ? Nous en vendons aux magasins de la rue Saint-Honoré. Peut-être cinq par an, depuis peu. Nous fabriquons des hommes, nous fabriquons des femmes, mais ils ont la même tête, vois-tu, la même expression. La seule différence est que certains peuvent s'asseoir, quand les autres restent debout. Certains aussi ont de la poitrine et les hanches un peu larges. Mais debout, debout. As-tu remarqué que je leur sers de modèle, aux messieurs comme aux dames ? C'est une idée de maman. Elle aime bien que je porte toutes sortes d'habits, là-bas, rue Saint-Honoré. Ils sont mes frères et mes sœurs.

Combien d'Edmond trouvait-on sur terre ?

— Merci, Edmond, de me les avoir présentés.

— De rien.

— Tu es bien bavard, aujourd'hui.

Je ne l'oubliais pas en son absence ; il était devenu mon compagnon. L'après-midi avec lui, j'apprenais toujours de nouvelles choses : les mots pour le corps, bras, jambes, tête, yeux et oreilles, et cela ne suffisait toujours pas.

— Encore, encore, lui disais-je. J'ai encore tant à voir. J'ai une telle faim, Edmond.

— Eh bien, nous sommes à la cuisine. Nous avons de quoi manger. Moi aussi, j'ai faim.

— Je ne parle pas de cette faim-là.

— Ah bon ? Mais de laquelle ?

— Je veux connaître d'autres choses, je voudrais tout connaître. Cette maison même me cache des secrets. Je crois avoir tout vu, ouvert toutes les armoires, tous les tiroirs, inspecté toutes les étagères de haut en bas. Et soudain, quand je suis sûre qu'il n'y a plus rien, j'aperçois encore…

— Marie, où es-tu allée fouiner ?

— Il y a toi, par exemple.

— Moi ?

— Oui, toi. Un garçon.

— Je suis un garçon, oui.

— Je ne sais à quoi tu ressembles sans tes habits. Je n'ai pas ouvert ce tiroir-là. Ôte ta chemise, je vais te dessiner.

— Il ne faut pas !

— Ah, ne fais pas le délicat. J'en ai vu, des corps, à Berne. De l'intérieur, même. Allons, Edmond, laisse-moi regarder.

— Que fais-tu ?

— Je te défais.

— Ah non.

— Je retire ta chemise.

— Seigneur !

— Je connais le corps humain. Curtius m'a tout appris.

— Diable !

— Allez, encore un bouton !

— Je te vois. Je te sens.

— Je vais t'apprendre, Edmond Picot. De haut en bas.

— Maman ! Si elle entrait ?

— Elle est sortie.

— Elle reviendra.

— Ne t'inquiète pas, on a tout le temps.

— J'ai froid.

— Rapproche-toi du feu.

— Ces yeux que tu fais !

— Je veux te voir.

— Ce regard !

— Je peux toucher ?

— Je m'en vais.

— Je vois ton petit torse, tes petites côtes, la vie qui bouge en toi ! Edmond dans sa peau d'humain. Comme tu es charmant !

— Marie ! Arrête ! Marie !

— Laisse-moi continuer. Bas les pattes, je veux voir !

— Non, c'est trop ! Ne me regarde plus comme ça.

La cloche a sonné. Curtius et la veuve étaient de retour. Edmond, affolé, s'est empressé de remettre sa chemise.

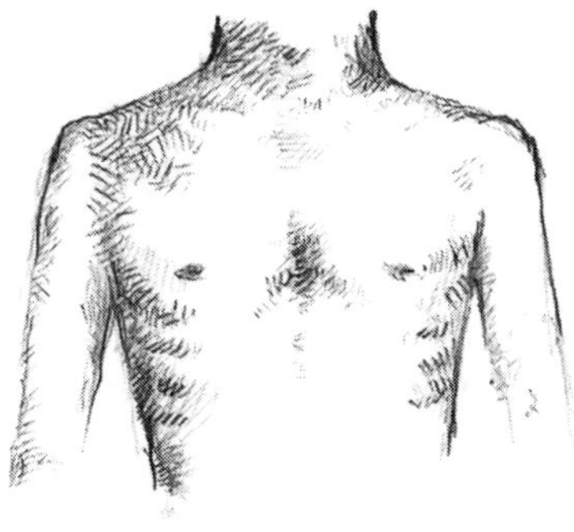

— Edmond ! a appelé la veuve. Edmond, où es-tu ?

Les mains tremblantes, il a couru la rejoindre. Il a attendu plusieurs jours pour revenir sous un prétexte fallacieux, et il était très mal à l'aise.

— Ah, tu es là ! Je ne savais pas que…

— Je suis toujours à la cuisine.

— Pour l'instant. Peut-être y seras-tu encore… jusqu'à la fin du mois. Peut-être.

— La fin du mois ?

— Cela ne devrait pas durer. Maman ne t'aime pas et elle s'y entend pour obtenir gain de cause.

— Oh, Edmond, s'il te plaît, il faut me protéger de ta mère. Je ne veux pas partir. Je n'ai pas d'autre endroit où aller.

— Tu dois lui obéir.

— Je m'y emploierai.

— Tu ne dois plus rien casser, rien toucher.

— J'y prendrai garde.

— Elle se plaint que tu nous espionnes.

— Je ne fais pas exprès. Il faudrait qu'ils me paient, Edmond. Je ne suis pas payée.

— N'en demande pas plus, Marie. Évite de les contrarier.

— D'accord. Ce n'est pas toujours facile.

— Tu ne dois plus retirer ma chemise.

— Promis, je ne recommencerai pas.

— Tu es une servante.

Je n'ai rien dit.

— Tu es une servante, et moi, le jeune maître de maison.

Je n'ai rien dit.

— Un jour, je serai tailleur !

Silence.

— Un grand tailleur, même. Et toi, une servante.

— M'aideras-tu ?

— J'essaierai.

— Je veux rester.

— Alors il faut te tenir.

Je me suis efforcée d'être la meilleure possible. J'ai inventé une méthode pour disparaître. On me croyait la même, mais ce n'était qu'une façade. La vraie Marie s'est cachée tout au fond, à l'intérieur, où j'ai enfoui mes idées et mes sentiments pour qu'ils ne risquent rien. À l'extérieur, j'étais un automate. Mue comme par un ressort, j'obéissais aux ordres, parfaitement, mécaniquement. J'ai gardé le silence et joué la servante, simplement pour survivre. Uniquement lorsque j'étais seule, sans personne autour, je me rappelais à moi-même. Alors j'étais Marie. Toujours Marie.

CHAPITRE QUINZE

❖ ❖ ❖

Le citoyen de l'an 2440

Il me faut un instant traiter de plus vastes sujets, qui intéressent surtout la France. Car il se trouva que je connaissais quelqu'un qui devint fort célèbre.

Tandis que l'on modelait et habillait nos bustes de cire, dans un monde très lointain, me semblait-il, le Dauphin épousa Marie-Antoinette d'Autriche. Pendant la célébration du mariage religieux, dans la capitale, des fusées d'artifice furent allumées trop tôt, suscitant un mouvement de panique pendant lequel cent trente-trois Parisiens périrent piétinés, dont de nombreux enfants et femmes. Cette funeste débandade mit Louis-Sébastien Mercier dans une colère terrible qui ne s'apaisait pas. En rassemblant ses carnets, il remarqua qu'un thème effroyable prévalait dans ceux-ci, et que ce thème était la souffrance. Plusieurs journées durant, il fut dans l'incapacité de parcourir ses rues bien-aimées.

Mercier s'épancha si longuement auprès de mon maître et de la mère Picot que cette dernière le chassa à grands cris. Il trouva refuge à la cuisine où je le fis asseoir et, puisant dans la carafe de la veuve, lui offris un verre de vin.

— Je déteste à présent cette ville, Petite, cet abattoir, ce cloaque. Monstres désinvoltes que nous sommes, quelles calamités produisons-nous !

— Racontez-moi. Racontez-moi tout avant qu'ils ne reviennent vous chercher.

Il m'a parlé de corps écrasés, de hurlements, de sang. De l'indifférence du roi. Il a retiré ses chaussures qu'il a posées devant lui.

— Une insulte à mes souliers !

— Je viens de nettoyer la table !

— Tu as sans doute raison de rester enfermée.

— Non, il ne faut pas dire cela.

— Dans quel monde sommes-nous ! Je ne le supporte plus !

— Eh bien ? Qu'en est-il ?

— Ah, si je pouvais arpenter ce beau plateau de bois, propre et net, telle une terre vierge ! Si seulement je… mais… oui, pourquoi pas ? Bien sûr ! Une nouvelle ville ! Immaculée ! Oui, Petite, que tu astiqueras bien avec tes brosses !

Reprenant vite ses souliers, il est parti en courant.

Rêvant de cheminer un jour sous des cieux plus heureux, Mercier s'est attelé à la rédaction d'une utopie, le guide d'une future Paris, métropole harmonieuse et sans souci. Il lui donna pour titre *L'An 2440*. Parfois il m'apportait des pages qu'il me lisait à la cuisine.

— « Dans le Paris de l'an 2440, il n'est plus d'enfants broyés sous les roues des voitures. Le roi déambule dans des rues où la boue a disparu, et lui-même obéit aux règles de la circulation. Les pauvres sont soignés sans frais. En l'an 2440, sur l'ancienne place de la Bastille, cet affreux château, a été érigé un temple à la Clémence. »

Une fois terminé, l'ouvrage fut publié.

En l'an 1770, de nombreux Parisiens en prirent connaissance, découvrant exactement à quoi leur cité ressemblerait, six cent soixante-dix ans plus tard. Écrit dans la colère, le livre les plongea dans le courroux. Ils se voyaient soudain habiter une ville impropre : à bas 1770, vive 2440 ! Et Mercier devint célèbre.

La veuve plaça son buste dans la vitrine, avec l'inscription CITOYEN DE L'AN 2440, afin que les passants puissent l'admirer. Et c'est en voyant ces derniers assemblés, jour après jour devant la vitrine, qu'elle eut son idée formidable.

Un après-midi, elle emmena Curtius, muni de son sac en cuir noir, rendre visite à Mercier. Ils revinrent avec lui et rapportèrent une fraîche empreinte de plâtre, qui servit à fabriquer une tête que l'on baptisa Jean-Jacques Rousseau. Je l'ai reconnu. C'était Renou, l'homme au costume gris qui s'était brièvement réfugié chez nous à Berne, au temps où il se cachait. Il était retourné à Paris et paraissait maintenant très malade. Une semaine plus tard, les trois compagnons s'en allèrent de nouveau et rentrèrent avec une deuxième tête, celle-là énergique et avenante ; ils la nommèrent Denis Diderot. Puis une troisième, très renfrognée, avec un nouveau patronyme : Jean Le Rond d'Alembert. Ces messieurs étaient sans doute réputés ; j'ignorais pour quelle raison, cependant leur effigie méritait d'être glorifiée.

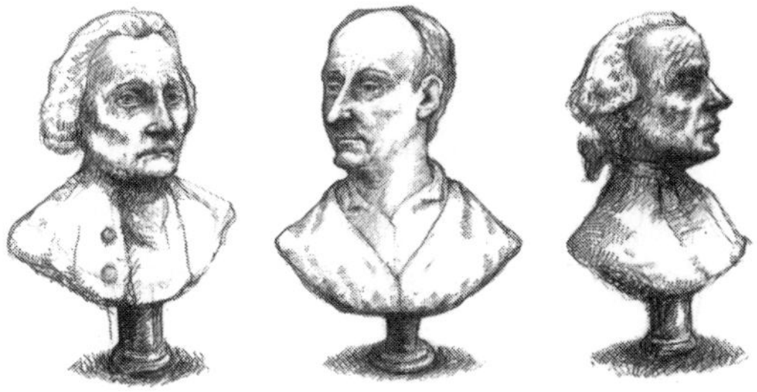

Trois hommes âgés considérant leur mort prochaine

La veuve fit installer une grande enseigne pour indiquer quels bustes nous présentions à l'intérieur, et les curieux affluèrent. Elle hochait beaucoup la tête. Mon maître applaudissait. La fois suivante, elle sortit toute seule. Elle ne cessait de s'affairer.

Puis, un soir, Edmond apparut à la cuisine pour m'ordonner de monter du vin et deux verres dans la chambre de sa mère à l'étage. Il m'aida à préparer mon plateau.

Curtius m'avait précédée. J'ai servi le vin. La veuve a ôté son bonnet et libéré des cascades de cheveux châtain-roux devant mon maître qui ouvrit de grands yeux.

— Edmond, a-t-elle dit, commence à me peigner.

Puis, à Curtius :

— Henri me peignait chaque soir. Depuis qu'il a disparu, c'est à Edmond qu'incombe cette tâche. Maintenant, Dr Curtius, écoutez-moi attentivement. Je veux vous raconter une histoire et il faut que vous compreniez bien. Petite, dehors.

Elle prenait quelquefois plaisir à m'appeler ainsi.

J'ai obéi mais, sensible à la gravité de la situation, suis restée derrière la porte pour ne rien perdre de leurs propos.

— Prêtez attention, je vous prie. Car l'infortunée veuve que je suis, Charlotte Picot, se propose de vous instruire, Dr Curtius. Nous nous connaissons à présent, nous travaillons ensemble, je puis donc me laisser aller un instant.

— À présent, oui ! Nous nous connaissons !

— Peigne, Edmond, peigne. Et vous me connaîtrez mieux, monsieur, grâce à l'histoire d'un petit commerce. Je vais vous parler de mon mari.

— De votre mari ? répéta Curtius, chagriné.

— Ses parents vendaient des vêtements de seconde main dans une boutique du faubourg Saint-Marcel. Voilà le point de départ. Brosse, Edmond, brosse.

« La première chose à apprendre dans une friperie est qu'elle doit être mal éclairée. Il est indispensable que les clients ne sachent pas ce qu'ils achètent. Vous n'imaginez pas ce que l'obscurité apporte à de vieilles nippes. On ne voit pas les raccommodages, on ne voit pas les fils qui dépassent. Les beaux-parents ne m'ont guère appréciée, tout d'abord, mais je me tenais dehors et faisais rentrer les gens. Le lundi, au grand marché de la place de Grève[1], je criais fort devant l'étal, suscitant leur approbation. Mais enfin, peigne, Edmond !

« Nous vendions le linge de corps des défunts, les robes à panier des prostituées, les bonnets gras de quelques veuves rabougries qui avaient enfin rendu l'âme. Des bas maintes fois reprisés. Des oripeaux qui avaient épousé

1. Aujourd'hui place de l'Hôtel-de-Ville.

de nombreux corps. La même chemise pouvait changer de mains et nous revenir. Nos frusques vivaient leur vie, même sans nous.

« À la boutique, nous avions des clients qui tentaient de s'élever dans la société. Une mercière se parait des dentelles d'une veuve d'avocat. De jeunes femmes presque nues se battaient pour un jupon. Parfois, quand ses parents dormaient, Henri et moi faisions nous-mêmes des essayages et il m'habillait comme une dame. Les nattes, Edmond, serre-les bien !

« Le temps passa et, bientôt, Henri ne supporta plus ces guenilles. La vue d'un bonnet de nuit usé le rendait malade. Il rêvait de soie, de satin, de costumes pour les riches. Ses parents ne le comprenaient pas ; ils le frappèrent, le pincèrent, me demandèrent de le réveiller. Ils sont morts les années suivantes – le premier a glissé sur un pavé, un matin de février, l'autre s'est coupé en manipulant un fermoir rouillé, et sa blessure s'est infectée. Leur disparition nous a ouvert de nouvelles perspectives et Henri est devenu tailleur. Pourtant son affaire, comme la friperie, ne fut jamais rentable.

« C'est ici qu'il faut bien m'écouter. Certains commerces, condamnés dès le départ, ne seront jamais prospères. D'autres doivent profiter des circonstances pour se développer. Vous avez un talent remarquable, Dr Curtius, tout le monde en convient. Nous ne manquons pas de travail. Au contraire, les commandes affluent. Maintenant que nous comptons dans nos bustes plusieurs célébrités, il serait bon de nous installer ailleurs, non pas à l'abri des regards, mais sur un grand boulevard ! Nous ajouterons des têtes, des têtes plus prestigieuses, voire des têtes couronnées, que nous mettrons en vitrine. Nous sommes à un carrefour, vous et moi. Picot n'a pas rencontré le succès, mais nous tenons une chance. Grimpons plusieurs degrés de la grande échelle sociale ! Ma question est donc la suivante : désirez-vous m'accompagner ?

— Oui ! Oui ! Je vous suis, répondit Curtius sans hésiter.

— Saurez-vous tenir bon ?

— De toutes mes forces. Mais, dites-moi, qu'avez-vous prévu ?

— Eh bien, cher monsieur, j'ai trouvé une maison. Ses dimensions dépassent sans doute nos besoins, mais le prix est intéressant. Loyer payable d'avance. Le bâtiment a vu de meilleurs jours, cependant il est solide. Il hébergeait une affaire qui a périclité, et donc la voie est libre. Tâchons de faire mieux. Alors, Dr Curtius, relevez-vous le défi ?

— J'accepte ! J'accepte !

— Edmond, remets-moi mon bonnet.

Pendant qu'ils trinquaient, j'ai redescendu l'escalier sans bruit. Où était cette maison, que nous réservait-elle ? Puis je me suis demandé : qu'allais-je devenir ? Me voudraient-ils auprès d'eux ? Mon nom n'avait pas été prononcé, mais ils n'avaient rien dit contre moi. Mieux valait simplement me taire et me rendre utile pendant les préparatifs.

Quand les charrettes se sont ébranlées avec notre chargement, je les ai suivies en tremblant de peur qu'on me congédie.

Mon maître et la veuve ont pris place sur la première. Edmond à pied derrière eux.

Moi, un pas derrière lui.

Se retournant, Curtius a discrètement hoché la tête : je déménageais, moi aussi. La veuve regardait ailleurs.

— Pas de regret, a-t-elle glissé au mannequin d'Henri, près d'elle sur la charrette. Cette rue ne nous valait rien de bon.

LIVRE TROIS

1771-1778

LA MAISON DES SINGES

Sept années de ma vie :
de l'âge de dix à dix-sept ans

CHAPITRE SEIZE

Monsieur Le Velu

Au numéro 20, boulevard du Temple, se dressait une bâtisse en bois, entre un profond fossé et le mur d'enceinte de la ville. En grandes lettres maladroites, elle se flattait d'être LA MAISON DE PASCAL, LE PRIMATE PHILOSOPHE MONDIALEMENT CONNU, ET DE SES NOMBREUX FRÈRES, COMME LUI VIVANTS ! Une pancarte au-dessus indiquait : HÔTEL DES SINGES.

De fait, avec sa double porte d'entrée et son portique à trois colonnes, elle ressemblait de loin à un temple. En jetant un coup d'œil derrière, cependant, on constatait que le bâtiment était soutenu par deux grosses poutres en bois – des étais. C'était ici que nous allions résider.

Devant l'hôtel, des meubles et différentes choses étaient empilés sur des charrettes : cages, chaudrons, chaises et d'étranges squelettes. Les cages, par-dessus le reste, renfermaient trois créatures aux yeux noirs et fixes. À l'étroit, elles avaient la peau couverte d'escarres et il leur manquait des plaques de fourrure. Des singes, qui se mirent à crier tandis que nous approchions de la maison sur béquilles.

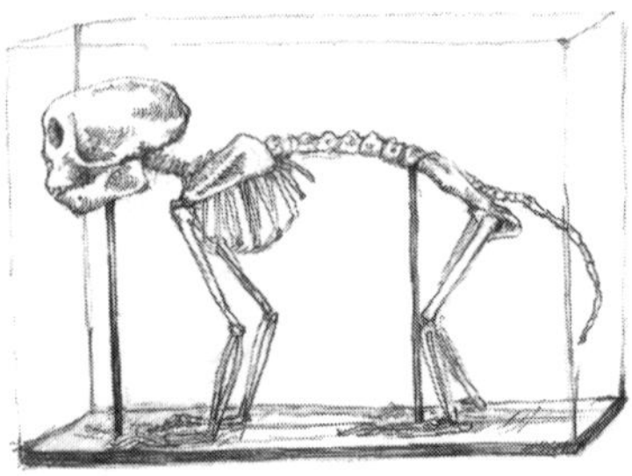

Curtius s'émerveilla :

— Si grands ! Si maigres ! Si poilus !

L'un d'eux poussa un hurlement triste et terrifié, proche de celui d'un être humain. Nous étions tous impressionnés, même la veuve.

— Bien le bonjour ! leur lança mon maître en soulevant son tricorne.

Nous sommes entrés dans la bâtisse en bois.

Le rez-de-chaussée se composait essentiellement d'un grand salon, si vide que tout y résonnait. Vide, mais pas désert, puisqu'un gros homme, curieusement vêtu d'une sorte de costume d'ours, occupait un tabouret dans un coin. Il portait un assemblage de carrés de fourrure qui ne laissait voir que sa tête et ses mains. Nous avions devant nous le grand protecteur des primates, dénommé Bertrand Le Velu, et ruiné. Un homme en uniforme noir se tenait à ses côtés ; Le Velu, apparemment, était condamné à une peine de prison, faute d'avoir acquitté ses dettes. Il avait sur les genoux une petite boule de poils sombres, qui se trouvait être Pascal, le singe philosophe, mort. D'autres hommes en uniforme parcouraient la pièce et empilaient divers biens devant la porte.

— Ces bêtes-là s'appellent des huissiers, jeta la veuve. Elles mordent.

Pendant qu'elle signait les papiers du notaire, Le Velu m'a plusieurs fois fait signe d'approcher, jusqu'à ce que j'obéisse. Il avait besoin de parler, semblait-il, et, tout en parlant, il se grattait – sous les bras, en haut du crâne, autour des fesses –, d'une manière particulière qu'il avait apprise, pensai-je, auprès de ses protégés.

— Sache, mon enfant, que j'ai la passion des singes depuis l'âge de douze ans. Mon père, un riche marchand, importait de la cannelle, du cumin, des noix de muscade et de la vanille. En sus des épices, il rapportait des animaux après un long voyage. Le premier d'entre eux appartenait à l'espèce *Pan troglodytes*, autrement dit un chimpanzé, que j'ai baptisé Florence et qui m'a croqué un doigt.

Il m'a montré le moignon qu'il avait à la place.

— Je l'aimais, cependant, et toutes ces créatures me fascinaient. Alors j'en ai fait collection, j'y ai consacré la fortune de mon père. J'avais mes entrées chez les négociants et les navigateurs. Je n'en ai jamais eu assez et j'ai travaillé avec quantité d'espèces. Je préfère les simiens aux hommes. Ils sont plus francs et ignorent tout de cette monnaie qui porte leur nom. J'ai eu un rhinopithèque, dans le temps, qui n'a pas survécu. Il venait des tropiques et n'était pas bien grand, m'a-t-il expliqué en écartant ses mains d'environ quatre pouces. Si petite chose, si adorable. Lui s'appelait Emmanuel. Je l'ai dépecé moi-même. C'est son squelette, là-bas. J'en ai un bout ici.

Il a indiqué un carré de fourrure sur son épaule.

— Il m'avait coûté deux cents livres. Les gens l'appréciaient pour sa petite taille. Il devait être malade quand je l'ai acheté. Mais le meilleur, c'était Pascal. Pas vrai, mon beau ? Aucun ne t'arrivait à la cheville. Ils prétendent que je t'ai tué. Pourquoi aurais-je fait cela ? Alors que je t'aimais, que je te dois ma renommée. Tu me crois, mon enfant, n'est-ce pas ?

— J'essaie, monsieur.

— Tu ressembles toi-même à un singe, petite fille. Avec ces bras maigrichons. Et ce nez. Un vrai proboscis. Cela devrait t'aider à comprendre : cette maison était le pays des singes. Pendant un temps, nous étions plus de vingt, là-dedans, dont seulement trois humains. Chacun avait sa cage. On passait de l'une à l'autre, on faisait notre travail d'hôtelier, on voyait nos résidents endormis dans leur lit ou en train de se brosser les cheveux, de se poser une mouche sur le visage. Un chimpanzé en livrée montait les repas sur un plateau. Quel hôtel c'était ! J'avais une foule de clients, qui en apprenaient beaucoup sur leur compte en regardant nos singes. Un atèle mâchonnant un cigare : ils ne pouvaient oublier cela. Un sapajou qui se peignait avec un peigne incrusté de strass. Un babouin qui buvait son vin au goulot d'une carafe. Quel hôtel ! Mais cela n'a pas duré. Certains de nos hôtes, bien nourris, bien soignés, sont morts empêtrés dans leurs draps de soie.

Il indiqua une pièce de fourrure sur son coude gauche.

— On a retrouvé un bébé macaque, mort dans un pot de bébé en porcelaine.

Et de se frotter une partie du torse.

— Un magot s'est pendu à la corde d'une cloche. Cela devenait impossible ; j'ai dû remercier le personnel. Un jour, le lustre est tombé, le chimpanzé en livrée s'est brûlé et coupé.

Le bras droit, maintenant.

— Les singes ont commencé à se révolter. Ils ne voulaient plus rien savoir. Mais j'avais toujours mon Pascal. Merveilleux primate. Si beau dans son peignoir, avec son béret à pompon doré. Cependant je n'arrivais plus à les tenir. Quel hôtel, mon hôtel, seulement il se vidait… Les chambrettes à l'étage étaient souvent inoccupées.

Et de lisser sa fourrure en plusieurs endroits du corps.

— On venait toujours voir Pascal siroter son cognac. Pourtant les choses ne s'arrangeaient pas, bien au contraire. Les voisins prétendaient que je grondais Pascal, qu'ils étaient dérangés, chaque soir, par mes cris et les siens. Maintenant, il ne dit plus rien et on me les a tous pris. Ils ont même raconté que je le frappais. Mais jamais ! On ne frappe pas ceux qu'on aime ! Ensuite, mercredi dernier, j'ai regardé sa cage et il était recroquevillé dans un coin, tout seul et tout raide.

Le Velu s'est tu en caressant le cadavre du singe sur ses genoux.

J'ai attendu un peu.

— Merci, monsieur, de m'avoir raconté votre histoire.

Il continuait à le caresser.

— Pardon, monsieur ? Puis-je le toucher ?

— Tu veux le toucher ?

— S'il vous plaît.

— Entendu, belle âme, cela ne te coûtera rien.

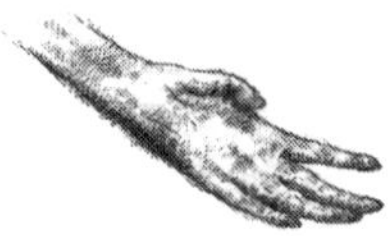

J'ai saisi la main droite de Pascal, noire et allongée, plus grande que la mienne. Ses ongles étaient fins, pointus et très froids.

— C'est triste qu'il soit mort.

— Un grand malheur, oui.

M'enhardissant, j'ai appelé Curtius dans notre langue maternelle.

— Monsieur ? Cet animal, si nous le dessinions ensemble ?

— Bonne idée ! a-t-il répondu.

Je voyais ses dents : il souriait.

— En français, je vous prie, a dit la veuve. Dr Curtius, il serait bon que nous nous comprenions, n'est-ce pas ?

— Oui, madame Picot.

— Désormais, nous parlerons seulement français.

— *'rançais...* marmonna Curtius.

— Pascal était un vrai génie, m'a chuchoté Bertrand en prenant ma main libre (j'avais dans l'autre celle du singe). Je n'en trouverai plus, des comme lui. Que vais-je faire à présent ? Qu'allons-nous devenir, mon petit bonhomme chéri ? Je suis fini.

Il a regardé la veuve, affairée auprès des huissiers, et m'a demandé :

— Est-ce la patronne ?

— C'est ce qu'elle croit, ai-je murmuré.

— Pardonnez-moi, madame, l'a-t-il pressée. Possédez-vous des animaux ? Je sais m'y prendre avec eux.

Elle s'est tournée vers lui.

— Cette maison nous appartient. Vous devez vider les lieux. Petite, viens ici avant d'attraper mal. Tu es déjà assez inutile comme ça. Bien ton genre, de rechercher la compagnie de tels énergumènes !

— Puis-je m'occuper de vos animaux ? persistait Le Velu. Je suis très doux et très gentil. Je...

À bout, il ne parvint plus à se contenir. Lâchant ma main et celle de Pascal, il a enfoui son visage dans les poils du chimpanzé et s'est mis à pleurer.

— Mes souvenirs me drapent et je n'oublie jamais rien, a-t-il déclaré tandis qu'on l'escortait au-dehors. Je porte un manteau de mémoire. Mes amis sont mes habits. Ils me tiennent chaud et ne me quittent plus. Quel beau chapeau tu feras, Pascal, un magnifique chapeau ! Je t'aimerai toujours.

À nouveau, des cris ont retenti au-dehors, qui se sont éloignés, et nous étions seuls.

CHAPITRE DIX-SEPT

❖ ❖ ❖

La maison des singes

Quel vide c'était ! L'endroit ne pouvait nous convenir. La veuve avait dû se fourvoyer. Elle avait vu trop grand. Nous n'étions que quatre pour meubler tout l'espace, effacer les vestiges des anciens occupants. Sans doute ces lieux avaient-ils connu une sorte de gloire et attiré des foules de visiteurs, cependant la maladie et la mort l'avaient infecté. De plus, par un accord tacite, le public semblait avoir perdu tout intérêt pour les singes et leur miraculeux sanctuaire. En revanche, malgré leur absence, nous n'allions jamais oublier ceux-ci.

S'il n'y avait eu que les prospectus – le sol en était jonché – qui faisaient l'annonce des *Singes à Paris.* Mais tout le long des escaliers étroits, des couloirs bosselés, de nombreuses griffures et rayures ornaient les murs. Les escaliers eux-mêmes avaient été rongés. En définitive, l'hôtel avait été grignoté, boulotté, dévoré de l'intérieur.

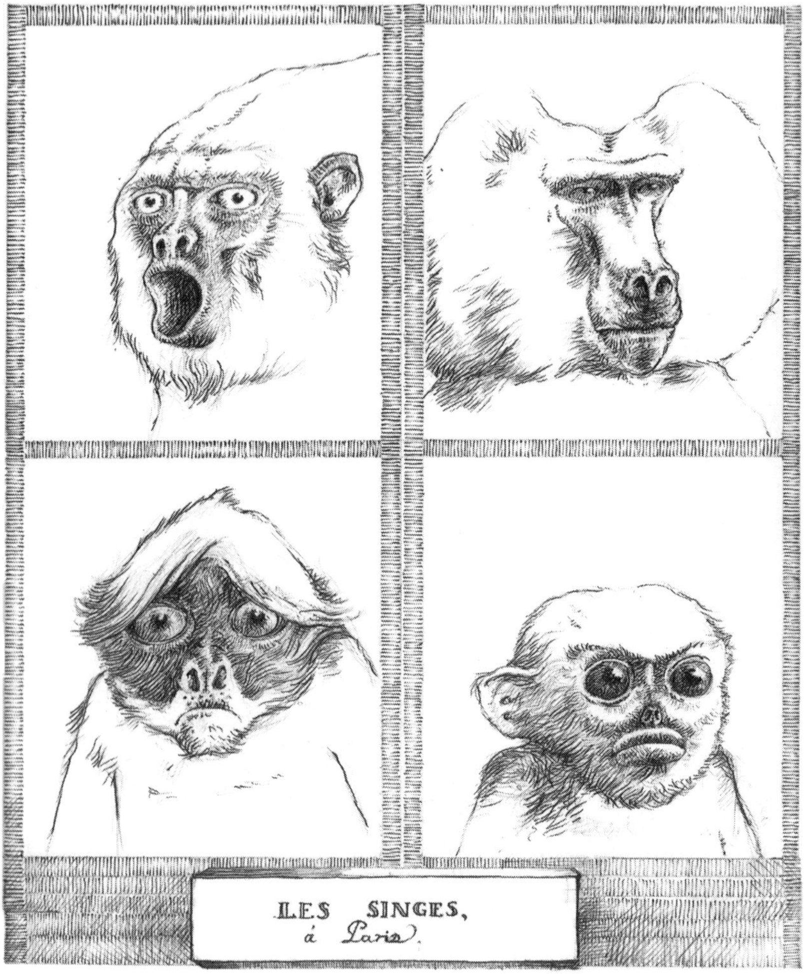
LES SINGES,
á Paris.

— Est-ce notre nouvelle maison ? s'étonna Edmond, inquiet.

— Un repaire de macaques, oui ! déclara mon maître. Avant d'être un petit hôtel, elle avait abrité un café avec des tables de jeux. Aujourd'hui, elle se destinait à recevoir des personnages de cire. Mais nous l'appellerions toujours la maison des singes.

— Petite, dit la veuve, rends-toi utile. Défais nos valises. Au travail !

Je montai caisses et bagages à l'étage. Le nom des anciens résidents était peint sur les portes des chambres-cages, dont certaines comportaient encore des barreaux en métal : MARIE-CLAUDE, FRÉDÉRIQUE, CATHERINE ET SIMON, DOMINIQUE, LAZARE, AUGUSTINE, AUGUSTIN, NICOLAS ET MARIE-ANGE, CLAUDIA ET ARNAUD, GRAND-JEAN, PAULINE, HELOÏSE ET ABÉLARD. Avec un petit dessin du ou des animaux en question, afin que les visiteurs, avant de jeter un coup d'œil, aient idée de qui se cachait sous les couvertures, derrière les doubles rideaux ou sur les linteaux.

La veuve s'installa dans l'ancienne chambre de Catherine et Simon, les singes hurleurs. Edmond prit celle de droite, plus exiguë, où avait logé l'atèle Pauline. Et Curtius, celle de gauche, où avait résidé Lazare, un babouin de cent livres, originaire d'Afrique de l'Est et capturé à maturité. Bertrand avait affiché sa nécrologie à proximité de la porte : « Mort à l'âge de trente-cinq ans. N'aurait pas dû manger son hochet en argent. »

La veuve pria son fils de monter le mannequin d'Henri et de le placer devant sa chambre, sur le palier face à la balustrade, au cas où il aurait envie de se pencher au-dessus du grand salon pour y jeter un coup d'œil. On lui retira sa redingote noire et tout le monde pouvait le voir.

— Voilà, Henri, annonça-t-elle. D'ici, rien ne devrait t'échapper. Nous sommes fiers de notre réussite et je ne veux plus te cacher. Il faut que tu assistes à nos progrès. Cette fois, je t'exhibe !

— Pardonnez-moi, monsieur, demandai-je à mon maître. Où vais-je dormir ?

— À la cuisine ! Loin des regards ! répondit la veuve, qui me fit redescendre.

Comme si on l'avait fait cuire, la pièce était sombre et abîmée, les lattes du plancher éraflées, les murs roussis par les flammes de la cheminée.

— Tu auras ton grabat et tu seras très bien. C'est ce qu'il te faut : à l'arrière de la maison, près de l'enceinte et de la rigole.

— Pas très agréable.

— C'est l'idée que tu t'en fais.

— Bien, madame.

— Tu n'en sortiras guère. Nous allons attirer un tout nouveau public et, quand nous le recevrons, tu ne te montreras pas.

— Oui, madame.

— Pour l'instant, tu dois mettre de l'ordre dans notre belle demeure.

— Oui, madame.

— Alors, pressons !

Et donc, le balai.

— Notre affaire portera le nom de cabinet du Dr Curtius, déclara la marâtre dans le grand salon.

« Veuve » et « Picot » sont par trop ordinaires. Cela manque de charme. Alors que « Dr » et « Curtius » sonnent agréablement à l'oreille.

— À l'oreille ? Agréablement ? se réjouit mon maître.

— En cas d'échec, il me faudra chercher un emploi et nous ne devons pas compromettre nos chances. Je suis veuve et vous êtes un homme.

— Je vois. Oui. Une veuve. Un homme. Je comprends.

— Mais surtout, précisa-t-elle, non sans regret, un nom de femme n'inspire pas confiance. Nous, les dames, ne sommes pas censées tenir une affaire. Bien sûr, docteur, nous réussirons.

La maison avait tant besoin d'être décrassée que nous nous y sommes mis tous quatre. Et de balayer, et de lessiver. Au bout de plusieurs heures, fort peu avait changé, cependant Curtius, pris d'une inextinguible quinte de toux, réclama de prendre l'air. Il partit en promenade avec la veuve et son fils, pendant que moi, je restais de corvée.

— Bonjour, dis-je doucement après leur départ.

Des grincements, des grattements me répondirent.

Fermant les yeux, je les ai sentis remuer autour de moi. Les esprits chagrins des singes morts couraient et s'accrochaient partout, retroussaient leurs babines et montraient les crocs.

— Je n'ai pas peur, maison.

Des cliquetis. Des frémissements dans les murs.

— Oui, tu es grande, je sais.

Un grognement à l'étage.

— Mais je vais vivre ici. Je suis venue pour ça.

La poussière s'élevait et tourbillonnait autour de moi.

— Faites pire encore, si vous voulez. Je n'ai pas d'autre endroit où aller, alors je reste. Je vais t'apprendre, maison, à être gentille.

Un craquement, d'abord ténu, se transforma en long gémissement. C'était les béquilles, à l'arrière, qui s'habituaient à mon poids.

— Allons, il nous faut trouver un arrangement.

Des pas précipités à l'étage, comme si quelqu'un courait sur le palier. Je suis montée et il n'y avait personne. Ce n'était pas juste de me laisser seule tout l'après-midi, aux mains de ces esprits ravis de me torturer.

— Fort bien ! leur dis-je. Tombez-moi dessus ! Tourmentez un enfant ! Allez-y, je ne bouge plus.

Une porte s'ouvrit. Personne non plus, ni devant ni derrière.

— Je sais que tu n'es pas contente, très estimée maison, mais essayons de nous entendre, de nous mettre à l'aise. D'accord, tu as ouvert ta grande bouche et tu m'as avalée ! Je m'efforcerai de ne pas décevoir tes entrailles. Oui, de te rassasier ! Ton dîner est servi ! Petite saucisse que je suis, petite bière. Je te dirai tout. Te ferai don de ma personne.

Peut-être prenais-je mes désirs pour des réalités, cependant il m'a semblé que la maison se détendait un peu. Baissant sa garde, elle me laissa inspecter le moindre de ses recoins. J'allais à présent vivre dans le ventre de la bête, et je souhaitais qu'elle soit la meilleure bête possible.

Tout en balayant, je lui appris qui j'étais, ce que je connaissais. Je lui parlai de mon maître, si adroit, avec qui je désirais toujours travailler. D'Edmond aussi, qui m'avait montré sa poupée et qui, bien que taciturne, se révélait un bon compagnon. J'ai prié la maison d'être gentille avec lui. Certes, il pouvait paraître suffisant, mais il n'était pas désagréable, avec ses taches de rousseur sur le nez et son torse tout blanc. En revanche, pour ce qui était de sa mère, l'honorable résidence, recommandai-je, avait toute liberté de lui faire des crocs-en-jambe, de la mordiller pendant son sommeil et, d'une façon générale, de lui gâcher la vie par tous les moyens à disposition.

Tandis que je m'épanchais, que mes peurs reculaient, que je me sentais peu à peu chez moi, un discret murmure s'éleva, tel un lointain orage. Je crus qu'un long cortège d'âmes simiennes s'apprêtait à me rendre visite, puis je compris que ces bruits nouveaux provenaient, non pas de la maison inquiète, mais du dehors.

Des volets que l'on pousse, des verrous que l'on tire, des planches que l'on dispose par-dessus le sol boueux. Le frisson d'une flamme qui jaillit, suivi d'une centaine de voix qui, s'éclaircissant, passèrent lentement du chuchotement à la clameur et semblèrent attiser le boulevard, le sortir de sa torpeur, jusqu'à ce que le silence fût banni, que rien ne pût interrompre le vaste brouhaha qui recouvrait toute chose et se réverbérait dans la caisse vide de la maison des singes. Le boulevard du Temple, quartier des théâtres, se réveillait.

Je courus à l'étage où, depuis une fenêtre, je le vis se remplir de mille personnages. Chasseurs de rats, raccommodeurs de porcelaine, porteurs d'eau et de chaises, plumassiers et briquetiers, tout Paris accourait. Ici les extrêmes s'unissaient – un perruquier et ses aides, fardés de poudre de riz, cheminaient de conserve avec des charbonniers noirs de suie. Et parmi eux criait la foule du boulevard : musiciens ambulants, marionnettistes, vendeurs de jouets, acteurs aux mises bariolées, un montreur d'ours, des violonistes aveugles, un chœur d'enfants, de vieux danseurs, des cracheurs de feu, des avaleurs de sabres, un vaste cirque de gens extraordinaires. Oh, la vie !

Leur chahut résonnait si fort dans la demeure des singes que je n'entendis pas les portes s'ouvrir ni la veuve monter. Surgissant dans mon dos, elle m'ordonna brutalement de retourner dans le grand salon afin de poursuivre mon ménage jusqu'à ce que l'odeur fauve des animaux disparût entièrement. Elle ne devait pourtant jamais s'évanouir tout à fait.

À l'heure du coucher, la mégère, rassemblant autour d'elle les ombres des primates, emporta la lumière à l'étage, ainsi qu'Edmond et Curtius. Dans l'obscurité, je percevais les rires, les pleurs et les huées qui émanaient du boulevard. Bien des bruits, cependant, paraissaient provenir de la maison en face, qui avait pour enseigne LE LIT CÉLESTE, par-dessus l'inscription, en lettres plus petites : *Dr James Graham (autrefois établi à Londres).* Cachée derrière un volet, je vis s'y rendre, jusqu'à une heure tardive, des couples et des hommes seuls, munis d'une lanterne.

Par deux fois dans la nuit, d'invisibles mains secouèrent violemment les portes de l'hôtel des Singes. Je ne voulais pas m'endormir, car mes peurs se réveillaient et je n'étais pas certaine qu'il fût prudent, en ces lieux, de succomber au sommeil. Épuisée, j'ai fini par fermer les paupières et rêvé d'un singe qui braquait d'immenses yeux sur moi en se balançant sur une chaise de la cuisine. Me redressant brusquement, terrifiée, j'ai constaté qu'il y avait, de fait, quelqu'un près de moi.

Edmond.

CHAPITRE DIX-HUIT

Des voix dans la nuit

— Maman dort.

— Oui, Edmond.

— Le docteur aussi.

— Oui. Il doit être tard, ou très tôt.

— Il parle dans son sommeil.

— Je suis au courant.

— Je n'arrive pas à dormir.

— Non.

— Et toi ?

— Si.

— Je voulais voir comment tu allais.

— Eh bien, tu vois.

— Franchement, je ne suis pas rassuré. Maman ne me veut pas dans sa chambre. Elle me trouve puéril. Et je ne peux pas demander à Curtius. Cette maison m'inquiète, et ce qui va s'y passer. Surtout cette maison. On ne sera jamais chez nous. L'ancienne me manque. J'ai peur de mourir, ici. Il y a des fantômes, tu crois ?

— Des quantités.

— J'en avais l'impression. Je les entends gratter.

— Je les connais bien. Ils sont venus me voir. Ils se promènent dans le noir, ils chuchotent. Cet après-midi, quand vous êtes sortis et que j'étais tout seule, ils se sont rués sur moi !

— Non !

— Si ! Ils m'ont frappée, mordue, ils allaient me manger toute crue, mais…

— Mais quoi ?

— Je leur ai parlé et, comme j'ai été très sévère, on est amis maintenant.

— Je peux être leur ami aussi ?

— Ils ne voudront peut-être pas.

— Pourquoi ?

— Ils sont très capricieux.

— Moi aussi, je fais des caprices.

— Pas autant qu'eux.

— Ils sont vraiment méchants ?

— Si tu as du courage…

— J'en ai.

— Beaucoup de courage…

— J'en ai beaucoup.

— ... alors peut-être que je te les présenterai.

— J'aimerais mieux qu'ils me laissent tranquille.

— Ne dis pas ça ! Jamais ! Tu vas les rendre fous.

— Pardon, je ne voulais pas…

— Tu as vu ?

— Quoi ?

— Il y en avait un ! Juste devant toi ! Avec de grandes dents et des griffes. Mais il est reparti quand il m'a aperçue.

— C'est vrai ?

— Bien sûr.

— Tu essaies de m'effrayer.

— Pas du tout.

— Je retourne me coucher, a dit Edmond, boudeur.

— Non, attends, pas tout de suite.

— Il vaut mieux. Maman ne serait pas contente si elle nous entendait.

— Alors tu resteras seul.

— Oui, mais elle peut nous entendre.

— Évidemment, il faut toujours que tu lui obéisses.

— Pas vrai. J'ai moins peur maintenant. Parce que je t'ai vue, même si tu as essayé de m'effrayer. Petite, est-ce que…

— Marie !

— Pardon, Marie, est-ce que je peux revenir ? Quand j'aurai à nouveau la trouille ?

— Toujours.

Edmond est remonté dans sa chambre, sous les cris du fantôme de l'escalier qui le conspuait de marche en marche. Sur ma paillasse, j'étais tellement contente que j'ai eu du mal à me rendormir.

CHAPITRE DIX-NEUF

Des têtes encore

Les abeilles sécrètent de la cire grâce aux glandes qu'elles portent sous l'abdomen. Elle leur permet de bâtir de nombreux rayonnages dans leurs cités, leurs villes de cire. Par milliers, elles empruntent leurs rues et leurs couloirs de cire. Elles élèvent leurs petits, conservent leur miel dans leurs rayons. La cire est indispensable à leur existence. Sans elle, pas de maison ; leurs enfants n'auraient pas de toit au-dessus de leur tête.

Les hommes la prélèvent dans les ruches et la liquéfient pour en retirer les impuretés. Ensuite, ils fabriquent des chandelles. La cire nous donne de la lumière. Plus de cire et nous vivrions dans le noir. Combien de nuits éclaire-t-elle dans notre vie ? Comment illuminer sans elle nos théâtres et nos bals ? Comment le petit garçon ferait-il pour chasser les monstres cachés sous son lit ? Et la vieille dame, terrorisée par les ténèbres – qui lui rappellerait qu'elle est encore en vie ? Nous craquons une allumette, allumons une bougie et la clarté revient.

À la maison des singes, l'avenir prenait forme dans la cire. Mon maître la découpait en tranches qu'il chauffait dans son grand chaudron de cuivre, à une température variant entre soixante-deux et soixante-quatre degrés. Puis il moulait des têtes de Parisiens. La veuve Picot avait accroché la cloche de son mari au-dessus de la porte et installé les têtes des célébrités dans le grand salon du rez-de-chaussée, où elles n'occupaient guère de place.

Deux jours après notre arrivée à la maison des singes, j'y ai surpris la veuve et Curtius qui parlaient de moi.

— Pourquoi êtes-vous aussi sévère avec elle ?

— Elle est indisciplinée.

— Cela n'est qu'une enfant. Reconnaissez qu'elle s'est améliorée.

— Elle est si ordinaire, si différente de nous. Et ce faciès ! C'est plus fort que moi, elle me perturbe. On la croirait morte et vivante à la fois. Sa trogne est un cauchemar qui hante mes journées.

— Soit, elle vous déplaît. Y aurait-il autre chose ?

— N'est-ce pas suffisant ? Elle nous porte malheur !

— Votre imagination, madame Picot.

— Ma sensibilité. Une femme peut être sensible.

Oui, oui, absolument, pensais-je.

J'ai perdu le fil un instant et l'ai repris plus tard.

— Je vous suis si reconnaissant, disait mon maître.

— Oui.

— J'aimerais vous témoigner ma gratitude, mon affection.

— Nous ne sommes qu'associés, Dr Curtius.

— Si j'osais… Peut-être pourrions-nous nous rapprocher ?

— Vous me voyez endeuillée et peu accessible.

— Un jour viendra ?

— Je ne sais. Ne m'accablez pas. Les affaires avant tout. Le superflu n'y a pas sa place. Mon mari est mort de pareilles chimères.

— Les affaires, pardi ! Certes, les affaires ! Eh bien, qu'elles soient notre foyer commun. Notre refuge à tous deux, madame Picot.

— Notre foyer, en effet. Veillons d'abord à ses intérêts.

Notre foyer. *Je* devais veiller à ses intérêts. Seules comptaient les affaires. Alors, pourvu qu'on en reste là.

La veuve et mon maître se sont rendus chez les artistes en vogue du boulevard, qu'ils n'ont pas tardé à modeler. Parmi eux, l'efflanqué et maussade Jean-Baptiste Nicolet, patron d'une troupe de danseurs de corde. Mais aussi Nicolas-Médard Audinot, trapu et ventripotent, dont le théâtre faisait jouer des enfants. Enfin, le souriant James Graham, roux aux taches de rousseur, qui égayait les adultes dans son établissement, le Lit Céleste.

Nicolet et Audinot possédaient les deux seules constructions de brique du boulevard. Les autres étaient des maisons de bois qui, lorsque le vent se levait, couinaient et gémissaient. Et l'hôtel des Singes grinçait remarquablement. Le grenier, pièce la plus sensible de la maison, se plaignait toute la nuit. Il entretenait de longues conversations avec lui-même, gonflées de douleurs et de récriminations. Un jour qu'elle s'aventurait là-haut, la veuve glissa et sa chute fut telle que sa jambe traversa entièrement le plafond du premier étage. Elle institua que l'endroit était trop dangereux pour que l'on y mette les pieds, et son accès fut condamné. Le grenier ne l'entendait pas de cette oreille. Pour se rappeler à notre bon souvenir, il ne cessa jamais de marmonner et de jacasser.

L'atelier se trouvait désormais à l'étage, dans l'ancienne chambre de deux chimpanzés albinos. Dans la cuisine au rez-de-chaussée, j'en étais éloignée. Je ne pouvais m'y hasarder que de nuit, en empruntant le grand escalier de bois, mais ses marches glapissaient à chacun de mes pas. Alors j'attendais plutôt que tout le monde soit sorti.

À la moindre occasion, j'observais le boulevard et ses nombreuses activités. Le bâtiment voisin du nôtre, à droite, hébergeait un estaminet où l'on jouait aux échecs. Celui de gauche abritait LE THÉÂTRE DU PETIT MONDE de Marcel Monton. Apparemment, les habitués de l'un et de l'autre n'approuvaient guère notre présence. Ils se détournaient quand Curtius les saluait. J'avais plaisir à étudier les passants. Le cul-de-jatte, dans son petit chariot à roulettes, qui zigzaguait entre eux. Le badaud qui retenait une meute de bouledogues muselés. Celui qui promenait quatre nains, ou celui-là avec son ours boiteux. Et souvent le Dr Graham, dans sa mise flamboyante, le cigare à la bouche et une femme à son bras, fort belle et chaque fois différente. Quelle vie étrange et diverse avais-je sous les yeux ! Jamais je n'aurais vu, encore moins imaginé ces choses, si je n'avais quitté mon village natal.

Parmi les personnages singuliers du boulevard, je devais distinguer une sorte de vagabond, jeune, laid et brutal, qui ne semblait avoir pour amis que des chiens revenus

à l'état sauvage. Il jouait et aboyait avec eux, les grondait, et ils l'accompagnaient dans sa quête de nourriture. Mon maître était stupéfait quand je le lui ai montré. Curtius ne détachait plus son regard de sa peau craquelée, ses cheveux emmêlés, ses vêtements sales.

— Même de fort bas étage, voilà aussi un Parisien, Marie.

J'avais deviné qu'il piquerait sa curiosité. Je repérais les physionomies qui lui plaisaient. La veuve lui répétait qu'il devait rechercher des têtes bien nées, d'un rang supérieur, mais mon maître savait reconnaître la noblesse, même dans le caniveau. Il se prenait de passion pour un visage et elle le consumait. Je l'ai plusieurs fois surpris en train de contempler ce garçon sauvage. Alors ses mains dansaient un ballet aérien, comme si elles prenaient son empreinte. Le soir venu, je tendis les miennes vers Edmond, ne lui effleurant que les joues.

— Aïe ! Tu n'as pas le droit !

Il était revenu. Apprivoisant d'un pas prudent les marches de l'escalier, Edmond descendait maintenant à la cuisine une ou deux fois par semaine. Notre nouvelle demeure le rendait si malheureux qu'il avait besoin de parler. Timide et hésitant, il s'ouvrait. Le pauvre passait ses journées tapi sous les orages de la mégère, son fracas quotidien. Ici nous chuchotions, pleins de délicatesse, et il se découvrait.

— Suis-je si taciturne, Marie ? Je n'ai pas toujours été ainsi. À l'école, je courais et criais, entouré de mes camarades, puis papa est tombé malade et j'ai dû quitter la classe pour le seconder dans ses tâches. Sans doute ai-je alors commencé à me taire, pendant qu'il tonnait, qu'il se battait et pestait contre sa maladie. Maman m'ordonnait de rester coi, de ne pas le déranger. C'est ainsi que j'ai appris le silence et les murmures. J'aime autant murmurer, les gens sont si bruyants.

— Encore, Edmond, parle-moi encore !

— Non, ce sera tout.

— Que veux-tu faire plus tard ?

— J'aimerais être un grand tailleur.

— On croirait entendre ta mère.

— Je le désire sincèrement.

— Et moi, Edmond, que vais-je devenir ?

— Une servante, je suppose. Quoi d'autre ?

— Je sais dessiner, mélanger les pigments, prendre une empreinte, préparer la cire.

— Ne recommence pas, Marie ! Maman t'a défendu. Tu dois rester à ta place.

— Et si cela ne me convient pas ?

— Elle ne se gênera pas pour te mettre à la porte.

— Il faudrait d'abord qu'elle me paie.

— Sois sage, Marie.

— Je déteste cette place.

— Tu es nourrie. Logée.

— Je suis contente que tu sois venu. J'oublierais que j'existe, autrement.

— Cela ne me dérange pas de descendre.

— Je t'espère souvent.

— Il ne faut rien espérer. Ton rang te l'interdit.

— Tu reviendras ?

— Peut-être. Ne m'attends pas.

CHAPITRE VINGT

Les bruits de l'extérieur s'invitent à l'intérieur

Un après-midi, alors que le garçon farouche dormait non loin, appuyé au tronc d'un peuplier, Curtius sortit pour mieux le regarder.

Sans intention de lui nuire, bien sûr. Cependant le jeune sauvage ouvrit les yeux et ses yeux rencontrèrent ceux de mon maître. Aussitôt Curtius rebroussa chemin vers la maison. Se retournant au bout d'un instant, il s'aperçut que le garçon n'était plus adossé à l'arbre. Et lorsqu'il est rentré, il s'est rendu compte que le gamin était maintenant assis devant l'établissement du Dr Graham. Il l'avait suivi. Le jeune homme retira un saucisson de sa poche, l'essuya dans ses mains crasseuses, mordit dedans à belles dents et mâchait à présent d'un air mauvais. Quand je vérifiai plus tard, à la demande de mon maître, il était toujours en face. Toute la soirée, il traîna autour de la maison des singes. Il avait vu Curtius, remarqué sa fragilité, et sans doute pensait-il que notre maison était aussi vulnérable que lui. Gêné par sa présence, Edmond s'enfermait le soir dans sa chambre. Il craignait de déranger le garçon, qui prit l'habitude de dormir sur notre perron. Je n'osais plus monter à l'étage pour le regarder. J'avais essayé une fois et, quand la cinquième marche avait craqué, la veuve s'était écriée : « Qui va là ? En garde ! » À l'instar de mon maître, elle était dans tous ses états. Quelques pas derrière lui, le grand gosse suivait Curtius où qu'il aille. Nous étions pour ainsi dire assiégés.

— Il est encore là ! se plaignait mon maître.

— Ignorez-le ! répondait la veuve. Il se lassera et partira.

— Madame Picot, vous n'avez peut-être pas toujours raison.

Dans ses plus beaux habits, Edmond sortait distribuer les nouveaux prospectus qu'avait fait imprimer la marâtre. Il les offrait aux promeneurs dans les squares, dans les rues élégantes, dans des cercles choisis.

DR CURTIUS, CÉLÈBRE SCULPTEUR SUISSE
GÉNIE DE LA CIRE, MEILLEUR PORTRAITISTE DE PARIS
MODELEUR DE ROUSSEAU, DIDEROT, D'ALEMBERT, ETC.

RESSEMBLANCE CONFONDANTE
CLIENTÈLE CONQUISE !

VOUS-MÊMES, VOS ÊTRES CHERS, VOS ÉPOUSES,
FILLES, FILS, PETITS-FILS,
OSEZ VOUS VOIR COMME POUR LA PREMIÈRE FOIS !

(Prix raisonnable)

En suite de quoi nous avons reçu, non seulement les grands noms du boulevard et d'éminents philosophes, mais aussi – fait nouveau – des femmes ! Des femmes à qui nous parlions, que nous allions modeler, qui prenaient place dans le grand salon. Et quelles femmes ! Des Parisiennes à la peau douce, ridée ou parcheminée, pigmentée par le froid et les engelures, fraîche ou grasse, gâtée ou parfumée, qui sentaient l'oignon, la farine, le chocolat ou la fraise. Curtius devait chacune les toucher. Ses doigts hésitaient devant la chair et ses yeux s'embuaient. Parfois, avant d'approcher le visage d'une cliente, ses mains applaudissaient silencieusement. Il était entouré de tant de grâce que peut-être ses sentiments envers la veuve allaient changer, pensais-je. Venant tout de même me trouver, il me confia :

— Ah, le nez ! Ces nez ! Ces fronts parsemés de taches de rousseur ! Ces lèvres… flétries, gercées, crevassées, et pourtant parfaites. Et la courbure des cils… Ô fossettes, ô pommettes ! Grains de beauté, nævi et taches de vin… La pâleur, la jouvence, le rose, le rouge, le jaune, le bleu. Tant d'émotions ! Des nuques à pleurer. Quel bonheur, quelle santé !

Il imitait les peaux. La veuve les habillait. Edmond cousait des boutons. Et je frottais les sols.

Le jeune énergumène dormait sur le perron.

Au bout de deux semaines, Edmond est enfin redescendu un soir. Je reconnus ses pas prudents dans l'escalier. Cela ne pouvait être que lui. J'entendais le sommeil lourd de la veuve et mon maître marmonnait en dormant. Edmond approchait lentement. Sortant du lit, je l'attendis à ma porte. Dehors, un bruit sur le perron : le sauvageon, sûrement, qui s'agitait. Je tendis l'oreille, mais plus un son, plus d'Edmond – quoique soudain, un minuscule craquement. Si, il était toujours là. Je saisis la poignée, entrouvris seulement. Il marqua un temps. D'autres bruits extérieurs. Edmond, à nouveau. J'ouvris franchement. Grincement. Le sauvageon sur les marches. Crissement.

Je devinais maintenant Edmond, qui me voyait à la lumière du petit jour, filtrée par les volets. Immobiles, nous nous trouvions à vingt pas l'un de l'autre, mais ne bougions pas. *Crac.* Le perron. Un silence.

— Marie.

Inaudible murmure.

Silence encore.

— Enfin, te voilà.

— QUI EST LÀ ? cria brusquement une voix dehors, une voix très grave.

Nous restions figés.

— QUI EST LÀ, J'AI DIT ! QU'EST-CE QU'IL Y A DANS CETTE MAISON ? QU'EST-CE QU'ON CACHE ? OUVREZ !

La porte d'entrée fut rouée de coups et secouée. On essayait de la forcer. Un rugissement furieux retentit. C'était comme si, en quittant notre lit sans y être autorisés, Edmond et moi avions réveillé un monstre. Un monstre qui martelait notre porte.

— Au secours… chuchota Edmond. La maison va s'effondrer sur nous…

Il a couru vers moi et je l'ai serré dans mes bras.

— LÂCHEZ-MOI ! LAISSEZ-MOI TRANQUILLE ! beuglait la voix.

— Qui est là ? a fait une autre voix.

À l'étage, celle-là. La veuve !

— Maman ? a dit Edmond.

— Edmond ! a-t-elle jeté. Que se passe-t-il ? Que fais-tu debout ? Avec qui es-tu ?

— Le bruit, maman, c'est le bruit.

— Petite ? Petite ! Que fabriquez-vous ?

Je l'ai lâché.

— Mais n'entendez-vous pas, madame ? murmurai-je. Il y a quelque chose dehors.

Les coups sur la porte ont redoublé, suivis par un hurlement affreux, la plainte bouleversante d'un animal blessé. Avec un écho à l'intérieur quand, effarée, la veuve meugla comme une vache épouvantée. Edmond s'est joint à elle, poussant un cri aigu, tel un lapin pris au collet, puis mon maître en haut de l'escalier, avec un hennissement de son cru. Alors toute la maison gronda, grogna, glapit, gueula comme l'arche de Noé. À ces vociférations, je ne pus qu'ajouter mon chicotement de souris, mon chuintement de musaraigne.

Brusquement, tout chahut cessa de l'autre côté de la porte. Un bref gémissement et des pas de fuite précipités, nous laissant tous quatre bouche bée, quatre îlots de solitude qui n'osèrent plus émettre le moindre son, jusqu'à ce que résonnent sur le perron de puissants ronflements, dignes d'un énorme mastiff. Alors, blêmes et éprouvés, nous avons regagné nos lits d'insomnie dans l'espoir que le soleil du matin effacerait nos angoisses.

CHAPITRE VINGT ET UN

Dans lequel le cabinet acquiert un chien de garde

L'explication est venue avec le jour. Quelqu'un – un ivrogne sans doute – avait rôdé autour de l'hôtel des Singes, secoué sa porte dans le but de nous effrayer et, sans le vouloir, marché sur le sauvageon. Pour ses sottises, il n'avait récolté que de vives douleurs et la perte de deux dents qui ne reviendraient pas.

À la fenêtre, mon maître considérait la petite brute qui dormait encore sur la marche la plus basse du perron.

— Je crois, déclara-t-il, que nous devons le remercier.

Depuis la porte de la cuisine, je l'ai regardé tandis qu'il ouvrait celle de l'entrée et s'éclaircissait la voix.

— Je ne pense pas que vous ayez bien dormi, lui dit-il. Nous non plus.

Nous nous sommes tous rapprochés pour observer la suite.

Retroussant ses babines, le garçon s'est lentement relevé, et Curtius n'est pas rentré. Le jeune homme a gravi une marche devant Curtius immobile. Quand le sauvageon a atteint la troisième, Curtius a fait la seule chose qu'il lui restait à faire : glisser une main dans sa poche et en retirer une pièce. Le garçon l'a saisie et s'est arrêté de grogner. Mon maître se montrait très courageux devant la veuve qui, prise au dépourvu, ne savait comment se comporter.

— La lie de la lie, cette créature, a-t-elle jeté. Surtout qu'elle n'entre pas ici !

— Tu es un bon gars, affirmait au jeune homme un Curtius métamorphosé. Je t'aime bien, mais tu es un peu brusque. Or nous conservons des objets fragiles à l'intérieur. Donc cogne et crie autant que tu veux, mais dehors. Le grand air te convient mieux, n'est-ce pas ? Nos murs seraient un carcan pour toi. Non, non, on n'entre pas.

— Je dirais même plus, a ajouté la veuve, qu'il ne passe pas la porte.

Elle s'est retournée et, me trouvant derrière elle, trop près à son goût, s'est rappelé les ombres de la veille.

— Je t'ai vu, Edmond, cette nuit ! lui a-t-elle dit.

— Oui, mère, moi de même. Quelles frayeurs avons-nous eues !

— Pendu aux basques de la servante !

— Je... Je...

— Ne nie pas !

— Non, je ne nie pas.

— On ne ment pas à sa mère.

— Loin de moi cette intention.

— Alors, pourquoi cette promiscuité ?

— J'avais peur, je... Elle était là.

— Edmond, tu dois tenir ton rang ! On ne fréquente pas les rats de cuisine.

— Non, mère.

— Je suis là pour te rassurer quand tu en as besoin.

— Oui, mère.

— Et toi, Petite, saleté, furoncle, chiure, touche seulement à mon fils et je te flanque à la rue.

— Oui, madame. Bien sûr, madame.

« Va brûler en enfer », ai-je pensé en l'imaginant dévorée par les flammes. Pourquoi était-elle si cruelle, malgré la bonne volonté dont, malgré tout, je faisais preuve ? Sans doute avait-elle besoin d'une subalterne pour se croire supérieure. Et sa cruauté l'aidait-elle à s'en convaincre ?

Toujours est-il que, désormais, Edmond ne se risquerait plus la nuit dans l'escalier. Je demeurerais seule à la cuisine, qui me consumerait.

— Quelle extravagance ! a-t-elle conclu. Ce n'est pas parce qu'un vagabond se chamaille sur nos marches que la Terre doit tourner à l'envers. Espérons que cet olibrius se lasse vite de nous et que les choses reprennent leur cours habituel.

Ce qui ne s'est pas produit.

Le sauvageon avait conquis notre perron, mon maître, et rien n'allait les arrêter, ni l'un ni l'autre. À présent, il passait non seulement ses nuits devant l'hôtel, mais y restait aussi la journée. Bientôt, Curtius lui confia de petites commissions à faire pour lui.

Pour preuve de son attachement, le garçon dépêcha des messagers de son cru, à savoir ses puces. Edmond eut bientôt des cloques sur les avant-bras ; par la porte entrebâillée de la cuisine, je le voyais se gratter. La veuve se rendit compte qu'une tique était plantée dans son cou. Manifestant le plus grand respect pour l'acarien, Curtius l'en délogea avec cérémonie. La blessure était telle qu'on m'enjoignit d'apporter une cuvette d'eau brûlante.

— Pourquoi découvrir mes épaules ? se plaignit la mégère. Cette créature me bouffe seulement la nuque. Et, non, je ne desserrerai pas mon gilet !

Curtius dut également au jeune homme de pouvoir exercer ses connaissances médicales sur la veuve car, sans celui-ci et sa tique, jamais il n'aurait osé poser les mains sur elle, et voilà qu'il la pinçait et la malaxait. L'arachnide décédé fut déposé dans un écrin tendu de velours rouge, placé dans sa chambre, sur la tablette de sa cheminée. Il était toujours là quand je passais pour vider les pots de nuit.

Certains attachent leur chien dehors dans le froid ; d'autres l'abritent chez eux, le posent sur leurs genoux ou sur leur lit. La façon dont une personne traite son chien est révélatrice de son caractère. Voici un aspect de celui de mon maître : non content de recueillir le jeune sauvage sur notre perron (comme s'il avait pu l'en éloigner), il lui avait aussi donné une de ses couvertures.

Il se décida à lui demander son nom. En guise de réponse, l'intéressé émit un son guttural, plus proche de l'aboiement que du langage courant.

— Pardon ? Comment ? Encore une fois !

Cette fois, je crus entendre : « Jacques », énoncé avec suffisamment d'assurance. En revanche, je ne distinguai point le deuxième mot.

— Visage ? Oh, Beauvisage ! s'exclama la veuve.

Un beau visage, vraiment ?

— Jacques Beauvisage, grogna le larron en hochant la tête.

Ces trois syllabes, trois postillons, ravirent Curtius. Quel patronyme pour un tel individu ! Loin de se moquer, mon maître lui sourit.

— Beauvisage… Mais bien sûr qu'il est beau !

La saison froide arrivant, mon maître fournit une nouvelle preuve de son bon caractère. Après moult négociations à huis clos avec la marâtre consternée, il invita Jacques à dormir sous notre toit, pelotonné dans l'entrée. J'étais désormais sûre qu'Edmond ne reviendrait plus me voir. En désespoir de cause, je lui tendis un petit mot, qui indiquait seulement :

Ohé, Edmond !
C'est Marie

Il parut choqué de me lire et roula la feuille en boule. Cependant ses oreilles, je le remarquai, n'avaient jamais autant rougi.

Jacques reçut l'ordre de se poster à notre porte et de ne pas toucher nos cires. Mais il était déjà trop tard : lorsqu'on recueille un animal chez soi, on ne l'en chassera plus. C'était, pour commencer, une erreur. Ses vieux amis, les chiens du boulevard, se donnèrent rendez-vous sur le perron, où ils gémirent souvent car il leur manquait. Déconcertés, ils finirent par s'éloigner. Il ne pourrait plus compter sur eux.

Pour ma part, j'étais censée veiller sur lui.

CHAPITRE VINGT-DEUX

Où je deviens préceptrice

C'est moi que l'on avait choisie ; moi, l'être de suie et de graisse, l'habitante de la cuisine, l'ange du feu et de la vapeur. Moi, la bête de somme aux doigts sales, j'allais veiller sur le nouveau résident. Il fallait lui enseigner les règles. Ne pas entrer dans le salon des cires aux heures d'ouverture ; Jacques appartenait comme moi aux pièces du fond. Mes journées se remplirent d'une merveilleuse et maternelle sollicitude. J'entourais mon enfant, mon étudiant rebelle, de patience, de soins et d'affection. Peut-être l'ai-je trop gâté, lui ai-je trop servi de sucreries, mais je savais aussi être sévère. J'élevais la voix, brandissais l'index. Il se révoltait, alors je reprenais le combat en même temps que mon souffle. Edmond s'inquiétait de mes égratignures. Passant un soir devant la cuisine, il a porté, horrifié, sa main à sa bouche.

Je domestiquais une nature sauvage et j'avais de quoi m'occuper. Jacques devait uriner et déféquer dans un pot. Il mit des mois à apprendre. Je sentais une odeur, découvrais une flaque, un étron, et il s'enfuyait en hurlant.

Sans doute en ai-je un peu trop fait, oui. Débordante d'attention, peut-être ne voyais-je pas bien les choses et le croyais-je plus sauvage qu'il n'était réellement. Il était doué de la parole, bien sûr. Inutile de l'instruire dans ce domaine, quoique je l'oubliasse parfois. Alors que je le décrottais et le dressais, il prononçait un nom dans son malheur. Yves Sicre, par exemple. Il se tirait d'embarras en me jetant un Jean-Paul Clémonçon ; trépignait en répétant Anne-Jérôme de Marciac-Lanville. Déclamer ces noms – qu'il avait entendus sur le boulevard, assurément – paraissait l'apaiser. Il cessa toutefois de geindre et de s'agiter lorsqu'une cliente arrivait à l'hôtel des Singes. Sa mission restait cependant, répétait la veuve, de protéger celui-ci, avec tout ce qu'il contenait.

Son visage reflétait ses sentiments : tristesse, effroi, colère, joie. Contrairement à la cire, Jacques était mauvais comédien, ne savait qu'être lui-même, en tout et pour tout, une condition désespérée et désarmante.

À présent qu'il dormait chez nous, je crois qu'il a commencé à craindre la rue. Cela n'eut pas lieu tout de suite, mais progressivement. Il a pris du poids, s'est habitué à la chaleur du feu. À la cuisine, je lui parlais de ma mère, de mon père, de ma vie avant Paris. Je m'assurais ainsi que tout cela était arrivé. Il n'aurait pas été là, mon histoire aurait pu s'évanouir et je n'aurais plus été qu'un petit tas de crasse entre poêles et casseroles. Peu à peu, Jacques a absorbé mon récit. Un après-midi, sa bouche s'est ouverte et les mots sont sortis.

Beauvisage avait des histoires de son cru.

— Bernard Balliac a découpé sa femme en morceaux. Pour la donner aux chiens !

Buvant ses paroles, preuves indéniables de son intelligence, je me penchai pour mieux l'entendre. Un instant plus tard, il poursuivait.

— Olivier le boucher a haché sa famille. Sa femme, ses deux enfants. Vendus pour nourrir les cochons. Mais ils étaient trop gras, alors cochons malades. Et alors la maréchaussée.

Je me suis tue. Il a continué. Des mots courts, par saccades. Sa façon de me remercier.

— Isabelle Torisset et Pascal Fissot ensemble au lit. Quelqu'un était là. Maurice, le mari ! Un infirme. Comme dit le proverbe : à deux on s'amuse, à trois les ennuis. Ils l'ont emmené près du fleuve, une maison carrée avec grenier à blé. Enfermé dans une cage sur le toit. Les oiseaux l'ont bouffé. On l'a retrouvé des mois plus tard, tout picoré. Mais vivant ! Pas comme les deux autres, pendus place de Grève. En public ! J'y étais !

Quels progrès faisait-il ! Mes leçons, mon intuition portaient leurs fruits. Et quels fruits ! Jacques avait une passion, dont il n'avait rien dit. Il gardait en mémoire les crimes et les horreurs de la ville de Paris. De sa grosse voix, il m'a fait le récit sanglant et dérisoire de tant de pauvres malheureux, précipités hors de la vie. Il prenait de l'assurance et je l'écoutais jusqu'au fond de la nuit.

— Encore une histoire, Jacques. Encore !

Je ne pouvais m'endormir sans qu'il m'en raconte une. Je découvris mille crimes plus effroyables les uns que les autres.

Il me parlait aussi de lui. J'étais avide d'apprendre.

CHAPITRE VINGT-TROIS

Jacques Beauvisage, son histoire

— J'en ai vu se faire pendre, mais j'ai pas su pourquoi. Un beau meurtre, ça serait bien. J'aimerais tant voir, un jour, un meurtre avec du sang. Un gars qu'on a suriné sur le boulevard, une fois, je l'ai raté de cinq minutes. Ça oui, il pissait le sang, mais j'ai pas vu faire.

— Quel âge as-tu, Jacques ?

— Sais pas. Quel âge tu me donnes ?

— Peut-être vingt ans ? Peut-être moins. Quinze ? Je ne sais pas.

— Moi non plus. Et après ?

— Où es-tu né ?

— Ici. Paris.

— Qui est ton père ?

— Connais pas.

— Et ta mère ?

— Sais pas.

J'ai insisté gentiment.

— Alors, que sais-tu, mon poulet ?

— Tu parles comme une grand-mère.

— Mais d'où viens-tu ?

— De l'hospice des Enfants-Trouvés, rue Saint-Honoré. Ça, c'est sûr. C'est les sœurs qui m'ont baptisé. J'étais pas bien beau, qu'elles disaient, avec ma grosse tête. Ma grosse tête qu'elle a continué d'enfler, même, avec la vie que je mène. M'ont appelé Jacques, et Beauvisage, pour se payer ma fiole.

— Tu as vécu à l'hospice ?

— Comme j'ai pu. J'étais nourri. Enfin, y avait pas grand-chose à manger. Je piquais dans l'assiette de ceux qu'étaient pas assez forts pour se battre. Tant pis s'ils mouraient de faim, j'étais comme ça. Méchant, pas obéissant, je cognais. Je frappais les bonnes sœurs aussi. Un jour, j'ai gueulé tellement fort que l'une est devenue sourde, il paraît. Les gosses crevaient, surtout l'hiver. Pas moi. Z'y arrivaient pas, à me tuer. Et c'est pas demain la veille. Quoique, y a pas si longtemps, j'aie pris mal en hiver, j'aie bien cru y passer. Près de l'enceinte, couché des journées entières dans le fossé. Mais je me suis remis, j'ai bouffé, j'ai chié, ça allait. Et ça va de mieux en mieux.

— Tu étais sorti de l'hospice ?

— On m'en a sorti. Audinot, le patron du théâtre. Il vient cueillir des orphelins, quatre ou cinq par an, il les fait jouer à l'Ambigu-Comique.

— Je le connais ! On a sa tête ici.

Jacques a craché.

— Ses acteurs sont des gamins qu'il va chercher là-bas parce que ça lui coûte rien. Au contraire, on lui donne de l'argent pour ça. Alors j'ai joué, surtout les bêtes sauvages. J'avais ma petite réputation, on venait pour me voir, même si les gens évitaient le premier rang au cas où je descendrais de scène pour leur balancer des claques. J'ai mon caractère, moi. Bon, ça s'est arrangé un peu, mais y en a des, je leur foutais des baffes juste parce que je pouvais. Facile. Audinot m'attrapait, mais lui aussi il avait peur que je lui en colle une. J'avais une bonne fille à l'Ambigu, Henriette Péret qu'elle s'appelait, on se quittait pas et ç'a été ma première. Après, elle a été grosse et elle est morte à cause de moi. J'étais comme fou, je cassais tout et je m'en suis pris à Audinot, qui a appelé ses costauds. Ils m'ont arrangé la figure et fichu dehors. C'est là que j'ai atterri dans le fossé et que j'ai cru y passer. Mais je me suis guéri. Ensuite, j'ai traîné avec les chiens, ils me tenaient compagnie. On cherchait la bagarre, on semait la terreur. Je ne sais combien de mois on est restés ensemble, des saisons, des saisons… J'ai failli devenir chien, d'ailleurs. Et puis voilà Curtius, et toi qu'es à la fois grand-mère et une gamine, et qui me fais parler. Je suis de nouveau Jacques, avec des gens autour de moi, ou juste toi, la petite, celle qui besogne. J'étais chaque matin sur le boulevard, sauf les jours de gibet où j'allais place de Grève. Là, je prenais du bon temps. Eh, j'aime ça, un beau pendu, moi !

Tandis qu'il commençait à se livrer, je l'ai lavé avec plus de douceur, même convaincu de s'asseoir dans la grande bassine en fer, car je voulais qu'il ressemble un peu plus à un monsieur. Il y avait un homme sous la crasse, un homme fruste aux dents repoussantes, qui riait de façon inopportune. Un jeune homme maladroit, très canaille, mais qui, derrière ses contes d'infortune, recélait une forme de beauté. Brûlée, écorchée, coupée, grattée, sa peau était barrée de cicatrices, dont je voulus connaître l'origine. Paresseusement, dans la bassine, il m'a fait le récit de ses balafres. « Celle-ci date du théâtre, un soir qu'Audinot m'a poursuivi avec une pique. J'étais encore petit, il s'y serait pas risqué, ensuite. Celle-là, c'est Chien noir. Cette autre, c'était pour essayer un couteau volé. Très bon couteau. » Sur ordre de la veuve, Edmond lui a taillé un costume en tissu à double chaîne pour qu'il dure plus longtemps. Edmond avait repassé chaque couture quatre fois, mais Jacques a tout de même réussi à le déchirer, alors on lui en a cousu un autre, plus résistant, en cuir.

Ses histoires étaient si vivantes qu'elles ne pouvaient se cantonner à la cuisine. Très vite, elles se sont répandues dans la maison, puis, comme les fantômes des singes, se sont nichées dans les pièces du haut. Et même si Curtius et la veuve n'y prêtaient pas attention, elles allaient lentement les pénétrer, par les narines, dans leur sommeil. Pourquoi, sinon, mon maître faisait-il les cent pas la nuit dans sa chambre ? Pourquoi la marâtre se réveillait-elle d'humeur massacrante ?

Jacques était si différent de moi qu'il me donnait l'impression d'être une ingénue face aux choses de ce monde. L'élève devenant le précepteur, il m'a appris ce qu'était la vie et cent façons de mourir. C'était comme si, avant son apparition, je n'avais rien vu que de très loin, entendu que des rumeurs, de vagues chuchotis à propos de notre espèce.

J'étais une poupée délivrée de la pouponnière, éduquée par un gros rat. Lorsqu'il somnolait après un nouveau récit, je rendais visite aux cires dans le grand salon, une enfant malgré tout mais qui muait sous l'œil figé des contrefaçons.

Tôt un après-midi, alors que je débarrassais le couvert avant l'arrivée des clients, j'ai aperçu Edmond dans le salon, qui évitait mon regard. Depuis que nous hébergions Jacques, il se montrait distant.

— Jacques est un puits de science ! pérorai-je.

— Comment ? releva la veuve, qui s'y trouvait aussi. As-tu parlé ?

— Beauvisage connaît bien des histoires. Vous devriez mieux l'écouter.

— Sors ! commanda-t-elle.

— Des histoires ? s'intéressa mon maître. Quelles histoires ?

— Les histoires de Paris, monsieur, toutes les histoires.

Je me suis éclairci la voix :

— Des affaires de meurtre, des assassinats. Il les connaît par cœur et elles sont bien extraordinaires. Des histoires qui concernent des têtes dont nous ne savons rien. Je n'ai jamais vu le visage de ceux qui commettent ces choses.

Pour ma plus grande joie, Curtius m'a envoyée le chercher. La mégère et mon maître allaient l'entendre. Je m'attendais à ce qu'il applaudisse réellement, mais il n'y eut que les cris de la veuve. Elle gifla le jeune homme, qui revint dépité.

Alors elle me réprimanda :

— Tu n'apportes chez moi que la laideur. Ici règnent la beauté, le talent, de splendides effigies, non pas l'ordure qui a tes faveurs. Tu vas nous mettre sur la paille. Ne prends pas trop tes aises, Petite !

Baissant les yeux, elle a remarqué une tache sur le plancher.

— De la boue, là !

Mon maître, ensuite, a voulu gronder Jacques.

— Vilain, vilain garçon, lui a-t-il dit, mais ses yeux délivraient un tout autre message.

À moi, il confia :

— Il s'épanouit, Marie, grâce à tes soins, ta vigilance. Je te félicite et te remercie.

CHAPITRE VINGT-QUATRE

Une sortie de grande importance

— Quelles nouvelles, quelles nouvelles je vous apporte, madame Picot, monsieur Curtius ! annonça Mercier en faisant joyeusement irruption dans l'hôtel des Singes.

— Et pour nous les transmettre, vous ne refuserez pas un petit verre de vin, supposa la veuve.

— Je ne dis pas non ! chanta Mercier.

— Pour ne pas changer, soupira-t-elle en me faisant signe.

Je me dépêchai de chercher la carafe.

— Eh bien, si vos idées sont claires, à présent ? dit la marâtre.

— L'an 1774 débuta par des migraines, commença Mercier.

— Pour ce qui est de la date, nous étions au courant, grommela la Picot.

— Janvier vit son lot de fièvres et de courbatures, poursuivit Mercier, nullement découragé. L'urticaire se déclara en février. En mars, les pustules ont proliféré. En avril, l'odeur était indéniable. Dans le courant du mois, elles se transformèrent en lésions, se gorgèrent de pus, se recouvrirent de croûtes. Le 8 mai, on ne contenait plus les hémorragies. Le 9, on manda les ecclésiastiques et, le lendemain, Louis XV, roi de France de droit divin, est mort de la variole. De meilleurs jours nous attendent, Dr Curtius et veuve Picot ! Cela vaut pour toi aussi, Petite ! Même pour ton chien de garde. La France va retrouver sa grandeur. Le roi est mort, vive le roi, vive la reine ! Le Parlement s'est réuni à Versailles. Et que Paris soit délivrée !

— Le roi est mort, répéta la veuve, visiblement émue.

— Mort et décomposé, renchérit Mercier. Place à la jeunesse !

Mais la nervosité succéda au changement. Mercier devait revenir plus tard, désespéré, hochant tristement la tête. La ville avait un nouveau gouverneur, qui paraissait invisible. Faute d'améliorations, la vie continuait comme avant ; l'on cédait à l'abattement ; des émeutes éclatèrent dans les rues ; l'on déplora des morts. Des foules déchaînées, passant devant le cabinet, ébranlèrent la maison. Jacques voulut se joindre à elles, Picot l'en empêcha, et il se tapit contre la porte en gémissant. Les émeutes furent réprimées, l'on procéda à des arrestations, prononça des châtiments. Jacques hurlait qu'il voulait assister aux exécutions, et insista jusqu'à ce que Curtius promette de l'emmener place de Grève. La veuve, refusant de les laisser partir seuls, les accompagna voir les pendaisons avec Edmond. Moi, je gardais la maison.

Ceux qui allèrent là-bas n'étaient pas ceux qui en revinrent. Jacques m'avait rapporté un souvenir. Une poupée plutôt sommaire, représentant un homme aux jambes pendantes, privé de bras, d'habillement, de visage et de cheveux. Un simple rouleau d'étoffe, incolore, rempli de maïs desséché, au cou noué d'un bout de ficelle. Selon Jacques, on vendait ces figurines avant les pendaisons, pour que la foule les agite devant l'échafaud. Quand le corps s'affaissait, pris de convulsions et de douleurs, son mouvement reproduisait ceux des poupées aux mains de l'assistance, dont les jambes tanguaient et ruaient, cherchant vainement un point d'appui.

— Charles Lesquillier ! annonça Jacques. Avait volé du pain !

Curtius pleurait quand je lui retirai son manteau.

— Supprimé ! Devant mes yeux.

La veuve s'embrumait dans ses souvenirs.

— Je n'avais pas revu de penderie depuis la mort d'Henri. Nous y allions ensemble. C'était le bon temps.

Plus pâle encore que d'ordinaire, Edmond tremblait. Il trébucha dans le grand salon, puis s'affala de tout son long. La veuve poussa un cri. Jacques le transporta à l'étage ; on appela un médecin. Pieds nus, je bravai l'interdiction et montai l'escalier. La veuve dormait sur une chaise à son chevet. Edmond, conscient, m'aperçut. Il pleurait lui aussi. Ne pouvant lui parler, je redescendis, prudemment, à la cuisine.

CHAPITRE VINGT-CINQ

Notre premier assassin

Les indigents abondaient dans Paris. Selon Mercier, leur nombre grandissait chaque jour. M. Pillet, qui tenait le café voisin, perdit son emploi, son établissement, même ses échiquiers. Bien d'autres suivirent. La veuve notait le nom des malheureux sur une feuille épinglée au mur de l'atelier.

NOM	AFFAIRE	SITUATION
Marchand, Pierre	café des latinistes	huissiers, prison
Roland, Michel	pâtissier	brûlé, hôpital, décès
Arlin, Georgette	silhouettiste	mendicité, maison de fous
Dixmier, Alain, Dixmier, Hortense	escamoteurs	suicide, l'un après l'autre
Pillet, Alain	café de l'échiquier	échec et mat

Toujours éprouvé par le spectacle du pendu, Edmond fut confiné dans sa chambre, entouré de coussins. Sans doute, voyant la mort, avait-il eu l'impression de lui faire une place, d'en ingérer une part, et s'employait-il à présent à lui faire la guerre. Je craignais horriblement qu'il succombe.

Dehors, les assassinats se succédaient. Nous avions le sentiment de comprendre une langue à laquelle nous étions longtemps restés sourds. Maintenant que nous la parlions, nous l'entendions partout. Bientôt nos conversations tournèrent autour d'une série de meurtres particulièrement noirs, que me rapporta Jacques. Il avait trouvé un os de choix à ronger : l'histoire fort déplaisante du sieur Antoine-François Desrues.

— Il les empoisonnait à l'arsenic ! jubilait-il devant moi. De l'arsenic dans du chocolat chaud. D'abord la mère, qui le boit. Poum, par terre ! Desrues cache son corps dans une malle, puis il loue une cave pour l'enterrer dedans. Quel homme ! Quelle époque ! Et ce n'est pas tout. Maintenant, le fils cherche sa mère chez Desrues, qui lui offre un chocolat et poum, par terre ! Cette fois, Desrues le met dans un cercueil et l'enterre sous un faux nom. Et alors ? Alors ? Alors c'est le père qui débarque chez lui, et que se passe-t-il ?

— Chocolat ? Poum par terre ?

— Non, Marie. Désolé, non. Parce que le père arrive avec les gendarmes, et sûrement Desrues n'avait pas assez de chocolat pour les tuer tous. Les gendarmes affichent son portrait dans les rues de Paris, et la dame qui a loué la cave pousse des cris en le reconnaissant. Ensuite, ils vont creuser dans la cave, et qu'est-ce qu'ils voient ? Qu'est-ce qu'ils voient ?

Un cadavre en décomposition.

Jacques était si bruyant que Curtius me rejoignit et lui fit répéter l'histoire depuis le début. Puis il appela la mégère qui, la bouche tordue, l'écouta également. Je les entendis plus tard élever la voix dans l'atelier.

— Vous manquez de discernement ! lui assenait la veuve. Nous ne fabriquons pas n'importe quelles têtes.

— Celle-ci m'intéresse particulièrement. J'aimerais tant la voir. Elle doit présenter de telles différences avec les autres.

— S'il vous plaît, Curtius, laissez-moi décider ce que nous reproduisons.

— J'insiste, pour une fois ! Il me faut celle-là, veuve Picot.

— Notre préférence va à la distinction, la beauté intrinsèque.

— Pour une fois !

Le lendemain, ils partirent ensemble. J'ai compté jusqu'à cent et me suis précipitée dans l'escalier. Dans sa chambre, Edmond était emmitouflé dans ses couvertures, la tête sur l'oreiller. Je l'ai cru endormi car il était immobile, mais il avait les paupières et la bouche ouvertes.

— Edmond, chuchotai-je.

Il était si pâle.

— Edmond !

Il cligna des yeux.

— Il est mort, murmura-t-il. Je l'ai vu, le pauvre homme. Ce que j'ai souffert ! Il ne quitte plus mes pensées. C'est comme s'il était devant moi.

— Il faut l'oublier.

— Je ne peux pas.

Je l'ai embrassé sur la joue. La chose à faire, ai-je cru. Un geste spontané, imprévu de ma part. Aussitôt, je suis redescendue frotter à la cuisine. J'ai supposé qu'il allait mieux. Mon baiser lui avait mis de la couleur aux joues. Il n'était plus blanc comme un linge.

À la Conciergerie, où était détenu le sieur Desrues, mon maître et la mégère obtinrent l'autorisation, moyennant finances, de revenir prendre ses empreintes dans sa cellule.

— Est-ce bien convenable ? demanda-t-elle.

— Tant d'affaires périclitent, assura mon maître. Nous attirerons du monde.

— Mais c'est l'apologie du crime !

— Point n'est. Nous en sommes horrifiés, plus que quiconque. Le crime, il faut le regarder en face, chère veuve. C'est notre devoir.

— Un assassin à exposer avec nos nobles têtes ? Cela serait considérer qu'elles se valent toutes.

— N'ayez crainte, on le distinguera.

— Par quel moyen ?

Curtius s'étira, puis se détourna un instant pour réfléchir.

— Les illustres personnages que nous copions, écrivains, politiciens et philosophes, sont des hommes d'esprit. Desrues est un assassin à l'esprit dérangé, qui a permis à ses mains de tuer. Alors je propose ceci : nous le reproduirons intégralement, des pieds à la tête. Non pas le buste, mais tout le corps de ce dangereux homme. Et nous pourrons dire : voici exactement à quoi il ressemblait, voici comment il se présentait parmi nous.

La veuve ne répondit pas. J'ai continué à balayer. Tôt dans la soirée, ils sont tous ressortis. Pour ne pas changer, je gardais la maison. Edmond était aussi de la partie. Il fallait le fortifier, le cuirasser, affirmait sa mère. Il ne pouvait être aussi fragile que son père. On l'emmènerait une fois et puis l'on verrait bien. Pourtant, il paraissait si maigre, son pas si hésitant.

— Laissez-le, suggérai-je. Il est malade.

— Depuis quand les servantes donnent-elles des ordres ?

— Je pense à lui.

— Ne pense pas, c'est inutile.

À leur retour, Jacques dansait presque de bonheur. Mon maître alla directement dans son atelier. La veuve, qui tremblait et suait, se coucha, tandis qu'Edmond, blême et désolé, me rejoignit à la cuisine pour raconter.

— Il sanglotait quand nous l'avons vu. Comme il n'arrêtait pas de pleurer, ses empreintes ont demandé du temps. Il répétait : « On va me tuer, on va me tuer ! » Jacques l'a maintenu de force pendant que Curtius lui appliquait le plâtre. Et quand Curtius l'a retiré, Desrues s'est écrié : « Alors, c'est comme ça ? Tout s'éteindra autour de moi ? » Il priait quand nous sommes repartis : « Notre père qui êtes aux cieux. Mon Dieu, mon Dieu, mon Dieu ! » Dire que j'ai pris ses mesures, aussi. Seigneur, Marie, la mort est partout !

De nouveau, je l'ai embrassé sur la joue. Il n'a pas bougé, ne s'est pas enfui. J'ai serré sa main dans la mienne.

Ses oreilles ont rougi brièvement avant de redevenir pâles. Le visage de Desrues le poursuivait. Sa mère l'a appelé – elle semblait chaque fois deviner quand nous étions ensemble – et il a filé. Ah, mais... avant de s'éloigner, il s'est penché et j'ai senti comme une mite, papillonnant près de moi. Edmond m'avait lui aussi embrassée. J'ai porté ma main à ma joue et l'ai gardée là, jusqu'à ce que Jacques se moque. J'y ai pensé toute la nuit. Personne ne m'avait encore jamais embrassée.

J'ai dû attendre que Curtius ait fini son travail et qu'il nous appelle pour découvrir notre meurtrier. Antoine-François Desrues était un petit homme malingre, au teint blafard, aux traits irréguliers. Son visage, de ceux que l'on rencontre dans les rues de Paris, n'avait rien d'exceptionnel. Il fallait un moment pour se rendre compte que, si, il avait bien quelque chose d'un assassin, une terrible physionomie.

— Voilà qui peut favoriser une meilleure compréhension de ces individus. À tout le moins, nous sommes en mesure de prouver qu'ils existent ! La cire donne chair à leur cruauté.

Le vrai Desrues fut vêtu d'une robe et d'un bonnet blancs, semblables à ceux des évêques, et on lui remit un crucifix. Ses membres furent brisés à coups de masse, puis l'on brûla vif ce qui restait du triste sire. Voilà le récit que me fit Jacques au retour de l'exécution.

Le Desrues de cire fut notre premier personnage en pied. Debout, légèrement courbé, il vous présentait une tasse et une soucoupe en porcelaine. La rumeur de son arrivée attira bien du monde. Ceux qui n'éprouvaient pas

d'intérêt pour Rousseau et Diderot venaient voir Desrues et le trouvaient merveilleusement horrible.

En quelque sorte, le cabinet du Dr Curtius faisait commerce du crime. La veuve cloua une longue corde sur le plancher pour diviser le grand salon en deux parties : les belles têtes d'un côté, Desrues de l'autre, séquestré. Une fois lancé, ce volet de notre activité progressa rapidement. Jacques parlait sans cesse de corps démembrés, abandonnés dans les rues. Edmond hurlait la nuit jusqu'à ce que sa mère se lève pour le rassurer.

Un matin, alors que je servais le petit déjeuner, la veuve demanda à haute voix :

— Maintenant que nous hébergeons des assassins, que va-t-on dire de nous ?

— Que nous avons du courage, lui répondit mon maître.

— Vous leur témoignez un monstrueux intérêt, Dr Curtius.

— Je vous remercie bien de tolérer Desrues. Avez-vous constaté comme nos affaires prospèrent ? Vous êtes une femme de goût, madame Picot.

Imprudemment, sans y bien réfléchir, il lui effleura le bras.

— Je porte le deuil, lui rappela-t-elle. Mon mari nous regarde à l'étage.

Indéniablement, grâce à Desrues, les recettes augmentaient, ce que ne pouvait nier la veuve qui, d'un air mécontent, triturait son bonnet. Elle fit pivoter le mannequin de son mari, de sorte que, depuis l'escalier, il tournait maintenant le dos au salon où étaient exposés les nouveaux venus. Car, une fois démontré l'intérêt de notre Desrues, de nombreux scélérats se joignirent à lui. Leur influence sur Curtius était manifeste. Il avait moulé des membres de pendus à Berne, mais sans se soucier de leur personnalité. À présent, il s'en pénétrait. Se frottait le cou jusqu'à provoquer des rougeurs. S'intéressait à la façon dont ils avaient agi ; parfois, m'a-t-il confié, il avait l'impression d'être autant victime que bourreau. Peut-être rayonnaient-elles de trop, ces têtes d'assassin – elles l'attiraient vers un monde secret. Il était un enfant penché au-dessus d'un puits, le puits d'un immense corps dont il scrutait les profondeurs. Terrifié mais avide de savoir, il s'arc-boutait sur la margelle, au risque de perdre l'équilibre et de culbuter dans une fosse sanglante dont il ne ressortirait pas.

Tôt le matin, je m'immisçais parmi nos dernières recrues, balayais le salon autour d'elles, les préparais avant d'accueillir les visiteurs. Nos dernières recrues.

CHAPITRE VINGT-SIX

❖ ❖ ❖

La maison des démangeaisons

Quand nous nous sommes adjoint un troisième meurtrier, d'autres personnages avaient été ajoutés à notre collection qui ravissaient la veuve : deux génies de l'aéronautique, les frères Montgolfier, capables, disaient-ils, de s'élever dans le ciel à bord de grands ballons de soie. En ce qui me concerne, je ne les ai jamais vus à l'œuvre. Mais aussi un compositeur au visage grêlé, M. Gluck, ainsi que son rival, l'élégant et filiforme M. Piccinni. Quelle chance avais-je de leur tenir compagnie !

Jacques se voyait confier de menues tâches à l'atelier, comme porter les sacs de plâtre ou scier du bois pour confectionner les armatures. Trop maladroit, trop brutal, il ne devait jamais s'approcher des modèles. Il bousculait tout, brisait le verre et la porcelaine. Cela n'était pas volontaire, mais rien n'y faisait. Les objets avaient peur de lui ; les gens pleuraient en sa présence. Cependant, il aurait aimé poser près de ses chers assassins. Une nuit, d'horribles cris et gémissements m'ont réveillée – pas ceux d'un singe, bien qu'ils y ressemblassent, plutôt une sorte d'écho, planant au-dessus du temps. Nous avons trouvé Jacques en haut dans l'atelier, debout dans une grande bassine en fer. Espérant impressionner Curtius en moulant lui-même ses pieds, il avait délayé la poudre dans l'eau, et les avait plongés entiers dans le plâtre qui les retenait prisonniers. La pâte s'applique en fines couches sur la chair et il ne faut pas immerger un membre dans le mélange, car alors il ne le lâchera plus, le brûlera, le cuira. Ni moi, ni mon maître, ni la veuve, ni Jacques ne pouvait dégager ses pieds, et Edmond se lamentait : « Faites quelque chose ! Faites quelque chose ! » La douleur paraissait atroce, la veuve alla chercher du cognac et je tenais les mains du garçon qui s'époumonait. Armé d'outils adéquats, Curtius creusa dans le plâtre sec pour libérer les deux chevilles. Par la suite, Jacques ne permettrait jamais à ses plaies de guérir complètement. Toujours en train de se gratter, de retirer ses croûtes, il clopinerait jusqu'à la fin de ses jours.

Pour mon plus grand bonheur – car ses leçons me manquaient depuis longtemps –, Curtius livra quelques explications :

— Le plâtre ignore tout de la vie, lui dit-il. C'est une matière inerte, stérile, sur laquelle, contrairement aux plantes, la lumière n'a pas d'effet. Il s'en tient aux faits, il copie les pores, les rides, mais ne se préoccupe pas de la personnalité qu'ils incarnent. Une fois mêlé à l'eau, il forme une pâte qui, provisoirement, produit de la chaleur, mais une chaleur dénuée de sentiment, de chair. Elle brûle, oui, mais c'est une brûlure vide de sens. C'est la cire qui apporte la chair, la cire qui donne la peau.

Ensuite, de haut en bas, l'hôtel des Singes se mit à éprouver des démangeaisons. Les pieds irrités de Jacques n'en étaient que les prémices. Pris de picotements sur toute la surface de son corps, Curtius se griffait furieusement. Couvert de bleus et de coupures, il en rejetait la faute sur nos têtes d'assassins. Régulièrement,

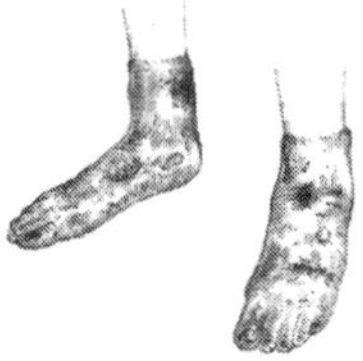

Jacques avait de nouvelles crises. Incapable de se maîtriser, il s'asseyait par terre et se balançait d'avant en arrière. Puis il se grattait d'un air absent en contemplant le boulevard par la fenêtre. Même la veuve, de temps à autre, était victime d'inflammations. Elle tapotait son bonnet avec acharnement ou se frottait le crâne à l'aide d'un couteau à beurre.

Une ou deux fois par mois, aux heures les plus secrètes, mon maître s'attardait sur le palier devant le mannequin d'Henri. Je l'entendais. Muni d'une paire de ciseaux coupe-fil de la Picot, il retirait un point de couture au pantin, ici et là, assez discrètement pour qu'elle ne le remarque pas. Mais au bout d'un moment, le dos s'est ouvert, la nuque s'est affaissée, tandis que, sur le sol, s'agrégeait un amas de sciure et de copeaux, en attente du balai. Vint le jour où la veuve, qui négligeait son mari depuis qu'elle l'avait retourné, se souvint de lui et, submergée par une vague de passion et de chagrin renouvelé, l'étreignit follement. Elle le répara, le rapiéça, le ficela étroitement de son amour. Elle n'avait pas oublié les mesures de veste et de culotte du cher défunt. Peu après, plus Henri que jamais, il retrouva son poste de guet. Et mon maître son amertume.

Moi aussi, je me grattais. Ainsi qu'Edmond, je le savais.

— Tu as poussé, mon garçon, lui dit un matin la veuve à la table du petit déjeuner. À dix-sept ans, tu n'es plus un enfant. Te voilà au seuil de nouveaux départs. De nouvelles personnes. D'autres costumes pour toi, d'autres mensurations.

— Quelles personnes, maman ?

— Je veux te voir grandir, Edmond. Un garçon de ton âge, de ta qualité, doit considérer certaines choses.

— Quelles choses ?

— Plus exactement une épouse, lui répondit la marâtre, s'émerveillant toute seule. Les femmes, Edmond, les femmes !

Des considérations qui lui échappaient car, confronté à une représentante du sexe opposé, moi exceptée, il s'animait autant que les mannequins de vitrine dont il était le modèle. Comme moi, Edmond avait élaboré une fine stratégie pour disparaître au moment opportun. Il avait le don magique de transformer ses organes et viscères en garniture de sciure, d'étoupe, au point qu'il ne lui restait de sang qu'au-dedans des oreilles. En d'autres termes, à ces moments-là, il n'était plus personne et ne recouvrait sa mobilité qu'au départ des intéressées, même quelque temps après. Alors, tranquillement, il attendait que la vie revienne, que le sang, refluant des oreilles vers le reste du corps, irrigue l'étoupe qui redevenait un foie, des poumons, une vessie, des intestins.

La première de ses incertaines promises était la fille d'un grossiste en coton. Une créature rougeaude, aux petits yeux porcins et aux cils déjà blancs, qui sentait l'urine. Elle avait pour père une sorte de pourceau haletant, marié à une truie ventrue. Leur étable connaissait le succès, et la mère tenait à faire rimer cochonnailles avec épousailles. La fille s'assit près du jeune homme comme on le lui avait prescrit, puis l'étudia longuement tandis qu'Edmond ne bougeait pas. Les parents lui parlèrent, mais il resta muet. Ils s'impatientèrent et leur fille prit un air malheureux. Ses cheveux grisonnants poissaient à vue d'œil. Elle saisit la main d'Edmond, qui blanchit de plus en plus. Alors elle gémit et la lâcha. Ces trois-là ne revinrent pas.

Le soir, on frappa doucement à la cuisine.

— Bonsoir, Marie.

— Qui est là ?

— Moi. Edmond. Tu m'accueilles un instant ?

— Entre et referme la porte.

— Merci.

— Edmond, tu as été admirable avec ces messieurs dames.

— Ah oui ?

— Certainement.

— Marie, je ne veux pas me marier.

— Non, il faut vivre ici avec moi.

Restant une bonne demi-heure, il m'a montré sa poupée Edmond, en grande détresse comme lui. J'aurais préféré qu'il la range ; elle était un intrus qui violait notre intimité. Mais il n'a rempoché l'objet de son affection qu'à l'instant de partir.

La visite du grossiste en coton fut la première d'une série d'épouvantables épreuves qu'on lui imposa. Il y eut ensuite la fille d'une couturière, qui le qualifia de « ridicule », et l'enfant d'un barbier-chirurgien qui se demandait « s'il était parfois là ». Aucune ne fut séduite. Toutes l'estimèrent étrangement absent et dépourvu de charme. Assurément, des gens aveugles, indignes et insensés. Moi, la gratitude et le soulagement me tournaient la tête. Ils n'insistèrent pas, mais la veuve allait poursuivre sa chasse à la mariée.

Et donc nous étions hérissés, Edmond et moi, dans cette grande maison irritée, peut-être à cause de nous. Nous nous sommes rapprochés comme si nous savions que le temps manquerait, que cet été-là serait notre dernier, qu'il fallait nous découvrir tant que nous le pouvions. L'escalier craquait doucement le soir. La nuit était à nous et nous lui appartenions.

Jacques dormait quand Edmond arrivait.

— Comme tu es joli, comme tu me sembles beau, le flattais-je.

— Ce n'est que moi.

Nous nous regardions et parlions.

— Je mesure cinq pieds, cinq pouces et un huitième, me disait-il.

— J'atteins tout juste ton cœur, n'est-ce pas ? Écoutons-le ! Oui ! C'est Edmond qui bat à l'intérieur. Que de bruit fais-tu !

Main dans la main, nous entretenions de longues conversations et il s'en repartait.

La maison elle-même changea de peau. Prospères, Curtius et la veuve furent en mesure de l'acheter à son propriétaire, puis de la redécorer. Un papier peint carmin vint recouvrir les murs du rez-de-chaussée.

— Chaque fois que je rentre, commentait mon maître, j'ai l'impression de m'introduire dans le tronc d'un colosse, d'un titan, aux vastes cavités tendues de velours rouge.

Ils acquirent ensuite une variété d'objets pour embellir le grand salon, que leur fournit un magasin d'accessoires de théâtre. Une pièce de bois en forme d'horloge sur pied, dont le cadran laqué indiquait toujours la même heure, assortie à plusieurs commodes à tiroirs que l'on ne pouvait ouvrir, puisqu'ils étaient également factices. Nos socles neufs aussi étaient artificiels : du stuc pour imiter le marbre. La nuit, pendant que Jacques ronflait, Edmond et moi déambulions de meuble en meuble, feignant d'être de riches Parisiens explorant leur royaume. Nous avions le sentiment d'occuper un luxueux palais, bien que ses fenêtres ne donnassent pas sur d'élégants jardins, mais sur la rigole au milieu du boulevard et, en face, l'établissement du Dr Graham.

— Thomas-Charles Ticre, l'imprimeur, a une fille, Cornélie, annonça la veuve à son fils, au petit déjeuner encore. Il faudrait y penser. Quel avenir ce serait. Un avenir radieux.

CHAPITRE VINGT-SEPT

De nouvelles grandes têtes

Nous avons acquis deux nouveaux savants. Après avoir fui l'Autriche, le Dr Franz Anton Mesmer avait établi son cabinet place Louis-le-Grand[1] en février 1778. Je n'étais jamais allée place Louis-le-Grand, où il compta vite une vaste clientèle. Selon le prospectus que me rapporta Edmond, il guérissait tout ! La paralysie et la constipation, l'aspermie et les vapeurs, les oignons et l'herpès, la cataracte et les orgelets, les calculs biliaires et la gangrène, l'épilepsie et l'hydropisie, l'hystérie et le hoquet, la stérilité et l'incontinence. C'était un homme-miracle ; il plaçait ses mains sur le corps des patients, qui sentaient un étrange fluide les gagner. J'ai fait sa connaissance, non pas personnellement, mais par l'entremise de la cire. Il avait un visage très plat, presque dénué de profil, comme s'il avait grandi le nez dans une poêle à frire.

1. Aujourd'hui place Vendôme.

Le deuxième était l'émissaire officieux de l'Amérique libre, M. Benjamin Franklin. Je ne l'ai jamais vu non plus, contrairement à Curtius et la veuve auxquels il accorda une audience, mais je le chéris dans ma mémoire. Je lui suis tout spécialement reconnaissante, car c'est grâce à lui que j'ai retrouvé une place à l'atelier, en tant qu'ouvrière. Le temps nous manquait grandement, à cette époque ; nous avions tant d'effigies à fabriquer que mon maître eut besoin de recruter de la main-d'œuvre et c'est ainsi qu'enfin il se souvint de moi. La tâche la plus pénible et la plus longue consistait à planter les cheveux sur les têtes. En général, on se contentait de les coiffer d'une perruque, puisque toute personne d'importance, homme ou femme, portait ceux d'un autre ou les crins d'un cheval. En revanche, le savant américain n'avait que les siens.

— Cet instrument, discernai-je, est une aiguille à chas allongé et à pointe mousse, monsieur.

— En effet, Petite. Comment le sais-tu ?

— Vous me l'avez appris à Berne, monsieur.

— Vraiment ? Sans doute, sans doute. J'aurais oublié. On ne m'y reprendra pas. Et à quoi sert-il ?

— À suturer des plaies ou des organes, monsieur. Cependant, vous l'utilisez pour piquer poils et cheveux, un par un, dans la cire.

— Oui, oui, exactement.

— Est-elle bien utile, la gamine ? s'enquit la veuve.

— Il faut respecter nos commandes, madame Picot. Nous sommes débordés.

— Alors pas un mot, Petite. On se tait.

— Oui, madame.

— Faites comme si vous n'étiez pas là.

— Bien, madame.

Ce fut pour moi un retour triomphal. J'ai étudié M. Franklin de très près. Le tubercule massif qui lui servait de tête. Un homme-pomme de terre donc, au double menton plissé, aux gros jambons de joues qui s'élevaient vers le ciel, et au front considérable. Au milieu du visage, son nez bulbeux était flanqué d'épaisses paupières, grises et tombantes, et sa bouche encadrée par de nombreux replis.

— Ce monsieur a fait un long voyage depuis l'Amérique, remarquai-je.

— Oui, Petite, acquiesça mon maître.

— En quelque sorte, nous apprenons la géographie ?

— Une façon de voir les choses, approuva-t-il.

— Assez de bruit ! jeta la veuve.

Mèche après mèche, j'ai composé un Franklin ressemblant. Je lui ai cousu de longs cheveux poivre et sel, tondus par la veuve sur le crâne d'un marchand de châtaignes du Pont-Neuf, vieux et à court d'argent. Avec la pointe mousse de l'aiguille, je plantais une extrémité du cheveu dans la cire ; quand je la retirais, il se maintenait. Mille fois, j'ai répété l'opération, avec pour témoins des portraits du savant. On s'en procurait à bon prix dans tout Paris : sur des imprimés, des tabatières, des boîtes d'allumettes, des éventails, même des pots de chambre. Parfois agrémentés de l'inscription : « Il a ravi la foudre au ciel et le sceptre aux tyrans. »

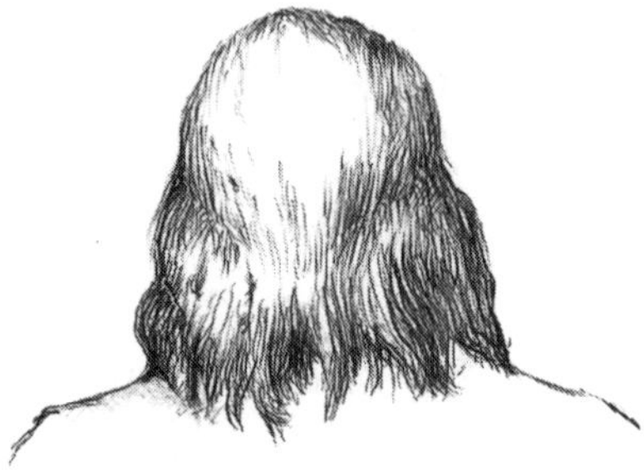

— Alors maintenant, risquai-je en me levant pour admirer mon œuvre, sans doute pourrez-vous me payer ?

— Silence, rétorqua la veuve. On ne veut pas t'entendre.

— Nous y penserons, Marie, répondit mon maître. En temps utile. Sois patiente.

J'ai souri en plantant les quelques derniers cheveux du savant. Devenais-je enfin un membre à part entière de la famille ? À condition de lui donner satisfaction, peut-être me permettrait-on le mariage ?

Nos Mesmer et Franklin de cire attirèrent quantité de curieux. Certains insistèrent pour rencontrer Curtius et la veuve dans leur atelier à l'étage. J'eus moi-même, revenue y travailler, l'occasion de croiser chaque jour de nouvelles personnes, dont Jean-Antoine Houdon, le célèbre sculpteur. Ne m'aurait-on pas avertie, je n'aurais vu en lui qu'un petit homme chauve parmi tant d'autres.

— Votre patronyme, bien sûr, ne m'est pas inconnu, déclara le sculpteur à mon maître. Vous couronnez voleurs et assassins. Et vous privez les autres de la moindre grâce. Votre production manque de dignité. La figure humaine n'en sort pas grandie, mais avilie. Vous êtes un cynique, dépourvu d'amour pour votre prochain et de tout sens musical.

— J'éprouve un grand amour pour chacune des têtes que je façonne, marmonna Curtius.

— Votre affaire convient à la rue, certainement. Vous pétrissez un matériau ordinaire et bon marché. Il ne présente ni subtilité, ni esprit, ni intelligence.

— La cire est… chair ! assena mon maître.

— Dans ce cas, le marbre est l'âme.

— La cire est toute ma vie.

— Gardez vos meurtriers. Ils vous méritent. Et celui-ci – Houdon désignait le buste de Franklin – n'est qu'humiliation et déshonneur.

Toujours en février, cette même année 1778, un homme souffrant et édenté de quatre-vingt-trois ans, François-Marie Arouet, célébré sous le nom de Voltaire, quittait la Suisse pour revenir en France après presque trente ans d'exil. Il fut accueilli dans la capitale par des transports d'enthousiasme. Les Parisiens accablèrent d'honneurs sa carcasse flageolante. Malade, Voltaire y répondit par des hémorragies.

Il resta confiné au domicile du marquis de Villette, qui l'hébergeait sur les quais. Dans l'espoir de l'apercevoir, une foule inquiète se massa aux abords de la maison, dans laquelle seulement quelques estimés visiteurs furent reçus, dont Benjamin Franklin. Par deux fois, le petit Jean-Antoine Houdon fut admis pour une séance de pose, après quoi il se hâta de rentrer dans son atelier, dont il ne ressortit pas d'une semaine et demie. Il était déterminé : ce serait la grande œuvre de sa vie. Jour et nuit, il percuta le marbre, révélant peu à peu la mâchoire proéminente et le mince sourire sarcastique, mais aussi des pommettes aplaties, un crâne chauve et le vieux cou ridé d'un poulet.

Chez le marquis au bord du fleuve, Voltaire n'était que l'ombre de lui-même. Pour mieux le voir, on se rendait parfois en famille chez Houdon, où il ne pouvait vous décevoir. De sept heures le matin à sept heures le soir, il était là, son sourire figé aux lèvres.

Mon maître y est allé.

— Pas de couleur ! Pas de vie ! apprécia-t-il, tout en se mordant les doigts.

— Si non seulement nous l'avions aussi, déplorait la veuve. Tous ces gens qui se presseraient sur le boulevard…

— Je veux sa tête ! Je veux sa tête ! répétait Curtius. Je la veux tant que j'en souffre.

Chaque jour, tous deux se joignaient à la foule moins nombreuse qui arpentait le quai. Et chaque jour, on leur fermait la porte au nez. Pendant ce temps, Edmond et moi restions à l'atelier. Nous bavardions en travaillant et j'ai pensé que nous mènerions cette existence-là si nous étions mariés. Le lendemain, accompagnée de mon maître, muni de sa grande sacoche en cuir, chargée de bouteilles d'eau, de pommade et de plâtre, la veuve repartait frapper en vain à la porte de Villette. Ils durent attendre le 30 mai, alors que le philosophe était relogé dans une dépendance de l'hôtel, pour enfin y entrer après avoir soudoyé un domestique. Car, alors, c'était terminé. Voltaire était décédé. Curtius ne put que prendre son masque mortuaire. L'opération avait coûté une « certaine somme », admit la veuve, quoique sans la divulguer.

Fig. 1.

Le Voltaire de Curtius devait être prêt aussi vite que possible, cependant le visage moulé était inerte, froid, affaissé.

— Je sais qu'il est mort ! s'insurgea Edmond. Cela se voit. Tu es allée sur sa tombe, maman !

— Non pas. Le Dr Curtius me l'a affirmé : il est tout à fait raisonnable, tout à fait respectable de mouler le visage d'un défunt. Pense aux nombreux rois dont on a ainsi conservé l'image.

— Les meurtriers étaient vivants, eux ! Alors que ce Voltaire est mort, mort !

— Edmond, dit-elle en essuyant une larme, tu es par trop sensible. Trouve un moyen, je te prie, de contenir tes nerfs.

Par petites touches, mon maître transforma le philosophe, dont il pétrit et adoucit les traits. Délaissant le premier rendu de cire, il modela dans l'argile un visage plus rond, souriant, aux yeux ouverts. Étudia le buste de Houdon et les nombreux portraits du grand homme. Sa propre figure revêtait peu à peu l'expression qu'il attendait de celui-ci. Ses progrès, bien qu'épuisants, étaient un émerveillement. Quatre journées seulement après sa mort, Voltaire ressuscitait boulevard du Temple.

Fig. 2.

Il semblait si vivant qu'on le croyait prêt à ironiser et nous eûmes beaucoup de visiteurs.

— Voltaire vit toujours chez Curtius, disaient-ils.

— Une tête célèbre, resplendissante ! se flattait la veuve.

L'affluence était telle à l'hôtel des Singes qu'il fallut recruter une nouvelle employée. Florence Biblot était une grosse femme au visage luisant, qui servait des repas à plusieurs commerçants du boulevard. Parfois, elle cuisinait sur place ; plus souvent, elle apportait ce qu'elle avait mitonné chez elle. Florence n'était pas bien bavarde, non. Lorsqu'on la complimentait, elle répondait par un petit rire qui laissait voir sa langue rebondir dans sa bouche, entre deux rangées de dents usées et minuscules. Cela ne ratait jamais.

— Merci, Florence, pour cet excellent ragoût, disait mon maître.

— Didididi, didididi.

— Nous nous rappelons enfin ce qu'est un vrai repas, renchérissait la veuve.

— Didididi, didididi.

Je lui appris à préparer les *rosti*, un plat suisse de galettes de pommes de terre râpées, cuites dans le saindoux, qu'aimait tant mon maître. Et le *Fleischkäse*, composé de plusieurs viandes hachées avec des oignons, que l'on fait cuire au four dans un moule à pain.

— Didididi, riait-elle en passant un foie dans le hachoir.

L'hôtel devenait si prospère que la veuve emmena Edmond visiter les presses de M. Ticre.

CHAPITRE VINGT-HUIT

Des habits neufs

Les briques sont venues avec la prospérité. Les maçons en ont recouvert nos murs jusqu'à ce que le vieil hôtel en bois soit entièrement revêtu de leur élégant costume. Ils ont aussi bâti quatre piliers de briques pour renforcer les étais.

— L'harmonie est rompue, jeta Mercier dans l'atelier. Cela n'apportera rien de bon. Elles déparent le boulevard. On vous en voudra d'avoir empilé toutes ces briques. Un jour, quelqu'un se vengera.

— Qui êtes-vous pour affirmer ces choses ? rétorqua la veuve.

— Louis-Sébastien Mercier, soi-même.

— Et de quoi se mêle-t-il, ce soi-même ?

— Je suis votre vieil ami. Avez-vous oublié que je vous ai présenté Curtius ? Regardez en bas : j'y suis toujours, façonné par ses mains habiles.

— En effet. Merci de me l'avoir rappelé. J'ai tant l'habitude de voir toutes ses têtes que je n'y prête plus attention. Je voulais retirer la vôtre depuis des mois. Jacques, range-la-moi quelque part. Et ne prends pas de gants, on la fera fondre, de toute manière.

— Mais je suis Mercier !

— Oui, je sais, quel dommage ! Ne pourriez-vous pas être quelqu'un d'autre ?

— J'ai écrit *L'An 2440*...

— Certes, certes, mais cela n'importe plus. Il faudra vous renouveler. Vous nous le ferez savoir. Assurez-vous, cette fois, de durer plus longtemps.

— Je vous en prie, chère madame, ne me retirez pas !

— N'en parlons plus. Nous ne sommes pas une œuvre de bienfaisance.

— J'aime tant la voir là, admit un Mercier déconfit.

— Nous ne conservons que les meilleures et les pires. La vôtre se perd dans la multitude. Vous me comprenez, n'est-ce pas ?

Penaud, Mercier s'en est allé.

Il n'avait pas tort, au départ, en ce qui concerne les briques. Les voisins secouaient la tête ou brandissaient le poing en passant devant chez nous. Certains crachaient. Une nuit, alors que Jacques dormait profondément, quelqu'un vida son pot de chambre sur nos marches. Parmi les bâtiments du boulevard, trois seulement étaient construits dans un matériau plus résistant que le bois : les Danseurs de corde de Nicolet, l'Ambigu-Comique d'Audinot et, à présent, le cabinet du Dr Curtius.

À mesure qu'il se transformait, l'hôtel des Singes commença à émettre des bruits inattendus, comme s'il grinçait des dents dans sa grande bouche. Souffrant, le grenier craquait et crissait plus que d'ordinaire. Dans certaines chambres à l'étage, le sol s'affaissa de deux pouces. Un matin que la veuve débouchait sur le palier, une latte du plancher, se détachant brusquement, bondit et manqua de l'éborgner.

Le changement de façade entraîna une révolution vestimentaire qui, évidemment, la toucha en premier lieu. À son noir endeuillé, elle ajouta bientôt quelques nuances, un parement violet, un retroussis bleu marine. Elle borda son bonnet de soie mauve. Se procura une canne d'homme en rotin, au pommeau d'argent guilloché. Elle ne s'en séparait pas. Je crus discerner sur sa peau une fraîche irruption de grains de beauté, de petits pois et bosses qui, sans les briques, ne seraient sans doute pas apparus. Telles les médailles épinglées sur le torse du soldat, ses papules et grosseurs, précieuses décorations, témoignaient de son irrésistible ascension.

Les briques imprimèrent à mon maître un surcroît de raideur, comme si l'hôtel désirait le transformer en atlante. La mégère déclara que son costume en coton était incompatible avec notre maçonnerie nouvelle. Edmond prit ses mesures afin de lui fournir une autre personnalité, de velours noir celle-là, qui malheureusement lui valut de pénibles douleurs dorsales et d'étranges élancements le long des cuisses. Ces inconvénients ne l'empêchèrent pas de proclamer ses bons sentiments envers la veuve et la gratitude qu'il lui vouait pour ses services envers nous.

Trop pleins de vie, trop agités, tourbillonnants, certains ne s'accommodent pas de leurs habits. Énergiques bipèdes ou quadrupèdes, ce sont les ennemis du fil, de chaîne comme de trame. Jacques Beauvisage n'était pas fait pour la confection. Même dans de fort beaux atours, il bousculait toujours tout. Un soir, maladroit comme jamais, il renversa un assassin, dont la tête se brisa en mille éclats. Tandis que Curtius, tristement, triait les restes, la veuve se mit en ordre de bataille et claironna : « Ciseaux ! Rasoir ! Eau chaude ! » Elle allait supprimer l'animal qui habitait Jacques. Ces journées satinées sonnaient la fin du poil. Elle qui conservait soigneusement une ample chevelure sous son bonnet lui vola sa tignasse ébouriffée. Elle trancha sa crinière et lui rasa le crâne. Par terre, un vieux drap recueillit ses longues mèches, ainsi qu'une vaste colonie de poux que je jetai au feu. Comme l'ancien costume de Curtius, elles finirent au rebut. Cette tentative de créer un gentleman en tout point honorable se traduisit par un échec. Privé de sa toison, Jacques se révéla plus laid que jamais. Je m'assis à ses côtés, tandis que, d'un air mélancolique, il tâtait la boule de billard bosselée qu'était devenu son crâne.

Je n'échappai pas moi-même aux bouleversements

vestimentaires puisque, résolument, le neuf triomphait de l'ancien. La veuve m'attifa de robes noires, trois identiques cousines, simples et fonctionnelles, et d'un nouveau bonnet. Du bon tissu sans rien d'exceptionnel. Qu'importe, je restais membre de la famille et l'ai vivement remerciée. Pour n'obtenir qu'une grimace en retour.

À l'étage, Henri Picot resplendissait dans une chemise récente, ornée de dentelle et de boutons de nacre.

Dépouillé de son ordinaire calicot, l'étoffe qu'il préférait, Edmond fut enveloppé de soie. Et de geindre, et de protester ! De sa chambre ou de celle de sa mère provenaient des éclats de querelle. « Non, mère, s'il te plaît, non ! » « Pas d'histoires, Edmond, pas de ça ! » « Je m'y oppose, ce serait une grave erreur ! » « T'opposer, toi ? En voilà, une nouvelle ! Quelle audace, soudain ! Quelle mouche te pique ? Allons, enfile-moi ça ou je te déshabille moi-même ! »

Dans un impeccable costume de soie blanche, Edmond avait tout de l'albinos. Seules ses oreilles se démarquaient du reste. Je me rappelle avoir pensé : « Vite, regarde-le bien. » La plupart des gens ne l'estimaient guère, ne s'intéressaient pas à lui, le maintenaient dans l'oubli ; cela m'arrangeait. Mais ce costume blanc, fort laid, l'exposait sous un autre jour. Des veines bleues parcouraient ses tempes : le pays d'Edmond et ses fragiles ruisseaux, teintés d'aigue-marine. Qui saurait explorer ce joli territoire ? Qui serait assez bon géographe ? Tôt ce matin-là, je ne voyais que lui, revêtu de blancheur, sans l'habituelle chemise de nuit. Muet, il est venu à moi dans cet affreux costume. Son visage s'est approché du mien, si près que mes lèvres effleurèrent une matière cotonneuse, celles d'Edmond Picot. Puis il ouvrit la bouche pour un profond baiser d'un Edmond tout entier. Et s'arrêta trop vite.

— Pardon, dit-il. Je regrette.

— Que regrettes-tu, Edmond ?

— Tu es jolie.

— Edmond, Edmond ! Le crois-tu ?

— Je ne veux pas m'en aller. Je suis si triste.

— Edmond.

— Désolé.

Il n'a pas révélé ce qui le rendait triste. J'avais encore les doigts sur les lèvres quand le costume blanc disparut. La veuve avait institué la nubilité de son fils. Telle une affiche placardée au-dehors, sur un mur de l'hôtel des Singes, une affiche qui aurait vieilli, souffert du vent et de la pluie, gelé puis séché, enfin que le soleil aurait jaunie et gondolée jusqu'à ce que, grisâtre, elle devienne indéchiffrable. Contre toute attente, quelqu'un l'avait remarquée, lue avec attention, sans rien perdre de son sens, et suivi la recommandation : SE RENSEIGNER À L'INTÉRIEUR.

On s'était renseigné.

CHAPITRE VINGT-NEUF

La publication des bans

Peut-être ai-je manqué de franchise. Peut-être aurais-je dû dissocier la confection et la maçonnerie. Oui, j'ai oublié d'indiquer que tous ces essayages précédaient un événement, et que cet événement était l'union d'Edmond Henri Picot et de Cornélie, fille de l'imprimeur de la rue Saint-Louis[1].

Les presses Ticre produisaient des placards pour la ville entière. Pour le cabinet du Dr Curtius (ENTREZ VOIR LES GLORIEUSES ET CRAPULEUSES FIGURES DU GRAND PARIS !), mais pour la Comédie-Française aussi, l'*Andromaque* de Racine et bien des choses encore. Elles s'activaient le jour, la nuit, le dimanche. Nul ne les faisait taire, pas même les plus brûlants orateurs ! Claquant et martelant, leurs machines débitaient des milliers de mots, vous étourdissaient, malaxaient

1. Autrefois proche de la rue Saint-Honoré, et disparue lors du percement de la rue de Rivoli.

toutes sortes de caractères, insérés de droite à gauche sur les blocs de bois ou de métal que l'on passait à l'encre avant de les appliquer sur un pauvre papier gémissant sous l'effort. Ah, ces gens imprimaient tout et n'importe quoi, vantaient le dernier livre, le dernier remède, notifiaient les plus désolantes faillites, recommandaient vernis dentaires et bas à varices. Combien de murs croulaient en ville, me demandais-je, sous les couches de papier de la seule maison Ticre ? Tant de phrases, gouvernant tant de vies, de commerces, d'espoirs, d'avenirs, de fragments de l'immense magma humain. Ticre publiait également les horaires des messes et des théâtres de marionnettes, les avis de pendaison et de recherche. PERDUS : UN CANICHE, UNE TORTUE, UNE CANNE, UNE TABATIÈRE. PERDU : UN MANCHON. PERDUES : DES PINCES À ASPERGES EN ARGENT. PERDU : UN ÉTEIGNOIR EN MÉTAL GRAVÉ. PERDU : UN PARAPLUIE DE SOIE. PERDUE : UNE PENDULE À DEUX CADRANS. PERDU : UN TOUCAN. PERDU : MON CHIEN BIEN-AIMÉ. PERDU : UN ENFANT.

Perdu. Perdu. Perdu au profit de Cornélie Adrienne Françoise Ticre : Edmond Henri Picot, père de tous les mannequins de vitrine. Ma bonne étoile, perdue à jamais. Et moi, perdue à la cuisine. Personne ne m'avait posé de question. Personne ne s'était occupé de savoir si j'approuvais ce mariage. Personne n'avait pensé qu'Edmond comptait pour moi, que je lui étais attachée. Personne ne devina mon chagrin, personne ne m'entendit pleurer la nuit. Même Jacques se détournait. Qui se soucie d'une misérable servante ?

La veuve avait finalement trouvé le bon client. En sacrifiant Edmond dans son costume de soie, elle avait associé deux entreprises. Le mariage rapporta plusieurs milliers de livres à l'hôtel des Singes. Mon compagnon était parti vivre à l'imprimerie, où il apprendrait un métier profitable et dont il prendrait un jour les commandes. La marâtre ne se fiait pas au cabinet ; elle consolidait ses avoirs en investissant dans un commerce plus sûr.

Les presses seraient plus rentables que la couture ou la cire. À loisir, elle rendait là-bas visite à Edmond, et je ne le vis plus. Toute seule à la cuisine, je fermais les yeux pour étriper mentalement la mégère, taillader Cornélie de la bouche au rectum, et n'attendais plus personne.

Comme je ne dormais plus, je me suis mise à voler. De la cire, de l'argile, du papier, des crayons et le fil de fer des armatures. C'est Edmond que je voulais voler à Cornélie, faute de quoi j'ai confectionné sa tête, que j'ai faite grosse comme un cœur. Ou un poing qui a la même taille. Son visage reculait dans ma mémoire, alors je m'inspirais des mannequins de vitrine, dans la rue Saint-Honoré, et commençais toujours par les oreilles. Voler est devenu une habitude. Accroupie dans le noir, à la lueur d'une chandelle, je plissais les yeux et façonnais une nouvelle tête. Toujours la sienne ; les autres ne m'intéressaient pas. Je croyais pouvoir ainsi le retrouver un jour, un espoir vain, sans doute, mais je m'y accrochais.

Peut-être sont-ce mes yeux, toujours très rouges, qui finalement alertèrent Curtius. « Tu m'inquiètes », dit-il en écartant mes paupières pour les examiner. Comme s'ils étaient la cause de mon tracas ! Il craignait réellement qu'ils soient malades. Beaucoup d'autres se seraient

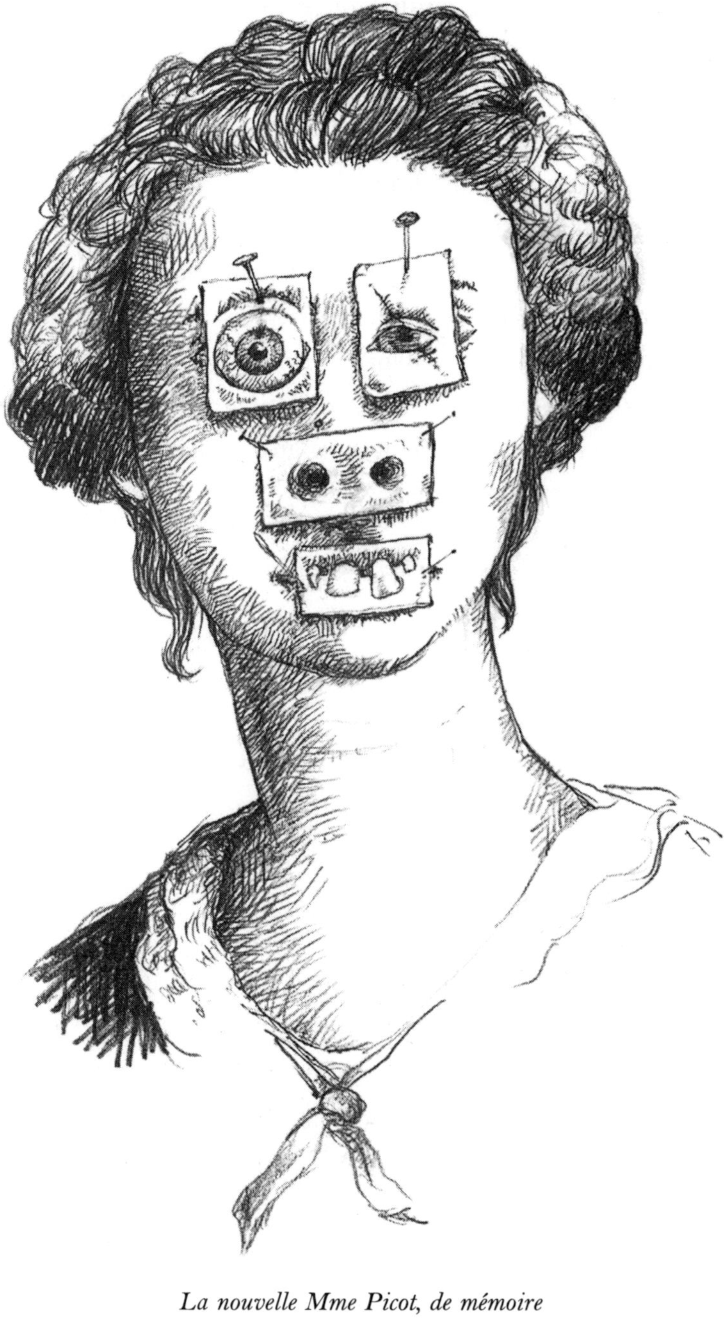

La nouvelle Mme Picot, de mémoire

accommodés de ma condition, mais pas mon maître qui, aussitôt, prit les choses en main. Il m'emmcna chez un monsieur qui posa des lentilles de verre devant mes yeux en déclarant : « Quelle chétive enfant ! » J'avais, selon lui, besoin de quelque chose pour m'aider à voir de près. Au-delà, le reste n'importait pas tant. Le remède à usage externe qu'il me prescrivit s'appelait des lunettes à tempes. Il mesura ma tête et déclara que les branches pliantes ne dépasseraient pas six pouces. Acier ou argent fin ? demanda-t-il à Curtius. « Elle mérite l'argent, mais ce sera l'acier », répondit mon maître. Mon touret de nez lui coûta vingt livres.

— Aveugle ! cria la veuve à notre retour.

— Jamais de la vie ! protestai-je.

— À quoi bon garder une aveugle, Curtius ? On embauchera quelqu'un d'autre.

— Je ne suis pas aveugle, monsieur !

— En voilà un raffut ! se plaignit la marâtre. Elle pleurniche également dans la cuisine. Je l'ai vue se frapper la tête, il y a peu. Et son allure, si négligée ! Vous n'en dites rien, Curtius, mais s'il n'y avait que l'allure ! Elle néglige même son travail. Voyez ce regard hostile, maintenant !

— Petite, s'enquit mon maître. Manges-tu suffisamment ?

Mes lunettes incommodaient Jacques. Elles révélaient, selon lui, que j'étais mal en point, que j'étais faite de verre et que j'allais me briser.

— Je suis la même, Jacques. Seulement tout est plus net, plus clair, surtout de près. J'ai l'impression de te voir pour la première fois.

— Tu me regardes tout le temps ! Qu'y a-t-il ? Quoi de changé ?

— Essaie toi-même, je te les prête.

— Non, non, je n'en veux pas !

Je voyais mieux, finalement, je les voyais tous bien. Les trous dans la peau, la fine pellicule de larmes qui enveloppe la cornée, les poils sur le bout du nez. Les merveilleuses petites vérités humaines que j'avais ignorées. Était-ce bénéfique ? En étais-je plus heureuse ? Non, car je ne voyais plus Edmond, le seul que je voulais contempler, le seul qui était absent. Je ne sus, tout d'abord, quel usage réserver à ma vision nouvelle. Cependant j'observais tout. Même les enfants étaient pourvus de ridules, je ne m'en étais jamais aperçue. Tout était comme avant, mais beaucoup plus qu'avant.

— Florence Biblot porte l'empreinte de ses dents sur la lèvre inférieure.

— Crois-tu, Marie ? Quelle découverte ! pensa mon maître.

— La cicatrice qu'a Jacques au front passe du bleu au vert selon son humeur.

— Vraiment ? Ha, ha !

— Mme Picot a une envie sur la narine gauche.

— Pas du tout.

— Que si.

— Personne ne la voit mieux que moi.

Il dut se rendre compte par lui-même.

— En effet ! Un minuscule grain de beauté.

Lequel l'émut aux larmes.

Quand je retirais mes lunettes, la barrette d'acier qui joignait les deux verres laissait une légère marque sur l'arête de mon nez. Petite femme perdue sous ses cheveux, je restais partagée entre la vaisselle et les ombres du grand salon. Avant que la marque rouge se transforme en cal, une visiteuse d'une espèce distincte se présenta à l'hôtel et tout fut bouleversé.

CHAPITRE TRENTE

Enfin l'on me découvre !

Des gens de tout rang visitaient la maison des singes. Aristocrates et harengères, travailleurs des toits et des égouts, librettistes et briquetiers. À bien y réfléchir, peut-être n'était-il pas si extravagant que la famille royale s'y rendît aussi.

Pas entière, non, mais représentée par un de ses membres, qui avait quatorze ans. Une très jeune femme. Comme Paris, Versailles était encore entichée de Voltaire, et Sa Jeune Majesté souhaitait en apprendre davantage à propos du célèbre philosophe. À l'évidence, on lui avait rapporté que le boulevard du Temple accueillait en son sein divers personnages, fameux et infâmes, tous constitués de cire et fort ressemblants – parmi lesquels un certain François-Marie Arouet, grandeur nature. Puisque Sa Menue Majesté tenait à se faire une meilleure idée du défunt homme de lettres, eh bien, c'était l'endroit où aller.

Alors un petit miracle se produisit dans ma vie, une chance inestimable.

Sans s'annoncer, elle se présenta un matin avec sa suite, alors que nous étions encore fermés. Fort bonne initiative car, aurait-elle prévenu, je n'aurais pas été dans le grand salon en train d'épousseter nos têtes quand tinta la cloche du tailleur. Je n'aurais pas moi-même déverrouillé les portes, je n'aurais pas été la première informée de son arrivée.

Madame Élisabeth Philippe Marie Hélène de France, sœur de Louis XVI, petite-fille de Louis XV, dernier et négligeable enfant de feu le dauphin Louis, mesurait à peine quatre pieds, onze pouces. Légèrement enrobée, elle avait d'exquis yeux gris et la peau très claire. Deux détails négligeables au regard de son nez, bourbonien, fort et busqué. Et ce menton – ah, ce menton ! comment dissimuler ma joie ? – ce menton long, proéminent ! Pourquoi en faire mystère : elle n'était pas jolie, et j'en étais ravie.

J'ai retiré mes lunettes.

La royale benjamine me ressemblait.

Je ressemblais à la royale benjamine.

Certes, j'avais dix-sept ans. Oui, pieds nus, je mesurais seulement quatre pieds, huit pouces, et je veux bien concéder que mon menton de galoche, favorable héritage de mon père, était un peu plus large et un peu plus pointu que celui de la princesse. J'admets que mes yeux bruns n'ont pas la délicatesse d'un certain gris clair, oui et oui. Mais considérez les deux nez, le groin Waltner et la truffe Bourbon !

Presque les mêmes.

Comme s'il existait à présent deux mondes identiques.

Nous nous sommes aussitôt reconnues. Où nous mènerait cette étrange familiarité ? J'avais à la fois envie de l'embrasser et de la repousser. De crier et de murmurer. De danser et de m'enfuir. Quel personnage ! Moi en plus net, plus coûteux certainement, mais mon portrait sans aucun doute. S'en était-elle aperçue ? Oui, je le devinais. J'avais le sentiment qu'elle savait tout de moi. J'eus la double impulsion de me couvrir et de me mettre à nu. C'était comme si je la connaissais depuis toujours.

Mon cœur bondissait de joie et de crainte mêlées.

La ressemblance dresse des obstacles mais les franchit aussi.

J'ai fait la révérence. Et impossible de me taire, il fallait que je parle.

— J'ai perdu mon père. Un canon lui a emporté la mâchoire. Et ma mère est morte subitement.

— Son Altesse, Madame Élisabeth de France, annonça une des suivantes quand la veuve entra dans le salon.

La marâtre blanchit et s'inclina.

Mais la princesse m'avait entendue.

— Mes deux parents ont aussi disparu, me confia-t-elle de sa voix calme. Emportés par la tuberculose. Voudriez-vous me montrer les personnages de cire ?

— Petite, à la cuisine ! jeta la veuve.

Je ne l'ai pas écoutée. J'ai mené Madame Élisabeth à Voltaire, à M. Franklin, au Dr Mesmer.

— J'aimerais sculpter. Pourriez-vous m'apprendre à modeler la cire ? s'enquit-elle.

Quelle surprise elle me réservait !

— Moi ?

— Elle plante seulement les cheveux, Votre Altesse.

— Non, bien plus que cela.

— Il suffit, Petite, retourne à la cuisine. Ce n'est qu'une servante, Votre Altesse.

— Aimeriez-vous voir mes sculptures ?

— Tu ne sculptes rien, Petite ! lâcha la mégère.

— Par ici, Votre Altesse, s'il vous plaît.

— Jacques, sors-la, lui ordonna la veuve.

— Jacques, n'en fais rien.

Je redoublais de hardiesse avec mes lunettes sur mon nez et mon sosie devant moi.

— J'aimerais beaucoup voir vos sculptures, insista la princesse.

Le cœur battant jusqu'aux oreilles, je l'ai emmenée à la cuisine dont j'ai refermé la porte sur nous deux. J'ai retiré ma malle de dessous ma paillasse et j'ai soulevé le couvercle. Là étaient toutes mes têtes d'Edmond.

— Je les ai faites moi-même. De mémoire.

— Qui est-ce ?

— Un garçon.

— Un garçon ?

— Cela n'a plus d'importance. Il est parti.

— Vous les avez faites toute seule ?

— Toute seule.

— Merveilleux !

— Redites-le.

— Vous m'apprendrez peut-être ?

J'ai rangé mes Edmond. Tout le monde nous attendait dans le couloir. Quand j'ai ensuite voulu montrer nos criminels à Madame Élisabeth, Jacques, intarissable, a pris ma relève.

— Victor Joly découpait ses fiancées !

— Seigneur… murmura la princesse.

Débordant d'enthousiasme, il continua :

— Andrée Véron, cribleuse au dépotoir, trancha la gorge de sa sœur avec un vieux fer rouillé. Elles se disputaient une montre cassée.

— Pauvre de vous, me souffla Élisabeth. Je vous plains bien de supporter ces horreurs !

— Et celui-là, indiqua Jacques malgré les regards gênés de la veuve, c'est Antoine-François Desrues. Dans une malle, il avait…

— Assez ! Assez ! le pria une suivante.

— Vivre chaque jour entourée de pareils monstres… dit la princesse en se détournant de nos chers assassins pour regarder Jacques, la veuve et mon maître.

Elle avait grand-peine pour moi, m'assura-t-elle. Une petite fille… grandir dans un tel endroit… en compagnie de si horribles personnages… Elle partit peu après. Quelle fête que cette visite, cependant, quel événement !

J'avais un large sourire aux lèvres lorsqu'on referma porte et verrous. Il disparut à l'heure de ma sanction. L'on retourna à la cuisine et l'on rouvrit ma malle.

— Qu'est-ce que c'est que ça ? fit la veuve.

— Des têtes, madame.

— Enveloppées de mousseline... *Ma mousseline !*

— Je confesse en avoir pris un peu, entre autres choses. Je l'admets. Et pourquoi pas ? Je n'ai jamais été payée pour mon travail.

Pourtant, ces têtes, elle ne les reconnaissait pas. La veuve n'avait jamais vu Edmond comme je le voyais, moi. Il était, à ses yeux, une tout autre personne. En revanche, mon maître, intime du genre humain, savait.

— N'est-ce pas Edmond ? Si, certainement. Pourquoi en si grand nombre, Marie ?

— Qui ? Qui ? s'écriait la marâtre.

Elle me frappa durement à l'aide d'un de mes petits bustes. Avant de me consigner dans la soupente à charbon. Des heures avaient passé quand Jacques vint me trouver.

— Que font-ils ? lui demandai-je.

— La veuve brise tes têtes l'une après l'autre.

— C'est son enfant qu'elle brise. Je vais recevoir une correction, non ?

— Tu es privée de repas, voilà ce qu'elle a dit.

— C'est bien elle ! Pendant combien de temps ?

— Sais pas. Elle veut que tu t'en ailles.

Mon maître apparut à la porte de la soupente.

— Je m'efforce de te garder.

— Merci, monsieur.

— Ou de te chercher un nouveau toit.

— Non ! Je dois rester près de vous.

— Je crains ce qu'elle te ferait, dans ce cas. Gaillarde comme elle est, elle risque de t'écharper. Mme Picot déteste spécialement que tu penses à son fils. Tu risques le pire.

— Je vous en prie, monsieur, il faut me protéger.

— Marie, j'essaie d'agir comme il le faut. Une idée m'est venue. Je vais rédiger un mot.

— Je ne peux m'en aller. C'est ma maison, ici.

— Rien n'est décidé. Il y aura une solution.

Je fus bientôt fixée. Chargé d'une mission officielle, un homme allait se présenter. Jacques m'en avertit : je devais me donner un coup de brosse et monter à l'atelier. Presque collés, Curtius et la veuve étaient assis d'un côté de la table, un inconnu de l'autre.

— Êtes-vous Anne-Marie Grosholtz, pupille de cette maison ? s'enquit l'inconnu.

— Pupille, monsieur ?

— Marie, oui, vous devez répondre oui, assura la veuve.

Je m'étonnai. Jamais elle ne m'avait appelée ainsi. Je dis à l'homme :

— Je suis la servante. Et je plante les cheveux.

— Je viens vous proposer une place comme maître de sculpture auprès de Sa Majesté Madame Élisabeth de France, annonça-t-il. Avec un temps de mise à l'essai. Seriez-vous disposée à accepter ?

Les mots refusaient de monter jusqu'à ma bouche.

— Seriez-vous disposée ? insista ce monsieur.

C'est tout juste si j'arrivais à respirer. Alors j'ai hoché la tête.

— Je prends ceci pour un oui. Dans ce cas, vos tuteurs recevront une allocation mensuelle en échange de vos services.

— Bien, monsieur. Mais cet argent me reviendra-t-il ?

— Vous demanderez à vos tuteurs.

— Il devrait être à moi. Voyez-vous, je n'ai jamais été payée.

— Cela n'est pas mon affaire, mademoiselle. Pourrions-nous conclure, je vous prie : j'ai fixé la date de votre arrivée à la semaine prochaine. Ce qui me paraît convenable.

— Oui, monsieur.

— Bien sûr, vous serez logée et nourrie.

Je commençais seulement à comprendre.

— Pardonnez-moi. Je serais hébergée sur place ?

— En effet. Cela sera requis par vos fonctions. Je vous rappelle qu'elle est mise à l'essai, dit-il à Curtius et à la veuve. Quelques journées sûrement, peut-être une seule. Si elle montre de bonnes dispositions, la maison royale décidera avec ses tuteurs, vous-mêmes, de la durée de son séjour.

— Oui, monsieur. Merci, monsieur.

— Conformément à leur souhait, votre passe-port sera conservé ici, précisa-t-il.

— Notre chère petite, sourit la veuve, mielleuse.

— Nous l'employions déjà à Berne, ajouta Curtius.

— Alors c'est entendu. Sommes-nous bien d'accord ?

— Oui, monsieur.

Au départ de cet homme, la mégère affichait une aigreur aux commissures. Je l'ai surprise une fois ou deux à m'observer. Jacques gardait ses distances. Il gémissait dans la cuisine en grattant le carrelage.

— Je ne veux pas y aller, dis-je à mon maître.

— Ce serait préférable. Jusqu'à ce que la paix revienne.

— Avez-vous écrit au château ? Est-ce vous ?

— La petite princesse était si enthousiaste. Son serviteur est venu si vite.

Sans mes lunettes, je ne l'aurais pas vu brièvement hocher la tête. Je ne doutais pas qu'il ait agi dans mon intérêt, mais une missive ? Envoyée par ses soins ? À Versailles ? J'aimais croire, cependant, qu'il en fût ainsi.

— Monsieur, comment pourrais-je vous quitter ?

— Marie, sois bonne fille.

Le soir, la veuve à la cuisine.

— La famille royale demeure au château. La reine, notamment, à qui l'on voue une véritable adoration.

— Certainement, madame.

— Sans doute croiseras-tu ces belles gens, de temps en temps.

— Oui, madame.

— Tu dois te bien comporter en toute situation. Jamais ne nous faire honte. Et louer notre travail.

— Oui, madame.

— Autre chose : il faudra obtenir un rendez-vous au Dr Curtius afin qu'il modèle le visage de la reine. Nous aimerions l'avoir d'après nature. Elle et d'autres personnalités de la cour. Mais surtout elle, qui se préoccupe tant de ses toilettes.

— Je m'y attacherai. Puis-je poser une question, madame ?

— Pose.

— Comme se porte Edmond ?

Une contraction du menton, un rougeoiement de son épaisse figure, et la grande masse de son corps gronda comme une montagne. Le feu s'éteignit lorsqu'elle reprit la parole.

— À merveille auprès de sa femme.

— Madame, lui dis-je, la voix étranglée, j'aurais tant voulu l'épouser. N'était-ce pas manifeste ?

— Toi ? *Toi !*

— Comme je le regrette !

— Pas de regrets à avoir ! Edmond ne s'intéresse pas à toi. Mon fils avec une servante suisse ? Lui comme un autre, d'ailleurs ! N'as-tu aucune idée des choses de ce monde ?

— Je suis bien invitée à Versailles.

— Tu ne seras jamais que notre rat de cuisine.

Ce que je la détestais ! Je lui vouais décidément une haine éternelle. Comment décrire mon aversion, mon dégoût ? Ils souilleraient tant ces pages que je les en exclus.

La veille de mon départ, tels les singes d'antan, Jacques passa sa rage sur les murs. À coups de pied, à coups de poing, il détruisit les faux meubles de bois, frappant ici et frappant là, criant et grognant de douleur. Une danse furieuse autant qu'incontrôlable. Le pauvre geignait comme un animal torturé. Sans moi, son monde fragile serait bouleversé. C'était un abandon, une désertion, et rien ne pouvait le convaincre du contraire.

Pétri d'inquiétude, mon maître laissa la tempête s'épuiser ; la veuve monta estimer les dégâts à l'étage. Quand la colère retomba, nous avons rangé et nettoyé. J'ai balayé les débris.

— Jacques, lui dis-je en caressant sa grosse tête. Cela ne durera pas longtemps. Tes larmes m'ont émue, merci du fond du cœur.

Le lendemain, je me suis mise en route avec un Mercier élimé, Curtius, et Jacques qui, clopinant derrière nous, portait ma malle. Elle contenait mes vêtements, Marta, la mandibule de papa, ainsi que mes dessins qui, cachés dans un tiroir de la cuisine, avaient survécu aux foudres Picot. Les gens saluaient mon maître au passage, retiraient leur chapeau et s'inclinaient comme il était d'usage : « Bonjour, Dr Curtius. » « Beau temps, monsieur Curtius. » Nous avons atteint la place Louis-le-Grand, où le Dr Mesmer s'était naguère établi. Elle me parut si vaste que, craintive, je rasais les murs, mais Mercier m'a encouragée. On m'acheta un billet pour le carabas, la voiture à huit chevaux qui faisait le voyage à Versailles et que la population appelait « pot de chambre ».

Tandis qu'on me hissait sur le coche, Jacques murmura, les dents serrées :

— Ne les laisse pas te malmener. Avertis-moi s'ils essaient.

— Cela n'est rien qu'un immense office plein de valets, jeta Mercier. Ne t'y attarde pas, Petite, cela ne réussit à personne. J'admets tout de même, mon enfant : une belle aventure !

— Chère Petite, comme tu nous manqueras, ma fille. Je veux t'appeler Marie aujourd'hui. Qui plantera nos cheveux à présent ? Qui me tiendra compagnie, Marie ? À qui parlerai-je de mes progrès ?

— Au revoir, monsieur. Merci.

Le pot de chambre se mit en branle.

Marta sur mes genoux, je regardais Paris vaquer nonchalamment à ses occupations. Le coche m'éloignait du boulevard du Temple, de l'hôtel des Singes, des presses Ticre. Passé la porte de Versailles, nous avons traversé les champs, tout me paraissait nouveau et, moi, toute seule, j'allais être maître de sculpture auprès de Sa Majesté Élisabeth. Versailles m'ouvrait les bras.

À Paris je tournai le dos.

LIVRE QUATRE

1778-1789

UN PLACARD À VERSAILLES

De l'âge de dix-sept ans
à celui de vingt-huit ans

CHAPITRE TRENTE ET UN

❖ ❖ ❖

Dans lequel on me montre mon logement après un bref entretien avec mon nouvel employeur

On le voyait de loin et, à mesure qu'approchait le carabas, il grossissait et grossissait encore, jusqu'à totalement remplacer le ciel. Quelle étrange impression de remarquer, quand le coche s'arrêta finalement, que de simples humains vivaient là, tous d'une taille ordinaire. C'était une ville entière dans un seul bâtiment. Comment naviguait-on à l'intérieur ? Quelque idée de proportions que vous eussiez entretenue devait être remaniée. Il me semblait être le pauvre Jonas, dans la bible de ma mère, à la différence que ce gros poisson devant moi avait des écailles d'or. Qui avait conçu pareille chose ? Allais-je bien résider ici ? J'avais envie de crier : « Maman, maman, regarde ! Je suis invitée au château ! »

Un valet de pied en livrée bleue vint à ma rencontre. Ma malle prendrait un autre chemin et j'étais censée le suivre, annonça-t-il. Il me précéda sur un tapis de dalles, grandes comme des pierres tombales (on aurait pu s'allonger entre elles et y rester oublié), sous plusieurs portails (plus hauts, à mon avis, que tout immeuble parisien), dans l'entrée de service (un vaste sphincter), le long d'une série de couloirs et de pièces (les boyaux), et devant divers personnages (la digestion en cours). Il marchait à vive allure et je tremblais face à l'immensité. Les gens, l'espace, tout se dressait par-dessus moi. Un court instant, distraite par quelques voix bruyantes, j'ai perdu mon valet, qui, rebroussant chemin, m'avisa d'un ton sec de ne plus le retarder.

Levons les yeux : plafonds peints. Baissons-les : parquets à panneaux, frises et encadrements. Devant nous : le dos du valet bleu, qui s'éloigne. Autour : du monde, partout du monde. Dans un couloir plus calme que les autres, j'ai remarqué qu'une fenêtre était fendue. Je m'en suis réjouie ; peut-être trouverais-je ma place en ces lieux. Mon valet a ouvert une porte.

— Attendez ici, m'ordonna-t-il. Et ne touchez à rien.

Il l'a refermée derrière lui et il est parti.

J'ai étudié la pièce, située au rez-de-chaussée, pleine d'objets coûteux, précieux et courroucés. Jamais je n'aurais cru inspirer le reproche à une pendulette ; je n'aurais pas imaginé non plus qu'un candélabre répugnât à m'éclairer. Je n'avais jamais foulé un tapis que ma présence gênait, ni essuyé l'animosité d'un manteau de cheminée. Et ce tabouret de pied doré, là... ses grosses pattes semblaient vouloir mordre mes chevilles.

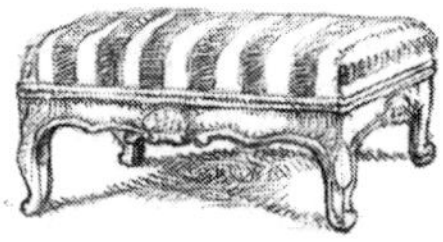

J'avais vécu à l'hôtel des Singes sur une scène de théâtre. J'étais à présent confrontée, non pas à un bout de bois en forme d'horloge, mais à une authentique pendule dont le balancier égrenait les secondes. Il y avait une cheminée de marbre, non pas un assemblage de planches enduites de stuc. De vraies personnes résidaient en ces murs, non pas des silhouettes modelées dans la cire. J'ai pensé cependant – et je le pense encore – que j'étais plus à l'aise parmi d'imparfaits accessoires que devant ces beaux objets, fabriqués par des maîtres, confirmés par l'usage. Au milieu de la pièce, je les ai contemplés pendant une bonne demi-heure, jusqu'à ce qu'enfin une domestique me rejoigne. Une pâle jeune fille qui commença à s'affairer gentiment, sans me regarder, comme si je n'étais pas là.

— Dois-je encore attendre ? lui demandai-je.

Pas de réponse.

— Madame arrivera-t-elle bientôt ?

Silence.

— Comment vous appelez-vous ?

Elle secoua la tête.

— Puis-je m'asseoir ?

— S'il vous plaît, me pria-t-elle, perturbée. Je suis censée me taire. C'est la règle.

— Mais à qui m'adresser ?

— Je ne suis que la bonne. Ne me posez pas de questions.

Elle se figea quand la porte s'ouvrit sur une vieille dame qui jeta d'un ton impérieux :

— Vous ai-je entendue, Pallier ? Que je ne vous y reprenne pas !

Lentement, la vieille femme décrivit un cercle autour de moi avant de prendre place sur un canapé.

— La raison de votre présence (il me fallut un instant pour comprendre qu'elle ne s'adressait pas au canapé) me dépasse entièrement, déclara-t-elle. Avec un peu de chance, c'en sera fini ce soir et nous n'aurons plus l'occasion de nous croiser. Madame a parfois ses petits caprices. Par bonheur, elle trouvera forcément quelque chose qui l'intéressera plus que vous, car vous n'avez pas du tout l'air intéressante. Cela ne tardera pas. Vous devrez faire la révérence, l'appeler Votre Majesté ou Madame Élisabeth, et lui obéir aveuglément, quel que soit son souhait. Mais ne jamais la toucher, sous aucun prétexte, cela vous est interdit.

Des pas précipités retentirent dans le couloir. Un instant plus tard, apparaissaient la princesse empourprée et ses quatorze ans.

— Ah, vous voilà enfin ! s'écria-t-elle. Quelle joie !

— Votre Majesté, l'accueillit la vieille femme qui, d'un regard, m'ordonna de l'imiter.

— Votre Majesté, répétai-je en m'inclinant.

— Votre arrivée m'enchante ! Je n'ai pensé à rien d'autre depuis que je vous ai vue ! Et à tout ce que nous accomplirons ensemble. N'êtes-vous pas ma propre personne, mon autre moi-même ? Ma sœur Clotilde, aujourd'hui mariée à Charles-Emmanuel de Savoie, oh, et je serai bientôt mariée aussi… Elle n'a jamais eu de petite dame, elle ! Pas de personne comme vous. Mais vous êtes là ! Je vais lui écrire pour la mettre au courant. Paraît-il qu'elle est devenue fort grasse. Elle me manque tant ! Eh bien, qu'allons-nous faire ? Dessiner ? Jouer à cligne-musette ? Partir en visite ? Il faut que je vous parle de mes visites.

La vilaine pendule carillonna, la petite princesse blanchit, son visage rond se contracta, ses yeux gris s'embuèrent.

— C'est l'heure, Madame Élisabeth, jeta la duègne d'un ton sévère.

— Oh non, non, non… murmura la princesse.

— Vos tantes, Madame Élisabeth.

— Je dois vous laisser, ma chère personne, m'apprit la jeune femme. Mes tantes détestent attendre plus que toute autre chose. Mon grand-père se faisait toujours désirer, ce qui les exaspérait. Je suis si heureuse que vous soyez là. Vous m'êtes tellement précieuse. À très bientôt. Montrez-lui donc sa chambre, Mackau.

Et la princesse de me laisser seule avec Mme Mackau.

— Elle sera encore en retard, marmonna celle-ci, sitôt la porte close. Je ne vous montrerai rien, poursuivit-elle sans me regarder. N'imaginez pas un instant que je m'en charge. Attendez ici.

Elle sortit à son tour et, quelques instants plus tard, une servante apparut.

— Veuillez me suivre.

À peu de distance, nous nous sommes arrêtées devant un placard très haut, très large, encastré dans le mur et fermé par une double porte. Ma malle s'y trouvait déjà.

— Vous pouvez l'ouvrir.

J'ai ouvert une porte.

— C'est un placard.

— Oui, dit-elle. Le vôtre, s'il vous agrée.

— Pour ranger mes affaires ?

— Y habiter.

— Dans un placard ?

— Vous y passerez vos nuits et beaucoup de votre temps. Elle vous aura toujours à portée de main. Vous dormirez sur cette étagère et laisserez vos affaires sur celle du dessus. C'est assez profond, vous verrez.

— Un placard ?

— Un placard, en effet.

Un placard sert à entreposer ses effets ; le lit est un meuble destiné au coucher. J'aurais pensé que tout le monde en convenait. À Versailles, la coutume en décidait autrement et je devais m'y conformer. Mon maître m'avait expliqué le principe à notre arrivée à Paris. Il faut s'adapter à de nouvelles lois. Peut-être mon refuge n'était-il pas si différent de la chambre aveugle que j'avais occupée chez le tailleur ? Je me suis demandé si l'on rangeait des employés dans tous les placards du château, pour n'ouvrir ceux-ci qu'en cas de besoin. Qu'arrivait-il si l'on n'ouvrait jamais le vôtre ? Restiez-vous affamé dans l'espoir que l'on vous réclame ? Mangiez-vous mouches et araignées pour ne pas mourir de faim ? J'apprendrais par la suite que, par souci de commodité, de nombreux domestiques étaient ainsi logés dans les grandes maisons d'Europe, à proximité immédiate de leurs maîtres. George III de Grande-Bretagne entassait les siens dans une commode, à l'extérieur de sa chambre ; le duc d'Urbin en avait un dans son secrétaire ; les barons de Bavière suspendaient les leurs sur des portemanteaux, fabriqués sur mesure ; la duchesse de Blois aurait hébergé, pendant quarante ans, sa servante bien-aimée dans un cabinet à toilette.

J'éprouvai tout à coup une forme de compassion pour les objets inanimés, tandis que je m'allongeais, ce soir-là, au bas de mon placard. Il y faisait bien noir.

CHAPITRE TRENTE-DEUX

Mon coin de château

Dotées d'une poignée de chaque côté, les portes de mon placard s'ouvraient de l'intérieur comme de l'extérieur. Pourtant, sur mon lit-étagère, j'avais le sentiment d'être enfermée dans un cercueil. Me réveillant après un court sommeil, je martelai les portes, terrorisée à l'idée d'avoir été enterrée vivante. J'avais rêvé que j'étais morte et enfouie dans la fange du boulevard. Je me souvins, bien sûr, de l'endroit où j'étais, mais je ne cessai plus d'actionner les poignées pour être certaine de pouvoir sortir. Quelle nuit effroyable !

Le matin suivant mon arrivée, on me conduisit dans la pièce malveillante de la veille. La vieille femme m'y rejoignit, puis Élisabeth, accompagnée d'un homme en habit de religion.

— Eh bien, ma personne, annonça ma princesse, nous allons prier.

Nous répétâmes les mots de son confesseur, l'abbé Madier, qui me fit l'effet d'un monceau d'obséquiosité. Dieu l'avait-il ainsi conçu ?

— Ô Divin Cœur de Jésus, je vous adore et vous invoque avec tous mes associés, pour tous les jours de ma vie, et particulièrement à l'heure de ma mort. *O vere adorator et unice amator Dei, miserere nobis.* Amen.

— Vous priez merveilleusement, me flatta Élisabeth.

— Merci, Votre Majesté.

— Je veux que vous fassiez la connaissance d'un être qui m'est très cher.

La personne qu'elle me présenta logeait aussi dans un placard, quoique celui-ci fût transportable, garni de velours, et que, pour être juste, on pût appeler cela un coffret. Cette personne était un moulage de plâtre, recouvert de peinture. Ni très grande – elle devait mesurer un pied – ni très détaillée, elle avait forme humaine, mais simplifiée, idéalisée, sentimentale. Une représentation du Sauveur de l'humanité. Bien sûr, je l'avais déjà vu, cet homme-là, et quelques centaines du même acabit. Un personnage familier, très populaire, que ma mère avait beaucoup aimé.

— Il ne faut pas le toucher, m'avisa Élisabeth, seulement le regarder.

— J'ai une poupée qui s'appelle Marta. Voulez-vous…

— Je passe souvent des heures en sa compagnie. Il m'écoute comme s'il était vivant.

— Non. Ce n'est que du plâtre et de la peinture. Il ne peut rien entendre.

— Je dois le ranger, maintenant.

Jésus réintégra son coffret, non sans avoir reçu un baiser. J'aurais aimé que la princesse m'embrasse aussi.

— Je vous suis reconnaissante de m'avoir invitée et vous remercie infiniment.

— Cela n'est pas nécessaire.

— Que de belles choses allons-nous faire ensemble ! Nous sommes presque jumelles, n'est-ce pas ?

— Nous ne nous ressemblons pas tant. Quelques traits communs, mais cela ne durera pas. Certains me l'ont signalé. Pardonnez-moi, vous avez un de ces nez ! Et, ma parole, ce menton saillant ! Somme toute, assez alarmants, l'un comme l'autre. N'ayez crainte : votre aspect ne m'incommode pas. Non, malgré une vague similitude, nous ne nous ressemblons pas. Je suis la sœur du roi. Allons, ne faites pas grise mine. Quelle petite sotte ! Que peut-on éprouver pour un visage pareil ? Vous êtes plus à mon goût quand vous souriez. Venez maintenant, j'ai autre chose à vous montrer.

Elle me conduisit dans une pièce aux murs décorés de dessins infantiles, représentant surtout des saints et des crucifix.

Je les ai observés et me suis tournée vers elle.

— Voyez donc ! me dit-elle. C'est moi qui ai fait tout cela.

Je me suis tue.

— Qu'en pensez-vous ?

— Sauf votre respect, Majesté, je pense qu'il sied de commencer nos leçons sans tarder.

— Mademoiselle ?

J'ai hésité, mais je n'avais pas le choix.

— Vous ne... *regardez* pas vraiment, je crois. Cela viendra, j'en suis sûre. Mon maître m'a appris à le faire et j'ai noirci beaucoup de mie avant d'y parvenir.

Madame Élisabeth s'empourprait terriblement.

— Je ne dois pas vous mentir, Votre Majesté. Si je puis vous servir pour que nous progressions, mieux vaut être sincère.

— Je suis Élisabeth, princesse de France.

— Oui, Votre Majesté.

— Alors !

Et de taper du pied.

Qu'allait-elle décider ? Il s'ensuivit un long silence. Enfin elle déclara :

— Cela suffira pour aujourd'hui.

Et l'on me renvoya dans mon placard.

J'étais priée d'y rester tant que l'on n'aurait pas besoin de moi. Il était entendu que, à l'occasion, il me faudrait en sortir et, dans ce cas, j'étais tenue de me rendre dans la pièce voisine où il y avait un seau. Pas plus loin. Cependant le placard était grand, l'étagère pas tellement plus petite que mon lit à l'hôtel des Singes. Et puis j'y étais à l'aise et l'on s'habitue à tout.

Bien plus qu'auparavant, j'étais livrée à moi-même, de sorte qu'inévitablement mes pensées allaient vers Edmond. Jamais il n'aurait eu la place de s'étendre près de moi dans mon quasi-cercueil, et qu'importe, de toute façon, puisqu'on me l'avait volé. Je regrettais de n'avoir plus aucune des têtes que j'avais sculptées. Elles m'auraient bien aidée, mais la veuve les avait détruites. Allons, je devais le chasser de mon esprit. Il ne me concernait plus.

Je m'y suis employée de mon mieux, mais j'étais si seule qu'Edmond, ce lointain territoire, m'attirait toujours. Bien qu'il fût marié, pensait-il à moi ? Qu'aurait-il dit en apprenant que je me trouvais à Versailles, au service de la royauté ? Je lui aurais expliqué que ma position n'était pas aussi mirifique qu'il aurait pu le supposer.

Mais à rester trop longtemps sans rien faire, j'en vins à me languir de lui, au point que son fantôme grandissait contre moi, me grignotait le cerveau, me pesait sur le cœur. Dans ma solitude, je risquais d'étouffer, hantée par l'objet de mon désir, Edmond le mannequin qui me manquait tellement. Alors je me suis forcée à regarder devant moi, à vaincre son image, à l'occuper ailleurs.

Au château, l'on n'était jamais à court de chandelles ; j'en obtenais autant que je voulais. Allongée, j'écoutais les bruits : les soldats qui défilaient dehors, les rats qui détalaient, la nuit, le long des couloirs, le feulement des harets qui, dans les jardins, se gavaient des déchets du vaste bâtiment.

J'avais de quoi m'instruire dans l'*Almanach de Versailles*, un ouvrage relié de carton, à la typographie serrée, que l'on m'avait confié. Il contenait la liste considérable des employés du château, depuis la « Maison du Roi » jusqu'aux « Départs et Arrivées des Courriers ». Je lus et relus cet ennuyeux pavé dans l'espoir d'empêcher Edmond de me hanter. Je tentai de mettre un visage derrière chaque nom. Imaginai les deux chirurgiens-dentistes, Bourdet et Dubois-Foucou, le premier sous la forme d'un monsieur corpulent, l'autre affichant un air suffisant. Sans m'attarder sur les cinquante écuyers, je consultai la « Bouche du

Roi », concernant les repas du souverain, et m'émerveillai des quatre hommes qui avaient pour seule tâche de laver sa vaisselle (je me souviens encore de leurs patronymes : Cheval, Colonne, Mulochor, de Rollepot – sans doute M. de Rollepot m'aurait-il plu). Du doigt, je suivis une longue liste de notables, page après page, jusqu'à atteindre la « Maison de la Reine » (parmi les milliers de fantassins de cette immense armée, quatre me reviennent en mémoire : Collas, Mora, Carré et Le Kin, l'arrière-garde des seize hommes de la « Fruiterie »).

Enfin, au feuillet deux cent vingt-six de l'*Almanach*, j'accédai à la « Maison de Madame Élisabeth de France » qui, de loin la plus modeste, n'arrivait qu'en septième place de cette hiérarchie en petits caractères. Je dénombrai les serviteurs d'une jeune femme de quatorze ans, ses aumôniers et chapelains, gouvernantes et sous-gouvernantes, à commencer par Mme Mackau, première dame d'honneur. Élisabeth en avait une quinzaine d'autres « pour l'accompagner », ainsi qu'un unique chevalier d'honneur et différents écuyers (cinq). La rubrique « Chambre » comptait deux premières femmes de chambre, seize subordonnées, des valets (quatre), le valet de chambre tapissier (un seul), les garçons de la chambre (quatre), et les valets de la garde-robe (quatre). Hors la chambre proprement dite, nous avions le médecin d'Élisabeth (Le Monnier), son chirurgien (Loustaunau) et son chirurgien-dentiste (Bourdet, qui soignait également les dents du roi : un vaste ensemble à étudier). Sans oublier un bibliothécaire, une lectrice, une secrétaire, les maîtres de harpe et de clavecin, les tapissiers (deux), valets de garde-robe (deux), portefaix (quatre), porte-chaise d'affaires (deux), garde-vaisselle (un), et enfin la bonne, au bas rang de l'échelle, assignée aux tâches les plus inavouables, la dénommée Lucie Pallier.

Parvenue au bout, je refermai l'ouvrage, éteignis ma chandelle et, étourdie, m'étendis dans le noir. Pour me sentir moins seule, j'en appelai quand même au fantôme d'Edmond.

CHAPITRE TRENTE-TROIS

Ma personne au service de la Princesse Élisabeth

Le troisième jour, Élisabeth m'envoya de nouveau chercher – non pour dessiner, mais pour une partie de cligne-musette, un passe-temps pour lequel elle manifestait un intérêt particulier. J'étais censée fermer les yeux, compter jusqu'à cent puis essayer de la trouver, ainsi que ses dames de compagnie. Quand je les ai rouverts, il n'y avait plus autour de moi que les meubles. Il ne me fallut qu'un instant pour apercevoir toutes ces demoiselles, tapies dans une pièce attenante et ravies de leur facétie. Quelques-unes des plus grandes s'étaient groupées près de la porte et, me faufilant entre elles – de manière inconvenante, me reprocherait-on –, je découvris Élisabeth en train de grignoter une assiette de biscuits. Ils paraissaient appétissants, mais on ne m'en offrit pas.

— Coucou ! lui dis-je. Vous voilà.

Je lui tapotai le bras.

— Non ! piailla Mackau. Jamais cela ! On ne touche pas.

La vieille femme me traîna dans le couloir jusqu'à un salon fort simple dans lequel je n'étais pas encore entrée.

— Tendez les mains ! m'ordonna-t-elle.

J'obéis.

Un souffle d'air, un coup de baguette. Celle-ci se détacha et me frappa à nouveau. La troisième fois, je repliai les bras.

— Non ! jeta la douairière. Il en faut trois !

En larmes, j'obtempérai et la férule délivra le reste du message. J'étais donc encore en âge d'être battue. Sans doute ma petite taille prêtait-elle à confusion.

— La prochaine fois, ce sera dix. Répétez après moi : on ne touche pas.

— On ne touche pas.

Je me suis retournée. Élisabeth, dans mon dos, avait assisté à la scène.

— C'est à moi de dire « coucou », vous ne dites rien, vous. Une partie de cligne-musette doit durer une demi-heure au moins. Vous ne savez pas vous y prendre.

— Eh bien, commenta Mackau, il nous faut grandir. Il nous faut tous grandir.

Le lendemain, nous nous sommes mises au travail. J'ai placé une feuille devant Élisabeth, qui s'est munie d'un crayon. À l'évidence, ces deux-là se connaissaient mal. Je m'aperçus que ma princesse avait quelques lacunes en matière d'anatomie. Par exemple, le cœur – un organe fort bruyant et, partant, facile à distinguer – se trouvait selon elle précisément au milieu de la poitrine. L'influence, certainement, de la peinture religieuse et de ses représentations erronées. Pourquoi deux reins, pourquoi deux poumons, s'étonna-t-elle, allant jusqu'à rapprocher cette nature binaire de la conception des jumeaux. Quelle ne fut pas sa surprise lorsque je lui signalai que les organes étaient pareillement situés chez la plupart de nos semblables. Persuadée, en outre, qu'hommes et femmes ne possédaient pas les mêmes, elle ne supportait pas d'être contredite à ce sujet. Quand je lui dessinai une silhouette humaine pour lui en décrire le contenu, j'eus grand-peine à emporter son adhésion. Elle voulait bien admettre qu'une partie de l'intestin soit fine et l'autre plus épaisse, mais elle trouvait absurde que toute personne, quelle que soit sa taille, dispose des deux. J'ai pensé recourir à un exemple vivant pour appuyer mes dires. Peu après, Mackau nous envoyait Pallier.

— Bonjour, Pallier, la saluai-je.

La pauvre fille, qui y était astreinte, se tint coite.

— Qui est-ce ? demanda Élisabeth.

— Pallier, une de vos domestiques.

— Mais je ne l'ai jamais vue.

— Eh bien, c'est elle tout de même.

Elle était depuis six ans au service de la princesse, mais si secrète et effacée qu'une ombre n'aurait guère fait plus d'impression. Ils étaient si nombreux dans le château, pensais-je, peut-être des centaines, à œuvrer en silence et si diligemment auprès de la famille royale que celle-ci ne leur prêtait aucune attention.

— Pallier, la priai-je, auriez-vous l'obligeance de vous tenir au centre de la pièce, en écartant les bras comme je vous montre ?

Elle s'exécuta.

— Voici Pallier, expliquai-je à Élisabeth. Nous savons à quoi elle ressemble de l'extérieur, mais qu'en est-il de l'intérieur ? Que contient le placard Pallier ? Imaginons que ses côtes tiennent lieu de portes et que nous les ouvrions ? Que voyons-nous sur les étagères ?

— Des draps de lit, sûrement, répondit la princesse.

Je ne relevai pas.

Tandis que je pointais ma règle ici où là, Pallier apprit une somme de choses à son sujet. Élisabeth n'en perdit rien. Quant à moi, décidée à éviter mon propre placard autant que possible, je m'arrangeai pour faire durer la leçon, du fait qu'elle serait incomplète si nous ne traitions pas entièrement les reins, le foie et le cœur.

— Que c'est difficile ! protestait la princesse.

— Mais nous avançons.

— Qu'ai-je besoin de savoir ce que renferme une servante ?

— Il en est de même avec toute personne, Votre Majesté. Nous avons les mêmes entrailles.

— J'ai peine à le croire.

— C'est pourtant vrai.

— En êtes-vous certaine ?

— Oui, Madame Élisabeth.

— Quelle horreur !

Elle sembla alors toiser la petite servante de la tête aux pieds. Nous avons ensuite tourné autour de celle-ci, qui rougissait et tressaillait quand je la touchais.

— Nous considérons seulement votre corps, l'ai-je rassurée. C'est un corps humain comme un autre. Ne craignez rien et ne bougez pas, tant que nous poursuivons la leçon.

Comme toujours, il était fort utile de disposer d'un vrai corps. À mesure qu'Élisabeth commençait à en comprendre la mécanique, ses dessins peu à peu s'améliorèrent. Je lui conseillai d'oublier les lois et couloirs du château, pour se consacrer pleinement à ceux de l'anatomie. De fait, c'était une autre demeure à visiter. Nous nous sommes enfoncées, par l'imagination, sous la peau de Lucie Pallier, le long de ses organes et de ses os. Une fois notre visite terminée, je demandai à ma princesse de désigner avec le doigt ceux que je lui indiquais :

— Reins ! Vessie ! Œsophage ! Intestin grêle ! Poumons ! Rectum ! Cœur ! Moelle épinière ! Diaphragme ! Pancréas ! Rate ! *Palmar fascia* ! *Anastomotica magna* ! *Tuber omentale* !

Et nous fîmes des progrès. Un instant plus tard, dans le couloir, Pallier posa une main sur son abdomen et murmura, émerveillée :

— À cet endroit se trouve donc mon duodénum, qui est l'abréviation d'*intestinum duodenum digitorum.*

— Et cela signifie ?

— Qu'il mesure douze doigts de long !

— Pallier, vous avez bien appris.

— Merci, madame.

— Merci, Marie, l'ai-je corrigée.

— Merci, madame.

À la fin de la séance, Élisabeth retrouvait ses chères dames de compagnie, de jeunes femmes qu'elle appelait Bombe, Rage et Démon, tandis qu'on me renvoyait à mon placard. J'y murmurais son nom dans le noir entre deux étagères, jusqu'à ce que le fantôme d'Edmond revienne s'allonger près de moi.

Au cours des premières semaines, je n'eus accès, dans l'immense bâtiment, qu'à ce placard, au salon de la princesse et à notre petit atelier. J'en étais fort marrie. J'avais vu peu de choses dans ma courte existence, mais j'avais écouté tant de conversations qui en suggéraient d'autres, et le château était le lieu de toutes les tentations. Je me demandais vraiment ce qui se cachait au-delà de notre appartement. J'avais reçu l'ordre de ne jamais en sortir, mais le désir était trop grand – et peut-être, en m'aventurant au-delà, arriverais-je à éloigner l'inquiétant fantôme d'Edmond.

L'occasion se présenta, un après-midi, lors d'une nouvelle partie de cligne-musette. Pendant que Mackau s'entretenait ailleurs avec les tantes, Élisabeth m'annonça qu'elle allait se cacher avec ses dames de compagnie et que j'aurais le plaisir de les débusquer dans l'appartement. Elles s'éloignèrent en pouffant. Je fermai les yeux et comptai jusqu'à cent. Puis, les entendant s'agiter dans une pièce, je pris mon souffle et la direction opposée. Le château, une géographie nouvelle, s'ouvrait à moi. Comme mes pieds claquaient sur le sol !

Je courus ici et là dans le royal labyrinthe, traversant des couloirs inconnus et de grandes salles dorées. Devant presque chaque porte attendaient quelques personnes, debout ou assises, mais tenant toutes sans exception une manière de papier à la main. Quand je demandai à un homme depuis combien de temps il patientait, il me répondit : « Cela fera trois ans en novembre, avec quelques interruptions. » Comme s'il avait absorbé la couleur des murs, un autre avait le teint gris des pierres. Je montai des escaliers, ouvris des portes et maintes fois l'on me fit remarquer que ma présence était inopportune. Le tonnerre des déplacements pédestres me comblait d'inquiétude. Un doute m'assaillait : notre partie de cligne-musette se poursuivait-elle ou bien courait-elle à rebours ? Les dames qui se cachaient recherchaient-elles maintenant celle qui s'était perdue ? J'aurais été heureuse de retrouver Élisabeth car, perdue, je l'étais.

Un bataillon de valets en livrée bleue se rapprochant à grands pas, je me suis tapie derrière l'écran d'une cheminée sans feu, le temps de respirer et de calmer mes craintes. Tandis que mon cœur s'apaisait, je perçus dans le silence une sorte de martèlement sourd qui retint mon attention.

Un ou une autre que moi se heurtait-il aux portes dans le château ? Pensant que deux égarés seraient plus réconfortants que moi seule, je puisai un reste de courage et ouvris celle qui se trouvait devant moi. Tout bruit cessa.

— Qui est là ? fit une voix.

— S'il vous plaît, balbutiai-je.

— L'on n'entre pas, surtout l'on n'entre pas. Il y a interdiction.

— Je vous en prie, monsieur.

— C'est un salon privé. Prière de ne pas déranger.

— Je crains de ne pas savoir exactement…

— Qui est là ? Qui est-ce ?

Je perdais mes moyens. Il émanait de cette pièce une chaleur intense et anormale. Venais-je de déranger quelque résident diabolique du château ?

— Allons, qui êtes-vous ? Que faites-vous là ?

Bafouillant, je tentai d'expliquer que j'étais le maître de sculpture de Sa Majesté Madame Élisabeth. Mon marmonnement manquait certainement de clarté, pourtant la voix répondit dans le nuage de chaleur.

— Ah, mais fort bien. Venez, venez.

J'entrai.

CHAPITRE TRENTE-QUATRE

❖ ❖ ❖

Le serrurier de Versailles

À l'intérieur se trouvait un gros homme d'une vingtaine d'années, apprêté d'un tablier de cuir, et qui, les manches retroussées, se penchait au-dessus d'une forge, un petit marteau en main.

— Eh bien, refermez derrière vous, sinon le ban et l'arrière-ban vont s'engouffrer aussi.

Je fis ce qu'il me demandait. Aussitôt, il s'en revint à son affaire, qui consistait à frapper un morceau de métal. Voilà ce que j'avais entendu résonner, plutôt qu'un heurtoir de porte. Absorbé par sa tâche, l'homme ne me regarda pas pendant quelques minutes. Le château de Versailles était si spacieux, pensais-je, qu'il devait loger toutes sortes d'artisans. J'étais tombée sur le serrurier. Aurais-je ouvert une autre porte, j'aurais peut-être aperçu un chasseur de rats en train de préparer ses pièges, un horloger parmi ses rouages, ou même le cirier en train de confectionner ses chandelles.

Dans un coin de l'entrée, j'observais le serrurier en espérant qu'il serait assez aimable pour m'indiquer comment regagner l'appartement de Madame lorsqu'il en aurait fini avec sa pièce. Il était doté d'un front haut, presque comique, d'un nez fort et aquilin, de lèvres charnues, et de grands yeux bleus remarquables. Il plissait les paupières en tendant le cou vers le métal chauffé au rouge, signe que le port de lunettes lui serait également bénéfique. De ses petites mains potelées, il flattait par moments sa poitrine féminine et son double menton. Il semblait davantage respirer par la bouche que par le nez. À l'aide de tenailles, il serra l'objet qu'il venait de tourmenter et le plongea dans une grande cuvette d'eau, au contact de laquelle le métal protesta en sifflant. Un bruit accueilli avec le sourire. L'homme se tourna vers moi, fronça les sourcils, hocha la tête puis retira de la poche de son tablier un mouchoir qu'il déplia soigneusement sur la table voisine. D'une deuxième poche, il sortit un gâteau à la crème émietté, le posa sur le mouchoir et recula pour l'admirer. Alors, d'une troisième, il dégagea un élégant canif dont il déplia la lame afin de couper le gâteau en deux parts inégales. Recueillant la plus grosse entre ses doigts boudinés, il déclara :

— L'autre est pour toi. Ta récompense si tu ne dis rien à personne.

Je me suis avancée pour prendre ma part.

— Tu as vraiment besoin de tout ça ? m'interrogea-t-il, les lèvres couvertes de miettes, dès qu'il eut englouti la sienne. Cela fait beaucoup et tu n'es pas bien grande. Si je coupais le reste encore en deux ?

À nouveau, il composa deux parts pas tout à fait égales. Je tendis le bras, mais n'eus pas le temps de saisir la mienne.

— Tu as l'air d'hésiter. Je ne voudrais pas te forcer. Si tu préfères, je te la garde pour plus tard, proposa le serrurier qui la prit à ma place et ouvrit sa bouche. Elle sera peut-être mieux là ?

Sans attendre de réponse, il l'engouffra, mâcha, avala et se pourlécha les lèvres avec satisfaction.

— Ne craignez-vous pas d'être malade ? m'inquiétai-je.

— J'aime ça ! J'aime trop ça ! s'écria-t-il en se caressant le ventre d'un air gourmand. « Un par jour, me dit-on. Un seul, et c'est tout. »

Puis un murmure :

— Alors je triche. Bien sûr que je triche. J'emploie toutes sortes de ruses.

Rasséréné, il s'assura que sa pièce était froide, la contempla, actionna plusieurs fois le mécanisme qu'il venait d'assembler, appliqua encore un coup de lime et un petit peu d'huile. Enfin, il se pencha vers moi, et ses grands yeux bleus scrutèrent jusqu'au fond de mon âme.

— Eh bien, vieille noix, si on allait la poser, cette serrure ?

— Oui, monsieur. Avec plaisir.

Il prit ma main dans la sienne, la serrure dans l'autre, et m'entraîna hors de son petit atelier pour traverser un long couloir. Au bout de celui-ci, il s'arrêta devant une porte dépourvue de serrure. J'entrevis la grande salle sur laquelle elle donnait : très lumineuse, elle était dotée d'un immense plafond peint et d'un mur recouvert de glaces qui reflétait l'éclairage fourni par les fenêtres. Des dames et des messieurs y faisaient la conversation. Jamais je n'avais vu de pièce aussi resplendissante : tant de lumière vous aveuglait.

— La reine est-elle ici ? me risquai-je. Est-ce une de ces personnes ?

Je n'avais pas oublié ma mission : prendre l'empreinte de son visage, rapporter un rayon de son soleil dans la poussière du boulevard. Surpris par ma question, le serrurier jeta un coup d'œil à l'intérieur, plissa les paupières et secoua la tête.

— Non. Pas de reine. Il n'y a que les décorations.

Les décorations – il voulait dire les dames – ne nous prêtaient aucune attention. Il étala son mouchoir sur le parquet et s'agenouilla pour terminer son travail. L'imitant, je lui tendis les clous et les pièces que je piochais dans la poche de son tablier, à mesure qu'il me les demandait. Bientôt en place, la serrure s'emboîtait parfaitement.

— Très joli, l'assurai-je.

— Vraiment ? Oui, cela me plaît bien.

Entendant des pas derrière nous, je me retournai et reconnus la vieille Mackau qui, entourée de plusieurs valets de pied, me fit signe de la rejoindre. La vigueur de son geste témoignait d'un vif mécontentement. Je saluai le serrurier qui, agenouillé sur son mouchoir, regardait par le trou de sa serrure.

— Oh, vous partez déjà ? Eh bien, comme vous voudrez, dit-il en ouvrant grand la porte.

— Je reviendrai. Promis, soufflai-je.

De l'autre côté, je voyais mon image répétée mille fois dans l'étincelante galerie, dont les miroirs menaçaient de me happer. Lentement, je rejoignis Mackau, qui m'entraîna dans le couloir. Mon impudence la laissait sans voix, prétendait-elle, bien que, muette, elle ne le fût point puisque, tout au long du chemin, elle répéta que je devais apprendre à rester à ma place. De nombreux gardes avaient été lancés à ma recherche, avisés qu'une naine s'était introduite dans le château et se permettait d'ouvrir les portes.

— Cet endroit n'est pas à votre disposition, me conspua-t-elle, sa main osseuse accrochée à ma nuque.

L'appartement d'Élisabeth n'avait plus rien d'intimidant, comparé à la vaste salle aux glaces.

— Coucou, me dit la princesse sans enthousiasme.

Puis, s'adressant à la douairière :

— C'est *ma* personne, madame Mackau, pas la vôtre.

— Nous l'avons trouvée…

— Lâchez-la immédiatement ! ordonna Élisabeth avec une folle assurance.

La main osseuse se détacha de ma nuque.

— Dois-je encore vous faire battre ? me demanda la princesse.

Je tendis les mains.

— Renvoyez-la après une bonne volée, jeta Mackau.

— Non, vous ne rentrerez pas chez vous tant que vous ne m'aurez pas tout appris.

— Elle n'en fait qu'à sa tête ! protesta la vieille dame.

— J'aimerais plutôt... contra Élisabeth d'un ton ferme qui me ravit. J'aimerais plutôt reprendre notre partie de cligne-musette.

— Il serait temps de grandir !

— Cette fois, chère Mackau, j'ai décidé que vous aurez le privilège de vous cacher. Nous comptons jusqu'à cent.

— Mais... ce n'est pas mon emploi !

— Vous passez votre tour depuis bien trop longtemps. Un... deux... *trois* ! Courez et cachez-vous. Vous connaissez les règles. Nous viendrons vous trouver. Ne nous rendez pas la tâche trop facile, éloignez-vous ou je serai très fâchée.

Hésitante, la douairière quitta la pièce.

— Asseyez-vous, m'offrit Élisabeth. J'ai à vous parler.

— Vous avez fait merveille.

— Merci. Je m'étonne moi-même. Votre influence, sans doute. Mais vous sauver ainsi, ma semblable, ma personne ! Ne recommencez plus !

— Je vous le promets.

Alors nous devisâmes, deux jeunes femmes de petite taille, bien menues sur un canapé fait pour de grandes personnes.

CHAPITRE TRENTE-CINQ

Les pauvres et malades de Madame Élisabeth

— Je vais vous parler de mes gens, me dit-elle. Ceux que je mets ici tous ensemble.

Elle avait sur les genoux un joli volume relié de cuir.

Son frère le roi lui avait suggéré de réunir ces personnes dans un livre. Louis notait toujours tout, m'apprit-elle. Il aimait composer des listes, connaissait l'*Almanach* presque par cœur. Il avait relevé combien de marches comptait l'escalier de la reine, combien de fenêtres comportait le château, combien de fois son père l'avait fait chercher (peu, se rappelait-elle). Il savait exactement combien d'années, de jours, d'heures et de secondes avait vécu leur frère, le duc de Bourgogne, avant de succomber à la tuberculose des os ; et tout aussi précisément combien d'années, de jours, d'heures et de minutes leur mère s'était maintenue après sa naissance. Le roi mesurait tout, semblait-il, inscrivait tout. Il possédait des livres entiers, uniquement composés de listes.

— À mon humble manière, j'ai voulu l'imiter. Alors je dénombre mes gens. Il se trouve une myriade de maisons à proximité du château. Ce sont d'horribles endroits, très misérables, et j'y vois ces gens-là. Oh, ils m'attristent infiniment. Alors je note leur nom, leur donne un peu d'argent et leur promets que, moi, Élisabeth de France, prierai pour eux. Voilà pourquoi j'en garde une trace. Tenez, lisez.

Elle me confia la longue liste de ces personnes et de leurs souffrances. Barse, Renaud : jambe cassée. Grulier, Madeleine : maux de ventre. Gibier, Agnès : migraines. Billinger, Jean : son petit doigt, le nez de sa fille. Enderlin, Odile : les reins. Roger, Roland : les cris de sa mère. Pynson, Rose : vitiligo du dos. Parlant, Alphonse : affamé. Moulin, Dominique : de nouveau grosse. Lévesque, Pierre : a perdu son fils. Salvia, Huguette : cors, rages de dents, ne voit plus. Vincent, François et sa femme Olivia : ne peuvent concevoir. Cutard, Adeline : macules.

— Je prie pour chacun d'eux.

J'eus une idée.

— Il y a peut-être mieux à faire.

— Prenez garde, ma personne, méfiez-vous.

— Vous pourriez *sculpter* leurs maux.

— Sculpter ?

— Oui ! Pensez : leurs infirmités, restituées dans la cire.

— Des répliques ? Dans la cire ?

Elle s'agita un peu, comme si elle imaginait en tenir une en main.

— Oh ! Pourrions-nous les placer à l'église ? Dieu du ciel ! Une autre sorte d'ex-voto. Que nous ferions précis. Le

Seigneur m'écouterait sûrement. Il comprendrait que nous nous employons à faire le bien. Oh, ma personne, malgré votre visage ingrat, vous ne manquez pas d'intelligence. Oui, oh oui !

Faute de savoir quoi répondre, je tentai de prendre sa main.

— Non ! Reculez ! Quelle merveilleuse idée, cependant !

Nous n'avons pas cherché Mme Mackau, cet après-midi-là. Une dame de compagnie de la reine l'avait aperçue derrière une tapisserie. Mackau se serait cachée de la petite Élisabeth. « Eh bien ! s'est étonnée la dame. Avez-vous tant peur d'elle ? » L'anecdote s'ébruita, au point que la cour souriait à chaque apparition de la gouvernante. Son autorité s'estompa et elle se réfugia dans un monde de maladies imaginaires.

Le lendemain, l'on frappa à la porte de mon placard avant le lever du soleil. Je me réveillai, m'habillai dans le noir et l'on me conduisit dans la pièce où Élisabeth conservait ses dessins, lesquels avaient été retirés. Sur la table dressée au centre étaient disposés des outils, de l'argile et de la cire. J'effleurai les premiers, caressai la seconde, portai la cire à mes narines.

— Je vous appellerai… me dit Sa Majesté en malaxant l'argile molle, je vous appellerai mon cœur.

La semaine suivante, elle m'en offrit un, grossièrement modelé dans la cire, auquel je ne pus qu'être sensible. Je demandai à la serrer dans mes bras, ce qui n'était pas envisageable, affirma-t-elle. Mais j'étais si heureuse que j'ai insisté. « Non », répondit-elle plus doucement. Je voulus essayer encore, sans, cette fois, solliciter son autorisation.

Je l'attirai vers moi et elle posa la tête sur mon épaule. Son odeur était celle d'un petit chou, mûr et chaud. Elle ne dénoua notre étreinte qu'en entendant la voix de Mackau dans la pièce voisine. Alors elle se remit au travail. Je glissai le cœur de cire dans la poche de ma blouse d'où il ne ressortit plus.

À mon insistance, les cuisines nous ont fait parvenir divers organes d'animaux, que nous avons examinés et disséqués pour mieux comprendre leur emplacement et leur fonction. Un cœur de vache, du mou de mouton, une vessie de porc. Au départ réticente, Élisabeth a vite trouvé plaisir à y planter les doigts. Les bibliothèques nous ont fourni leurs gros livres, de merveilleux ouvrages fort lourds, dotés de planches à déplier, pleines d'enseignements concernant l'anatomie humaine. Nous avions de quoi nous instruire et poursuivre nos efforts.

 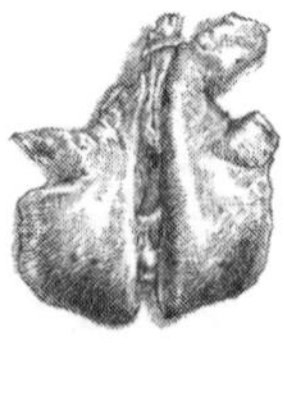 

Tout en confectionnant nos pièces, nous nous sommes mutuellement ouvertes. J'ai montré Marta à Élisabeth, qui m'a confié ses secrets. Sa plus vive espérance était de prendre époux ; sa plus grande crainte, de rester vieille fille comme ses tantes. Elle avait été promise à l'infant du Portugal, mais celui-ci n'ayant pas été jugé « séant », le projet fut abandonné. Quelqu'un d'autre conviendrait, avait assuré le roi. Élisabeth devait se montrer patiente, et patiente elle était. Bien qu'elle rencontrât régulièrement son frère, la question n'avait plus été abordée.

— Que je ne finisse pas comme Victoire et Adélaïde, soupirait-elle. Elles ne savent que se plaindre, boire, manger ou parler de choses sans importance. L'une après l'autre, elles s'efforcent de meubler leurs journées, qui se répètent indéfiniment. Viendra celle où, tout bonnement, elles se laisseront mourir. Voilà ce à quoi elles aspirent. Oh, mon cœur, je me sens beaucoup plus forte depuis votre arrivée. Que leur avenir ne soit pas le mien ! Dieu du ciel, que votre volonté soit faite de m'épargner cela !

Élisabeth avait elle-même établi l'itinéraire de ses sorties hors du domaine royal. À son retour, nous fabriquions chaque fois de nouveaux ex-voto. J'ai souhaité un jour l'accompagner. Un instant d'hésitation, mais elle accepta avec joie. Bien qu'on ne les vît pas depuis le château, les nécessiteux résidaient près de celui-ci, derrière les bois, dans de misérables chaumières à l'état de délabrement avancé. Nous partîmes un matin dans une voiture, escortées par deux gardes.

— Pourquoi ces messieurs ? me suis-je inquiétée.

— Pour notre protection. Nos gens sont malheureux et ne s'en cachent pas toujours.

Nous entendant approcher, plusieurs sont sortis de leurs masures. Il me parut d'abord que leurs visages et leurs corps étaient le prolongement de leurs constructions bancales. Quand ils s'approchèrent, Élisabeth me pria de baisser ma vitre.

— Bonjour, messieurs et dames, leur dit-elle.

Retirant leurs chapeaux, ils s'inclinèrent.

— Quelles sont les nouvelles ? Comment vous portez-vous ?

Un par un, ils vinrent lui détailler leurs infortunes, certains montrant les marques des maux qui les tourmentaient. Une fois seulement qu'ils avaient parlé et décrit leurs souffrances, Élisabeth leur donnait la pièce.

— Éveillent-ils votre intérêt, ma chère ? s'enquit-elle.

— Ne meurent-ils pas de faim ?

— Je n'en suis pas certaine. À votre avis ?

— Comment sont-ils réduits à l'indigence, aussi près du château ?

— On leur livre des repas.

— Trop peu.

— Et je leur rends visite.

— À quoi ressemblent leurs foyers ?

— Dedans ? Je ne m'étais jamais posé la question.

— N'êtes-vous pas curieuse de savoir ?

— Peut-être, si.

— Alors ?

Dès que j'ouvris ma portière, ces dames et messieurs reculèrent pour me laisser passer. Devant une maisonnette décrépite, je demandai à une pauvre femme la permission d'entrer. Elle répondit par des mots que je n'ai pas bien saisis. J'ai poussé la porte. Il faisait si noir à l'intérieur que je peinais à distinguer des formes dans ce petit espace. Terre battue, un lit posé sur des briques, des couvertures tachées, rigides comme des cadavres. Des murs noirs de moisissure. Quelques pots bosselés. Un tabouret cent fois réparé et une odeur... qui aurait pu provenir de quelque animal répugnant, éventré depuis des mois. Il y en avait d'ailleurs un, seul compagnon de l'occupante, un chien enchaîné qui, manifestement, était aussi affamé qu'elle. En le regardant, l'on comprenait précisément l'emboîtement de ses os et articulations. Hérissant le poil, comme en proie à une sourde révolte, il découvrit ses crocs gâtés et se mit à aboyer pour ne plus arrêter. Élisabeth se cramponna à mon bras. En l'absence de chaînes, nous lui aurions sûrement fourni le premier vrai repas de son existence.

— Horreur ! murmura ma princesse.

La pauvre femme nous parla dans une langue à laquelle je ne sus rien reconnaître. D'étranges bruits gutturaux, grognements et grincements – pourtant sa bouche, ce sillon édenté, paraissait immobile. Ce n'était pas elle, mais son corps qui jetait hoquets et postillons, ce corps négligé et débile qui nous admonestait. Ou peut-être était-ce la voix d'un esprit impuissant, enfoui sous cette peau desséchée. Soudain, elle s'élança vers nous, comme mue par un ressort, et nous nous hâtâmes de partir.

Nous n'étions pas entrés plus d'une minute. Une fois dehors, nous n'avions pas assez d'air pur à respirer. Jamais je n'oublierai cet endroit, cette pièce misérable, cette dame et son chien.

Fermer les yeux à ce taudis ; les rouvrir n'importe où ailleurs. Derrière les maisons du hameau se trouvaient une petite chapelle et un grand cimetière, aux tombes fraîchement creusées.

Nous avons regagné la voiture.

— Comment peut-on tomber si bas ? haletait Élisabeth.

— Pas d'un jour à l'autre, sans doute.

— Est-elle à même d'être secourue, croyez-vous ?

— Je me le demande. Parfois la mort est la seule assistance.

— Je dois essayer pourtant. Seigneur, mon cher cœur, quelle sorte d'âme l'animait-elle ?

— Ce n'est qu'une femme.

— Quelle abjection ! Que faire, mais que faire ? D'autres ex-voto, certainement. Beaucoup plus, même. Marie, j'ai besoin de votre aide.

À notre retour, le monde avait repris ses couleurs. Je ne l'avais jamais vu les perdre si rapidement.

À mesure de nos sorties, les murs d'une chapelle latérale de l'église de Saint-Cyr se couvrirent peu à peu d'organes humains de notre confection. Personne, tout d'abord, ne se soucia de ces additions, faute d'imaginer que leur nombre allait croître. Nous apportions là des reins, des vessies et des poumons, des bras, des yeux, des cœurs, des foies et des estomacs. Quand nous placions nos modèles d'argile ou de cire, je frôlais parfois les mains d'Élisabeth, et elle les miennes, de sorte qu'un lien se tissa entre nous, le début d'une camaraderie, d'une douce intimité.

Trois mois s'étaient écoulés et je devais retourner à l'hôtel des Singes. Je guettais avec appréhension le jour de mon départ ; j'avais tant envie de rester auprès d'elle. Quand je lui en fis part, elle affirma que rien n'était plus simple : on ferait écrire là-bas que j'étais devenue indispensable. Mon maître – ou sans doute la veuve, usurpant son nom – répondit que mon absence méritait compensation. Elle fut accordée. Je n'ai jamais vu de lettre, mais j'étais si soulagée. Je ne voulais plus jamais partir. Pas encore, pas encore. Cela aurait été trop triste. Plus j'habitais mon placard, plus il m'était facile d'oublier que j'avais vécu ailleurs.

CHAPITRE TRENTE-SIX

❖ ❖ ❖

Sur le toit

Je passais chaque jour de très longues heures avec Élisabeth à modeler la cire. Je la rejoignais dans sa chambre dès qu'elle se réveillait ; alors elle m'apprenait le détail de sa journée. Sans cesse, elle me demandait si j'étais heureuse. Sans cesse, je lui disais que oui.

On estima bientôt que ma présence rassurait la royale enfant, et l'on vint me chercher aux heures les plus inattendues. Je reçus la consigne stricte de ne jamais m'éloigner, car ma compagnie pouvait être requise à tout moment. Si j'avais quelque besoin, il me suffisait d'appeler à haute voix et une servante accourait. Je m'asseyais parfois dans un coin de la pièce malveillante où ma princesse et ses dames prenaient leur souper. Je découvris que Bombe avait pour nom entier la marquise de Bombelles, que Rage était la marquise de Raigecourt, et Démon, celle des Monstiers-Mérinville. Trois jeunes femmes agréables et toutes condisciples de la sœur du roi. Elles me souriaient, me glissaient un biscuit, un morceau de sucre, de chocolat, et me tapotaient la tête.

Quand la présence d'Élisabeth était requise aux cérémonies, on me plaçait non loin d'elle, où je devais rester immobile et très droite. À portée de main et de regard, j'avais pour effet de réduire ses appréhensions. Parfois un valet de pied m'installait derrière un paravent, ou quelque autre abri insolite, pour que, une fois ou deux dans la soirée, elle puisse me rejoindre, me pincer le nez et le menton, et s'en trouver rassérénée.

Tôt un soir, un domestique en livrée bleue m'escorta en hâte sur le toit, à un emplacement convenu où je devais attendre que l'on m'appelle. Accoudée à la balustrade entre deux hauts vases de pierre – juste au-dessus des chambres d'Élisabeth –, je bénéficiais d'une vue dégagée sur la route de l'église de Saint-Cyr, ainsi, bien sûr, que sur le Grand Canal qui s'étendait au loin, telle une leçon de perspective. Bien que je vécusse dans un placard, ces vastes ensembles ne m'étonnaient plus. J'étais censée ne pas bouger, afin qu'Élisabeth, passant en bas dans un carrosse, en route vers de nouvelles solennités, m'aperçoive sur le toit et s'en réjouisse.

La cour peu à peu quittait les jardins et il commença à bruiner, cependant je restai à mon poste. La nuit tomba bientôt, de sorte que le canal et les jardins reculèrent dans le noir. Seulement quelques rires et acclamations retentissaient dans le château, auxquels répondait çà et là le miaulement des harets. J'étais presque certaine que l'on m'avait oubliée quand j'entendis des pas et quelqu'un approcher.

L'inconnu s'arrêta à proximité et, se retenant à l'un des vases, se pencha vers le sol. Il s'affaira ensuite avec une sorte de longue tringle. Soudain, un bruit assourdissant manqua de me projeter par-dessus la balustrade. Mon imprévisible compagnon avait épaulé un fusil et tiré sur les chats en contrebas, produisant une forte détonation, puis un éclair, puis un miaulement. Au deuxième coup de feu, il n'y eut plus de miaou. Craignant d'être moi-même prise pour un haret, j'implorai la silhouette à mes côtés :

— S'il vous plaît, monsieur, je suis là, moi aussi. Ne me tuez pas ! Ne me tuez pas !

— Qui ça ? Qui êtes-vous ?

Clopinant, l'artilleur se rapprocha et je reconnus peu à peu sa grande figure pâle. C'était mon vieil ami le serrurier, vêtu d'un long manteau.

— Ah, vous ! lui ai-je dit. Quelle chance ! Navré, je n'ai pas apporté de pâtisserie. Mais voilà, j'ai tant à faire…

— Oh ! fit-il, me reconnaissant aussi. Cela n'est pas bien grave.

— Pourquoi ce fusil ?

— Ne sois pas sentimentale. Ils sont trop nombreux, il y en a partout ! Ces poils, ces odeurs, aux quatre coins du château ! Alors il m'échoit, de temps à autre, d'y remédier. Viens t'asseoir, me pria-t-il en tapotant l'inclinaison du toit.

— Oui, mais… ce petit crachin… Peut-être vaudrait-il mieux que je redescende.

— Allons, ce n'est pas bien mouillé. Je vais essuyer un peu. J'insiste, assieds-toi !

J'obéis et sentis la chaleur de son corps contre le mien. Il disposa son manteau sur nos quatre épaules et nous restâmes ainsi, tous deux dans le noir.

— N'aimes-tu pas venir ici ? me demanda-t-il, puis : Moi, j'y suis bien. Je monte souvent. Excepté ma forge, c'est le seul endroit paisible dans ce tas de pierres. Que j'apprécie ces moments-là. Aaaah !

— Aaaah ! soupirai-je à mon tour.

— Tranquillement sur le toit.

— Tranquillement sur le toit, répétai-je également. Sans personne alentour. Comme s'il n'y avait que nous dans un château désert. Nous deux et la nuit calme.

— Merveilleuse idée ! Je me porterais mieux sans toute cette cour. J'ai toujours été un garçon doué d'un esprit pratique. Assez adroit de mes mains. Tout bien considéré, je saurais me débrouiller sur une île déserte. Je trouverais à m'occuper et j'y serais peut-être même plus heureux. Mais j'ai toujours du monde autour de moi, cela n'en finit jamais. De nombreuses fois, j'ai lu ce livre merveilleux qui relate l'histoire d'un tel homme. Le connais-tu ?

— Je ne crois pas.

— *La Vie et les aventures étranges et surprenantes de Robinson Crusoé de York, marin, qui vécut vingt-huit ans sur une île déserte sur la côte de l'Amérique, près de l'embouchure du grand fleuve Orénoque, à la suite d'un naufrage où tous périrent à l'exception de lui-même, et comment il fut délivré d'une manière tout aussi étrange par des pirates. Écrit par lui-même.*

— Un titre fort long.

— Mais une excellente lecture.

— Faisons comme si nous étions seuls, proposai-je, et que l'eau recouvrait le reste de la Terre.

— Magnifique.

— N'est-ce pas ?

— Certainement.

— Sans lois, ni batailles, ni protocole, ni conférences.

— Noé n'aurait pu souhaiter mieux.

— Bien sûr, n'excluons pas quelques pâtisseries.

Et donc, lui et moi, seuls sur le toit, continuâmes de parler d'îles perdues, de mélanges de farine, de beurre et d'œufs passés au four, mais aussi de serrures et de ressorts, jusqu'à ce qu'un serviteur en livrée bleue, muni d'un parapluie, vînt troubler notre paisible colloque. J'ai cru qu'il me prierait de redescendre, mais ce n'était pas le même que tout à l'heure et il s'est contenté, sans un regard, de nous protéger de la pluie. Voilà qui n'était pas ordinaire. Je l'ai vite oublié, tandis que nous poursuivions notre conversation. Nous étions là depuis peut-être deux heures quand réapparut le serviteur d'Élisabeth. J'avais raté le retour de son carrosse. J'ai souhaité une bonne nuit au serrurier, que j'ai laissé sur notre banc de fortune, en compagnie du serviteur en livrée bleue et de son parapluie. Et j'ai pensé, bien que je n'eusse pas vu le carrosse d'Élisabeth, que cette soirée s'était révélée fort plaisante.

CHAPITRE TRENTE-SEPT

Dames horizontale et perpendiculaire

Selon nombre d'avis, Madame Élisabeth brillait davantage en société. Contrairement à la désuète Mme Mackau qui, retranchée dans son lit, simulait de bruyantes affections tout en dévorant ses chers biscuits aux amandes. Nous sommes un jour allées lui rendre visite dans son appartement du second étage, qui sentait le renfermé. Elle accueillit ma princesse d'un « Bonjour, merveilleux et fidèle enfant », la remercia de s'inquiéter de « sa vieille amie », mais ne glissa pas un mot pour moi. Quand Élisabeth lui demanda où, précisément, elle souffrait, Mackau s'enferra dans de confuses explications. « Partout », conclut-elle, véhémente. Élisabeth consigna sa parole dans son livre et nous conçûmes une miniature complète de la pauvre femme, en pied, que nous plaçâmes parmi les autres modèles de notre chapelle. Quand nous sommes retournées la voir, la princesse lui fit part de nos bonnes intentions. Mackau la remercia d'un grognement et nous tourna le dos dans son lit.

— Trop mal en point pour être polie, allégua-t-elle.

Élisabeth allait jouir, cet été-là, d'une grande liberté. Le règne de Mackau arrivait à son terme : remettant son retour de jour en jour, elle sua et renifla pendant les dernières semaines de son office, cependant que son lit resserrait son étreinte. L'épais matelas se referma autour d'elle, se coula dans ses os, la priva de posture au point qu'elle ne tenait plus debout. Telle une vaste ventouse, il lui suça le sang et la graisse et, tandis que la vieille femme cédait à un mal bien réel, cette fois, il s'agrandit et s'étoffa. Quel obscène grabat faisait-il, croissant hors de toute proportion, privant Mackau de ses dernières miettes de vie.

Tandis qu'elle s'étiolait, nous continuions d'explorer les alentours du château et de confectionner des organes pour la chapelle. Lors d'une de nos visites, nous avons demandé à entrer dans une masure. Le jeune homme qui l'occupait s'y refusa.

— Il doit avoir honte, pensa Élisabeth.

— Peut-être, tout simplement, nous préfère-t-il dehors.

— Au nom du ciel, pourquoi ? Ne sommes-nous pas assez bien ?

— Il est le maître de maison.

— Cette maison appartient à mon frère.

— Vraiment ?

— Absolument.

— Alors votre frère devrait penser à la remettre en état.

— Louis a la charge d'un pays entier. Je m'occupe à peine d'un village. Ces choses-là vous dépassent, vous n'y entendez rien.

Elle était contrariée. Élisabeth voulait toujours bien se comporter. Mais comme on lui disait une chose et qu'elle en constatait une autre, elle était souvent désorientée. Elle n'avait ni l'autorité ni le bagage nécessaires pour prendre les bonnes décisions. Comme moi, cette jeune femme s'efforçait de creuser son sillon.

Dans notre quête de malades à répertorier, nous avons recensé un nouveau patient, outre Mme Mackau, cette fois à l'intérieur du château. Un après-midi, c'est la princesse elle-même qui a ouvert mon placard :

— Venez vite, mon cœur ! Lamballe s'est évanouie !

— J'accours ! Mais qui est Lamballe ?

— Ah, vous ne connaissez vraiment personne ! La princesse de Lamballe est une femme très charmante, mais très délicate. Depuis la mort prématurée de son mari, elle est saisie de vapeurs. Un jour, c'est l'odeur des violettes. Un autre, c'est un homard qui lui fait peur, peint dans une nature morte ! Et lorsque Antoinette a souffert d'une migraine, récemment, elle s'est encore évanouie – par compassion, je suppose. Elle se pâme à la moindre occasion, n'est-ce pas affreux ?

— Croyez-vous que la reine sera auprès d'elle ?

— Certainement. Lamballe est sa favorite, la pauvre.

On avait allongé la princesse, inconsciente, molle et pâle, dans le salon où elle s'était effondrée. Inquiètes, ses dames de compagnie chuchotaient entre elles. J'ai regardé autour de moi.

— Où est la reine, Madame Élisabeth ? Laquelle est-ce ?

— La reine, mon cher cœur ? Je ne la vois pas.

Une escouade de médecins s'affairait autour du corps affaissé, sur lequel on pratiquait une saignée. Nous nous sommes approchées jusqu'à ce que l'un d'eux s'écarte, nous permettant d'observer la princesse. Sa poitrine plate se soulevait, donc elle était vivante. Je me suis penchée pour la dévisager. J'avais devant moi Marie-Thérèse, l'amie de Marie-Antoinette. Un médecin examinait le petit bol de porcelaine qui contenait son sang.

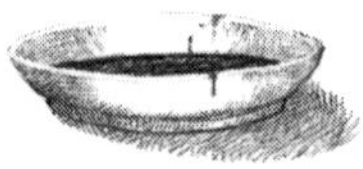

— De quoi souffre-t-elle ? demanda Élisabeth.

— Ses nerfs, madame, ils la trahissent souvent.

— Merci. Cela nous suffira pour l'instant, répondit-elle en s'éloignant.

— Pardonnez-moi, murmurai-je à ces messieurs. La reine est-elle attendue ?

— La reine ? En quoi cela vous concernerait-il ?

— Sa Jeune Majesté, que j'accompagne, se posait la question, mentis-je.

— La reine souhaitait rester, expliqua le médecin, mais je le lui ai interdit. Mme de Lamballe, la malheureuse, était prise de convulsions et les convulsions entraînent des fausses couches. Alors nous avons éloigné la reine, compte tenu de son état.

— Il y a longtemps ?

— Cinq minutes.

— Oh, cinq minutes !

— Allons, venez, mon cœur, m'appelait Élisabeth.

Nous avons modelé dans la cire un cerveau humain pour Lamballe, qui se remit très vite.

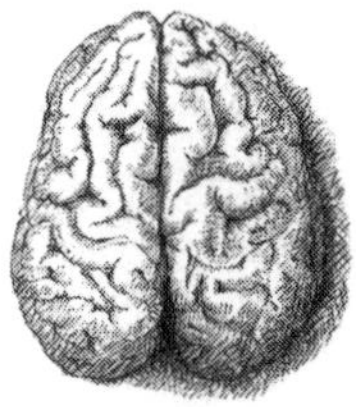

Lorsque nous étions seules, Élisabeth me posait des questions sur les hommes et leur anatomie. Je lui dis tout ce que je savais, lui fabriquai des miniatures pour qu'elle comprenne mieux. Elle disposait en outre d'ouvrages à consulter. Moi, je repensais à Edmond, à son corps qui me semblait si loin, aussi passif qu'un tissu mort. Il fallait que je sois raisonnable, me répétais-je ; on m'avait élevée ainsi ; le chagrin devait se dissiper. Nous sommes allées étudier, ma princesse et moi, un chien et une chienne dans leur enclos. Le spectacle déplut vivement à Élisabeth. De mon côté, j'en ressentis un malaise et une forte irritation. Elle voulait toutefois être prête pour son mariage, qui ne tarderait plus, assurait-elle.

— Et vous, mon cœur, vous marierez-vous ?

— Je crains bien que non, madame.

— Je m'en doutais. Je vous demandais seulement par politesse. Je vous ferai chercher quand je le serai. Nous ne nous séparerons pas.

Elle voulut que je lui dessine des lèvres pour apprendre à embrasser.

— Cela ne va pas du tout, madame, lui dis-je en l'observant. Ça n'est là que petits bécots. N'avez-vous jamais embrassé personne ?

— Mais si, bien sûr, bien sûr ! Enfin, non, pas comme vous l'entendez. Et vous ?

— Cela m'est arrivé, oui.

— À vous, ma personne, est-ce bien vrai ?

— Oui. Je vais vous montrer.

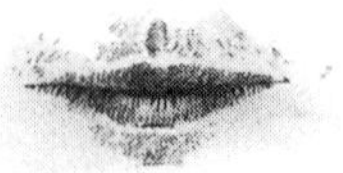

Des lèvres pour apprendre

Je l'ai embrassée.

— Vous m'avez embrassée !

— Pour l'exemple.

— Ah, bon.

J'ai recommencé avec plus de cœur.

La bouche de Madame Élisabeth

— Voilà comment l'on procède.

— En êtes-vous sûre ?

— Certaine.

— C'est affreux.

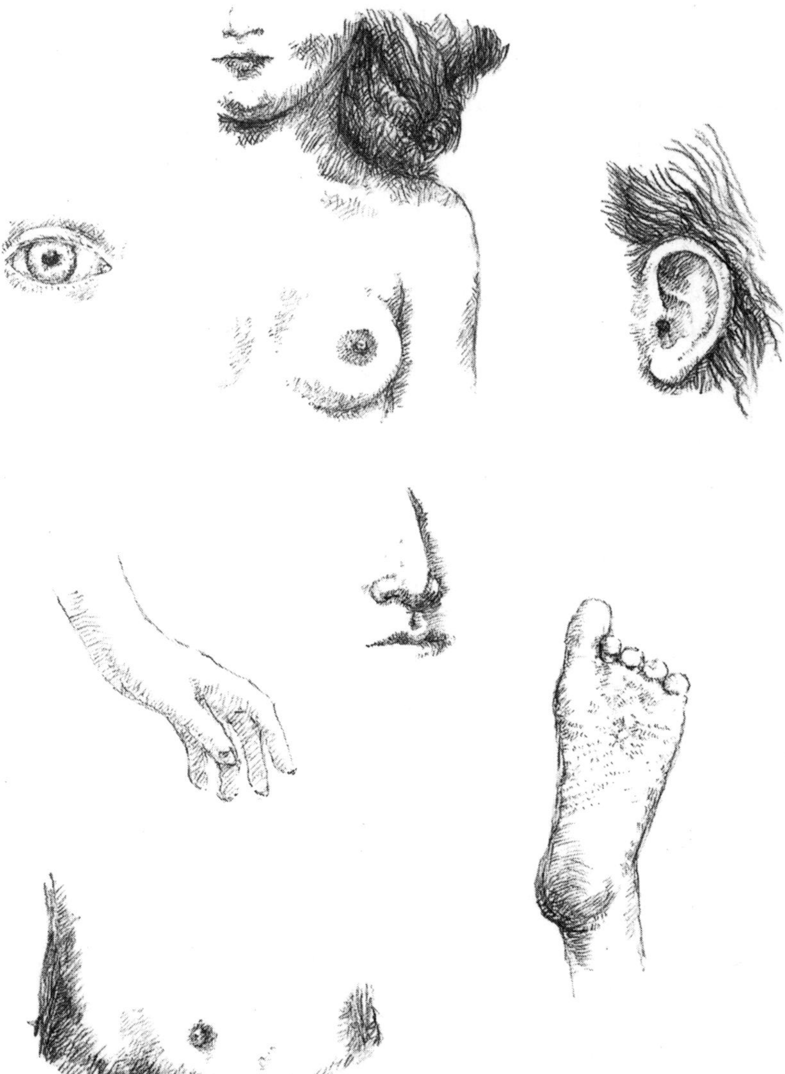

— Non, pas vraiment, non !

— Alors essayons encore.

Ce que nous fîmes. De temps à autre, à l'abri des regards indiscrets, nous poursuivîmes l'exercice. Parfois aussi, nous nous montrions et caressions mutuellement nos organes communs.

— Où se cache mon cœur, madame ? Mettez la main.

— À vous, ma personne. Mes poumons ? Ma matrice ?

Quelle royale anatomie possédait-elle, et moi, presque sa jumelle, quelle joie y trouvais-je ! Nos cœurs, nos petits cœurs de femmes, jouaient ensemble la même musique, rien que pour nous.

Un matin, finalement, on découvrit Mackau étouffée dans son obèse matelas.

Même après son départ, l'affreuse enveloppe de plumes sembla conserver une sorte de pouls, puis, renonçant par force à l'adiposité, revint à ses proportions d'origine et il fut décidé de le brûler dans une cour. Alors, l'été malade de Mackau laissa place au terrible automne de Mme de Guéméné, la nouvelle gouvernante.

Nourricière du malheur, Guéméné la baguette, Guéméné l'intraitable n'avait pas de menton – une absence qui devait la hanter, cause probable d'une humeur toujours exécrable, d'un regard furieusement implacable, d'une vigilance sans relâche. Oubliés, les plaisirs. Il fallait faire de ma princesse une dame, transformation qui, cela fut clair d'emblée, allait être douloureuse. Les jouets : au rebut. Cordes à sauter, ballons, chiots et chevaux de bois : bannis. « On se redresse ! » fut la consigne des premiers mois gris. Bombe la futile fut interdite de séjour. Que l'on surprît Élisabeth en train de lui chuchoter quelques mots à la porte, et le méfait était vertement réprimandé. Rage et ses minauderies ne recevaient qu'une visite par semaine. L'insipide Démon était acceptée à condition qu'elle se taise ; ce qu'elle fit et qui devint sa fonction : muette. Mon rival, le Jésus-Christ de plâtre, fut sorti de sa boîte. Lorsque Élisabeth se mettait en colère, ce qui arriva au début, Guéméné la laissait trépigner et s'en prendre aux meubles ; pour autant, on ne dompterait pas la Sans-Menton. Férule faite femme, elle ouvrait grand les fenêtres et invitait ma princesse à vociférer tout son soûl. Personne ne venait à son secours. Élisabeth, malheureuse et les joues gonflées, n'avait d'autre choix que de se calmer. Le jour où elle mordit sa nouvelle gouvernante, elle écopa d'une bonne gifle.

— Je suis une princesse ! cria-t-elle.

— Alors montrez-vous digne de votre rang.

Guéméné lui arracha toute joie, toute gaieté, qu'elle remplaça par la rigidité et le silence. Tant elle craignait qu'on la rabroue, Élisabeth évita bientôt de se mêler aux conversations. Reléguée dans mon placard, d'où l'on ne me sortait plus guère, je me suis adaptée au sévère automne. Je prenais garde de ne pas salir ma robe, je m'inclinais devant la gouvernante, ce qui m'évita d'être renvoyée. Ma princesse et moi redoutions mon éloignement. Tandis que, entre automne et hiver, la révolte le cédait à la soumission, Élisabeth n'eut plus un instant de paix. Toujours quelqu'un était là pour lui reprocher son appétit, son maintien, sa façon de tenir sa tasse. Parfois, à condition d'être prudente, je lui prenais la main, effleurais un instant ses lèvres dans l'atelier. Je lui répétais que je restais sa personne, son corps, que je ne devais pas partir. En guise de confirmation, mon nom fut imprimé dans le nouvel *Almanach*, au plus bas échelon de sa « Faculté » :

M. le Roux, *Bibliothécaire de Mad. Élisabeth*
Mlle Payan, *Lectrice*
M. Simon, *Maître de Clavecin*
M. Boilly, *Maître de la Harpe*
Mlle Grosholtz, *Maîtresse de Cire*

Je l'ai beaucoup étudiée, cette page. Dans mes moments de solitude, je la lisais à haute voix. Et, peu après la parution de l'ouvrage, je me trouvai enfin en présence de la reine.

CHAPITRE TRENTE-HUIT

Un événement de portée nationale

Tout commença aux petites heures de la matinée, quand les cloches de la chapelle royale, de Versailles et de Saint-Cyr se mirent à sonner, précédant l'irruption de Lamballe dans notre couloir. Emmitouflée dans mes couvertures, j'entrouvris les portes du placard pour jeter un coup d'œil au-dehors. À la mi-décembre, en pleine gelée Guéméné, j'avais très froid. La princesse, agitée, entraînait derrière elle un équipage de femmes et de servantes, également alarmées.

— Madame Élisabeth ! cria-t-elle en frappant à la porte de la chambre. La reine ! La reine accouche !

Élisabeth et moi avions modestement anticipé l'accroissement de la famille souveraine en modelant douze petits bébés de cire pour les aligner à Saint-Cyr. Un vrai dortoir. Tout autre projet était ajourné ; nous n'avions en tête que la naissance du royal enfant. « Le château se meurt d'impatience », m'avait-elle confié. Le moment tant espéré était arrivé, les cloches carillonnaient et l'on pouvait en dire autant de Mme de Lamballe.

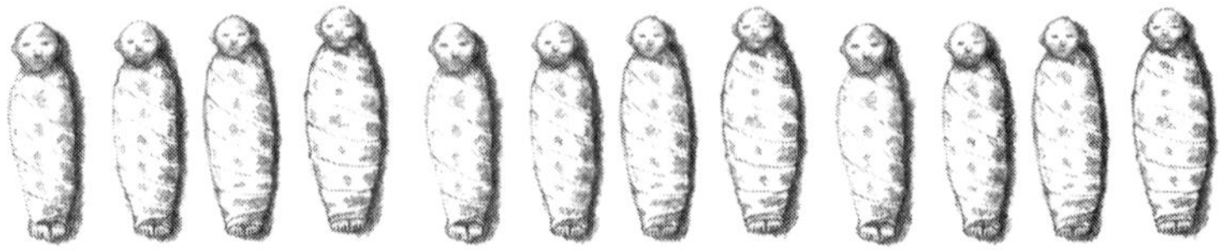

Tandis qu'elle repartait, telle une poule décharnée piaillant dans sa basse-cour, notre couloir était l'objet d'un vif remue-ménage. Assise sur mon étagère, en chemise et bonnet de nuit, je laissais pendre mes jambes sous le rebord. Puis, remontant mes couvertures sur mes épaules, je me tournai à gauche et à droite. Bien que mastiquées pour repousser l'hiver, nos fenêtres fêlées ne lui résistaient pas : mon souffle se transformait en buée.

Enfin, Élisabeth surgit, vêtue de frais et talonnée par trois dames de compagnie. Elle se dirigeait vers le grand appartement de la reine. De part et d'autre, les domestiques attroupés s'inclinèrent sur son passage. Quand je le fis aussi, elle s'arrêta devant moi.

— Oh, mon cœur, ma personne, qu'attendez-vous ? Je vais, plus que jamais, avoir besoin de vous. Habillez-vous bien vite. S'il nous faut prier pour la reine, vous devez gagner notre atelier et composer en hâte un nouveau bébé de cire pour notre chapelle. Remuez-vous !

Et donc, le jour de la naissance du premier enfant de Marie-Antoinette d'Autriche et du roi Louis XVI, je me vêtis devant tout le monde, dans ce couloir frigide, sous des regards qui me pressaient. Lorsque je fus prête – pas trop tôt, fut-il commenté –, la petite Élisabeth, sœur de Sa Majesté, poursuivit son chemin vers son destin de tante. Je tenais la queue du cortège, juste derrière la marquise des Monstiers-Mérinville. Plus nous avancions, plus il fallait jouer des coudes, car nombreux étaient ceux qui voulaient assister de près à l'apparition du nouveau Bourbon. Tel Moïse, Élisabeth ouvrait les eaux d'une mer humaine qui se refermait brutalement derrière nous. D'abord sans déplaisir, je sentais le bâtiment se réchauffer tandis que nous convergions vers son centre. Ameutée par les cloches, la maisonnée au complet se massait bruyamment vers le lit de travail.

Ce matin-là, encore bien tôt, la chambre de Marie-Antoinette était l'endroit le plus chaud du château – plus brûlant qu'un fournil. Versailles avait pour cœur son ventre rebondi. Le protocole exigeait que les grands officiers de l'État assistent à l'accouchement, afin de garantir que le nouveau-né fût bien issu de la matrice royale.

Nous arrivâmes à temps, c'est-à-dire avant l'enfant. Élisabeth prit place aux premières loges, parmi d'autres messieurs importants, sur des fauteuils à accoudoirs. Les observateurs de moindre rang se contentaient des bancs. Je devais donc voler de mes propres ailes. Certainement, le frère aîné de ma princesse, roi et futur père, se trouvait dans la pièce. Je me frayai un chemin entre les nobles témoins jusqu'à atteindre une position acceptable. Enfin, j'avais devant moi Maria Antonia Josepha Joanna, la reine.

Mise à rude épreuve, Sa Majesté transpirait. J'étudiai sa tête, allongée, ses yeux bleu clair et écartés. Quelqu'un s'interposa et je dus me déplacer. Ah, maintenant le nez, franchement aquilin ; la lèvre supérieure débordant sur l'autre, et un joli menton rond. Une fois encore gênée, je me décalai et pus remarquer, par-dessus le reste, son front considérable et perlé de sueur. Il faisait si chaud que j'en oubliais mes frissons matinaux, voire que nous étions en décembre.

La reine se redressa, suscitant l'émotion dans l'assistance ravie de mieux la voir. Quel personnage elle était ! Quel long cou blanc ! Quelles épaules ! Reprenant son souffle, elle s'allongea de nouveau – provoquant d'autres remuements – et, cette fois-ci, elle m'était cachée pour de bon.

Je cherchai autour de moi un poste d'observation. Les fenêtres étaient dépourvues d'appuis, et les bancs devant elles tous occupés. Dans cette pièce garnie de nombreux meubles et décorations – mais plus encore, à l'instant, de courtisans –, un seul endroit paraissait répondre à mes aspirations. Dans un coin, se dressait une commode d'acajou, haute d'environ cinq pieds et dotée d'un dessus, un toit en quelque sorte, sur lequel je pourrais gentiment me poser et suivre l'événement sans crainte d'être dérangée. Je tentai de gravir ses flancs marquetés, qu'une épaisse couche de vernis rendait par trop glissants. J'essayai ensuite d'ouvrir les tiroirs, dans l'idée de m'en servir de marchepieds, mais ils étaient fermés à clef, telles d'obstinées mâchoires. J'étais cependant sûre d'avoir repéré la position idéale. L'impatience me gagnait, la chambre continuait de se remplir et la reine m'était invisible. L'oreille tendue, je compris que je n'avais rien manqué. Elle avait à peine mâché quelques phrases, assourdies par les chuchotements de la cour, je n'avais entendu ni cri ni vagissement, et donc il me restait un peu de temps.

Enfin, la chance me sourit quand la foule reflua. L'enfant n'était pas né, mais l'on s'était aperçu qu'une tapisserie, se détachant d'un mur, menaçait de s'effondrer sur la reine. On se précipita pour y remédier, tout le monde se leva, et je profitai de l'occasion pour m'emparer d'une chaise, la tirer jusqu'à la commode et me hisser sur mon toit.

Cette fois, je l'avais, ma vue imprenable.

Je pus compter plus de cinquante personnes à présent massées dans la chambre. Allongée sur son lit, entourée des médecins et de sa famille, la reine parlait tout bas en feignant, je pense, d'ignorer le public venu se divertir. Nous attendîmes, les yeux rivés sur son ventre passionnant, couvert d'un simple drap, mais rien ne se produisait. Je promenai mon regard sur les dorures et la noble assemblée. Les fronts étaient moites, et les cravates, dénouées ; les dames maniaient leurs éventails ; leur maquillage commençait à couler. Au deuxième rang, la princesse de Lamballe semblait embarrassée par la chaleur. Puis, devant elle, je reconnus quelqu'un : mon ami le serrurier, et il me parut admirable que, aussi estimé fût-il, on lui permît d'assister au précieux événement.

Soudain Marie-Antoinette poussa une plainte déchirante et le vrai spectacle commença.

Les médecins lui prodiguèrent maints conseils pendant qu'elle s'agitait bruyamment, et Mme de Lamballe devint très blanche. Sans cesser de chuchoter, l'assemblée se penchait d'un côté ou de l'autre pour ne rien perdre des gémissements de la pauvre femme qui, empourprée, hoquetait, haletait, se redressait et criait. Mais l'enfant n'était pas décidé à sortir. Quelques instants d'accalmie suivirent, pendant lesquels la reine reprit son souffle et le public, la position assise. Les dames et les messieurs échangèrent de menus commentaires, puis se levèrent derechef quand de nouveaux gémissements retentirent. Le ballet se perpétua ainsi, assis et debout, debout et assis, telles des vagues obéissant au travail de la reine, jusqu'à ce qu'après plusieurs marées, passé onze heures, le bébé voulût bien se présenter.

D'abord sa tête cramoisie, puis son corps rose et rouge, ses deux bras, ses deux jambes, précédant les premiers vagissements qui firent la joie de tous. Là, au milieu de la poitrine, remarquai-je : le cordon ombilical, comme me l'avait appris Curtius, et ici, la membrane muqueuse ! Enfin le placenta, pour compléter la description. Quelle démonstration ! Quel prodige ! Quels miracles une femme savait-elle accomplir ! Voyez, voyez : elle a donné la vie !

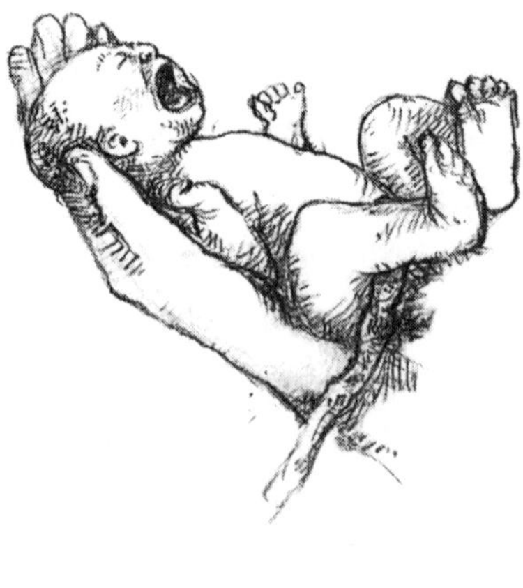

La chaleur était accablante dans la chambre où se répandait l'odeur infecte des essences et du vinaigre aspergés par les médecins. J'avais retiré mon bonnet, desserré ma robe, et bien d'autres avaient fait de même. Au moment crucial, tandis que l'enfant naissait, l'assistance s'était pressée vers le centre d'intérêt. Mais le bébé était à peine là que les docteurs l'avaient emmailloté et emporté ; le roi avait dû les accompagner, car rien ne me permettait encore de le reconnaître. La pièce se vidant quelque peu, Antoinette redevint visible. Soudain reléguée à un rôle secondaire, elle était très pâle sur son drap maculé de sang et je me demandais si elle n'était pas morte quand elle se redressa subitement en criant.

Personne ne s'en souciait.

L'assemblée applaudissait à tout rompre au magnifique spectacle de la nature, d'autant plus qu'il mettait en scène une reine. Cependant, plusieurs voix s'inquiétèrent de connaître le sexe de l'enfant. Un garçon – un Dauphin – ou une fille ? Des chuchotements déçus commencèrent à se répandre : « Une fille… Une fille… Une fille… »

Et personne ne s'intéressait à Marie-Antoinette.

Depuis mon poste d'observation, je m'évertuais à attirer l'attention sur elle.

— La reine ! La reine ! m'exclamais-je.

Car, du haut de ma commode, je constatai que Sa Majesté était prise de convulsions.

Et personne ne la regardait.

Un moment s'écoula avant que, finalement, la princesse de Lamballe apprécie la situation. Toujours très pâle, au bord de la pâmoison, elle s'agitait nerveusement, dans un état si proche de l'affolement qu'elle était incapable d'articuler un mot. Lorsqu'elle se leva dans le but d'alerter quelqu'un, elle se mit à vaciller, les yeux révulsés, et s'effondra brutalement en renversant tout autour d'elle, ce qui fit grand bruit, de sorte que les regards convergèrent vers elle plutôt que vers la reine en détresse.

C'est donc Lamballe qu'on emporta, tandis que je continuais de gesticuler tant et si bien qu'une personne me remarqua, moi. Le serrurier. Au milieu de l'affluence, il ne pouvait m'entendre dans le tumulte, cependant je soutins son regard et lui indiquai la reine avec insistance. Voyant Sa Majesté sur le point d'étouffer dans le lit natal, il s'élança courageusement à travers l'assistance, non pas vers la reine, mais dans la direction opposée – peut-être à cause de cette règle explicite qui empêchait de se toucher, ou faute d'une meilleure idée. Toujours est-il qu'il se fraya un passage dans la cohue jusqu'aux fenêtres, calfeutrées à cause du froid, comme celles de mon couloir. À grands gestes décidés, il retira les joints, le mastic, et réussit à les ouvrir, produisant un courant d'air frais. D'autres que lui, moins braves et moins énergiques, l'imitèrent et décembre s'engouffra dans la chambre. Ceux-là ignoraient la raison pour laquelle le serrurier s'était précipité ; ils supposaient plutôt qu'il avait l'intention de parler à la foule dans les jardins. Héroïque, il dut à présent faire chemin inverse pour s'approcher d'Antoinette, très pâle sur ses draps tachés de sang. Alors seulement tout le monde comprit.

Il s'ensuivit un grand affairement ; on demanda de l'eau qui n'arriva jamais ; les médecins remuèrent doucement la reine, sans résultat. Alors ils lui pratiquèrent une saignée au pied et lui prélevèrent cinq pleines soucoupes, sans doute la quantité utile. Enfin Marie-Antoinette s'anima imperceptiblement. Le serrurier – l'homme de la situation – ne la quitta pas un instant. Il avait indéniablement les larmes aux yeux. Était-elle morte ? Non, elle inspira profondément et, autour d'elle, l'affolement cessa. Très soulagé, le serrurier porta son mouchoir à ses yeux, afin de cacher ses larmes. De fait, que d'émotions éprouvions-nous !

Lorsqu'il se redressa au-dessus du lit, chacun lui fit la révérence, probablement pour le remercier. Puis il s'est retourné, m'a aperçue et, très brièvement, a hoché la tête à mon intention. Les autres continuaient de s'incliner et c'est alors que j'ai pris conscience d'un fait nouveau, d'une nature purement incroyable.

La reine était mariée avec un serrurier.

Et ce serrurier-là était le roi Louis XVI.

J'avais envie de crier de joie, de le dire à quelqu'un, mais qui ? Pas Edmond, bien sûr. Alors ? J'ai pensé à écrire à mon maître pour l'aviser, pour que Jacques sache à quel point donner la vie valait mieux que la retirer, mais voilà l'ennui : si j'écrivais, Curtius se souviendrait de moi, et la veuve se demanderait pourquoi je n'avais pas encore la permission de faire un moulage de la reine. C'était pourtant si merveilleux : moi, Petite, je connaissais le roi ! Alors j'ai doucement frappé dans mes mains, à la manière de mon maître.

Ce roi que je connaissais, avec qui j'aurais pu partager un gâteau, mon compagnon de toit, mon partenaire de parapluie, exigeait à présent que l'on sorte sur-le-champ. Son épouse avait besoin d'être seule. Aidé par ses serviteurs, il poussa la foule dehors, puis, de sa démarche hésitante, se pressa lui-même de rejoindre sa petite fille. Du regard, je cherchai Élisabeth et sa suite, que j'avais oubliées du fait de mon extraordinaire découverte, mais elles étaient parties. Sans moi.

Quand sont arrivées les bonnes d'enfants, la reine a demandé son petit. Elles l'ont rassérénée. Il se portait très bien, affirmèrent-elles. Mais Antoinette voulait voir son jeune Bourbon, l'héritier de la couronne qu'elle avait mis au monde. Non, répondirent-elles, pas l'héritier, non, une fille, Votre Majesté, très rose, très bien portante, mais une fille tout de même, oui, oui, nous sommes sûres. Alors la reine, épuisée par cette journée, la foule et son travail, se mit à pleurer.

Je me doutais que je n'avais plus ma place dans cette pièce. Que j'en troublais l'intimité. Et pourtant je restai, dernière parcelle d'une bruyante assemblée. Car la reine était là, disponible maintenant. Le silence se faisait et je me suis demandé, après tout, si le moment n'était pas venu de lui parler d'un moulage. Non pour y procéder immédiatement, bien sûr, mais pour prendre rendez-vous avec le Dr Curtius. Une telle occasion ne se présente pas chaque jour. Les sanglots de la souveraine s'espaçaient et j'ai supposé que l'instant était propice. Lentement, je quittai mon perchoir et atterris par terre avec un petit bruit. Un petit bruit qui attira l'attention de Marie-Antoinette, laquelle se tourna vers moi. En souriant, je me suis gaiement avancée vers elle, mais, avant que je puisse solliciter une faveur, elle a ouvert la bouche et prononcé ces mots fort déplacés :

— Le diable ! Le diable en personne !

Tous mes espoirs s'évanouirent. J'étais d'autant plus effrayée qu'elle se mit à hurler. Vexée, déçue, horrifiée, je me suis éloignée en courant de la femme du serrurier, me suis précipitée dans le couloir où quelques nobles s'attardaient encore et j'ai regagné mon placard. J'ai sauté sur mon étagère, claqué les portes derrière moi et me suis cachée sous les couvertures.

CHAPITRE TRENTE-NEUF

❖ ❖ ❖

Une servante et un roi

Deux jours plus tard, je quittais la sombre exiguïté de mon placard pour atteindre, mieux défendu encore que la chambre de la reine, le saint des saints. Ne jamais tourner le dos, faire la révérence, ne pas parler la première, conserver avec tous une distance de trois pieds et demi, surtout ne jamais toucher personne. J'avais déjà rencontré le roi et m'étais sentie à mon aise. J'avais librement conversé avec lui et il m'avait couverte d'un pan de son manteau. Mais il n'était alors que le serrurier du château, parmi des milliers d'autres en France, sûrement, puisque tant de gens tiennent à mettre leurs biens sous clef, à l'abri des convoitises. Il ne peut cependant y avoir qu'un roi dans un pays. C'est la règle. Ou bien l'on verse le sang.

J'avais vu des portraits. Son profil ornait toutes les pièces de monnaie. Mais une tête sur un sou et une bouche qui engouffre un gâteau se ressemblent assez peu. Je ne l'avais donc pas reconnu.

Quoi qu'il en fût, Louis XVI de France était à l'instant assis dans un fauteuil devant moi.

— Eh bien, Marie Grosholtz.

— Votre Majesté, le saluai-je bien bas.

— Je dois admettre que la reine se remet. Nous ferons différemment, la prochaine fois. Pas d'observateurs superflus. Point de jeune personne juchée sur un meuble, par exemple. Nous protégerons notre intimité.

— Oui, Sire, approuvai-je sans cesser de penser : voilà les lèvres du roi, ses dents, sa langue, ensemble dans la royale cavité, et l'épiglotte du roi, et ses glandes salivaires, et le royal pharynx qui ouvre la voie du corps souverain.

— Dites-moi. Aviez-vous deviné qui j'étais ?

— Non, Votre Majesté, je vous avais pris pour le serrurier.

— Voilà qui est tout à mon honneur. Cependant, sur le toit, le valet de pied portait mes couleurs.

— Ce sont aussi celles de votre sœur.

— Élisabeth vous est très attachée, n'est-ce pas ? Elle sort enfin de sa coquille. Nous n'aurions jamais dû la confier à Mme Mackau. Élisabeth a durement souffert de la disparition de nos parents et frère. Une petite couvée d'orphelins, nous étions. Elle a parfois ses nerfs. Pleure, s'impatiente. Mais j'aime à croire qu'elle s'améliore depuis peu. En quoi je dois vous féliciter. Vous remercier – pour elle et pour l'attention que vous avez récemment témoignée à la reine. Que puis-je faire à mon tour pour vous ?

Le roi, le roi lui-même me donnait ma chance.

— Avant de vous être dévouée, j'étais au service d'un artiste modeleur en cire. Un homme très capable. Vous seriez le bijou de sa collection, à Paris, si vous l'autorisiez à prendre votre effigie vivante.

— Oh, cela ne m'inspire rien de bon.

— Son talent vous ravirait.

— Tiens donc ? Je me demande. Étiez-vous son apprentie ?

— Oui, à Berne déjà, en Suisse d'où nous venons. Il m'a appris tant de choses.

— Nous recrutons aussi des gardes en Suisse, pour notre protection, tant aux abords qu'à l'intérieur du château. Que serions-nous sans eux ? La Suisse ne m'est pas inconnue, bien sûr. Et votre modeleur, est-ce un bon professeur ?

— Oh oui, il n'en est pas de meilleur.

— Êtes-vous bonne élève ?

— Je me suis appliquée de mon mieux et il m'a bien instruite.

— Alors, cette effigie, que ne la prenez-vous ?

— Moi, Votre Majesté ?

— Oui, vous.

— C'est une plaisanterie ?

— En aucun cas.

— Je ne le pourrais pas.

— Vous ne le pourriez pas ?

— Cela serait inconvenant.

— Et pourquoi ?

— On me le reprocherait.

— Et si je le dis, moi ?

— C'est à mon maître de le faire.

— Non, à vous.

— Il serait très vexé.

— Eh bien, qu'il se vexe.

— Il ne me le pardonnerait pas.

— Il vous pardonnera, car c'est la volonté du roi.

— Ne serait-ce pas présomptueux ?

— Présumez, ma fille, présumez !

— Et presque un crime, Votre Majesté.

— Grosholtz, c'est maintenant ou jamais.

Et donc, il faut me croire, j'y procédai moi-même.

Dans un des cabinets du roi, non loin de sa petite forge. Nous mangeâmes d'abord des barquettes aux framboises, puis Louis troqua sa veste de brocart contre une simple redingote. De nombreux globes ornaient la pièce, ainsi qu'une grande variété de cartes ; mais aussi des maquettes d'étranges bâtiments, et toutes sortes d'ingénieux instruments : télescopes, microscopes, sextants, théodolites, planétaires et d'autres appareils encore dont j'ignorais l'existence. Le long des murs, entre la Terre et les planètes, étaient soigneusement rangés des centaines de livres, dont *L'Encyclopédie* entière de Diderot et *L'An 2440* de Louis-Sébastien Mercier – il me tardait de l'apprendre à celui-ci !

J'ai moi-même lavé le visage du roi, huilé ses sourcils, fermé ses paupières. Inséré des pailles dans le royal appendice, appliqué le plâtre. Moi-même recouvert son visage comme pour l'effacer. Moi et le roi seulement, loin de tout bruit, loin de tout monde. Une fois retiré le plâtre, je l'ai de nouveau lavé. Pris quelques mesures indispensables. Moi, Marie. Largeur de la tête, d'une oreille à l'autre : dix-huit pouces. Tour de cou : vingt-deux et un tiers.

J'avais son empreinte, mais pas celle de la reine. Je craignais d'abuser et, pourtant, il le fallait.

— Puis-je solliciter une autre faveur de Votre Majesté ?

Il a hoché la tête.

— Je vous serais fort reconnaissante, Sire, de m'aider à obtenir une audience avec la reine, afin que mon maître prenne également son empreinte.

D'un instant à l'autre, le souverain fut pris d'un accès de rage protectrice.

— On ne dérange pas la reine ! Elle n'est pas un objet que l'on pince, que l'on manipule, que l'on ouvre et l'on fend à volonté, pour le plaisir des yeux et de la populace ! Il est des convenances à respecter. Non, on ne dérangera pas la reine.

— Non, Votre Majesté.

— Je ne le tolérerai pas.

— Non, Sire.

— Cela m'irrite au plus au point.

— Oui, Votre Majesté. Merci, Votre Majesté.

Agité, il observa la pièce, comme désorienté parmi ses cartes et ses planètes.

— Ce sera la fin de nos entretiens, déclara-t-il, le menton levé. Il serait indécent, déplacé de continuer. Je me suis fourvoyé. Quand vous êtes venue, la première fois, dans la forge, je vous ai prise pour ma sœur, comprenez-vous ? Vos lunettes auraient dû me détromper. Je le vois maintenant, vous n'êtes qu'une caricature. On ne vous le reprochera pas. Eh bien, cela suffira. Je suis le roi, et vous n'êtes que Grosholtz. Bon vent !

Je ne reverrais plus Louis d'aussi près pendant plusieurs années.

Plus tard, dans notre atelier, je rapportai tout à Élisabeth.

— Moi, Anne-Marie Grosholtz, j'ai senti l'odeur du souverain.

— Je vous trouve bien crue, mon cœur. Faut-il vous rappeler que vous êtes mon corps, ma personne, à moi et à moi seule ?

— J'ai pris l'empreinte du roi que nous allons expédier à mon maître.

— Êtes-vous toujours mon corps ?

Un rien suscitait sa jalousie.

— Oui, chère Madame Élisabeth, la rassurai-je. Je le suis toujours.

— Et vous ne me quitterez point ?

— À moins que vous le souhaitiez.

— Je ne le souhaiterai jamais.

— S'il vous plaît, redites-le.

— Je ne le souhaiterai jamais, mon cœur.

— Alors puis-je vous embrasser ?

— Je crois que vous pouvez.

Je fis emballer mes plâtres dans une caisse avec de la paille. Et j'y joignis une lettre que je remaniai à plusieurs reprises avant de la juger convenable.

Mon cher Maître,

Je pense souvent à vous, à votre collection de cires et je ne doute pas que les affaires prospèrent. Ici le travail ne manque pas, chaque jour, auprès de Madame Élisabeth à qui je suis toute dévouée. Sans exagération, je crois pouvoir affirmer que ma compagnie lui est précieuse et qu'elle souhaite me garder indéfiniment auprès d'elle. Rien ne saurait m'épanouir davantage. Ce qui m'amène à vous remercier humblement pour le soin que vous avez apporté à mon instruction. Soyez assuré de ma plus profonde gratitude. Soit dit en passant, je vous ai servi fort longtemps, sans compensation, et j'espère vous avoir donné quelque satisfaction. De ce fait, accepteriez-vous, s'il vous plaît, de renoncer à ma tutelle et de me restituer mon passe-port ?

Vous trouverez dans cette caisse un moulage de Sa Majesté Louis XVI. Le roi a tenu à ce que je le fasse moi-même au moment de son choix, en précisant que l'occasion ne se représenterait pas. Malgré mon insistance, il n'a pas souhaité vous faire chercher et j'ai donc obéi. Sauf présomption de ma part, vous constaterez que mes empreintes sont en tout point correctes. Elles ne requièrent plus que votre talent et votre grande habileté. Alors le travail sera terminé. Veuillez les accepter comme remboursement de vos bons soins, confirmer au château que je reste au service de Madame Élisabeth, sans oublier de joindre mon passe-port.

En vous remerciant,
Petite, alias Marie Grosholtz,
Votre dévouée servante de Berne

La réponse mit deux semaines à arriver. Ce n'était pas l'écriture de mon maître.

Petit animal,

Vous avez contrarié le Dr Curtius au-delà de toute mesure. J'ai cru le voir mourir et je m'efforce de calmer ses inquiétudes.

Figurez-vous que vous n'êtes pas en odeur de sainteté et que votre passe-port reste ici.

J'accuse réception de vos empreintes. Mais obtenir si peu vous a pris des années ! Cela n'est guère honorable.

À quoi bon un roi sans sa reine ? Décrochez-la aussi, et dépêchez-vous, faute de quoi nous vous rapatrions par la peau du dos et vous remettons aux corvées.

Au travail !

Salutations,
Charlotte Picot

J'ai soigneusement plié cette lettre, pleine d'une misère contagieuse, et, grâce à l'escabeau que me prêta Pallier, l'ai rangée sur l'étagère la plus haute de mon placard, où je n'aurais pas souvent l'occasion de la voir. Pourtant, même à cette hauteur, elle venait me hanter dans mon sommeil.

CHAPITRE QUARANTE

À propos de jouets et de leurs propriétaires

Bientôt, de nouveaux événements allaient bouleverser nos tendres rapports quotidiens, concernant une affaire dont je ne me souciais plus.

— Oh, mon doux cœur, déclara Élisabeth en ouvrant mon placard, une chose merveilleuse vient de se produire ! Je suis demandée en mariage. Vous me manquerez, ma personne, cependant j'ai un époux, enfin je me marie ! Je vais donc m'éloigner et laisser tant de choses. Mais tout sera pour le mieux. Oh, Seigneur, je vous remercie du fond du cœur.

— Sans doute pas, réfutai-je, étant moi-même ledit cœur.

— Le mariage est annoncé. J'épouse le duc d'Aoste. Le duc d'Aoste !

Ce nom-là n'était pas sans rappeler l'aorte de notre anatomie, justement située à proximité de notre organe vital. Ma princesse m'a montré un portrait de l'heureux élu, qui n'avait rien pour m'inspirer. Trop occupée pour me rejoindre au petit atelier, elle m'a confié le portrait pour que je le reproduise. Elle souhaitait détenir un double qu'elle puisse plier en quatre et garder sur elle.

À force de manipulations, mon dessin serait vite sali et froissé.

Un autre jour, elle revint frapper à la porte du placard.

— Je ne dois plus vous fréquenter assidûment, annonça-t-elle.

— Une décision de Mme de Guéméné ?

— Guéméné a été nommée gouvernante de ma nièce. Diane de Polignac gouverne désormais ma Maison. Rage a été renvoyée, et je ne vois plus Démon que deux fois dans le mois. J'ai de nouvelles dames d'honneur. J'ai grandi, assurément.

— Et moi ? Qu'a décidé Mme de Polignac à mon sujet ?

— Oh, mon cœur, nos vies vont changer ! Et nous sommes à l'étroit, ici. Voulez-vous que je vous trouve une chambre à vous ? Ce serait un peu plus loin, mais peut-être mieux.

Plaignons les pauvres jouets, au succès éphémère. Si vite cassés, remplacés, relégués aux greniers des objets mal aimés. Des générations de poupées se languissent dans les communs et les dépendances. Lorsque j'emménageai ailleurs dans le château, je m'aperçus qu'il n'était plus le Léviathan doré que j'avais admiré, mais un vaste squelette, un grand animal sacrifié dont nous habitions les restes. Je disposais à présent d'une chambre entière, vide, froide et

Le duc d'Aoste

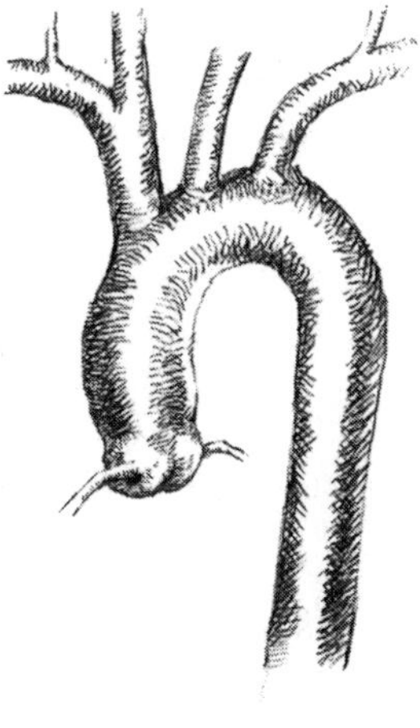

Aorte humaine

impossible à chauffer. Dans mon triste logement, à trois quarts d'heure de marche du précédent, j'essayai d'invoquer le fantôme d'Edmond, qui résistait à mes prières. Il m'avait pour toujours abandonnée.

Il arrive cependant qu'un jouet délaissé revienne en état de grâce, qu'il profite d'une passion renouvelée. Une disposition fort utile pour contrer le désespoir.

Aussi soudainement qu'on avait parlé du duc d'Aoste, une semaine après mon installation dans ma nouvelle chambre, le mariage fut annulé. Lui non plus n'avait pas été jugé « séant ». Élisabeth devrait s'en accommoder. Aussitôt, elle se souvint de moi et l'on rouvrit mon placard.

Quand je retournai, ce soir-là, dans les anciens appartements, je la trouvai moins diserte. Elle oubliait seulement ses larmes et ses frissons. Pleine d'abnégation, elle m'apprit que, dorénavant, elle se consacrerait entièrement à ses miséreux. Elle n'attendait plus rien. Je dus lui chercher son Christ de plâtre, qu'elle garda posé sur les genoux, tels les bébés qu'elle n'aurait jamais. Nous allions vivre sous l'empire de la religion, sans autre compagnie que son camarade à la croix. Et si je tentais de l'embrasser, elle me repoussait gentiment.

CHAPITRE QUARANTE ET UN

Des murs de douleur à l'église de Saint-Cyr

Après quoi, le temps se mesura en visites à l'église de Saint-Cyr. Une population d'organes humains, accrochés pêle-mêle, occupait ses diverses chapelles au point que les murs s'effaçaient derrière. Élisabeth avait entamé le troisième tome de ses *Pauvres et Malades.* De longs mois défilèrent d'un nouvel an au suivant, et les années se confondraient vite. Les journées passaient, identiques, et le petit peuple, sans cesse plus misérable, sans cesse plus mal en point, nous montrait, larmoyant ou les dents serrées, le siège de ses souffrances. D'une grande diversité, celles-ci ne l'épargnaient pas. Nous n'étions pas toujours accueillies avec bonheur et c'est parfois froidement que les villageois acceptaient une pièce. Cela pouvait être attribué, pensions-nous, au mauvais temps et aux mauvaises récoltes. Mais aussi, un homme du hameau, ancien garçon d'écurie, avait été estropié par un cheval.

Lorsqu'il était venu, boitant, demander l'aumône dans les jardins du château, les gardes l'avaient repoussé et frappé. Le malheureux était mort de ses blessures. La famille avait été dédommagée, certainement trop tard, et ressassait son amertume. Élisabeth, cependant, ne se résigna pas, continuant de remplir ses pages afin de concevoir de nouvelles pièces de cire. Et nous prenions de l'âge. Nous restions jeunes devant notre entourage, ma princesse plus encore que moi, pourtant la poussière, couche après couche, revêtait nos épaules. Élisabeth se transformait peu à peu en vieille fille, renonçant à toute autre forme d'avenir. Son corps se desséchait à l'intérieur.

Et l'on nous déplaça.

Ses appartements se trouvaient maintenant au bout d'un couloir, dans l'aile méridionale du château, sous le prétexte qu'elle ne fût point dérangée, quoique, en réalité, on voulût l'oublier. Ses fenêtres donnaient sur le Grand Canal et, plus précieusement, sur la route de Saint-Cyr où nos regards se portaient toujours. Nous étions au premier étage, au-dessus du vaste logement de la reine, et sous celui du maître d'écurie qui, chaussé de ses lourdes bottes, faisait cent et mille pas. L'appartement se composait de sept pièces : première antichambre, deuxième antichambre, chambre à coucher, grand cabinet, salle de billard, bibliothèque et boudoir. Mon placard, accessible depuis la chambre, comptait une étagère de moins que le précédent. Les derniers occupants n'en avaient pas pris soin et il était fort sale. Des traces de chaussures ainsi que des éraflures maculaient les parois intérieures. J'ai dû le nettoyer avant de m'y installer. Des fourmis y vivaient avec moi, et parfois aussi une souris, sur l'étagère du bas, qui disparut bientôt.

Ce furent les longues saisons de Mme de Polignac, qui était la belle-sœur de la récente favorite de la reine. Laide, bossue et négligée, elle avait le teint cireux, la lèvre humide, et les hommes la rebutaient. Diane de Polignac se moquait éperdument d'Élisabeth, ce dont elle ne fit pas mystère lorsqu'elle prit ses fonctions. Elle peupla son couloir de son propre harem, qui riait avec elle aux dépens de ma princesse, assez fort pour que celle-ci les entende. Élisabeth n'avait plus d'autres compagnons que son Christ blafard et moi-même.

Si les règnes respectifs de Mackau et de Guéméné avaient apporté leur lot de difficultés, l'une et l'autre avaient entrepris leur travail animées de bonnes intentions. Pour imprévisibles et tyranniques qu'elles fussent, leurs méthodes étaient censées profiter à Élisabeth. Au contraire, Polignac ne se souciait que de Polignac. C'est elle qui avait exigé une salle de billard. Antoinette s'étant éprise du jeu, chacun devait l'imiter. Chaque jour, ma princesse se repliait davantage sur elle-même. Partout ailleurs, le château grouillait de monde, de vie. Fêtes, soirées et distractions se succédaient ; je n'en ai rien vu. Nous entendions les rires et la joie sous nos pieds ; des portes claquaient et des pas résonnaient au-dessus de nos têtes. À seulement dix-sept ans, Élisabeth en paraissait trente.

— Ne me quittez jamais, mon corps. Surtout ne me laissez pas.

Nous vivions paisiblement avec nos amies, les chapelles latérales de l'église de Saint-Cyr. Chacune d'elles portait le nom d'un saint. En ces temps, j'appris à en connaître plus d'un. Ma mère aurait été ravie.

Au Moyen Âge, saint Vincent de Paul avait consacré son existence aux pauvres et leur avait bâti des maisons. Nous avons rempli sa chapelle de pièces de cire, jusqu'à ce qu'il n'y ait plus de place pour un autre rein douloureux, un autre doigt cassé, même pour un œil laiteux. Plus lointain encore, saint Martin de Tours avait découpé son manteau pour en donner la moitié à un mendiant. Sa chapelle a recueilli jambes brisées, bras tuméfiés, troncs meurtris, têtes déformées, nez écorchés et bouches gonflées – tous en cire – et l'on ne pouvait non plus y glisser encore une miette de malheur. Saint Denis, premier évêque de Paris, abrita dans la sienne des côtes fêlées, des poumons perforés, des cœurs épuisés, des foies malades, des vessies tourmentées, des ovaires fanés, des testicules tordus, des peaux ictériques, des moignons délicats. Tant de misère, tant de douleur.

Notre évêque à nous s'inquiétait. Son église lui échappait, son sanctuaire se transformait en boucherie de cire. Comme saint Cyr lui-même, qui n'atteignit jamais l'âge adulte et dont on fracassa la tête contre un mur car il se revendiquait chrétien, Élisabeth se voyait martyre. Elle endurait les souffrances des autres pour calmer les siennes ; le malheur des pauvres la nourrissait, la tenait dans sa dépendance. Les organes s'amoncelaient. À toute heure du jour, parfois de la nuit, avant le lever du soleil, l'on frappait à ma porte et le travail reprenait. Elle croyait en ces petites pièces, preuves de sa charité, qui, pour les indigents, ne signifiaient rien.

— Venez, mon cœur, venez, nous avons à faire.

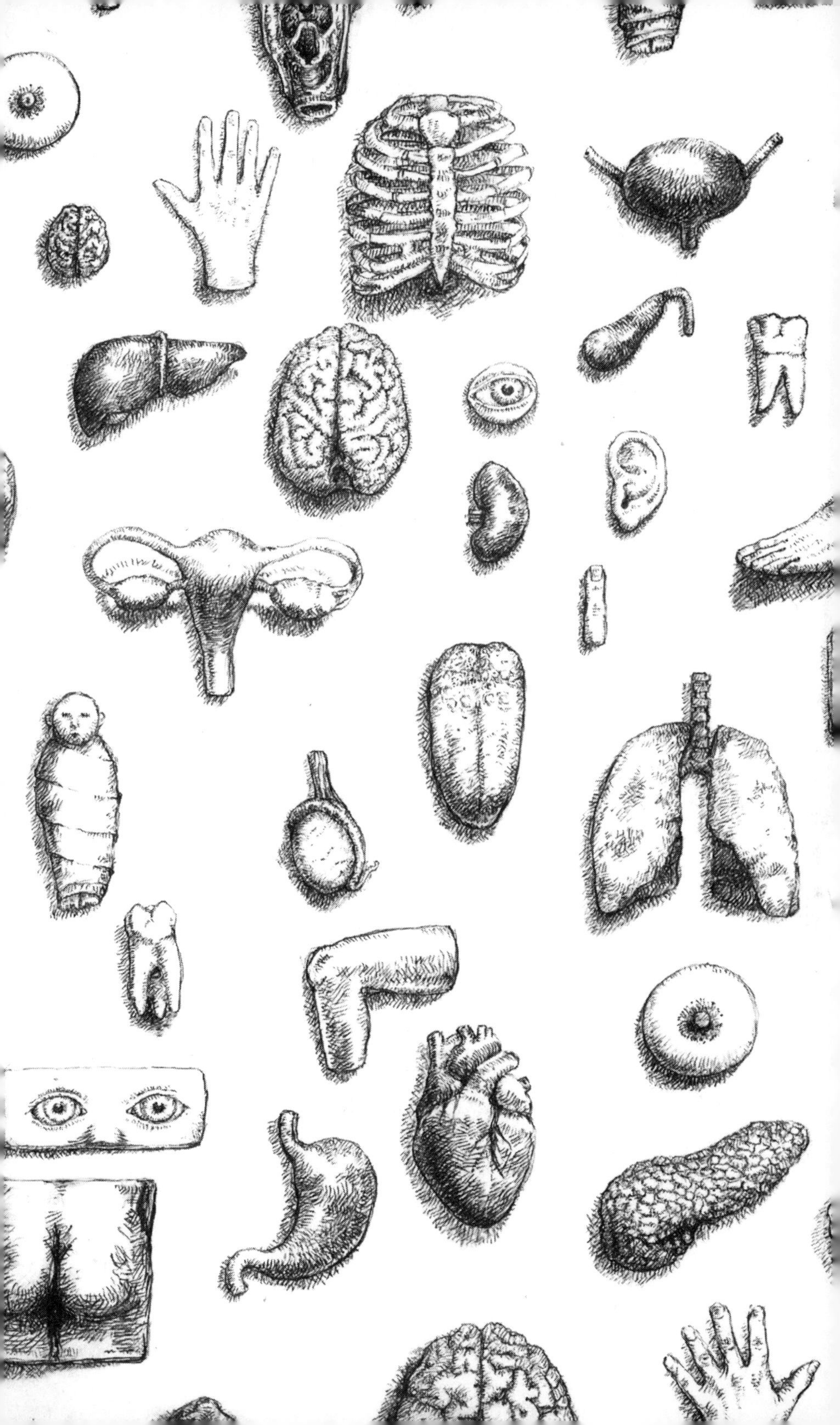

Je vieillis à Versailles. Je m'allongeai, mincis, plus anguleuse et plus discrète. Je dessinais dans mon placard à la lueur de la bougie et, lorsque mes croquis manquaient de précision – cela arrivait encore –, j'effaçais mes traits à l'aide d'une gomme de caoutchouc, une substance récemment découverte, dont les peintres tiraient parti. Élisabeth possédait toujours ce qu'il y avait de mieux et de plus nouveau. Adieu, la mie.

Nous régnions toutes deux sur des pièces pleines d'organes, un temple de cire dans lequel nos prières devenaient chair.

CHAPITRE QUARANTE-DEUX

◆ ◆ ◆

Les têtes de Marie

Le dimanche, je profitais généralement d'une certaine liberté. Élisabeth rejoignait sa famille dans quelque bergerie du Seigneur où l'on n'avait pas besoin de moi.

Alors je consacrais une heure à lessiver mon placard, à l'aérer, ou à partager un pot de bière avec Pallier, en compagnie de qui je parlais souvent d'anatomie. Un dimanche que la bonne s'était absentée pour rendre visite à un parent souffrant (nous priions pour lui et lui avions confectionné un œsophage), je me sentis un peu seule. Je ne m'étais pas aventurée depuis longtemps hors des chambres de Madame, et je décidai d'en prendre le risque. La suite de Polignac ne m'opposa que ses sourires narquois et je sortis du château. Dehors, se trouvaient des Parisiens en promenade qui se dirigeaient vers les appartements de Marie-Antoinette. N'ayant rien de mieux à faire, je me proposai de les suivre. Nous avons bientôt formé une longue file près de la salle des Gardes et fûmes ralentis après l'antichambre de la reine, également nommée antichambre du Grand Couvert, laquelle formait un goulet. Les gardes procédaient là à l'inspection des visiteurs avant de leur permettre de poursuivre leur chemin.

Il semblait au départ que les regards convergeaient vers un groupe de gardes suisses aux bonnets à trois plumes. Mais, glissant un regard derrière ceux-ci, j'aperçus une table ronde, cernée de fauteuils à haut dossier sur lesquels étaient assis les membres de la famille royale.

Ils étaient en train de déjeuner.

Je me suis demandé s'il ne s'agissait pas d'automates habilement exécutés, tant leurs gestes étaient mécaniques lorsqu'ils découpaient leur viande ou portaient une cuillerée de soupe à leur bouche. Mais la reine a cligné des yeux. Le roi mâchait. Puis je reconnus le comte de Provence, frère cadet de celui-ci. Il souriait largement au benjamin, le comte d'Artois, qui lui rendait son sourire. Contrairement aux autres, ces deux-là se mirent à converser. Je reconnus aussi Élisabeth, qui mangeait par intermittence. Elle était entourée de deux femmes plus âgées, l'une mince et l'autre grasse, ses tantes probablement. Tous jouaient avec la nourriture plus qu'ils ne se restauraient. Derrière eux se tenaient des valets pour les servir. À l'évidence, les membres de la famille royale ne s'amusaient pas, répugnaient à ce qu'on les observe, et une autre chose apparaissait : aussi royaux fussent-ils, ils n'étaient que des humains, ce qui retenait l'attention des visiteurs.

On nous repoussa vite vers la porte.

— C'est le Grand Couvert, m'apprendrait Pallier. Il a lieu chaque dimanche, vous ne saviez pas ?

— Chaque dimanche ?

— Sauf s'ils sont en voyage.

— Tout le monde a le droit de venir ?

— Il faut être convenable. Les hommes doivent porter une épée, des bas et une perruque. Mais il est possible d'en louer à l'entrée du château.

— Alors n'importe qui peut les voir ?

— À condition d'être bien vêtu.

— Mais pour quoi faire ?

— C'est un arrêté du roi Louis XIV. Une fois par semaine, la famille royale doit se montrer au public en train de manger.

Je suis revenue le dimanche suivant, et tous les autres au fil des semaines. Je pensais au début me rapprocher d'Élisabeth, mais en réalité je ne pouvais résister à l'envie d'assister aux repas dominicaux de la royauté. J'évitais les dames d'honneur de Polignac et me hâtais de gagner l'antichambre de la reine. Toujours il fallait former une file, et notre temps d'observation était arrêté par les gardes suisses, qui servaient de barrière entre nous, le peuple, et les souverains. Sans jamais me lasser du tableau, j'attendais avec impatience le prochain dimanche. Bientôt, j'apportais papier et crayon pour prendre notes et croquis.

Les yeux fermés, j'exerçais ma mémoire, revoyais le jeu des mâchoires, les royales déglutitions, les bouches ornées de miettes. Toute la famille ne participait pas : la reine gardait les mains gantées et c'est à peine si elle regardait l'assiette délicatement posée devant elle. Je ne doutais pas que le Grand Couvert susciterait l'intérêt de Curtius.

À mes moments de liberté, dans mon placard, je reproduisais les visages à partir de mes notes. Erreur, car, suivant l'exemple de mon maître, je fus prise du désir de les mouler. Lorsque, à l'atelier, je modelais un poumon de cire, toujours j'imaginais un nez, de même qu'un foie m'entraînait vers une bouche.

Alors l'idée jaillit de recréer la scène, avec ses personnages entiers, conférant tous ensemble. L'hôtel des Singes n'avait jamais présenté tel tableau. S'il lui fallait un titre, eh bien, on l'appellerait *Le Royal Dîner.* Royales bouches, royales joues, royales mâchoires et royales pommes d'Adam.

Je les dessinais chaque semaine, sans rien révéler à personne. De mois en mois, mes feuilles s'entassaient. Je me suis demandé si mon maître allait bien comprendre mes annotations. Dans ce cas, peut-être valait-il mieux que je les confectionne moi-même, ces têtes. Simple précaution. Curtius, supposais-je, les perfectionnerait, ou s'en débarrasserait. À sa guise. Dans un sens, je me mentais, car j'étais décidée à tout accomplir seule.

Dès lors, il ne m'était plus possible d'arrêter. Je tombai en frénésie, ces têtes devinrent un souci de chaque instant. Même Élisabeth n'en savait rien, je cachais mon travail dans mon placard et nous commencions à nous sentir à l'étroit, lui et moi, là-dedans. Je me servais à l'atelier de ce dont j'avais besoin. Nous utilisions déjà tant d'argile que personne ne remarqua la différence. Idem pour le plâtre, la cire. J'en demandais davantage et j'étais aussitôt fournie, sans que l'on pose de question. À la vérité, les hôtes du château étaient insensibles aux choses matérielles ; on s'en

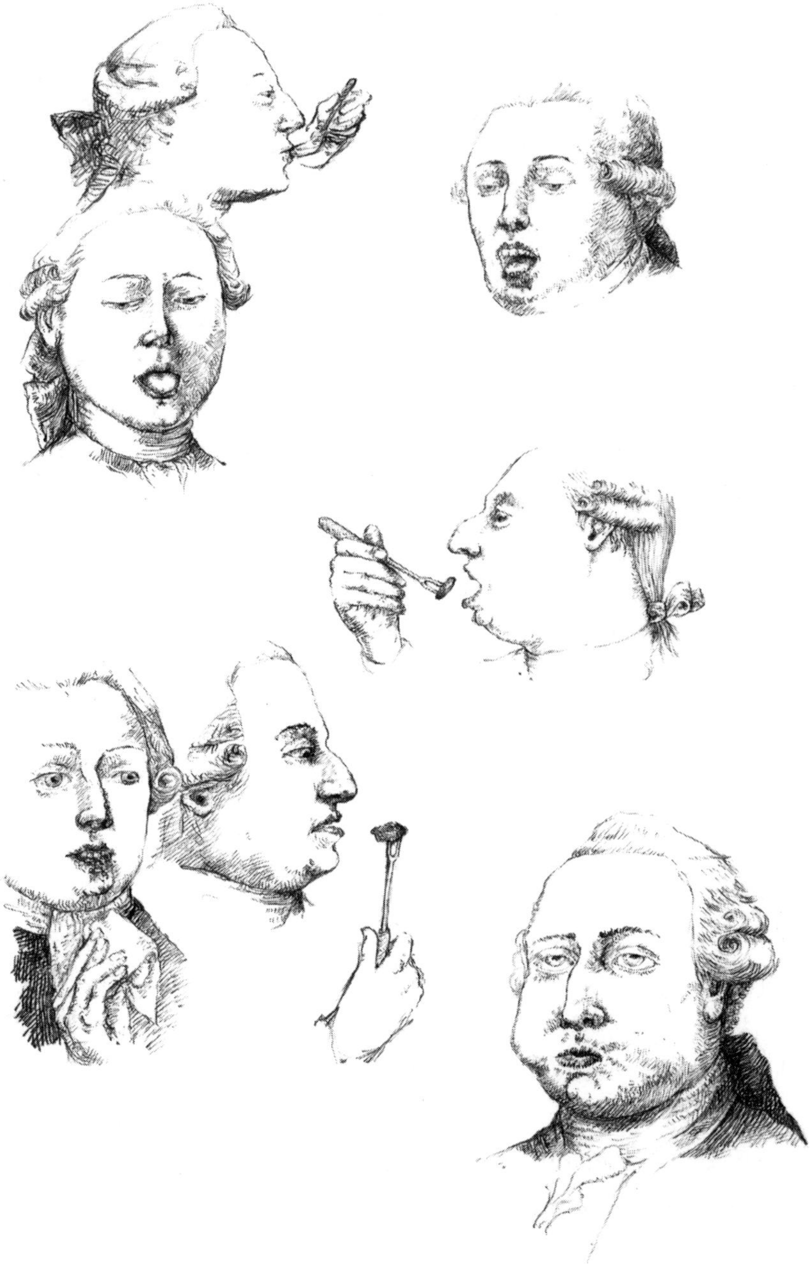

servait, on les posait ici ou là sans s'en préoccuper, comme si elles ne devaient jamais manquer. On n'avait cure des étonnants pouvoirs de la cire. La dignité et la tristesse d'un bout de chandelle n'intéressaient personne. Personne n'observait, de longs instants durant, un objet ou un autre, en l'entourant de silences flatteurs. On ne connaissait que l'ignorance et le dédain.

Une bouche après l'autre. Un geste après le suivant. Une tête, puis deux. Je m'emparais d'eux. Pétrissais mon argile, revenais chaque dimanche, vérifiais, modifiais, recommençais parfois. Peu à peu mes convives sont apparus. Mieux étudier le menton du roi, les lobes d'oreille de la reine, le front du comte d'Artois. « Regarde, regarde bien, regarde mieux, tu n'y es pas encore. Défais-moi tout ça, concentre-toi. Je n'y arriverai pas. J'y arriverai. N'y arriverai pas. »

Cela m'a pris des mois. Non, des années. Je travaillais quand Élisabeth rendait visite à ses tantes, souvent quand le château dormait. Quatre têtes au départ : le roi, ses deux frères, Antoinette. Quatre têtes aux armatures clouées sur des planches, couvertes d'un chiffon humide, cachées dans mon placard au bout d'une nuit de labeur. Lorsqu'elles devinrent trop nombreuses, je les enfermai dans les armoires de l'atelier. Les têtes seulement. J'ajouterais les corps plus tard.

La forme générale n'était pas difficile à reproduire, mais des mois de retouches suivaient. Arrivant au bout de mes peines, je contemplais parfois mes têtes pendant des heures avant d'apporter un minime changement, une miette d'argile menue comme un grain de riz, puis je me couchais et rêvais d'autres têtes. Cependant leur peau n'était que de l'argile sèche, laquelle manque de pores, alors qu'une peau humaine en compte des multitudes : mes lunettes me le rappelaient sans cesse. Afin d'apporter plus d'authenticité à mes effigies, je demandai à Élisabeth des oranges à manger la nuit, et elle m'en fit livrer. Telle notre peau, l'écorce d'orange comporte des pores. En moulant les écorces, je découvris comment les transférer sur la peau argileuse de mes têtes, afin de leur fournir le détail et les imperfections d'un vrai visage. Je contemplais. J'applaudissais.

Ainsi je pus prendre mes empreintes. J'étouffais les visages d'argile à l'aide de couches de plâtre, les défigurais presque en retirant ces dernières, comme si j'assassinais mon œuvre. Alors je mélangeais la cire, la versais dans les moules formés par les empreintes, dissociais ceux-ci, et voilà ! L'argile était devenue chair. Était-ce bien la reine ? Ce front haut, cette fière lèvre supérieure ? Fermons les yeux et rouvrons-les. Est-ce bien Antoinette, non pas d'après nature mais d'après mes croquis ? Fermons les yeux et rouvrons-les. Oui, je les croyais. La reine en personne.

Elle était le produit de mes mains et de mes pensées. La reine, avec ma signature : Marie Grosholtz est là aussi, toutes deux vivent dans cette tête. Cela compris, je redoublai d'enthousiasme. Je ne voulais plus me consacrer qu'à cette tâche.

Je dansai autour d'Antoinette. Je vous ai créée. Moi ! Bienvenue !

— Quel est ce bruit ? Vous allez réveiller tout le monde.

Pallier avait surgi.

— Que se passe-t-il ? Que… Mais c'est la reine, n'est-ce pas ?

— Redites-le.

— La reine !

— Encore, merveilleuse Pallier !

De fait. Je modelai ensuite le roi (un deuxième), puis le comte d'Artois, le comte de Provence. Ma famille royale. Le soir, ou en l'absence d'Élisabeth, je parlais à mes têtes, comme si j'étais leur sœur. Je préférais leur compagnie à celle des êtres de chair et d'os. Je les conservai un moment : je les chérissais tant, mes premières têtes. Elles feraient la fierté du cabinet, me disais-je dans mon placard. Et lorsqu'elles seraient livrées là-bas, j'obtiendrais l'autorisation de rester ici. De nouveau, je demanderais à Curtius de se séparer de moi. Voilà ce que je pensais. Un vœu pieux. Mais je voulais être appréciée à ma juste valeur. Qui n'y tient pas ? Nous le désirons tous.

Et donc je me suis fourvoyée.

J'ai expédié les têtes.

En écrivant une lettre pour expliquer qui elles représentaient, en joignant mes nombreux croquis. Chaque tête était placée dans son moule, deux moitiés réunies à l'aide de ficelles pour les protéger. Les yeux fermés, j'ai imaginé le moment où l'on ouvrirait mes caisses, boulevard du Temple. J'étais presque triste de ne pas me trouver là-bas. Cependant ma place était ici à Versailles, dans mon placard, dans l'atelier avec Élisabeth. Donc il fallait les oublier, ces têtes, en rester aux petits organes que nous aimions tant confectionner, ma princesse et moi. Pourtant elles me manquaient déjà. La vie paraissait terne sans elles.

Une semaine plus tard, nous parvenait la réponse de mon maître :

Chère Petite Marie Grosholtz,

Mme Picot et moi-même viendrons dimanche à Versailles pour observer ensemble le Grand Couvert et apprécier la ressemblance. Tu nous attendras au portail et nous montreras la raison de ton long exil.

Curtius qui, je te le rappelle,
reste ton maître

CHAPITRE QUARANTE-TROIS

Ma famille à Versailles

Les passagers descendirent du coche. On ne pouvait pas se tromper. Les Versaillais respectaient des règles fort strictes mais, si leurs vêtements étaient colorés, ils n'étaient pas bigarrés à ce point. Contrairement aux occupants de l'hôtel des Singes, bruyants, exubérants, et que l'on remarquait aisément. Ceux-là n'étaient pas assortis, pas à leur place. Ils juraient, débordaient. Deux mondes se heurtaient devant moi.

Tel un vieux héron, le Dr Curtius semblait effilé et tordu dans son costume flambant neuf, tout à fait incongru. Il avait une tache noire à la joue gauche.

— Monsieur ! criai-je. Je suis là !

— Est-ce toi ? dit-il, le visage fendu d'un large sourire. Mais oui ! En effet ! Comme tu as pris de l'âge !

— Monsieur ! Dr Curtius !

— Marie, petite Marie !

— Petite suffira ! retentit une grosse voix.

Empourprée, agitée et maniant une canne, la veuve paraissait mal à l'aise dans sa robe à paniers. Elle fumait un cigare.

— Madame !

— Quelle peine tu nous causes, toi !

— Petite ! aboya une autre voix.

Jacques clopinait vers nous, engoncé dans un gilet jaune.

— Du nankin, m'apprit-il. C'est japonais.

— Mon cher Jacques ! Quels meurtres, quelles penderies as-tu à raconter depuis que nous ne nous sommes vus ?

— Des masses ! Des quantités !

Toute la famille était venue, à l'exception d'Edmond, bien sûr, de qui l'on ne dit mot. En revanche, étaient présents quelques inconnus, de jeunes commis portant des costumes identiques, au revers paré d'une rosette rouge, ornée d'un *C* brodé au centre. Jacques en avait un à ses ordres : un rustaud au crâne rasé.

— Qui est-ce ? demandai-je.

— Ha ! s'exclama la veuve. Nous nous sommes agrandis depuis ton départ, vois-tu ! Nous avons engagé du personnel. Nous n'allions pas attendre que tu reviennes.

— Certainement, madame.

— Ils sont vingt-quatre de plus à notre service, et pas seulement à l'hôtel. Nous avons aussi de nouveaux murs.

— De nouveaux murs ? Diable !

La veuve elle-même semblait avoir considérablement grossi, comme si toute une architecture s'était emparée d'elle.

— Cela ne me serait pas venu à l'esprit, ajoutai-je.

— Tu penses peu, Petite, si je me souviens bien. Petit corps et petit esprit !

Deux des commis portaient d'amples boîtes en carton.

— Qu'y a-t-il dedans ? voulus-je savoir.

— T'occupe ! s'offusqua Picot. Allons, fais-nous visiter, qu'on voie cette chose. Nous n'avons pas fait ce long chemin pour seulement te regarder.

Je lui montrai les fenêtres, et le toit, que je connaissais bien. Bientôt sonnèrent les cloches de la chapelle royale, annonçant l'heure du Grand Couvert. La veuve lançait des regards furtifs autour d'elle. Avec son épée de location, mon maître ressemblait à un lévrier frétillant de la queue.

— Mes têtes vous ont-elles plu ?

— Que de saleté ici ! jeta la veuve.

— C'est que l'endroit est vaste, comprenez-vous. Si vaste qu'il est ardu de le garder propre. Nous avons des chats sauvages. J'avais même une souris dans mon placard. Alors, mes têtes ?

— Tout le monde est-il admis ? demanda-t-elle alors qu'une file se formait. Évidemment, nous ne sommes pas n'importe qui, affirma-t-elle à voix haute. Notre fille fait résidence chez Madame Élisabeth. Qu'y a-t-il derrière cette porte ?

— Cela va commencer, répondis-je. Nous devrions nous presser.

— On ne me presse pas, moi. N'est-ce pas, Curtius ?

— Non, non, Petite, on ne presse pas Mme Picot.

Arrivés dans la salle des Gardes où attendait la foule, les commis du cabinet ouvrirent leurs grands cartons. Ils contenaient mes effigies du roi et de la reine.

— Non, s'il vous plaît ! m'écriai-je. Pas ça ! Laissez-les dehors !

— Que si, insista la veuve. Il faut vérifier la ressemblance.

Je n'aurais pu les arrêter. Ils sont entrés dans l'antichambre. D'abord la veuve, puis Curtius, les commis et les effigies, enfin Jacques et son rustre. Au lieu de m'avancer vers les gardes suisses, comme j'en avais l'habitude, je suis restée à proximité des fenêtres, loin de l'agitation qui allait suivre.

Une fois n'est pas coutume, le passage d'une pièce à l'autre était retardé, une partie du public s'étant attroupée devant la grande table, derrière les gardes. Les commentaires jaillissaient. De son côté, la famille royale, contrairement à son habitude, regardait le public.

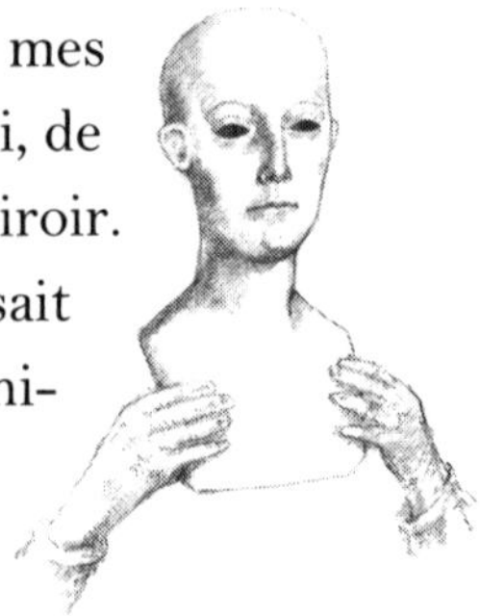

C'est alors que j'ai aperçu les têtes, mes têtes, exhibées devant elle. Celles du roi, de la reine, présentées à ceux-ci, tel un miroir. Ce qui m'avait procuré joie et fierté laissait soudain place au doute. Un doute venimeux qui ne cessait de croître. Car mes têtes étaient privées de corps, et leurs crânes chauves, dépourvus de perruques. Affreusement nues, austères, on les aurait crues scalpées. Leurs yeux n'étaient qu'orbites vides, elles semblaient droit sorties d'une salle de dissection. Si bien que le roi et la reine se voyaient confrontés à leur mort. Je n'avais pas voulu cela. C'était une erreur, une grave erreur. Jamais on n'aurait dû les assembler avec leurs effigies.

Pourtant, quelqu'un a applaudi. Nettement. Curtius, évidemment. J'ai pensé : « Quel bonheur ! N'est-ce pas magnifique ? » Mais brusquement, un gémissement. La plainte d'une femme, suivie d'un aboiement, des cris, des hurlements…

Je me suis enfuie.

J'ai couru et couru.

CHAPITRE QUARANTE-QUATRE

❖ ❖ ❖

Dans lequel se referment les portes du placard

Les petites bonnes de Polignac ont fini par me retrouver, cachée dans une cour où l'on attachait les chiens. Elles m'ont traînée jusqu'à l'appartement d'Élisabeth et consignée dans mon placard. Les portes verrouillées furent rouvertes une heure plus tard, et Polignac elle-même me fit sortir. Deux servantes ont relevé ma robe, tandis que la duchesse me donnait vingt vigoureux coups de baguette. Être ainsi traitée comme une enfant, alors que j'approchais des trente ans ! Cela terminé, on m'enferma de nouveau, haletante, le cœur battant et le postérieur en feu.

Allongée dans le noir, sans bougie pour m'éclairer, je regardai par le trou de la serrure. Élisabeth arriva soudain en courant. Une petite bonne la suivait et l'éloigna sans lui laisser le temps de me parler.

Par le trou, je vis que l'on vidait notre atelier. La cire, les couleurs, les bocaux d'huile et de térébenthine, tous les outils furent retirés. Je criai, tapai du pied contre les portes. En vain.

Lorsqu'on les rouvrit enfin, Pallier était là qui, avec douceur, m'ordonna de me taire. Obéir à Pallier, quoi de plus étonnant ? Alors je remarquai un objet de cire, suspendu à la porte par un bout de ficelle. Contrairement à ce que j'avais cru, Élisabeth n'était pas venue me parler, mais accrocher cela : un seul objet, très bien modelé, avec un mot dessous.

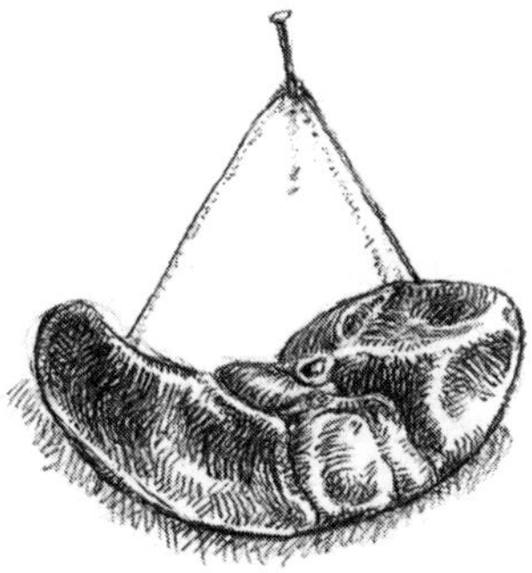

— On ne dira pas que je suis mauvais professeur, commentai-je.

Le mot indiquait :

DANS CE PLACARD
SE TROUVE LA RATE[1]
DE MADAME ÉLISABETH
NE PAS DÉRANGER

1. En anglais *spleen*, synonyme de mauvaise humeur.

À voix basse, Pallier m'annonça que la princesse me recevrait.

La pièce, d'ordinaire malveillante, était aujourd'hui véhémente.

— Vous rentrez chez vous.

— Mais je suis chez moi.

— L'on m'a confié votre garde pour un temps seulement. Le délai est échu.

— Je ne comprends pas.

— Votre maître vous réclame.

— Je ne tiens pas à le rejoindre.

— Peu importe.

— Je dois rester avec vous.

— Vous ne dépendez pas de moi.

— J'ai encore tant à vous apprendre.

— Nous avons terminé.

— Pourrais-je revenir vous rendre visite ? Une fois par semaine ?

— Grosholtz, mon corps, écoutez : je ne vous reverrai plus.

— Cela n'est pas possible !

— Ces têtes aveugles et chauves ! Horribles ! La reine était bouleversée. Des visages, bouche bée et les joues pleines, tel le bas peuple dans ses tavernes.

— Je ne me serais pas permis de…

— Précisément, vous n'aviez pas à vous permettre. On ne prend pas, on demande. Votre employeur paiera une amende. Sans mon intervention, il serait en prison avec ses compagnons. L'un d'eux a dû être maîtrisé tant il était violent. Nous vous avons choyée, nourrie, entourée d'attentions et, en retour, vous nous décrivez tels des porcs dans la soue.

— Non, je vous ai décrits exactement comme vous êtes.

— Vous n'avez pas à nous juger.

— Je ne vous juge pas !

— Vous ne devez même pas nous regarder. Une servante baisse les yeux devant le roi et la reine. Qu'avez-vous fait, vraiment ! Comment avez-vous pu concevoir ces têtes ?

— Je vous en prie, Élisabeth, croyez-moi. Je regrette, je regrette sincèrement. C'est l'amour de mon travail, il a pris le dessus. Je ne recommencerai pas.

— Assurément.

— Je le promets.

— Il est trop tard.

— Ma place est auprès de vous.

— Plus maintenant.

— Madame Élisabeth, vous ne me renvoyez pas ?

— Marie Grosholtz, votre maître n'est pas le seul à souhaiter votre départ. Je dois devenir adulte et je vais me passer de vous. Je ne vous verrai plus. Assez joué. J'ai trop souvent été livrée à moi-même, assure-t-on.

— À vous-même ? Mais j'étais là !

— Il n'est pas bon de rester seule trop longtemps. Je me consacrerai davantage à mes tantes, désormais. Adieu, Marie Grosholtz. Pensez à moi. Non, non, ne me touchez pas.

— C'est moi, votre cœur, qui parle. Écoutez, je vous en supplie. Je ne veux pas vous quitter.

— Je ne pleurerai pas aujourd'hui. J'ai oublié comment m'y prendre.

— Moi, je pleure.

— Un serviteur ne doit rien ressentir. Vous avez attrapé froid. Je prierai pour votre guérison. Quoi que vous ayez, gardez-le pour vous et que cela ne se voie pas. Quelle étrange allure avez-vous ! Avez-vous toujours été aussi laide ? Probablement. Je m'y étais sans doute habituée.

— Comment ferez-vous sans moi ? Qu'allez-vous devenir ?

— Et vous nous croyiez ressemblantes ! On n'oserait plus l'affirmer.

— Avant la fin de la semaine, vous serez aussi vieille que vos tantes.

— Adieu, Marie.

— Vous me demanderez, me réclamerez, vous l'avez toujours dit. J'attendrai.

— Au revoir.

— Puis-je vous présenter mes excuses ? Ne suis-je pas consumée de regrets ?

La rate de cire fut son cadeau d'adieu.

— Élisabeth !

J'ai donc appris que l'on vous retire parfois ceux que vous aimez pour les donner à un autre, mais aussi qu'ils vous fuient en dédaignant vos bras ouverts. La princesse que j'aimais n'existait plus. Il ne restait d'elle qu'une coque de plâtre, une enveloppe creuse. L'air vicié qu'elle contenait ne s'en échapperait pas. J'aurais tant voulu la briser, cette coque.

Je reçus la permission de dégarnir mes étagères.

On m'avait jetée au monde, en ce qu'il avait de plus humble. Modeste, sans m'imposer, je me glissais dans les brèches. Voilà qu'une de celles-ci s'était refermée.

J'ai soigneusement rangé mes affaires dans ma malle, qu'on a descendue au rez-de-chaussée. J'ai ouvert la porte de Madame et aperçu son cher coffret.

— Toi, je t'emmène, ai-je dit à son occupant. Veille à ne pas tomber d'une fenêtre, ensuite.

Mais le coffret était vide, le Christ ne reposait pas sur sa garniture de velours. Elle l'avait emporté, il avait eu prééminence. Une heure plus tard, quand j'allai faire mes adieux à Élisabeth, des valets de pied gardaient la pièce maussade aux meubles malveillants. Ils m'interdirent d'entrer. Pourtant il me fallait sa tête. Impossible de partir sans elle.

— Madame Élisabeth ! Madame Élisabeth ! appelai-je. Je vous en prie, je n'ai pas votre empreinte. Je la voudrais, pour moi seulement. S'il vous plaît, votre cœur vous le demande ! Votre rate, si vous préférez ! Répondez !

Une dame d'honneur est apparue.

— Démon ! Démon ! Dieu merci, c'est vous. Pourriez-vous me laisser entrer ?

— Notez, je vous prie, que je suis Mme des Monstiers-Mérinville. L'on m'appelle ainsi et l'on ne vous connaît pas. Êtes-vous déjà venue à Versailles ?

— S'il vous plaît, Démon…

— Ne m'adressez pas la parole.

— Je dois dire au revoir à Madame Élisabeth.

— Cela ne sera pas nécessaire.

— Rien qu'un instant. Le temps de voir son visage.

— Partez. Vous n'aviez rien à faire ici.

Elle s'est détournée. Démon, devenue inflexible, métamorphosée en adulte. Les derniers favoris, elle et le Christ de plâtre. Me prenant par les bras, deux valets m'ont rapidement escortée jusqu'en bas.

Dans les couloirs, je remarquai au passage que je n'étais pas la seule à faire mes bagages. Partout des malles, d'autres valets transportant toutes sortes d'affaires, enveloppées de toile.

— Où s'en vont-ils ? Pourquoi ?

On ne me renseigna pas.

Jacques m'attendait derrière le portail. J'étais heureuse de le retrouver, bien qu'il eût les deux yeux pochés et une entaille au front. Il était raide et mal à l'aise. Pareillement meurtri, son factotum à l'air revêche se tenait près de lui.

— Oh, ils t'ont blessé, Jacques ! Je suis désolée.

— Jacques n'a jamais mal. Impossible.

Tandis que le coche se mettait en branle, je ne pensais qu'à l'amour. J'avais aimé Edmond Picot, puis on me l'avait enlevé. Mais j'avais aujourd'hui un cœur dans une poche, une rate dans l'autre. Nul besoin de preuves supplémentaires. Sur le monde, j'avais imprimé ma marque, mes petites touches de cire. Élisabeth me ferait chercher, je n'en doutais pas.

— Mon placard ! m'écriai-je. Je veux mon placard.

Mais on m'avait fermé ses portes et je n'y reviendrais pas.

LIVRE CINQ

1789-1793

UN PALAIS POUR LE PEUPLE

De l'âge de vingt-huit ans
à celui de trente-deux ans

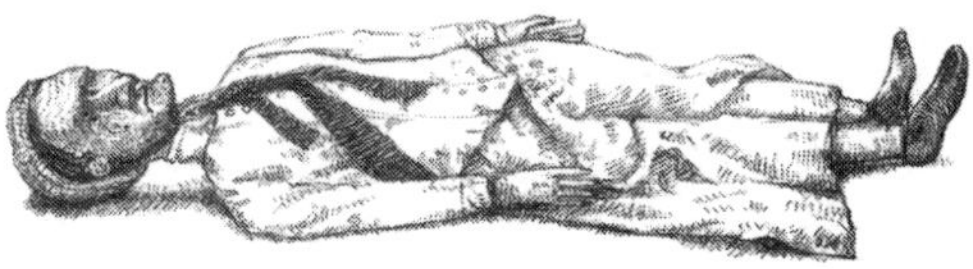

CHAPITRE QUARANTE-CINQ

◆ ◆ ◆

Entrée et sortie

Tout au long de la route qui menait à Paris, Jacques et son compagnon n'ont cessé de me regarder. Apparemment, il me revenait d'engager la conversation.

— Qui est ton ami, Jacques ?

— C'est mon gars, Émile.

— Bonjour, Émile. Enchantée. Je m'appelle Marie.

Moue boudeuse.

— Comme toi, Jacques ! m'écriai-je. Tu faisais toujours ça.

— Il m'imite un peu. M'est égal. C'est mon gars, on le paie pour m'aider.

— On le paie ?

— Nous sommes tous payés.

— Quel changement, alors ! Et que de monde !

— Nous avons pris de l'ampleur ! Moi, j'ai mon Émile et nous nous entendons bien.

Grognement d'Émile.

— Allons, Émile, c'est une amie, qui est partie très longtemps.

— Et me revoilà.

— Oui, te revoilà.

J'avais pensé qu'il avait grossi, mais ce n'était pas la graisse qui l'enveloppait, plutôt la tendresse. Jacques avait appris l'affection auprès de ses parents adoptifs et, en mon absence, avait reporté ses sentiments sur eux. Ses traits s'étaient adoucis. Rien de plus naturel, sans doute, mais cela m'intriguait.

Nous avons sinué dans les rues populeuses et tortueuses de la capitale, plus mornes qu'il ne m'en souvenait, jusqu'au boulevard où il apparut.

L'hôtel des Singes, devenu fort imposant.

J'étais intimidée. C'était comme revoir un vieil ami, quitté dix ans plus tôt et qui, autrefois mince, avait gagné en corpulence. Ce jeune homme avait vieilli et s'en portait bien.

Il n'y avait plus une, mais deux portes en façade, l'une marquée ENTRÉE, l'autre SORTIE. Une aile avait poussé de chaque côté, l'une prenant la place de notre voisin de gauche, le Théâtre du Petit Monde, démoli, et à droite, celle du café de l'échiquier, disparu avec son terrain en jachère. Le tout était protégé par des grilles de métal au milieu desquelles se dressait un grand portail, garni de pointes. Quand Jacques l'ouvrit pour moi, la vieille cloche d'Henri Picot, fixée en hauteur, retentit. Je me dirigeai vers la porte marquée ENTRÉE, mais Jacques me retint par le bras avant que je monte les marches.

— Par-derrière, Petite. On fait le tour.

Je le suivis. Une fois passé la porte, je me trouvai en territoire inconnu : murs nus, terre battue au sol, de jeunes gens affairés qui couraient en tous sens. Plusieurs mannequins de vitrine étaient entassés les uns sur les autres. Je les connaissais, ceux-là, vestiges d'Edmond Picot, exilé aux presses Ticre. L'un d'eux portait la moustache. C'était tout de même un choc ! Jacques m'a tirée par la manche.

— Allons, par ici. Ne les faisons pas attendre.

Le visage toujours luisant, quoique plus ridé, Florence Biblot travaillait à la cuisine, aidée par une fillette maigrelette en tablier.

— Bonjour, Florence ! Tu ne m'as pas oubliée ? Tes petits plats m'ont manqué !

— Didididi, a-t-elle répondu, et son rire n'avait pas changé.

— Allons, Petite, dépêchons, me pressa Jacques. Qu'ils ne se fâchent pas.

Il m'emmena dans un bureau où plusieurs seaux en métal, posés à même le sol, contenaient des cendres et des mégots de cigare. Les murs et la grande table au centre étaient encombrés de gravures, représentant diverses personnes. Jacques m'ordonna de ne pas bouger et disparut.

Certaines choses se répètent, ai-je pensé. Je croyais revivre ma première journée à Versailles. Seuls les endroits changent. Un instant plus tard, les portraits au mur semblèrent trembler de peur quand la porte s'ouvrit sur la Picot, massive, lippue, couverte de verrues. Comme à l'accoutumée, elle avait le sourcil en bataille et les cheveux retenus dans son bonnet de dentelle. Un gros crapaud, indomptable et atrabilaire, attifé d'une jolie robe. À mieux y regarder, cependant, ses vêtements paraissaient sales et contrariés.

— Quel toupet de te montrer ! s'exclama-t-elle. Alors nous recueillons le rebut du château !

— Je n'ai pas l'intention de rester. J'aime autant y retourner.

— Il n'en est pas question, alors secoue-toi, morveuse !

La porte s'ouvrit de nouveau, les gravures frissonnèrent et Curtius s'avança. Poudré, vêtu de soie, mais en piteux état. Un cadavre en habit neuf et bijoux chatoyants, qui masquaient mal l'âge et la douleur. La tache noire, qui avait migré de la joue au menton, ne l'arrangeait en rien.

— Chère veuve Picot.

— Dr Curtius, s'inclina-t-elle.

— Allez-vous bien ?

— À merveille.

— Tout me réussit aussi.

— Je m'en réjouis.

J'en conclus qu'ils ne se rencontraient plus chaque jour.

— Elle est revenue.

— Je veux repartir à Versailles.

— Tu y es indésirable, affirma mon cher maître. Ils t'ont renvoyée.

— Je me tue à le lui répéter et elle ne me croit pas.

— Élisabeth me fera chercher, et…

— Quels dégâts tu as causés ! coupa la veuve. Les gardes ont frappé Jacques. Son front saignait. Des Suisses, comme toi !

— J'en suis navrée.

— J'espère bien !

— Devrai-je planter les cheveux, comme jadis ?

— Tu feras ce qu'on te dira. Tu as peut-être vécu dans un château, mais nous avons un palais maintenant : le grand hôtel des Singes. Le reste, je ne veux pas en entendre parler.

— Oui, madame.

— On ne lui confiera pas la clef de l'armoire à cire, ajouta Curtius.

— Sûrement pas.

— Tu as encore à apprendre, Marie, affirma-t-il. Nous avons tant de têtes et de mains à modeler qu'il nous faut te mettre à contribution.

— Il le faut ? Merci, monsieur, merci mille fois.

— Ne fais pas l'avantageuse, persifla la veuve, et ne mets pas les pieds où on ne veut pas de toi. Le grenier est dangereux, on risque une chute mortelle. Les architectes de notre nouvelle maison ont recommandé de n'y laisser monter personne.

— Bien, madame. S'il vous plaît, monsieur Curtius, madame Picot, exposerez-vous le dîner de la famille royale ?

Un silence, puis elle grommela :

— Que le pauvre Jacques n'y soit pas allé pour rien !

— Alors, c'est oui ? murmurai-je. C'est oui !

— Insupportable ! Ce qu'elle est bruyante !

— Et je serai payée comme tout le monde, maintenant ?

— Cet entretien n'a que trop duré, déclara la mégère. Je n'y étais pas disposée et me voici de méchante humeur. Je sors. Je rentrerai ce soir, peut-être tard. Envoyez un commis si l'on a besoin de moi. Je serai chez les gens de bien.

J'en restai coite. Curtius et moi nous regardâmes un instant, sans savoir quoi nous dire. Finalement, il murmura en frottant sa tache noire au menton :

— Elle tient boutique au Palais-Royal, grâce au duc d'Orléans qui lui accorde ses bonnes grâces.

Je me tus et il continua :

— Elle est le plus souvent là-bas, son cigare au bec. Nos meilleures cires également, les beaux messieurs et les belles dames de la bonne société. Un endroit magnifique, cependant. Une adresse prestigieuse, et quels loyers ! Tandis qu'ici, nous conservons les criminels, les odieux personnages. Comprends-tu ? À elle les honnêtes gens, à nous les scélérats, chacun son troupeau. Voilà notre arrangement. Nous nous sommes divisés.

— L'affaire s'est bien développée depuis mon départ.

— Oui, a-t-il tristement admis. Nous prospérons.

— Pardonnez-moi, monsieur, mais je ne vois qu'elle : que fait cette tache sur votre menton ?

— Une tache ? s'étonna-t-il. Ah oui, je l'oublie parfois. Une mouche, censée ajouter à mon charme.

— En êtes-vous content ?

Fig. 1

— Je la porte pour lui être agréable. Rends-toi compte, Petite, cela m'a coûté trente-cinq livres ! J'ai choisi la meilleure qualité, du taffetas. Je ne sais pas toujours bien où la poser. Parfois sur la joue, d'autres fois sous le nez. Elle s'est récemment installée sur mon menton, où elle se plaît le mieux, je pense. En valait-ce bien la peine ? Picot ne la remarque pas.

Fig. 2

Il se tut à son tour, poussa un profond soupir puis se ressaisit.

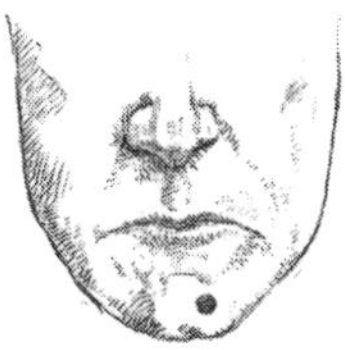

Fig. 3

— Allons, viens avec moi.

Alors que nous traversions l'annexe du vieil hôtel, je lui demandai :

— Et mes têtes ? Celles que j'ai modelées ? Vous conviennent-elles ?

— Je ne suis plus qu'un fatras de tics et de tourments.

— Nous avons fait du chemin depuis Berne, monsieur.

— Berne ? Oui, je m'en souviens. Du chemin, sans aucun doute. J'ai beaucoup avancé.

Comme si nous étions poursuivis, il pressa soudain le pas.

— Puis-je te confier une chose, Marie ? Le monde m'a découvert. Je suis le grand niveleur. Je rends les gens égaux, vois-tu. Des articles ont été rédigés à mon sujet, et je les ai lus ! C'est ainsi qu'on m'appelle, Petite : le grand niveleur.

Quand son regard se posa sur moi, il semblait émerger d'un rêve.

— Ah, chère Marie, dit-il, me regardant enfin dans les yeux et me souriant, je ne l'admettrais pas en face d'elle, elle est si imposante, mais je suis heureux que tu sois revenue.

— Je suis moi aussi ravie de vous retrouver, monsieur. Bien que navrée d'avoir quitté le château. Je m'étais attachée à Élisabeth, et elle à moi. J'y retournerai probablement, même bientôt. Vous me permettrez, n'est-ce pas ?

— Versailles se vide, Marie. Les aristocrates plient bagage.

— Vraiment ? En êtes-vous sûr ? Pourquoi ?

— Qui sait ? La veuve peut-être aura une idée. C'est un monde qu'elle étudie de près. Personne ne le comprend mieux qu'elle. Tout est bouleversé, Marie, n'es-tu pas au courant ? Les gens tiennent des discours véhéments. Je le regrette, mais c'est ainsi. Picot est très inquiète. M. Mercier court partout comme s'il avait des vers. Les certitudes s'effondrent.

— Serait-ce donc pour mon bien que l'on m'a renvoyée ?

Curtius ne parut pas m'entendre. Il m'interrogea :

— Élisabeth avait de l'affection pour toi, penses-tu ? Quel bonheur d'être aimé. Allons, viens.

Versailles, abandonnée ? Comment serait-ce possible ?

Plus rien n'était donc sûr ?

CHAPITRE QUARANTE-SIX

Un nouveau départ

— Des têtes, des têtes, chaque jour il nous en faut de nouvelles, dit mon maître. La maison a pris tant d'importance que, même si nous le voulions, nous ne pourrions ralentir la cadence. Par ici, Marie, voici ton atelier.

— Un atelier ? À moi ?

— Et, pour t'aider, tu auras Georges Offroy.

Un garçon s'avança et s'inclina devant moi.

— Bonjour, mademoiselle.

C'est à moi qu'il parlait !

— Enchantée, Georges.

Avec sa bonne mine, son air joyeux et ses dents de travers, il me plut aussitôt. Un garçon tout simple de treize ans. Depuis quand m'intéressais-je à ces jeunes gens ?

— À votre service, déclara-t-il. Je ferai ce que vous me dites.

— J'en suis ravie. J'ignorais qu'on me donnerait un assistant. C'est la première fois !

— J'espère vous satisfaire, mademoiselle.

— Mais sûrement !

— J'ai vu les têtes du roi et de la reine avant qu'elles partent au Palais ! s'exclama-t-il. Quels visages ! Quelle gloire !

— Merci, Georges ! Alors elles sont là-bas ? Au Palais-Royal ? Pourrai-je y aller ?

— Au travail, Petite, coupa mon maître. Tu as de quoi t'occuper !

Mon atelier était une étroite pièce accolée au sien, au rez-de-chaussée de l'annexe. Un réduit que l'on avait vidé pour y installer une table et deux chaises. Il n'était pas directement accessible : on passait d'abord par l'atelier de Curtius. L'unique fenêtre dont il était doté était assez haute pour que je doive monter sur une chaise si je voulais regarder au-dehors.

Le premier après-midi, je commençai par glisser mes doigts sur les outils, les bocaux, les jarres, et la cire !

Georges et moi étions censés mouler des mains pour un personnage en cours d'achèvement, au corps assemblé dans une autre pièce. De gros battoirs aux doigts épais comme des saucisses, dont nous allions prendre les empreintes sur un gras boulanger de Charenton, pareillement pourvu, qui venait contre rétribution. Le visage correspondant était grêlé, coiffé d'une énorme perruque, négligée et touffue. On aurait dit un lion décati. Quant au monsieur, il s'agissait d'un certain comte de Mirabeau.

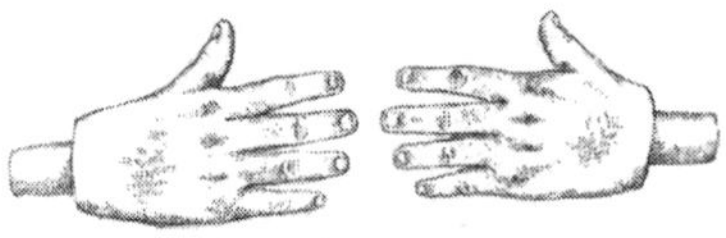

Ces grandes menottes m'occupèrent tant, ce jour-là, qu'au bout d'un moment j'oubliai Élisabeth dans son couloir et son bonhomme de plâtre. J'avais l'esprit ailleurs. Tout en travaillant, je me tournai vers mon assistant :

— Pardon, Georges, je ne voudrais pas être indiscrète, mais êtes-vous rémunéré pour vos services ?

— Bien sûr, mademoiselle, c'est réglé comme du papier à musique. Je me rends aux écritures où l'on me donne mon dû. J'ai une bonne place.

— Pensez-vous que je le serai aussi, Georges ?

— Bien sûr.

— Ah, vous croyez ? Voyons, auriez-vous la gentillesse de m'emmener aux écritures ? Cela n'existait pas, de mon temps, et je ne saurais pas les trouver seule.

— Avec plaisir. Maintenant ? Rien de plus simple.

Nous avons longé le couloir et tourné au bout, où se trouvait la vieille maison que je connaissais bien. En haut de l'escalier, nous attendait le mannequin d'Henri Picot, vêtu d'une belle chemise blanche et d'un gilet de soie à larges rayures.

La pièce qui portait le nom de « comptabilité » abritait un imposant coffre-fort de métal, à la personnalité glaçante, mais qui contenait la jolie fortune du cabinet. J'appris que trois clefs pouvaient l'ouvrir : la première appartenait à la veuve, la deuxième à Curtius, la dernière au comptable. Perché sur un haut tabouret, celui-ci était un homme de peut-être vingt-cinq ans, dépourvu de chaleur et atteint de calvitie précoce. Des yeux bruns, des cheveux bruns et une mine de papier mâché.

— Je vous présente Marie Grosholtz, lui dit Georges. Marie, voici Martin Millot, qui s'occupe des comptes.

Tendant un doigt vers mes lunettes, Millot indiqua :

— Vingt livres.

Puis, un instant après :

— Vous avez vécu au château.

— En effet.

— Ce qui nous rapportait cinquante livres mensuelles.

— Cinquante livres !

La somme m'étonna. Cela paraissait beaucoup.

— Nous les gagnons parfois en quelques heures, résuma-t-il.

— Cet argent est-il le mien ? demandai-je. Puis-je en disposer ?

— En disposer ?

— Il me revenait, n'est-ce pas ? En échange de mes services là-bas.

— Je n'ai pas compétence pour remettre ces fonds.

— Mais il est à moi ? C'est mon salaire !

— Possible, mais je n'ai pas compétence.

— Excusez-moi… Et à présent, serai-je payée ? Maintenant que je suis revenue.

— Je n'ai pas reçu d'instruction à ce sujet.

— Le dîner de la famille royale… J'ai moi-même fait les têtes. De mes mains.

— Vraiment ? Qu'y puis-je ?

— Tout labeur mérite salaire.

— Que voulez-vous que je vous dise, mademoiselle ? Je n'ai pas de consigne pour vous. Sans demande de paiement, l'argent ne sort pas. Ne prenez pas cet air affligé, je n'y suis pour rien. J'additionne et je soustrais des chiffres, rien de plus. Vous n'entrez pas dans mes colonnes. Calmez-vous, je vous prie, calmez-vous !

— Si nous retournions à l'atelier ? proposa Georges.

— Sans doute vaudrait-il mieux.

— Ne soyez pas triste, mademoiselle.

— Mes espoirs sont déçus.

Nous travaillions depuis plusieurs heures, le soir commençait à tomber quand le bâtiment se mit à bourdonner, et les objets à vaciller dans la pièce.

— C'est le public, m'éclaira Georges. Les portes ont été ouvertes, et il entre. On a l'habitude d'être un peu secoués, on tangue et on roule un moment, jusqu'à ce qu'il s'en aille. La veuve aime ce bruit-là. Un gage de prospérité, pense-t-elle.

Toute la maison tremblait sous les pas de la foule. Un instant plus tard, mon maître enfila son pardessus et sortit.

— Il s'absente souvent le soir, m'apprit Georges. Avec Jacques et Émile.

— Où vont-ils ?

— Je ne sais exactement. Dans les ruelles noires, les estaminets, voir des combats de coqs, des empoignades. Maintenant qu'il est parti, voulez-vous que je vous montre le grand salon ? Il y a un judas dans le mur.

Il me prit par la main pour descendre l'escalier, me conduisit dans un couloir sombre, où nous avons croisé un autre garçon.

— Où allez-vous, Georges ? demanda-t-il.

— Je fais visiter Mlle Grosholtz.

Avais-je besoin de visiter mon ancien logement ? Certainement.

— Est-ce bien raisonnable ?

Le garçon se rapprocha. Le cou mangé par son grand col, il louchait affreusement. Ses yeux étaient si écartés qu'ils semblaient s'éviter.

— J'en doute fort, dit-il.

— Je suis Marie Grosholtz, expliquai-je.

— Très bien, et alors ?

— J'ai créé la famille royale.

— Sans blague ? Je croyais que c'était Dieu lui-même…

Il posa un œil distinct sur chacun de nous et s'éloigna en ricanant.

— C'est André Valentin, souffla Georges. Un de ceux qui contrôlent les billets. Nous avons peu de rapports avec eux.

— Tant mieux.

— Nous y voilà.

Il me montra le trou percé dans le mur. Derrière se trouvait la florissante entreprise : des êtres de cire… ! Et des êtres de chair venus les voir ! Que de monde !

— Tout Paris s'est vidé…

— ... pour accourir ici, finit Georges à ma place.

Les vieux accessoires de théâtre avaient disparu. La Caverne des Grands voleurs, où l'on avait réuni les plus innommables criminels, était maintenue dans une semi-pénombre ; les murs semblaient suinter ; de longues ombres noires se déplaçaient dans l'entrée ; les assassins étaient représentés à l'œuvre, avec leurs victimes. Partout des silhouettes se dressaient, fières de leurs méfaits. Déambulant entre ces âmes mort-nées, les vivants riaient et criaient. Quelques bancs permettaient de s'asseoir, de se remettre de ses émotions.

— Quelqu'un dort-il sur un banc ? demandai-je à Georges.

Il s'agissait d'un homme d'âge moyen, aux yeux fermés, les bras croisés et la tête inclinée sur l'épaule. Deux ou trois personnes s'en approchèrent, le doigt pointé, en souriant. L'une s'avança finalement pour lui tapoter le genou. Comme il ne se réveillait pas, on le secoua. J'entendis une autre s'exclamer :

— C'est une cire !

— Une cire déguisée en spectateur ! m'écriai-je.

Georges pouffa.

— Le faux dormeur est l'effigie de Cyprien Bouchard, un peintre en porcelaine, qui a gagné à la loterie.

La loterie avait lieu tous les six mois, m'expliqua-t-il. Le tirage se faisait en public : des noms dans un grand sac, et l'heureux élu remportait son portrait en cire. Il y avait eu trois gagnants jusque-là : une cendrillon, un coiffeur et le peintre en porcelaine, disposés au milieu des autres, eux notoirement célèbres. La cendrillon près d'un scélérat, le coiffeur et son voleur, le peintre auprès de l'épouse noyée.

— Quelle idée ! m'étonnai-je.

Le brouhaha, les bourdonnements, les bavardages et martelages, les échos, les claquements de la maison agrandie m'étaient nouveaux. Seule, cette nuit-là, sur la paillasse de mon atelier, après le départ du public, j'écoutai le bâtiment respirer et produire bien des sons étranges. L'hôtel avait toujours parlé, mais je percevais une différence, une plainte inconnue. Et, juste au moment où je croyais m'endormir, je me suis redressée, certaine d'entendre un bruit de pas.

CHAPITRE QUARANTE-SEPT

Une visite

Des grattements, des bruits sourds, chaque soir ils étaient là. Il semblait parfois que quelqu'un était entré dans mon atelier. À moitié endormie, je me redressais en sursaut sur ma paillasse et regardais la porte. Il arrivait qu'elle soit ouverte, alors que je la fermais avant de me coucher. Mon maître avait dû se lever dans le courant de la nuit, pensais-je.

Un matin à l'aube, je me rendis compte que je n'étais pas seule. Une silhouette était assise sur le banc en face de moi.

— Bonjour.

Pas de réponse.

— Qui est-ce ?

Ni mot ni geste.

— C'est toi, Georges ? Ne fais pas l'idiot, à quoi ça rime ?

La silhouette maintenait un regard fixe devant elle. Dans le jour naissant, je distinguai vaguement un bonnet. Une petite femme coiffée d'un bonnet.

— Élisabeth ? C'est vous ? Vous êtes venue me chercher ?

Toujours pas de réponse. Alors j'essayai :

— Coucou !

Silence. Il faisait un peu plus clair et je voyais mieux. La petite femme portait une robe noire, un bonnet blanc, et elle avait sur la poitrine une cocarde rouge, ornée d'un *C* au milieu, comme maintenant tous les employés de la maison. Elle me dévisageait de ses yeux noirs et brillants.

— Qui êtes-vous ?

Elle continuait de me regarder sans bouger.

— Mais, s'il vous plaît, dites quelque chose ! Que faites-vous là ?

Pas de réaction.

Je me suis penchée et, quand je l'ai poussée, elle s'est effondrée sur le sol où elle est restée immobile.

Me penchant encore, j'ai posé une main sur ses cheveux, qui se sont détachés.

J'ai hurlé.

Alors je compris : cette étrange femme chauve n'appartenait pas au monde des vivants. Vivante, elle ne l'avait jamais été, puisque c'était une poupée. Une grande poupée, au corps de bois et non de cire, vêtue d'une robe de toile et pourvue d'yeux de verre. Je l'ai rassise sur le banc ; ce qu'elle était lourde, raide, avec ses jambes et ses bras ballants ! On l'avait placée dans mon atelier pour m'effrayer.

Cet affreux visage malveillant m'observait avec ses yeux morts ! Bien que répugnant à la toucher, je lui ai remis sa perruque. Pendant que je redressais la triste créature, la porte a pivoté. Une ombre était là depuis le début, qui, traversant en courant l'atelier de mon maître, se réfugia dans le couloir. Je me suis lancée à sa poursuite, guidée par les craquements du plancher. La maison m'aida à rattraper le coupable. Je me suis arrêtée, dans le vieux bâtiment, au pied de l'escalier qui menait au grenier, à la limite du territoire interdit. Peu m'importait le danger mortel ; rien n'aurait pu me retenir.

Lentement, avec mille précautions, je montai les marches grinçantes. Arrivée à la dernière, je scrutai en vain l'obscurité. Au bout d'un long instant, tandis que je reprenais mon souffle, un point s'éclaira dans le noir et s'avança vers moi. Un point qui s'appelait, qui s'appelait… Oui ! Edmond Henri Picot.

CHAPITRE QUARANTE-HUIT

❖ ❖ ❖

Défense d'afficher

Edmond Henri Picot. Avec la moustache, des cheveux gris et des yeux hagards. Je portai mes mains à ma bouche pour ne plus hurler. Le point, la silhouette, marchait droit vers moi, d'un mouvement si lent qu'on aurait cru une brise soufflée par une araignée. Puis un chuchotement :

— Catarrhe ? Remède infaillible, guérison garantie. Nazalia nettoie et purifie le système respiratoire. Pénètre les fissures infimes de la membrane muqueuse du nez et de la gorge. Dissout et évacue croûtes et sécrétions. Chasse l'inflammation, les tintements d'oreilles, corrige la surdité moyenne.

— Oh, Edmond ! Mon si cher Edmond, qu'es-tu devenu ?

— Souffrez-vous d'affections de la peau ? Sébum, pustules, taches et rougeurs peuvent entraîner un eczéma, provoquer brûlures vives et irritations. Deux livres est-il trop cher pour s'en débarrasser ?

— Edmond ? Que s'est-il passé ?

— Tamar Amar Indien Grillon, fruit laxatif rafraîchissant, très agréables pastilles. Tamar Amar Indien Grillon soulage la constipation, les hémorroïdes, la bile, la migraine, les pertes d'appétit, l'embarras gastrique et intestinal. Tamar Amar Indien Grillon.

— Edmond, qu'ont-ils fait de toi ?

— Souricières ! Pièges à rats ! Sus aux rongeurs !

Réfléchis, Marie Grosholtz.

— Bien, n'en parlons plus. Asseyons-nous une seconde et laisse-moi reprendre mon souffle.

Je voyais plus nettement les pièces du grenier. Pour ne pas rester seul, Edmond avait placé un mannequin dans chaque recoin. Il y avait des assiettes, des tasses, une petite table, même une nappe. Ce n'était probablement pas tout.

— Ils savent que tu es là ? Les autres, en bas, je veux dire. Tu n'as pas toi-même décidé de te cacher, n'est-ce pas ?

Je lui pris la main. Tous ses doigts étaient tachés d'encre.

— Défense d'afficher.

— Ils savent, n'est-ce pas ?

— Sous peine de poursuites.

— Oui, ils savent.

Quelqu'un lui montait à manger.

— Cela ne peut pas durer, Edmond.

Je touchai son visage. Ses oreilles étaient froides et blanches. J'ai effleuré sa timide moustache.

— Attends-moi. Je n'en ai pas pour longtemps.

J'ai rapporté de l'atelier un couteau effilé, du savon doux, un bol et de l'eau pour lui raser cette chose.

— Voilà qui est mieux. Tu ressembles un peu plus à Edmond.

Quoique, à la vérité, il parût amoindri sans sa moustache.

— Tu me connais, bien sûr que tu me connais. Tu as laissé quelque chose dans mon atelier, ce matin. J'ignore ce qui t'est arrivé, mais tu te rétabliras.

— Défense d'afficher.

— À l'évidence.

La cloche retentit au rez-de-chaussée.

— Je dois descendre, Edmond, mais je reviendrai. Il faut que je parle aux autres, en bas. Oui, oui. Je reviendrai.

Georges était arrivé à l'atelier.

— Edmond Picot vit au grenier, déclarai-je.

Mal à l'aise, il ne répondit pas.

— Où est la veuve ?

— Elle est partie tôt aujourd'hui.

— Curtius ?

— Lui aussi, il y a un instant. Vous l'avez raté de peu.

— Je te crois. Il m'aura entendue là-haut et il aura filé pour qu'on ne le sermonne pas.

— Sans doute.

— Jacques ?

— Pas encore là.

— Dis-moi, Georges, la veuve sait-elle qu'il y a quelqu'un au grenier ?

— Oui, mademoiselle, c'est elle qui l'y a installé.

— L'horrible femme !

— Il n'arrêtait pas de pleurer.

— Le pauvre garçon ! Que s'est-il passé, Georges ?

— Il a souffert de fièvre cérébrale, d'épuisement nerveux, et quand la fièvre est retombée, il avait perdu la raison.

— Personne ne m'a prévenue !

— Pardonnez-moi, mademoiselle, pourquoi aurait-on dû ?

— On le laisse seul là-haut ?

— Il s'agite moins tout seul. Avez-vous vu la poupée de bois, mademoiselle ?

— Oui. Elle m'a fait un choc.

— Il l'a fabriquée lui-même. Savez-vous qui elle représente ?

— Lui-même ? Ah bon ? Non, je ne sais pas.

— Vraiment ?

— Cette femme au visage détestable ? J'en ai encore des frissons.

— Aucune idée ?

— Aucune. Je n'ai jamais rencontré personne de cette sorte.

— Mais c'est vous.

— Moi ?

— Oui.

— Je lui ressemble ?

— Quelque peu.

— Ah.

Fâcheuse et inquiétante nouvelle.

— Vous ne dites plus rien, mademoiselle.

En effet, je me taisais.

— J'aurais pensé que vous seriez flattée. Tout de même, quelqu'un qui fait votre portrait.

— C'est ainsi qu'il me voit…

— Et de mémoire.

— Je n'ai jamais été orgueilleuse, jamais.

— Il s'est donné du mal.

— Elle porte de vieux vêtements à moi, je les reconnais maintenant. Elle a mes dimensions, je suppose.

— On ne pourrait pas se tromper.

— Vraiment ?

— Il a beaucoup travaillé.

— Pour moi ? Pour moi ?

— Puis-je vous raconter une histoire ?

— Je t'en prie, Georges.

— Très bien. Peut-être serez-vous contente. Alors, voilà l'histoire de cette poupée. Quand M. Edmond nous rendait visite, au début, il passait un moment avec sa mère, ou avec le mannequin de son père, puis

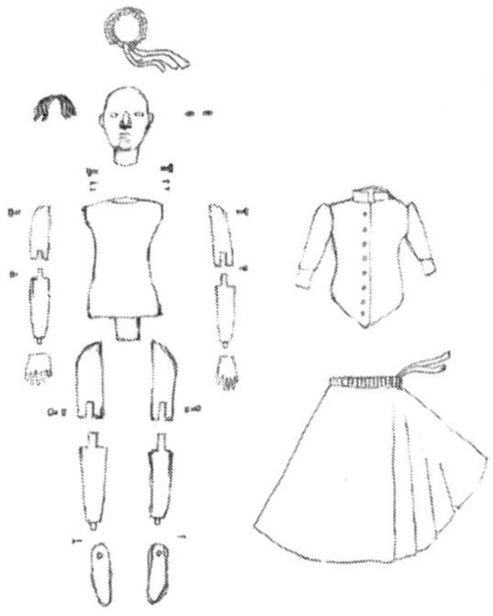

il a commencé à monter au grenier. Peu à peu, il s'est mis à sculpter. Il vous a fabriquée dans les pièces du haut, tout seul, pendant que sa femme ne le voyait pas. Pour votre tête, il s'est servi d'une solive, et le grenier a protesté ! Il a dû la détacher et le plancher a cédé par endroits, je crois. Ensuite, à chaque fois qu'il revenait, il s'asseyait là-haut avec vous.

« Quand Mme Picot a découvert la poupée, elle a fait un esclandre et l'a brisée en morceaux. Edmond est revenu moins souvent, ensuite – les ordres de son épouse, bien sûr. Je me souviens d'un jour, aussi, où Cornélie et la veuve se sont querellées. Mais Picot a trouvé d'autres usages pour cette poupée. Ne vous vexez pas, mademoiselle… Elle l'a placée dans la vitrine afin de disperser les enfants du boulevard, parce qu'ils avaient tendance à s'attrouper devant. Parfois elle lui a servi de presse-papiers. De cale-porte, aussi. Pendant un temps, Jacques l'asseyait près de lui sur les marches du perron. Enfin, on l'a conservée. Voilà l'histoire, mademoiselle. J'espère que vous n'en prendrez pas ombrage.

Et moi de pleurer à grosses larmes, fondant en sanglots dans mon mouchoir.

— Edmond est-il très atteint, Georges ?

— Je pense, oui.

— Cornélie l'a chassé ?

— Nous ne la voyons plus. Les Ticre nous ont ramené le jeune homme. Dans l'état où il était, elle n'en voulait plus. Elle a requis des juges qu'ils annulent le mariage. Invoquant… comment dit-on ? Ah oui, un « empêchement ». Quand l'un d'eux a demandé son avis à Edmond, il a grommelé ses habituelles absurdités. Ils ont rendu leur décision et nous l'avons accueilli.

— Avec sa moustache et ses doigts noirs d'encre.

— La veuve le soustrait aux regards. Il fait peine à voir et le public est gêné.

— Oui, elle le cache.

— De plus, les cires le terrifient. Il est bien mieux au grenier. On lui monte à manger et, lorsqu'il essaie de redescendre, l'un de nous le raccompagne là-haut. Il y est chez lui. Si on raconte que les combles sont dangereux, c'est pour le laisser tranquille. Il se sent bien, isolé, plus en sécurité. On a pensé qu'il souffrirait de vous revoir, alors on vous a interdit d'y aller.

— Il m'a quand même retrouvée.

— Oui, mademoiselle.

— Et il débite ces inepties.

— Ce sont des annonces, mademoiselle, les placards des presses Ticre. Il les connaît par cœur et ne dit plus rien d'autre. Ne cesse de les répéter et il y en a tant. On ne peut lui confier que des tâches subalternes, et encore. À l'occasion un peu de couture, mais il se pique avec les aiguilles.

— Sa mère lui rend-elle visite ?

— Parfois. Elle est trop fière pour révéler ses sentiments.

— Elle préfère le savoir tout seul là-haut ?

— Je crois qu'il ne s'en plaint pas.

— À vérifier.

Remontant plusieurs fois au grenier, ce jour-là, j'ai porté ses repas à Edmond. Très calme, il marmonnait ses curieux messages.

Quand enfin sa mère est rentrée, j'attendais. Je suis allée là-haut où j'ai pris son fils par la main et l'ai conduit à son bureau. Sans même frapper, j'ai ouvert la porte.

— Il est là, Edmond ! déclarai-je. Le voilà !

Tremblant de rage, les mâchoires serrées, elle siffla :

— Sortez-le ! Ramenez-le au grenier ! Le public va arriver !

— Reste, Edmond !

— SORTEZ-LE !

Un jeune commis surgit.

— Renier votre propre fils !

— OUSTE ! DEHORS !

— Propriété privée, dit Edmond, plus fort que d'ordinaire. Défense d'entrer.

Il sortit de son plein gré, sans un bruit, suivi par le commis. J'étais seule avec la veuve.

— Ne te méprends pas, lâcha-t-elle. Dresse-toi encore sur mon chemin et je t'étouffe avec mes propres mains. Je te tords le cou jusqu'à ton dernier souffle. Je ne m'en porterai que mieux. Je pourrais le faire maintenant. Toi, une poussière, me chercher noise ! Dehors !

J'obéis, mais les hostilités ne faisaient que commencer.

Chaque jour, par la suite, je montais voir Edmond et lui laver les mains. Je le nourris, l'incitai peu à peu à me rejoindre à l'atelier. S'il n'avait pas entièrement disparu derrière ses simagrées, j'étais décidée à le retrouver.

— Edmond, tu me connais. C'est moi, je suis revenue.

— Articles pour bateaux.

— Je ne te laisserai pas seul.

— Achetons vieux dentiers.

— Je te garderai en bas, près de moi.

— Propriété à vendre, s'adresser à l'intérieur.

— Tu seras de nouveau mon compagnon.

— Environ quatre cents ares de terrain.

— Et, quelque part, dans ce baragouin…

— Cent trente pieds de façade.

— ... le vrai Edmond reparaîtra.

— À vendre ou à louer.

CHAPITRE QUARANTE-NEUF

Un charmant divertissement

Louis-Sébastien Mercier nous a rendu visite. Il m'a trouvée à l'atelier, où je moulais des mains avec Georges. Edmond gardait le silence dans un coin.

— Te revoilà, Petite ! De retour sur la scène du monde !

— Ne parlez pas trop fort, s'il vous plaît, monsieur. Ce n'est pas bon pour Edmond. Voyez comme il est devenu.

— Oui, je suis au courant. Sais-tu, Marie, me demanda-t-il, radieux, que j'ai découvert tes amis royaux ?

— Vraiment ? Comment se porte Élisabeth ?

— Je voulais dire : les cires, bien sûr. Quel toupet de les exposer !

— Merci. Comment allez-vous, monsieur Mercier ? Et vos souliers ?

— Nous marchons, nous marchons de plus belle !

Pendant que nous travaillions, il nous a rapporté que les événements l'envoyaient dans tout Paris. La ville était soumise à de constants bouleversements. Il croisait parfois la veuve sur son chemin, essoufflée et en quête de renseignements. Mercier a retiré ses chaussures pour nous les montrer. De fait, le cuir était bien usé. Puis il a sorti de sa poche le livret qu'il venait de terminer, intitulé *Remarquables salons de cires*, et nous en a lu un passage :

— *Tant au Palais-Royal que sur les boulevards, les figures en cire du sieur Curtius sont très célèbres et très visitées. Certains vont jusqu'à affirmer que rien ne présente plus d'intérêt dans notre capitale. De fait, ses deux cabinets offrent un charmant divertissement aux hommes de toute profession, aux enfants, aux femmes et aux aînés. Les curieux, les béotiens, les courageux, les esprits chagrins, mélancoliques, fatigués de l'existence, les élégants et les loqueteux, les maîtres et leurs serviteurs, les hardis et les vertueux y seront comblés. En cette époque turbulente, les Parisiens trouveront matière à mieux comprendre les ressorts de leur ville, et les étrangers un utile aperçu d'une* terra *encore* incognita.

« *Il n'est personne ou presque à qui Curtius n'apprendrait rien. Ses salons réservent des surprises à ceux-là mêmes qui croient tout savoir – comme s'il décidait qui importe ou pas dans cette extraordinaire période de notre vie. L'admirable et l'abominable, le banal et l'exceptionnel, le simplissime et le grandiose, tout est réuni chez lui. Si nos plus illustres contemporains, par leurs trop brèves et trop lointaines apparitions, nous laissent parfois sur notre faim, ils ne pourront nous décevoir dans ses établissements, où de nobles personnages consacrent leur temps à chacun.*

« *Car cela est vrai : Curtius, dans ses salons, a aboli les privilèges ! Supprimé toute espèce d'étiquette. S'est débarrassé des classes. Où ailleurs, en ce bas monde, l'indigent côtoierait-il le roi ? Où ailleurs la médiocrité aborderait-elle le génie ? Où ailleurs la laideur – et sans la moindre honte – voisinerait-elle avec la beauté ? Seulement chez le sieur Curtius.*

« *Certes, la magie n'opère que dans les lieux d'exposition. Dehors, les pressions, les contraintes, les espoirs et soucis du quotidien reprennent leurs droits. Mais qui se plaindra d'avoir vu l'écolier confronté à son héros ? l'étudiant de la Sorbonne s'incliner avec révérence devant le grand auteur dont les mots changèrent son existence ? Qui reprochera à l'honnête matrone d'avoir contemplé, terrorisée, le plus redoutable assassin du moment ? Comment déplorer qu'il soit permis à tout sujet du royaume de France, chaque jour de la semaine et pour la modique somme de trois livres, d'observer la famille royale assise pour le dîner, de s'en approcher et même, avec un peu de courage (peu en sont dotés), de la TOUCHER ?*

« *Osez donc !*

« *Au cabinet du Dr Curtius, la royauté ne fait plus mystère.*

— Merci, monsieur Mercier, dis-je en saisissant le fin volume qu'il me tendait. J'en prendrai grand soin.

— Crois-tu, Petite, que l'on voudrait bien, à présent, m'honorer d'un nouveau buste de cire ? Pour le Palais-Royal, bien sûr, pas ici. Qu'en penses-tu ?

— Qui sait ? Je ne puis décider.

— Tu ne me parais guère convaincue.

— Ce n'est pas de mon ressort.

— Hélas, marmonna Mercier, je mets mon nom tous les six mois dans le grand sac, le jour de la loterie.

— Lait frais, œufs de la ferme, murmura Edmond.

CHAPITRE CINQUANTE

Dans lequel des têtes sont volées

La veuve décida de modifier les uniformes du personnel de service, troquant ses costumes de soie pour des vestes et pantalons de coton noirs, ainsi que de simples tricornes. À l'exception de la rosette, brodée d'un *C*, l'ensemble avait pour modèle la tenue des représentants de la nouvelle assemblée du peuple français.

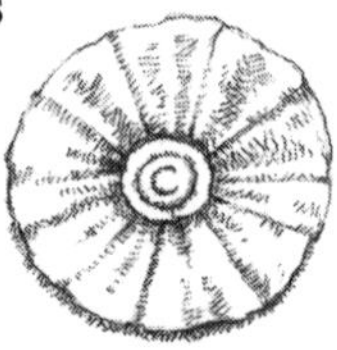

Un dimanche matin, peu après mon retour, les cloches de la ville sonnèrent plus longtemps que d'ordinaire. Nous n'y accordâmes que peu d'attention, car nous travaillions tous dans nos ateliers respectifs, mais elles continuèrent et Edmond se mit à faire les cent pas au grenier. J'y suis montée afin de le calmer, cependant le bruit l'avait inquiété et il était fort contrarié. Je couvris ses oreilles de mes mains, un geste qui lui était toujours bénéfique, et lui promis que les cloches s'arrêteraient de retentir, ce en quoi je me trompais.

En fin d'après-midi, la veuve poussa la porte de l'hôtel en criant, puis fit irruption dans l'atelier de mon maître.

— Des voleurs ! Des voleurs ! Curtius, on nous a dérobé nos têtes !

Très empourprée, elle suait à grosses gouttes.

— Eh bien, madame, que vous arrive-t-il ?

— Nos têtes ! Nos têtes ! gémissait-elle, haletante.

— Lesquelles en particulier ?

— Celles du Palais-Royal, bien sûr ! poursuivit-elle, à bout de souffle.

— Un vol, donc ?

— En plein jour ! Plus d'une centaine !

— Une centaine de têtes ?

— Non, de voleurs ! Tous après la même chose.

— Des têtes, donc ?

— Oui, Curtius ! Notre bien !

— Mais lesquelles ?

— Nos effigies !

— Nos effigies de qui ?

— Necker, le ministre, et le duc d'Orléans.

— Pour quoi faire ?

— Pour une marche funéraire dans les rues de Paris. Ils voulaient les brandir.

— Elles nous appartiennent ! Qu'est-ce qui leur prend ?

— Il faudrait vous tenir au courant, Curtius. Ouvrir vos oreilles. Necker a été renvoyé, le duc écarté. Le peuple défile dans les rues en brandissant nos têtes. Comme les vraies sont absentes, on se sert des effigies.

— Ces gens n'ont qu'à fabriquer leur Necker et leur Orléans.

— Ils vitupéraient, ils frappaient aux fenêtres. Ils sont entrés sans billet et ont exigé de les prendre !

— Qu'avez-vous fait ?

— Je les leur ai données. Ils les auraient emportées, de toute façon. Ils demandaient aussi le roi, mais je les ai suppliés de le laisser, car c'est un personnage en pied, très lourd. Les autres sont seulement des bustes.

Le roi était mon œuvre.

— Je me réjouis qu'il soit intact, déclarai-je. Merci de l'avoir protégé.

Pour toute réponse, la veuve me tourna le dos.

— Nous les ferons arrêter, grogna mon maître. J'ai fait celles-là moi-même. C'est ma propriété !

— J'ai relevé deux noms, François Pépin, colporteur, et André Ladry, limonadier.

— Ils seront inculpés !

— Ils ont promis de les rendre.

— Vous n'auriez pas dû les laisser partir.

— Vous n'étiez pas sur place…

Elle murmurait, mais j'entendais.

— J'étais seule au salon et j'ai eu peur.

Alors le silence. Tel un gouffre ouvert sous nos pieds, comme si la veuve se décousait. Notre univers s'effondrait.

— Vous, peur ? murmura Curtius. Comment le croire ?

— J'ai craint qu'ils me tuent, ces gens. Cela n'était pas difficile. Rien ne les aurait arrêtés. Un coup de couteau, vite fait, entre les côtes, et j'aurais perdu tout mon sang.

J'aurais pu mourir sur-le-champ. En définitive, j'ai eu de la chance, Philippe, admit-elle, et ses larmes jaillirent.

— Vous ne m'avez jamais appelé Philippe.

De quoi encore nous frapper de stupeur.

Maintenant nous avions tous peur.

CHAPITRE CINQUANTE ET UN

Le capitaine Curtius

La cire est l'amie des mousquets, des fusils et des carabines. Appliquée sur la gâchette, elle augmente la célérité de celle-ci. En outre, la poudre et le plomb gagnent en vélocité dans un canon enduit de cire.

Des bruits ont retenti toute la nuit. Des cris sur le boulevard, des bris de verre et des coups de feu au loin. Des bruits que la grande maison des singes, les transformant à sa façon, a allongés, tordus, répercutés, plutôt que les étouffer. Des bruits qui ont affecté Edmond et nui à son sommeil. Je ne sais combien de portes, de fenêtres, ont été fracassées ailleurs, et je me félicite que les nôtres aient tenu bon.

Ce matin, toutes les cloches ont sonné, se répondant les unes les autres d'un bout à l'autre de Paris. En revanche, chez nous, rien ne se passait, le portail resta fermé. Les employés qui habitaient en ville ne sont pas venus. Seul Martin Millot, le comptable, s'est présenté pour s'assurer que nous n'avions pas subi de dégât. Distraits au départ, nous travaillions dans nos ateliers. Millot comptait nos sous, Jacques découpait ses tissus, la veuve cousait ses bustes, mon maître modelait ses têtes, et moi, leurs mains. Edmond s'est isolé du fait que sa mère était là. Au fil de la matinée, nous n'avons pensé qu'à notre ouvrage de cire, de cheveux, de bois ou de toile.

En début d'après-midi, notre propre cloche a sonné. Jacques est allé ouvrir à deux messieurs du boulevard : cette asperge de Nicolet, qui possédait le bâtiment en brique des Grands Danseurs de corde, et le Dr Graham, propriétaire du Lit Céleste. Avant de l'entendre parler, j'ignorais que notre voisin roux était écossais, un étranger comme mon maître et moi-même.

Ils étaient là, expliquèrent-ils, car nul endroit du boulevard n'était aussi célèbre que notre maison. Ils pensaient que les événements de la nuit nous avaient effrayés. De fait, nous avions une précieuse collection à protéger. N'était-il pas effarant que notre ville n'ait plus personne à sa tête ? À moins d'intervenir rapidement, elle risquait de tomber dans l'anarchie, un quartier après l'autre. Elle sombrerait dans un gouffre, le feu détruirait tout.

— Nous avons subi du dommage, oui, déclara la veuve. Pas plus tard qu'hier. Deux têtes qu'on nous a dérobées.

— Necker, dit Curtius. Et le duc d'Orléans.

— Le régiment a chargé la foule des émeutiers, qui s'est dispersée.

— Et nos têtes ?

— Le sang a coulé dans les rues. L'ordre doit être rétabli.

— Allons-nous les récupérer ?

Les deux hommes revenaient de l'hôtel de ville, où une réunion avait été tenue. Voilà pourquoi le tocsin avait sonné. L'heure était grave, admirent-ils. Il était bien aisé de rester chez soi, emmitouflé dans ses couvertures, mais si l'on restait inerte, le risque était grand que des inconnus s'introduisent dans les maisons, dépouillent les habitants et les traînent dans la rue. Ces mots-là étaient adressés à Curtius, semblait-il.

À l'hôtel de ville, les représentants de la capitale avaient pris la décision de créer une milice assez nombreuse pour défendre Paris, tant pour la préserver des gardes armés à l'extérieur que des civils dans ses murs. Les deux hommes s'interrompirent, puis annoncèrent, lentement et distinctement :

— Ce serait un grand soulagement pour les habitants du quartier si M. Curtius, en tant qu'éminente personnalité du boulevard, acceptait d'être le capitaine de la milice locale. Êtes-vous volontaire, capitaine Curtius ?

Je les regardai, lui et la veuve. À travers mes lunettes, ils paraissaient rétrécir. Curtius semblait goutter de l'intérieur.

— Vous vous méprenez, répondit-il. Je suis Philip Wilhelm Matthias Kurtz. Philippe depuis peu. Ni chéri ni bien-aimé, il est vrai. Dr Curtius, ou seulement Curtius, suffit. Mais rien d'autre.

Ils insistèrent :

— *Capitaine* Curtius. Personne ne conviendrait mieux.

— Sa place est ici, affirma la veuve. Parmi ses cires.

— En effet, reconnurent-ils, mais pour défendre vos distingués personnages, il faudrait commencer par protéger le quartier.

— Non, objecta Picot, cela n'est pas notre affaire.

— *Capitaine* Curtius, être nommé capitaine est un immense honneur.

— Vos honneurs ne lui servent à rien, jeta la veuve. Pas plus que votre lâcheté.

— Son nom est déjà inscrit à l'hôtel de ville.

— Curtius, pardonnez mes propos, s'il vous plaît, dit-elle doucement avant de se tourner vers les deux hommes. A-t-il l'air compétent ? Il n'est pas de taille. Ces choses-là le dépassent.

— Remplissez votre devoir, capitaine Curtius.

— Capitaine Curtius ? comprit-il enfin.

— Oui, capitaine Curtius, vous êtes attendu à l'hôtel de ville.

— Il n'ira pas.

— Alors il risque d'être arrêté, menaça le Dr Graham.

— Et le cabinet d'être saccagé, ajouta Nicolet, la grande perche. Nous ne pourrions l'empêcher.

Silencieux, mon maître se leva.

— Quelqu'un peut prendre sa place, assura la veuve. J'irai !

— Non, refusèrent-ils. Jupe. Robe. Non. Non.

Alors mon maître parla :

— Capitaine Curtius.

Ce n'était plus une question, mais une affirmation.

— Philippe, assez !

— Merci infiniment, dirent-ils. Nos respects.

Curtius leur fit le salut militaire. Du moins, il tenta une vague imitation, le bras levé devant la figure, comme pour chasser un moustique. L'inconnu du bataillon.

La veuve n'était pas encore vaincue.

— Jacques, accompagne-le. Ne le quitte pas d'une semelle.

— Pas d'une semelle ! approuva Jacques.

— Ne laisse personne le toucher.

— Personne !

— Madame Picot, déclara Curtius, je suis capitaine. Comment parle-t-on à un capitaine ? Puis-je avoir un uniforme ? J'en désire un. Je vais me joindre au peuple. Il me connaît. On dira : « Voici le capitaine Dr Curtius. »

Il retira de son menton sa mouche de taffetas et, telle une décoration militaire, la plaça sur son tricorne.

— Aujourd'hui, poursuivit-il, je vous appellerai Charlotte.

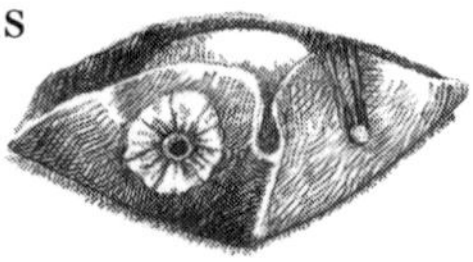

— Je vous en prie, Philippe, restez !

— Charlotte, je pars !

Tel un pélican déployant ses ailes, Curtius ouvrit les bras.

— Verrouillez bien les portes. Défense d'entrer, et tout et tout. Au revoir, Charlotte.

— Monsieur ! criai-je.

Je me demandai si je le reverrais jamais.

Il se mit en marche. Jacques, son vieux chien de garde, lui ouvrit la voie en clopinant. Ils se dirigèrent vers l'hôtel de ville, empruntèrent la rue Saint-Antoine vers l'ancienne porte du même nom, à présent démolie, par laquelle nous étions entrés à Paris, lui et moi. La Bastille se trouvait à côté.

Nous étions un 14 juillet.

CHAPITRE CINQUANTE-DEUX

Odieuse enfant

L'agitation atteignit des sommets peu après dix-sept heures. Des coups de canon avaient résonné, maintenant remplacés par les clameurs. Incapable de me concentrer plus longtemps sur mon travail, j'ai quitté l'atelier, traversé quelques pièces vers le vieil escalier de l'hôtel des Singes. Le mannequin d'Henri Picot m'attendait à l'étage. Edmond gardait le silence depuis un moment et je voulais m'assurer qu'il allait bien. Il ne se trouvait ni au grenier ni ailleurs. J'ai regardé par la fenêtre, pensant voir les émeutiers, mais je n'avais devant moi qu'une portion vide du boulevard. Et le tumulte s'amplifiait. Le cortège ne devait plus être loin. Si je restais où j'étais, je ne raterais rien du spectacle.

Seulement alors remarquai-je Edmond, dans la cour. La bouche ouverte, il faisait les cent pas devant le portail en agitant les bras. Parlait-il ? Impossible de l'entendre par-dessus le bruit ambiant.

— Edmond ! Edmond ! Rentre ! criai-je aussi fort que possible, mais en vain.

S'approchant des grilles, il commença à se cogner la tête dessus. Si fort que, au bout d'un moment, elle passa entre deux barreaux. Son corps était de mon côté, sa tête de l'autre, et la foule se rapprochait en grondant.

— Dégage-toi ! Dégage-toi !

Mais il restait accroupi, les épaules contre le métal, la tête bloquée à l'extérieur. Je me suis précipitée au bas de l'escalier. Une fois dehors, tout parut différent. À peu de distance, la foule se massait comme de noirs nuages avant la tempête. Le tapage était tel que les murs du boulevard vibraient et tremblaient. Et Edmond était là, prisonnier de la grille.

— Edmond ! Tu ne peux plus bouger ?

— Pastilles au citron et vinaigre !

— Edmond, je vais essayer de te libérer !

J'ai traversé la cour pavée.

— Edmond, il ne faut pas rester là !

— Croquettes de pomme de terre, spécialité de Savoie !

Cette fois, ils arrivaient, telle une bête à mille bouches, un immense jeu d'orgue. Un rat démesuré aux innombrables pattes. Certains dansaient, d'autres brandissaient des cages brisées. Agités, excités, ils étaient attroupés de l'autre côté des grilles et j'aurais tout donné pour qu'ils s'en aillent. Quelle était cette nouvelle créature ? J'en avais le souffle coupé.

— Encore une tête ! s'exclama l'un d'eux, suscitant des rires.

— Non, non, tout va bien, leur dis-je. Passez votre chemin, s'il vous plaît.

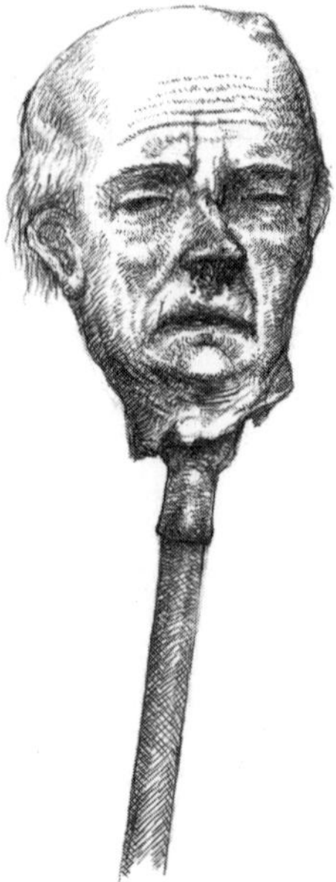

Le cou distendu
du marquis de Launay

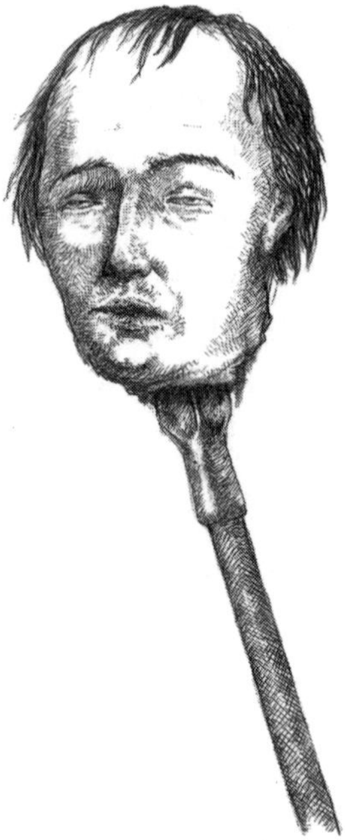

De Flesselles, son compagnon de voyage

— Empêtré, le petit gars ?

Je me retournai vers la maison.

— À l'aide ! À l'aide !

— Mais oui ! Une bonne tête ! fit une voix.

— Regardez ! Elle irait bien avec les nôtres !

Ils en avaient deux sur des piques. Bien modelées, pensai-je. Curtius les avait-il faites ? Était-ce celles du Palais-Royal ? Sous les acclamations, ils les hissèrent comme des trophées par-dessus la mêlée. L'évidence s'imposa : ce n'était pas de la cire, mais de la chair et des os. L'œuvre de la nature. Un homme en plaça une à côté d'Edmond, comme pour les comparer, comme s'ils allaient se parler. Edmond cria en se cambrant plusieurs fois, sans pour autant se dégager.

Un commis est venu me rejoindre.

— De la cire, lui demandai-je. Vite !

C'était la solution : frotter les barreaux avec un pain de cire. Elle empêche portes et fenêtres de se bloquer. Elle lubrifie le bois, le métal, les gonds. Les réduit au silence. Edmond arrêterait de hurler.

La veuve sortait maintenant.

— Edmond ! Edmond, rentre tout de suite !

Elle m'écarta, tenta de le délivrer, n'en avait pas le pouvoir.

— Ne reste pas là ! m'ordonna-t-elle, blanche et tremblante. Laisse-les passer.

— De la cire ! répétai-je. De la cire pour Edmond !

— De la cire ! comprit-elle, et d'autres commis apparurent.

— Le cabinet des cires ! fit une voix dans la foule. J'y suis allé.

— Moi aussi, j'ai vu leurs célébrités !

— Parce que nos têtes à nous, elles ne sont pas célèbres ? Il manque le corps, c'est vrai, mais tout le monde peut les voir !

— De Launay, le gouverneur de la Bastille !

— *Ancien* gouverneur !

— Il nous a fait tirer dessus !

— Cela n'arrivera plus !

Nos commis revenaient. Je leur arrachai une poignée de cire pour en frotter les barreaux et les oreilles d'Edmond. De nouveau, la veuve m'écarta.

— Je suis là, Edmond ! Je suis là ! fit-elle.

— Et lui, de Flesselles, l'affameur !

Les hommes baissèrent leur autre tête devant Edmond. Horrifié, il se tortillait comme un ver.

— Nous ne mourrons plus de faim !

— Ces marchands de misère !

— On lui a réglé son compte, à celui-là.

De ma vie, je n'avais jamais assisté à un meurtre. Je n'avais pas vu nos assassins vivants avant qu'on moule leurs têtes. Soudain, nous avions ceux-là devant nous. Une vérité plus crue. Je ne supportais pas de les voir, mais ne pouvais me détourner. Et le pauvre Edmond, devant ces rustres, qui restait prisonnier.

La cire va agir, priai-je. Il le faut. Il le faut.

— Faites des cires de nos têtes ! jeta une voix à la veuve.

— Partez, laissez-nous tranquilles !

— Faites-les d'abord !

— Poursuivez votre chemin !

— On n'a pas d'ordres à recevoir.

— On reste ! On a encore des piques pour une troisième.

— Tranchez-lui la gorge, au petit gars !

Edmond se remit à hurler. J'étais terrifiée.

— Marie ! cria-t-il.

Il parlait ! Il répétait mon nom !

— MARIE ! MARIE !

— Je suis là, fit la veuve. C'est moi, maman.

— MARIE ! MARIE !

Je n'avais pas le choix.

— Je vais prendre leurs empreintes, déclarai-je à la foule. Passez-moi les têtes par-dessus la grille.

— MARIE !

— Les garçons, cherchez-moi la sacoche de Curtius. Courez !

— Ce sera long ? fit une voix.

— Quelques minutes. Le temps que le plâtre sèche. Je ferai vite, vous pourrez repartir.

— Vaudrait mieux. Sinon, on emporte la sienne.

— Un peu de patience.

Comme toujours, la sacoche de mon maître était à côté de la porte, prête à l'emploi. Un commis me l'apporta.

— J'ai tout ce dont j'ai besoin.

Un homme se hissa sur les épaules d'un de ses compagnons et jeta la première tête par-dessus le portail. Elle était si lourde que, à ma grande surprise, je faillis la faire tomber. Bien. Le visage. Le plâtre.

— Ce sera plus rapide que d'habitude, leur dis-je. Pas de pailles dans les narines, puisqu'ils ne respirent plus. Et ils ne se plaindront pas si on les malmène.

Je me suis mise au travail dans la cour de l'hôtel, aidée par Martin Millot et ses mains tremblantes.

— Savon mou, demandai-je.

J'avais sur les genoux le prévôt de Flesselles. Ses yeux vitreux semblaient me regarder. Cette tête, je n'aurais pas dû la tenir, plutôt la rejeter de toutes mes forces. Était-ce un déchet, de l'ordure ? Comment comprendre qu'un moment plus tôt, perchée sur un corps humain, elle était capable de penser, voir, entendre, goûter, mâcher ? Ne sommes-nous qu'immondice, une fois morts ? Il manquait tant à cette malheureuse chose ce qui l'avait soutenue jusque-là. Quelle allure choquante nous donne-t-on, ainsi morcelés ! Et… oh, quel triste poids, quel horrible poids c'était ! Un poids qu'il ne faudrait jamais peser. Pauvre sphère. Je l'ai entourée de soins. Pour l'amour d'Edmond.

L'autre avait été celle du marquis de Launay, gouverneur de la Bastille. Bien que plus récente, pour ainsi dire, elle était en fort mauvais état. Ma robe dégoulinait. « De l'ordre, me répétai-je à l'instar de Curtius, de l'ordre et de la méthode. N'oublions rien. Comme autrefois à Berne. Démontre ton art. Sois-en fière. »

La veuve continuait d'appliquer la cire sur le cou de son fils.

— Le cou du marquis de Launay, dis-je tout fort, est déchiqueté. L'aponévrose temporale est fendue ; les muscles du maxillaire inférieur, lacérés ; le cartilage du nez, enfoncé ; le nez lui-même, ensanglanté et écrasé sur un côté. Le cartilage brisé a perforé la narine gauche. La pique a percé le *foramen magnum*[1] à la base du crâne, avant de buter en haut contre l'os. Sa pointe a forcé la jonction des os pariétaux, dénommée suture sagittale, ce que confirme la bosse que je sens sous mon doigt, à l'extérieur, sur le scalp du marquis.

Assise sur un tabouret, dans la cour de la grande maison des singes, je pris les empreintes des têtes tranchées sous l'œil de la foule massée derrière les grilles, tandis que le ciel peu à peu s'obscurcissait. Quand je finis mon travail, Edmond réussit enfin à se dégager. Il était de nouveau entier, d'un seul côté de la cour, épuisé sur les gros genoux de sa mère qui, hors d'haleine, sanglotait. J'avais déjà vu une scène semblable ; cela s'appelle une pietà.

Edmond sauvé par un pain de cire.

Mes plâtres ayant vite séché, Martin refit passer les deux têtes par-dessus la grille et la foule repartit tout de même, en faisant preuve d'un peu de retenue. Ma robe était couverte de sang, de chairs et de poussière blanche. J'eus soudain la nausée et vomis sur les pavés. Déplorable : je me serais attendue à être plus forte. Cela n'était que des dépouilles, après tout, rien de plus naturel. Mais mon esprit s'engourdissait.

— Edmond ! Edmond ! appelai-je. Tu as dit mon nom !

Il était déjà rentré.

Il commençait à pleuvoir, ce dont je me réjouis, et je suis restée dehors à me mouiller. Quelle chose avais-je faite, pensai-je. Tout le monde s'était mis à l'abri, et j'appréciai d'être seule un instant.

---

1. Trou occipital.

Quand enfin je me décidai à rejoindre les autres, les trois portes de la maison étaient fermées à clef.

— Tu ne rentreras pas, dit la veuve. Je ne te veux plus ici. Ouste, odieuse enfant !

CHAPITRE CINQUANTE-TROIS

La morsure d'une puce

Trois heures durant, je restai sous la pluie, à frissonner sur le perron, jusqu'au retour de Jacques et de Curtius. Quand ce dernier sonna la cloche, Millot sortit, tandis que la veuve restait derrière la porte.

— Elle ne rentre pas ! meugla-t-elle. Je ne veux plus la voir. Dégoûtante ! Impure !

Mon maître m'écouta lui relater les événements.

— Tu as plâtré ces têtes tranchées ?

— Les deux ! fit la veuve à la porte.

— Pour éloigner la foule et protéger Edmond. Je me suis rendue utile.

— Jamais de la vie ! cria-t-elle.

— Ce n'est pas bien, Marie.

— Je leur ai donné ce qu'ils voulaient. Je n'avais pas le choix.

— C'était un travail pour *moi*, répondit-il.

J'eus besoin d'un moment pour comprendre.

— Vous n'étiez pas là.

— Il fallait me faire chercher.

— Personne ne savait où.

— On aurait pu me trouver.

— Mais la garde nationale vous avait demandé !

— Eh bien… Je suis très contrarié.

— Moi plus encore, assura la veuve. À cause d'elle, des assassins sont restés à notre porte, pendant qu'Edmond avait la tête coincée dans les barreaux.

— Jamais je n'aurais tenté de lui nuire ! Au contraire, j'ai…

— Saleté ! Vermine ! Pour qui te prends-tu ? cracha-t-elle.

— Pour l'assistante du Dr Curtius.

— Souillon ! Racaille ! Vicieuse !

— Vous ne me faites pas peur, vieille femme !

— Calmez-vous, toutes les deux, fit Curtius.

— Comment puis-je me calmer devant un tel monstre ?

— Rentre, me conseilla-t-il doucement. Rentre et sèche-toi.

— Jamais ! hurla la marâtre, qui sortit et me gifla sur les deux joues.

C'en était trop, je n'allais pas tolérer cela après tout le reste. Avec mon petit poing serré, je l'ai frappée sous le nez. Les gifles ont cessé. Folle de colère, j'ai frappé à nouveau. Dans sa grasse figure. Et voilà !

J'eus l'impression d'avoir la main pulvérisée.

Beau travail ! Le sang perlait sur sa bouche. Quel choc ! Quelle sensation plaisante de voir sa lèvre fendue, mes phalanges ouvertes par ses dents.

— Au meurtre ! cria-t-elle.

— Je pourrais vous tuer, oui ! criai-je à mon tour. Ce ne serait pas faute d'y avoir pensé. Et dans le moindre détail.

— Marie, Petite ! dit Curtius. Sois plus douce ! Pauvre Charlotte !

— De sa part, j'ai supporté plus que de raison. Et si je plantais sa tête au bout d'une pique ? Seigneur, depuis le temps que je subis ses outrages ! C'est terminé. Je réclame mon salaire ! Dieu du ciel, qu'on me paie ! Qu'on me paie aujourd'hui même !

— Petite, il faut t'excuser, tu le sais.

La veuve était écarlate.

— L'anarchie, comme disait Nicolet ! rugit-elle. On se rebelle chez soi, on ne respecte plus les lois, et tout va à vau-l'eau.

— C'est cela, parlez, madame. Vous n'avez que votre bouche, et elle saigne.

— Il faut demander pardon, Petite.

Alors toutes les souffrances accumulées débordèrent comme un torrent. Les deux têtes de l'après-midi se transformèrent en boulets de rage et de douleur. Je me tournai vers Curtius et lui donnai un bon coup de pied dans le tibia.

— Et vous ! Vous pour qui j'ai tant fait ! Qu'ai-je reçu en retour ? Sans moi, vous n'auriez pas votre galerie d'assassins, puisque c'est mon idée. Vous n'auriez pas non plus la famille royale. Et, moi, je serais sale ? Laverez-vous jamais l'indignité qui vous colle à la peau ? Pendant combien d'années ai-je lessivé vos sols ? Pendant combien d'années ai-je obéi à vos ordres ? M'avez-vous seulement remerciée, Curtius ? Avez-vous pris ma défense ? Pas une fois ! C'est au-dessus de vos forces. Toujours moins pour Petite ! Quant à vous, la mégère, le peu d'amour et de bonheur qui vit le jour dans votre maison de poupée, vous l'avez broyé sans hésiter. Votre esprit pernicieux s'oppose à toute forme de beauté. J'ai sauvé Edmond et voilà comment on me récompense. J'ai fait preuve de patience, mais j'atteins mes limites.

« Remerciez-moi, plutôt ! Regardez-vous, rouge comme une tomate, prête à éclater ! Eh bien, éclatez ! Vous abîmez tous ceux qui vous entourent. À force de tyrannie, vous avez transformé Edmond en lavette. Réduit mon maître à une carcasse décharnée, dévorée d'amour pour vous. Pendant que vous vous prélassez dans votre prétendu deuil, devant un mannequin mort sur le palier ! Brûlez-le donc et épargnez-nous vos souffrances ! Arrière, veuve Picot ! Reculez ou je vous arrache la tête !

— La garce ! La sale garce ! hurla-t-elle, le souffle court. Faites quelque chose, Curtius ! Comment ose-t-elle ? Sans moi, vous seriez à la rue. Sans moi, cet endroit n'existerait pas. Qui se charge de tout dans cette maison ? Moi et moi seule ! Tout repose sur mes épaules et je me tue à la tâche !

— Alors mourez ! criai-je dans le couloir en rejoignant mon atelier d'un bon pas.

J'ai claqué ma porte assez fort, espérai-je, pour que tout le bâtiment s'effondre. Puis je me suis assise et j'ai pleuré dans mes vêtements tachés de sang. Une fois calmée, j'ai commencé à rassembler mes affaires, sûre à présent d'être congédiée.

Jacques a fini par arriver, une bouteille de vin sous le bras. Mon maître nous a rejoints peu après.

— Des pièces de valeur, ces têtes que tu as faites.

— N'avez-vous rien d'autre à dire ?

— Tu as été bien cruelle, Marie.

— Mais encore ?

— Merci, peut-être. Merci ?

— Rien d'autre, vraiment ?

— La veuve veille sur son fils.

— Ensuite ?

— J'ai très mal au tibia.

— Il y a de quoi.

— Je ne sais ce qui t'a pris, mais on en tiendra compte. Tu devras t'excuser dans quelque temps. Pour l'instant, laisse madame tranquille, soupira-t-il. Je ne te reconnais plus, Marie.

— Sans doute ai-je fini par me réveiller.

— Eh bien, je n'avais jamais vu ça. Que nous arrive-t-il à tous ?

— Elle m'a poussée à la dernière extrémité.

— Marie, m'aideras-tu à terminer ces têtes ?

Je n'ai pas répondu tout de suite.

— Oui.

Et voilà. Nous nous sommes remis au travail.

— Monsieur, lui demandai-je. Que s'est-il passé à la Bastille ?

— C'était épouvantable, je crois.

— Vous avez sûrement fait preuve de courage.

— Oh oui.

— N'avez-vous pas eu peur ?

— Concentrons-nous sur notre ouvrage.

— Rien vu, admit Jacques. Bien dommage, mais on n'a rien vu.

— Rien du tout ?

— Nous n'étions pas très loin, Marie.

— Au café Robert, ajouta Jacques. Quai Saint-Paul[1].

— Est-ce exact, monsieur ?

— Je l'ai caché là, expliqua Jacques. Pour qu'il ne lui arrive rien.

— Vraiment, monsieur ?

— Il vaut mieux que je m'en tienne à mes têtes. Jouer les capitaines… n'est pas très bon pour moi, je crains. Les têtes, oui, je suis à l'aise avec elles. C'est mon métier.

— Tu as bien fait, Jacques.

— Quand même, je regrette de n'avoir rien vu.

— Des têtes, oui, voilà.

Ces têtes-là insufflaient d'ailleurs le renouveau. Elles avaient libéré ma colère, avec pour résultat une lèvre fendue et un poing écorché. Plus incroyable encore : Edmond avait quitté le grenier. Sa mère l'avait rapatrié dans sa propre chambre. Elle m'en a refusé l'entrée, ce soir-là, mais je suis revenue le lendemain, munie d'un ballot contenant un peu de tissu blanc, du fil, une aiguille et une paire de ciseaux.

— Que veux-tu ? demanda-t-elle en me barrant le passage.

---

1. Aujourd'hui quai des Célestins.

Sa voix trahissait-elle un embryon de peur ?

— C'est pour Edmond.

— Tu n'as rien à faire dans ce couloir.

— Je crois qu'il serait content d'avoir ça.

— Tu n'entreras pas.

Mais, depuis l'intérieur de la pièce :

— Marie. Marie.

— Il m'appelle. Je l'entends. Bonjour, Edmond.

— Marie. Marie.

— Il ne dit plus rien d'autre, admit-elle, contrariée. Il n'est pas dans son état normal.

— Il m'appelle. Il souhaite me voir.

— Non, cela n'est qu'un bruit. Qui ne signifie rien.

— C'est un bruit qui signifie moi.

— Marie. Marie.

— Bonjour, Edmond ! Je t'ai apporté quelque chose.

— Absurde ! Il n'y touchera pas. Il risque de se blesser.

— Je ne pense pas.

— Qui se soucie de ce que tu penses ? Depuis quand fais-tu l'importante, espèce d'effrontée ?

— Depuis que vous m'avez cloîtrée dehors.

— Tu es une odieuse petite femme.

— Ah oui ? Rien de pire ?

— Ta place n'est pas dans ma famille.

— Pas si sûr.

— Redescends !

— Oui, madame. Mais parce que je le décide. Au revoir, Edmond, à très bientôt. Ravie que ta mère se soit souvenue de toi.

Bien qu'elle ne lui donnât pas mon ballot, elle lui confia un peu de tissu, avec lequel il confectionna une nouvelle poupée-Edmond. Un autre progrès. Il eut le courage de s'approcher de la rampe pour la glisser par-dessus, afin que je la trouve plus tard au bas de l'escalier. Toute la maison entrait en rébellion !

CHAPITRE CINQUANTE-QUATRE

◆ ◆ ◆

Tant à faire

Hors nos murs, les rues étaient soumises au désordre. Jacques Beauvisage allait patrouiller le boulevard avec Émile Melin et d'autres grands gaillards. Lorsqu'il rentrait, la chemise tachée de sang, il nous prenait dans ses bras et criait : « Tous citoyens, maintenant ! » Il fit suffisamment ses preuves pour qu'on le nommât chef de la section locale de la garde nationale. Son bref mandat de capitaine ayant été dénoncé, Curtius réintégra ses fonctions au cabinet.

La nouvelle s'était répandue que nous avions reproduit les têtes de Flesselles et de Launay. Lorsque, à présent, quelque individu subissait le même sort qu'eux, à savoir qu'on le découpait en proportions inégales, on s'adressait à nous pour en obtenir une réplique valable, afin que, par la suite, une fois les passions apaisées et le soleil levé, l'on pût apprécier les faits d'un œil plus rationnel. Je pris les choses en main. Chacun fut prié de contribuer. Le personnel dans son entier, quel que soit son rang, avait un rôle à jouer : transporter les seaux, lessiver le sol, mélanger le plâtre, brasser la cire, coudre les cheveux, insérer les yeux, poser les socles, encaisser l'argent.

Bien que la veuve m'empêchât de m'approcher d'Edmond, il avait prononcé mon nom et décuplé mes forces. Je savais modeler et l'avais prouvé. Avec l'assentiment de mon maître, je fis donc de nouvelles têtes. Il se reculait tandis que je hissais les lourdes trognes sur mes genoux – celles, détachées d'un corps, que l'on avait confiées, la nuit, à nos bons soins. Personne ne voulait de ma besogne et je ne m'en offusquais point. Au contraire, je m'en félicitais. Je me sentais vivre la meilleure des vies. Jamais on n'avait tant eu besoin de moi, jamais plus je ne devais jouir d'un tel succès. Je m'impressionnais toute seule. Oui, je m'épanouissais.

— Vraiment, monsieur, me permettez-vous ? demandais-je à Curtius.

— Oui, Marie, oui.

— Ne préférez-vous pas vous en charger ?

— J'admets être un peu las.

— C'est une belle tête. Voyez cette bouche, ces rangées de dents.

— Je n'ai guère d'appétit, en ce moment.

Je ne pouvais retenir un sourire.

— Tiens donc ? Ce ne sont que des corps, monsieur.

— Évidemment.

— Entièrement naturels.

— Pas jusqu'à leur trépas, peut-être.

— Bien sûr que si ! N'est-il pas naturel que les hommes s'entretuent ?

Tout de même, je m'interrompais…

— Enfin… Non. Vous avez raison. Le pauvre hère. C'est terrible, n'est-ce pas ?

— Tout à fait. Le meurtre est une terrible chose.

— Je la modèle donc, cette tête ?

— Tu dois, oui.

— Cela ne me dérange pas.

Les employés me regardaient avec de grands yeux. Me saluaient quand j'approchais. Gardaient respectueusement leurs distances. Je distribuais les tâches et ils m'obéissaient. Cela était si nouveau pour moi. Georges s'affairait à mes côtés, moins bavard qu'auparavant car l'ouvrage ne manquait pas. Il importait de bien faire, d'achever nos têtes, de les installer dans le grand salon afin que le public puisse les voir.

Si elle me refusait Edmond, la veuve commença à me témoigner quelque égard. Elle cessa de me commander et, bientôt, se réfugia des journées entières au Palais-Royal, en compagnie de son fils. Bref, elle me laissait tranquille.

L'on déplora un départ parmi notre nombreux personnel, celui d'André Valentin, le jeune homme de seize ans aux yeux très écartés. Ce ne furent pas ceux-ci, mais certaines dispositions, qui lui valurent la porte. Martin s'était aperçu qu'il se servait dans la caisse. La veuve nous convoqua tous dans le grand salon et lui demanda la vérité. Le gamin était terrifié. En larmes, il hocha la tête et supplia qu'on lui laisse une chance. Elle se planta un moment devant lui, puis arracha la rosette cousue sur son revers.

— Non, monsieur Curtius ! implora-t-il. S'il vous plaît !

D'un air triste, mon maître refusa silencieusement.

— Renvoyez-le, ordonna la veuve.

— Je vous en prie ! Ne m'abandonnez pas ! s'écria Valentin, louchant plus que jamais.

Émile, le compagnon de Jacques, l'escorta jusqu'au portail et le lui ouvrit.

— Vous aurez de mes nouvelles ! hurla le jeune homme. Je reviendrai un jour démolir la maison !

J'étais navrée pour ce garçon, ainsi jeté au ruisseau. Mais je n'avais pas le temps de m'apitoyer sur son sort. Nous avions des cires à présenter. Jamais nous n'avions eu autant de succès. Chaque jour, des centaines d'hommes et de femmes payaient chacun trois sous pour les voir – tarif réduit pour les Vainqueurs de la Bastille.

CHAPITRE CINQUANTE-CINQ

Histoires d'amour

Ceci est l'histoire d'un salon. D'un commerce, de ses hauts, de ses bas, de ses différents employés, des pertes et des profits, parfois aussi du monde extérieur et des gens qui frappèrent à ses portes. Voilà, que je vous explique :

La famille royale, y compris la princesse Élisabeth – mon Élisabeth, surtout – avait été reconduite à Paris. Un immense cortège de femmes, dont beaucoup de dames des Halles, s'était rendu à Versailles pour exiger du roi qu'il leur donne du pain. Sous la pression du peuple qui le menaçait, le souverain avait accepté de revenir dans la capitale. Et l'on avait fermé le château. Je ne fus mise au courant de cet épisode sanglant qu'après sa fin, sinon j'aurais craint le pire pour ma princesse. L'on m'apporta une tête, c'est ainsi que j'en pris connaissance.

Une nuée de poissonnières étaient arrivées devant nos portes, munies d'une forme enveloppée d'un tablier. Elles déballèrent leur affaire sur une table. Une tête, pour changer, grossièrement tranchée.

— Voilà, dit l'une d'elles. Spécialement pour vous.

— Qui est-ce ? demandai-je.

— Un garde de Versailles.

— Un garde suisse.

— Oui, un de ceux-là.

— Il est endommagé. Sa mère ne le reconnaîtrait pas.

— Faites-en une cire.

— Il a été piétiné, remarquai-je.

— Didididi, didididi.

Florence, la cuisinière, se trouvait parmi elles !

— Florence, étais-tu là-bas ?

— Didididi. Doui.

— Oh.

— Vas-y, m'ordonna-t-elle. Reproduis-la.

— Vous auriez pu me l'apporter sans la bousculer.

— Reproduis-la.

Tout sourire avait disparu de son visage.

C'est elle qui me l'annonça : Élisabeth résidait aux Tuileries. Ces dames se flattaient d'avoir bien manœuvré. Elle ajouta :

— Il n'y a plus personne chez toi, là-bas.

— J'en suis navrée.

— Navrée ?

— Eh bien, pour Élisabeth.

— Navrée ? Elle dit qu'elle est navrée !

— Mais non. Pourquoi le serais-je ? Je ne suis qu'une servante. Je fais ce qu'on me dit, voilà.

— Alors fais-nous cette tête, là.

— Oui, Florence.

— Je te préparerai quelque chose de bon.

Le lendemain, je suis allée au palais des Tuileries, où l'on avait emmené le souverain et les siens. Mon cœur battait fort tandis que je traversais les jardins. Des gardes suisses et des soldats alignés protégeaient les lieux de la foule qui espérait apercevoir la famille. Je me frayai un chemin entre les Parisiens – on laisse souvent les enfants se déplacer ainsi, et j'étais toujours très petite.

— Je suis une ancienne servante de Madame Élisabeth, ai-je annoncé à un garde. Nous étions très proches.

J'avais même été son amie. Me laisserait-il entrer ?

— Dites-lui que Marie Grosholtz l'attend dehors, avec son cœur et sa rate.

— Éloignez-vous, mademoiselle.

— Dites-lui mon nom. Elle voudra me voir.

— Les visites sont interdites. Circulez !

Quelqu'un dans la foule m'a craché dessus. Un autre m'a poussée, et soudain Georges apparut près de moi. Il était parti à ma recherche car on nous avait livré… une nouvelle tête. Tandis que nous nous hâtions de rentrer, je me promis de revenir. Il se produisait alors tant de choses improbables : le peuple avait défié la famille royale et, moi, j'avais défié la veuve Picot. Sans oublier Edmond qui avait quitté le grenier. Et maintenant, Élisabeth s'était rapprochée. Nous résidions tous trois à Paris : elle, lui et moi.

— Je ne serai bientôt plus là, expliquai-je à mon maître. Employez-moi bien, tant qu'il est temps. Quand vous ne m'aurez plus à disposition, il faudra faire vous-même les têtes qu'on vous apporte. Je ne pourrai plus.

Élisabeth n'était pas prête à me retrouver. Quand je suis retournée aux Tuileries, les gardes ne m'ont même pas adressé la parole.

Les Parisiens déboursaient leurs sous au cabinet du Dr Curtius. Ils venaient voir nos dernières créations ; parlaient de citoyenneté et de liberté ; se regardaient entre les effigies. Nos plus récents tableaux de la vie citadine les attiraient par centaines. Certains, la larme à l'œil, gardaient leurs distances ; d'autres auraient presque dévoré nos cires. L'argent partait à l'étage chez Martin Millot, qui consignait les sommes sur ses registres avant de les ranger dans le coffre. Rien ne m'échappait car j'entrais et sortais librement, à présent, de toutes les pièces. La veuve s'empourprait lorsqu'elle s'aventurait au grand salon, hochait la tête d'un air incrédule ou pleurnichait en blâmant tout le monde.

Une immense célébration était prévue en ville.

— Quels hommes sont devenus les Parisiens, Petite ! s'exclama Mercier. Un exemple de concorde, de travail, de paix. Ils nous préparent le plus grand spectacle jamais conçu. Les citoyens sont à pied d'œuvre pour la fête de la Fédération. Par milliers, ils participent gracieusement à l'aménagement du Champ-de-Mars. Tous sont frères et sœurs, les aristocrates et les harengères. Petite, nous sommes témoins de la perfectibilité de l'espèce humaine ! Tout le monde viendra et se réjouira !

— Même la princesse Élisabeth ?

— Tous ! Tous !

— Comme j'aimerais la revoir.

Il a plu à torrents, le jour de la fête, mais cela n'importait pas. Les multitudes fourmillaient dans les rues, dont un grand nombre, visitant les salons de Curtius, s'émerveilla de cette époque sans pareille. Dans ce court moment de célébration, les habitants s'aimaient, s'embrassaient, serraient la main de leur voisin. Une folle légèreté s'empara de la ville. Comme par miracle, chacun était jeune et beau, et Paris donnait brièvement vie à l'utopie. Jacques et Émile, qui arpentèrent les avenues avec bonheur, débusquèrent et nourrirent les chiens errants, tous citoyens eux aussi : danois, caniches, épagneuls à trois pattes et autres élégants quadrupèdes, abandonnés par leurs nobles propriétaires. Mon maître tenait compagnie

à la veuve dans son bureau. Il lui avait confectionné des babioles de cire, représentant des fruits et des fleurs. Sans jamais les exposer, elle les conservait soigneusement dans un tiroir.

Par une de ces journées singulières, dans un moment d'inattention, elle laissa Edmond livré à lui-même dans la cour. Je me suis discrètement approchée. À la lumière du jour, j'ai reconnu son grain de beauté sur la nuque, ses veines bleutées, et me suis aperçu qu'il avait une dent ébréchée. Je me rappelai : lorsqu'il restait quelque temps au soleil, des taches de rousseur apparaissaient sous ses paupières, sur l'arête de son nez, ses narines inégales que je trouvais si charmantes. Et puis j'ai remarqué : de nouveau, ses oreilles rougissaient.

— Edmond ?

— Marie.

— Edmond ! Es-tu remis ?

— Marie… Là.

— Mais oui ! Tu es guéri !

Seulement…

— Edmond ! l'appela sa mère. Edmond, où traînes-tu encore ? Rentre immédiatement !

Sortie de sa torpeur, elle brailla un instant et il la rejoignit. Il se retourna tout de même pour me faire signe.

À la même époque, Curtius me fit venir dans son atelier. Les joues roses, il semblait presque en bonne santé.

— As-tu connaissance de ces choses, Petite ? me demanda-t-il timidement. Aurais-tu des idées ou un conseil à ce propos ?

— À quel propos, monsieur ? Vous ne m'avez pas dit.

— Ah bon ? J'aurais cru, pourtant. Eh bien, *l'amour*, Marie. Que sais-tu à son sujet ?

— Oh, monsieur, c'est le sujet que je préfère !

— Penses-tu, Marie, personnellement – car tu as une personnalité –, penses-tu qu'un homme tel que moi puisse aimer ?

— Oui, monsieur, je le pense.

— Et crois-tu qu'il puisse également *être* aimé ?

— Cela se peut, monsieur.

— Vois-tu, pendant que notre affaire s'est développée, elle a changé, elle aussi. Je l'ai remarqué. Charlotte, cette chère Charlotte. Auparavant, elle n'avait besoin que de mes aptitudes. J'ai l'impression qu'il lui faut davantage, maintenant. Je n'imagine rien, murmura-t-il. L'amour. Qu'est-ce donc ? Le lire sur un visage, le traduire dans la cire. Ce serait un tel succès.

CHAPITRE CINQUANTE-SIX

La famille se réduit

Élisabeth a commis une grave erreur en tentant de s'enfuir. J'étais très en colère. Elle allait partir sans me dire au revoir ! Et risquer sa vie !

Le 20 juin, le roi, la reine, le Dauphin, Marie-Thérèse et mon Élisabeth, déguisés en valets ou en femmes de chambre (rôles qu'ils n'auraient su jouer), quittèrent Paris dans une lourde berline. À onze heures, le lendemain soir – le jour le plus long de l'année –, ils furent arrêtés dans une ville de campagne et reconduits à la capitale. Tout Paris, outragé, assista à leur retour. Le peuple grouillait dans les rues, ouvrait ses fenêtres, montait sur les toits afin de voir ce spectacle improbable : l'encombrant véhicule royal avançant au pas en direction des Tuileries. L'Assemblée avait fait afficher des placards :

QUICONQUE APPLAUDIRA LE ROI SERA BASTONNÉ
QUICONQUE L'INSULTERA SERA PENDU

Personne ne s'est découvert sur leur passage. Les yeux écarquillés, la foule scrutait les vitres du carrosse. Je me trouvais parmi elle et tentai d'apercevoir Élisabeth. Hélas, je ne pus m'approcher suffisamment. Un court instant, je crus reconnaître sa nuque, son bonnet et une de ses mèches blondes. Mon Élisabeth. Elle avait failli disparaître, me suis-je dit, mais elle était revenue et nous nous retrouverions dès qu'elle me ferait mander. Bien sûr qu'elle le ferait.

L'autre famille royale, de cire celle-là, fut déménagée dans une charrette en sens inverse, depuis le Palais-Royal jusqu'à la grande maison des singes. Bien qu'elle dût maintenant être exposée auprès des têtes tranchées, des criminels et des condamnés, j'étais heureuse de la récupérer. Afin de reconstituer son arrestation à Varennes, on délaissa le Grand Couvert pour la disposer autour d'une simple table vers laquelle avançait un membre de la garde nationale. Faute du temps nécessaire pour le coiffer d'une tête neuve, celui-là, on se servit d'un obscur empoisonneur, travesti au moyen d'une perruque noire. Il manquait l'effigie d'Élisabeth, que je n'avais jamais modelée – comme si j'avais voulu la préserver.

Le 17 juillet, la garde nationale, sous le commandement de La Fayette, ouvrit le feu sur un vaste attroupement au Champ-de-Mars, faisant une cinquantaine de victimes. Notre La Fayette de cire rejoignit alors les assassins du boulevard, laissant la veuve à sa solitude du Palais-Royal, chaque jour moins fréquenté. Le maire Bailly, démissionnaire, puis Calonne et Mirabeau, prirent le même chemin ;

toutes nos cires rentrèrent à la maison. Le 1er avril de l'année suivante, la veuve elle-même quitta finalement le Palais. Il ne restait là-bas que quelques distingués messieurs : Voltaire et Rousseau, Gluck, Franklin et les frères Montgolfier. Edmond retourna lui aussi à la maison des singes, où il demeura à l'étage.

Le 20 avril, craignant d'être envahie, la France déclara la guerre à l'Autriche et à la Prusse. Le 25, Nicolas-Jacques Pelletier, un brigand, fut exécuté à la nouvelle manière, au moyen d'un engin conçu par le Dr Louis. La louisette, comme on l'appela, se composait d'un grand cadre de bois et d'un lourd rectangle de fer au tranchant en biseau. En libérant un levier, on fit tomber la lame de très haut, directement sur le cou de M. Pelletier, dont la tête se détacha du corps et bondit loin de celui-ci. Jacques et Émile, qui y étaient allés, en revinrent déçus.

— Rien vu. Ça va trop vite. C'est fini avant même de commencer.

Sur le boulevard, nous étions plus occupés que jamais. Quelle activité dans notre fabrique ! Quelle machine à reproduire l'histoire en marche ! Aucun de nous ne détenait l'image entière de l'homme en devenir, nous n'avions qu'une petite portion à lui fournir. Les cheveux pour certains, les dents pour d'autres ; ou les yeux, ou le teint. L'un préparait le plâtre, et son voisin, la cire. Notre vision s'arrêtait à notre fonction. Ensemble, cependant, nous dessinions l'anatomie d'une ville en pleine transformation ; ensemble, nous rendions les choses lisibles pour le commun des mortels.

Dans son bureau, désorientée, la veuve fumait ses cigares et suçotait sa plume, toujours inquiète d'avoir négligé une idée, revenant parfois sur ses décisions. Elle cousit un bonnet phrygien pour Louis XVI, elle élabora de nouveaux uniformes pour le personnel de service. Il avait revêtu celui de la garde nationale, vilipendée depuis que, en juillet, elle avait tiré sur les citoyens. Alors il endossa le costume des sans-culottes et des classes populaires : pantalon à rayures, simples blouse et gilet. À la rosette de Curtius, l'on ajouta la cocarde tricolore – bleue et rouge, comme les couleurs de Paris, et blanche au milieu, en référence au roi.

Plus loin dans le couloir se trouvait l'atelier maître, où je découpais les moules et dégageais les cires en compagnie de Georges Offroy, toujours prêt avec sa palette de roses et de rouges. Mon ancien atelier, attenant, était réservé aux cheveux, aux dents et aux yeux. Côté rue, Martin Millot tenait la caisse. Nos tarifs avaient baissé, mais nous nous rattrapions sur les entrées, car le public affluait toujours plus nombreux. Les enfants citaient à haute voix les droits de l'homme et du citoyen. De jeunes femmes crachaient à la figure de La Fayette, qu'elles qualifiaient de traître. Les vieux n'avaient qu'un mot à la bouche : la patrie. Visiter notre salon était un acte patriotique.

Aucun événement national n'aura marqué la nuit du 1er août, toutefois la conversation que je surpris sur le palier, entre Curtius et la veuve, n'était pas sans intérêt. Mon maître avait empoigné Henri le mannequin.

— Il est temps de le ranger, disait-il à Picot. Il est mort ! Il est mort ! Acceptez-moi !

— Impossible, lui répondit-elle, des larmes dans la voix. Modérez-vous ! Une chose à la fois. Le dévêtir, d'accord, mais rien de plus. Il me soutient. Sans lui, je ne serais pas ce que je suis. Vous ne l'avez pas connu. Jamais vous n'atteindrez sa hauteur.

— Je suis vivant, moi !

— Je vous en prie, Philippe. Il faut que je m'habitue.

Le lendemain matin, Henri était nu sur le palier.

Le 10 août, des colonnes de citoyens réunis aux Tuileries exigèrent que le roi abdique. Depuis l'hôtel des Singes, nous entendîmes les gardes suisses faire sonner le canon. Tout de suite, je pensai à Élisabeth, qui était là-bas ! Je courus à l'atelier me munir de son cœur et de sa rate.

— Mon Dieu, qu'il ne t'arrive pas mal !

Comme partout en ville, nous avions bien fermé nos portes, nos volets, et nous ne sortions pas. Ceux qui s'y risquaient étaient pris pour cible. Dans le grand salon, nos silhouettes creuses vacillaient au gré des détonations. Bailly tremblait. La famille royale tressaillait sur ses fauteuils. Nous avons étendu à terre quelques-unes de nos cires pour éviter qu'elles s'abîment en tombant. Tout ballottait au gré de la canonnade.

— À l'abri, à l'abri, disais-je à mon Élisabeth.

Quand la cloche retentit dehors, nous avons rouvert verrous et portes, et reconnu Jacques au portail avec son Émile. Le visage défait, le teint gris, les yeux clos sous son crâne rasé, son rustaud ne tenait pas debout. Quand notre Jacques, chroniqueur des pires assassins, le souleva pour le faire entrer, le doute n'était plus permis.

Émile Melin ne vivait plus. Eh bien, Jacques l'avait eu, ce meurtre avec du sang qu'il réclamait depuis si longtemps.

— Jacques, que s'est-il passé ? lui demanda Curtius.

— Mon petit gars ! Ils l'ont tué, ils l'ont tué !

— Mon pauvre Jacques, le plaignis-je.

— MON GARS ! hurla Beauvisage.

Toute la ville était claquemurée. Des hommes parcouraient les rues, promettant la peine de mort à quiconque abriterait un garde suisse échappé du palais. Les perquisitions durèrent la nuit entière. Paris était ratissée au peigne fin. En l'absence des Suisses, les dernières barrières avaient disparu entre le peuple et la royauté, et il fallait craindre de nouveaux massacres. J'ignorais si Élisabeth était encore en vie.

— Aidez-moi, aidez-moi ! pleurait Jacques.

Mon atelier s'est soudain assombri par cette matinée brûlante. Quand j'ai ouvert la fenêtre, un affreux bourdonnement m'attendait dehors. Un amas de mouches noires, agglutinées contre la vitre, bouchait le jour. Par nuées entières, elles vrombissaient sur le boulevard, volaient sur les cadavres d'un bout à l'autre de Paris.

Des écharpes tricolores leur barrant la poitrine, des miliciens frappèrent à la porte et demandèrent à savoir la nationalité de mon maître.

— Mais c'est Curtius ! clama la veuve. Curtius lui-même !

Sans l'écouter, ils posèrent la question à celui-ci. Il était né en Suisse, leur apprit-il. Quelqu'un d'autre ici était-il suisse ? Oui, son assistante depuis toujours, révéla-t-il.

— Deux Suisses. Nous prenons note.

— D'honnêtes citoyens, affirma la veuve. La France est leur pays.

— Non, ils sont suisses.

— Mais sont ici chez eux.

— Ils sont ici en France.

— Ils n'ont commis aucun mal.

— Nous verrons. Deux Suisses. Enregistré.

La veuve tremblait lorsqu'ils partirent.

— Il ne vous arrivera rien, nous déclara-t-elle. Je le promets. Même à la petite.

— Merci ! lui dis-je.

Je n'en attendais pas tant de sa part.

— Assez. Je ne veux rien entendre.

— Si, si, je vous remercie. Ce sont les premiers mots aimables que vous m'adressez.

— Eh bien, cela suffira. Tu t'es montrée utile.

Je n'en croyais pas mes oreilles.

— Utile ?

— Autre chose, tant que j'y suis. Tu seras contente d'apprendre que ta princesse est hors de danger. Ils sont tous au Temple, et en bonne santé. Prisonniers, mais vivants. La nouvelle date de quelques heures. Tu devrais être heureuse.

— Merci encore.

— Maintenant, hors de ma vue.

— Je file, je file.

— Ouste !

À mon maître, elle avoua :

— Les lois changent si vite que je m'y perds. On ne peut pas deviner ! Elle seule semble s'y retrouver. Elle y parvient mieux que moi, cette petite… créature !

Qu'était-il arrivé pour qu'elle brise son armure ? Le danger était-il si grand qu'elle se couchait devant lui ? Elle devait redouter notre suppression, rien de moins.

Sur le boulevard, nous n'étions plus en odeur de sainteté. Notre cuisinière, Florence Biblot, nous quitta ce matin-là, prétextant qu'elle ne travaillait plus pour des Suisses. Le lendemain, d'autres hommes se présentèrent avec d'autres questions. Ils voulurent visiter la maison, prirent des notes. Au lieu de « patriote » ou « citoyen », ils appelèrent mon maître « le Curtius de Berne ». Sans Jacques, qui se porta garant de lui, ils l'auraient emmené.

Chaque jour, les miliciens revenaient, fouillaient, cherchaient des preuves.

— Nous n'avons rien à nous reprocher ! se plaignait la veuve.

— Vous abritez des Suisses !

Finalement, la grande maison des singes fut rouverte au public. Pour les mises à mort, tout le pays recourait à présent à la louisette. Rue Mouffetard, une fabrique se consacrait à l'assemblage de ces machines, auxquelles un nouveau nom avait été donné. Comme celui de louisette rappelait le roi tombé en disgrâce, on l'avait rebaptisée guillotine, d'après le patronyme d'un médecin qui, pendant des années, avait plaidé pour des exécutions exemptes de cruauté et de souffrances inutiles.

Pour détourner les soupçons, Curtius et la veuve installèrent les personnages honnis dans un coin distinct du salon. La famille royale fut reléguée dans la cage qui avait hébergé Lazare le babouin.

Mon maître, alerté par les autorités, évitait de se montrer en public et le regrettait vivement.

— Bientôt, elle ne se refusera plus, Marie. Mon jour viendra et elle m'accueillera dans ses bras. Charlotte a besoin de moi. Elle n'a qu'à frapper à ma porte, je suis là. Les murs commencent à se fissurer.

— Je suis ravie pour vous, monsieur. Je reconnais qu'elle a changé.

Alors qu'un soir je quittais l'atelier pour passer en revue les présences silencieuses du salon, je surpris la veuve, agenouillée devant le mannequin de son défunt mari. Elle était en train de le recoudre. Me voyant, elle s'est agitée, m'a reproché une fois encore de fouiner. En se redressant, elle a bousculé le mannequin, qui cliquetait de l'intérieur.

Un matin, je reconnus André Valentin, le jeune homme au strabisme, qui conversait avec Martin Millot. Ils étaient chacun d'un côté du portail. Quand je me suis approchée, Valentin a filé.

— Que voulait-il ?

— De l'argent, bien sûr, me répondit Martin. Toujours.

— Crie-t-il famine ?

— Il a faim, oui.

— Mieux vaut l'éviter. Il n'est pas digne de confiance.

— C'est un Français tout de même.

Le 25 août, nous avons perdu quatre employés en sus de mon brave Georges, qui partirent à la guerre avec trente mille autres jeunes gens, enrôlés par le Conseil exécutif provisoire. Nous les avons salués tandis qu'ils défilaient en ville au son des tambours. Jamais ils ne revinrent.

CHAPITRE CINQUANTE-SEPT

◆ ◆ ◆

« Modelez-moi ! »

Mercier vint nous transmettre les dernières nouvelles de la cité.

— Matin et soir, nos prisons sont des abattoirs, expliqua-t-il. À chaque instant, les gardiens sortent des captifs de leurs cellules. On les exécute sans procès, sans pitié. Mes souliers ont foulé assez de sang. Ils m'ont fait faire demi-tour pour m'emmener chez vous. On va encore t'apporter des têtes, Petite.

Qu'il était amer. Nous étions réunis dans le salon, tous ensemble avec Edmond.

— Et la princesse Élisabeth ? demandai-je.

— Les souverains sont épargnés. Le clergé paie la plus grosse part.

— Ah ? Merci. Je devrais quand même me méfier.

Edmond me regarda et je n'aurais su dire ce qu'il pensait.

— Asseyez-vous, Sébastien, lui offrit mon maître. Buvez un peu de vin. Nous sommes contents de vous voir. Les amis se font rares, depuis peu.

— Il en est un, surtout, dont je veux vous parler. Il porte sur lui le sang de tant d'autres. Lui-même serait incapable de les compter. Il hache et taille en pièces les nobles et les curés. Non, il n'a pas assez de ses deux bras.

— Que nous chantez-vous ? Vos propos n'ont pas de sens, dit la veuve.

— Dr Curtius, madame Picot, j'ai une question à vous poser : où est Jacques Beauvisage ?

— Il garde le quartier, répondit-elle.

— Je crains que non, veuve Picot. Beauvisage assassine les prêtres qui refusent de se soumettre à la Constitution civile. Il les écorche, il les saigne, il les équarrit !

— Vous devez vous tromper, objecta mon maître.

— Votre maudit Jacques. Je l'ai vu à l'œuvre.

— Je ne peux le croire.

— Et il s'abreuve de vin, ajouta Mercier en posant son verre. Tuer l'assèche, lui donne la pépie.

— J'en doute vraiment, insista Curtius.

— Ce cabinet est une école du meurtre, jeta Mercier, désignant nos physionomies de cire.

Mon maître pâlit.

— Nous ne montrons que la vie des rues.

— Vous n'y êtes pas tenus !

— Le peuple le demande, l'exige !

— Vos têtes en appelleront d'autres. Il faudrait les couvrir, les cacher, les éloigner ! Remplacez toute votre collection !

— Elles sont le portrait de cette ville.

— Vous vous en amusez !

— Nous les étudions !

— Vous les reproduisez. Vous ne gardez que les pires et vous les magnifiez !

— Rien n'est plus honnête que la cire. C'est de notoriété publique, elle ne ment jamais.

Curtius disait vrai. La cire ne ment pas. Contrairement aux portraits à l'huile dans leurs cadres dorés, qui remplissaient le château de Versailles. La cire est la plus loyale des matières.

— Couvrez-les, je vous en conjure !

— Cela serait une tromperie.

Mercier poussa un soupir contrarié.

— Cette ville est au bord de l'explosion.

Du bruit dehors. La cloche retentit. Encore une foule acerbe. Des visages inconnus, qui se ressemblent tous. De fait, on m'apportait une nouvelle tête. Un cou tranché que nous avons posé à même la table. Cette blondeur ! Cette peau ! Ces yeux gris clair !

— Oh ! lâchai-je, atterrée. Cela change tout ! Elle, je lui ai parlé, de son vivant !

— Chut, Petite. Chut, Marie, fit la veuve tout bas. Tu ne l'as jamais vue. Ils te tueront s'ils l'apprennent. Prends ses empreintes et tais-toi, ma fille.

— Est-ce… s'inquiéta mon maître, appliquant le plâtre avec moi. Est-ce Élisabeth ?

— Avec ces cheveux blonds…

— Oui ?

— Oui, je l'ai cru, tout d'abord.

— Alors ?

— Non. C'est… c'était la princesse de Lamballe.

— Tant mieux, tant mieux. Un soulagement, sûrement.

— Sa peau est d'une telle blancheur.

— Du marbre, du marbre, pense plutôt à du marbre !

— Mais faire une tête qu'on a connue, monsieur !

— Travaillons !

— Cela n'était jamais arrivé. Les événements se rapprochent de nous.

— Allons, Marie, soulève-la, maintenant.

— Quel poids !

— Bonne fille.

Sans se détourner, Edmond nous regardait nous activer. Assis très droit, silencieux, il ouvrait de grands yeux et se retenait à sa chaise. Quand nous eûmes terminé et rendu le modèle à la foule, Mercier était toujours là, dans un coin. Il pleurait.

— J'aurais dû vous laisser à Berne, déclara-t-il.

— J'aurais été privé de cette merveilleuse femme, fit Curtius en se tournant vers la veuve.

— Oh, Petite… poursuivit Mercier. Petite cruauté, petit couteau, petite tache de sang. Comme ta figure sied à ces temps. Tu as trouvé ta voie, petit cauchemar.

— Pourquoi me dire de telles choses, de telles insultes ? demandai-je. Qu'ai-je fait pour mériter cela ? Je ne les ai pas tranchées, ces têtes !

— Au revoir. Sans doute était-ce ma dernière visite.

Lorsqu'on lui ouvrit le portail, il se retourna et, avant de s'éloigner, donna un coup de pied sur un mur.

— Il ne refuse quand même pas notre vin ! lâcha la veuve.

— En vérité, admit Curtius, sa tête ne m'est jamais revenue.

Plus tard dans la soirée, la cloche sonna de nouveau. Nous étions au salon, mon maître auprès de la veuve. Un sabre dans une main et un mousquet dans l'autre, Jacques Beauvisage réclamait qu'on lui ouvre. Il hurlait, il hurlait, et nous, nous chuchotions.

— Il nous tuera, souffla la veuve.

— Il ne toucherait pas à un seul de nos cheveux, l'assurai-je.

— Il a du sang sur lui, remarqua Millot. Je le vois.

— Le laissons-nous entrer ? s'inquiéta Curtius.

— Il n'est pas dans son état normal, insista la veuve. Il va nous massacrer et il le regrettera demain.

— Jacques, notre Jacques, couvert de sang, regrettai-je.

— Modelez-moi ! criait-il derrière le portail. Modelez-moi !

— C'est contraire à nos règles, murmura la veuve. Nous ne nous modelons pas, nous ne nous exposons pas. Nous restons hors du jeu.

— J'ai tant travaillé ! beuglait Jacques.

— Il est très saoul, remarquai-je. En très mauvais état, vraiment.

— Mieux vaut qu'il dorme devant une porte, proposa mon maître.

— Il n'a pas assez d'une nuit pour cuver, dit la veuve.

— Mes mains, mes mains ! continuait Jacques. Mes mains sont à bout !

Un long silence.

— Est-il parti ? demanda Martin.

— Je crois.

Mais il recommençait :

— À l'aide ! Aidez-moi ! Personne n'aide Jacques ?

— C'est insupportable, souffla Curtius.

— Petite, au secours ! Petite !

— Je ne peux pas le laisser, offris-je.

— Émile, Émile… gémissait-il.

— Il ne s'égosille plus, il s'apaise, fit la veuve. Et il n'entrera pas.

— Que vais-je faire ? geignait-il.

— Il finira par s'assagir, conclut-elle. Et s'en aller.

Au contraire :

— Ma maison ! Ma famille ! Mon père, ma mère, mon frère, ma sœur !

— Jacques Beauvisage, murmurai-je, calme-toi…

— C'est moi, c'est moi, c'est moi ! Au secours !

Il poussa un cri, un long cri d'animal, affreux. Puis plus rien. Il avait disparu.

— Demain, monsieur, nous devrons partir à sa recherche, dis-je à Curtius.

— Oui, Marie. Il aura recouvré ses esprits. Cela ne m'étonnerait pas qu'il revienne dans la nuit et se couche devant le portail.

Au matin, Jacques n'était pas revenu. Tout taché de sang, il avait retrouvé ses rues et ses souffrances. Adieu, la douceur d'un lit, le bien-être d'un foyer.

Cette nuit-là, la ville se métamorphosa. Le boulevard s'était tu. Le silence remplaçait les voitures et les passants. On n'entrait plus dans Paris. Des patrouilles armées de piques frappaient à toutes les portes. Le long du fleuve, des bateaux étaient amarrés à intervalles réguliers. À bord, des hommes armés tiraient sur quiconque se montrait.

Quand les barrières furent rouvertes au matin, Curtius et moi nous sommes mis en quête de Jacques. Nous avons appelé, sifflé, aboyé son nom. Accosté les gens sur le trottoir, offrant une récompense contre des nouvelles. Ni ce jour ni les suivants, personne ne nous en donna.

— Mon Jacques, mon enfant, se lamentait Curtius, chagriné. Que ferons-nous à présent si des voleurs nous surprennent à la nuit ? Qui nous protégera ?

CHAPITRE CINQUANTE-HUIT

◆ ◆ ◆

Pas de sentiments

Par ordre de la commune, les barrières de la ville, ainsi que les portes et volets des habitants devaient être tenus fermés. Certaines grandes voies étaient défendues par quatre rangées d'hommes en armes. Pendant ce temps, Curtius, la veuve, Edmond et moi attendions dans l'église de la Madeleine, sise dans la rue du même nom[1]. Nous avions reçu une convocation écrite de l'Assemblée et nous étions levés tôt pour faire notre toilette et bien nous vêtir. Martin Millot nous avait passés en revue, donné un coup de brosse, il avait mis en valeur nos cocardes tricolores, puis s'était reculé pour vérifier le résultat.

— Ça ira. Quelle journée. Vous ne l'avez pas volé.

D'un geste, il nous avait salués et nous étions partis. Quand je me suis retournée pour un dernier au revoir, une

1. Aujourd'hui rue Pasquier.

silhouette solitaire, au col relevé contre le vent, attira mon attention dans la rue voisine.

Nous avons patienté tant d'heures à l'église de la Madeleine que nous oubliions presque pourquoi nous y étions. Enfin, j'ai entendu un roulement de tambour, puis le silence, puis un bruit qui, tel un coup de tonnerre, ébranla les vitraux. De fait, un tonnerre d'applaudissements et d'acclamations. Nous redressant sur nos sièges, nous avons ajusté nos mises. Cela ne pouvait plus être long. D'un moment à l'autre, maintenant. Quelle anxiété. Curtius avait des grenouilles dans le ventre. La veuve suait malgré le froid piquant. Edmond serrait sa poupée sur ses genoux. Nous nous regardions sans cesse, lui et moi. Et nous attendîmes encore, encore, encore, sans dire un mot.

Vers dix heures et demie, quand les barrières de la ville furent levées, les affaires avaient repris. On avait rouvert les volets, les habitants étaient apparus aux fenêtres. Ils avaient fait leurs courses dans les derniers marchés, avaient bu un café devant une partie d'échecs, ou s'étaient recouchés. Une heure plus tard, notre paquet était prêt. On nous conduisit à l'extérieur. Le corps était chargé dans une brouette, un trou avait été creusé dans le cimetière de l'église, la chaux vive préparée dans un seau. On nous remit le paquet dans une corbeille et l'on nous pria de nous presser.

— Il n'a presque plus de cheveux, remarqua Curtius.

— Vendus aux enchères, expliqua l'homme à la brouette.

J'avais le poids mort sur les genoux.

— Hâtez-vous, nous dit l'homme, puis : Mais elle pleure, votre dame ?

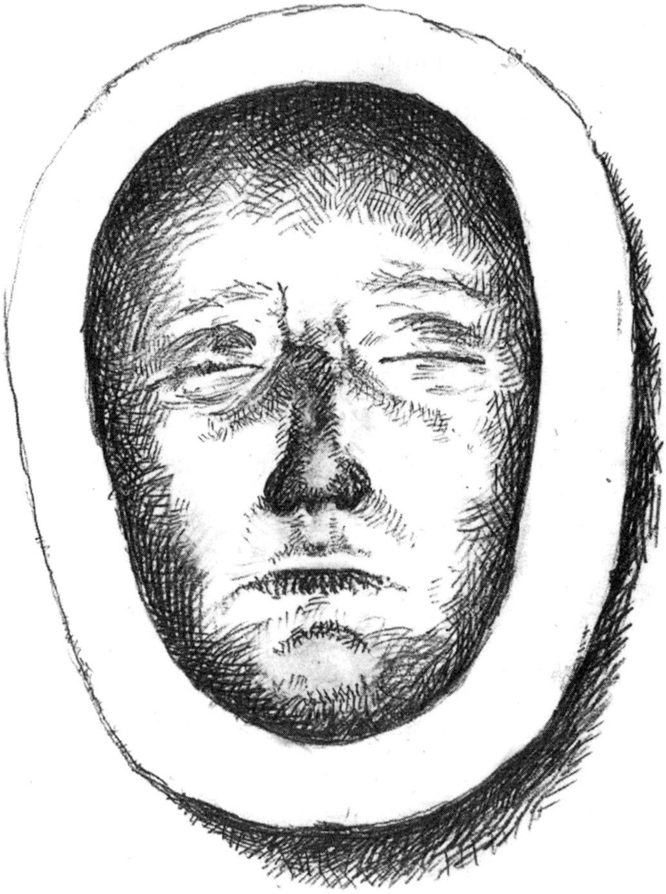

— Non, non, assura Curtius. Marie, pleures-tu ? Enfin, tu ne pleures jamais !

— Elle ne devrait pas. Cela n'est pas raisonnable.

— Nous sommes anonymes, Petite, déclara mon maître. Nous n'avons pas de sentiments, ne pourrions nous le permettre. Laissons cela aux autres. Tu l'as compris déjà, sûrement. Combien de têtes avons-nous produites ? Allons, pas d'histoires ! Nous ne sommes que du papier journal. Nous consignons les faits. C'est une chance, Petite, de voir ce que nous avons vu, et nous en profitons. Les rois meurent de bien des manières. L'histoire en garde la trace. Comme nous. Des faits. Des faits.

— Merci, monsieur, je me sens mieux.

— Cela n'est pas raisonnable non plus. L'autre dame pleure aussi, remarqua l'homme à la brouette.

La veuve, forteresse imprenable, avait sur sa jupe une tache de sang royal. Elle la toucha du doigt. Elle avait, il est vrai, les yeux bordés de larmes.

— Le roi, le roi, murmura-t-elle. Qu'avons-nous fait pour en arriver là ?

Elle ne pouvait se contenir devant cette tête-là. Edmond avait rendu son petit déjeuner et maintenait sa poupée contre sa bouche. Collé contre sa mère, il frissonnait.

Curtius et moi nous sommes mis au travail. À deux, nous avons nettoyé le cou tranché, la chair nue, les caillots, les éclats d'os. J'ai appliqué la pommade sur le visage en prenant soin de laisser les paupières closes. Toute expression avait disparu, sinon un léger plissement des sourcils. Il fallut rapprocher les lèvres et les serrer. Ah, ces dents abîmées par trop de sucreries… Non, pas ça ! Ne pas y penser !

— *Robinson Crusoé* était son livre préféré.

— Huile, me pria mon maître.

— S'ils lui font subir un tel sort, Élisabeth risque-t-elle aussi de…

— Plâtre.

Quand nous eûmes terminé, les fossoyeurs réunirent les deux parties tranchées dans une simple caisse de bois qu'ils recouvrirent de chaux. Je rangeai pour l'instant nos empreintes sèches dans la valise du père de Curtius. Elles étaient vides et pourtant jamais mon maître n'en avait pris d'aussi lourdes. Sur le chemin du retour, nous nous sommes relayés pour porter la grosse valise. En route, je me demandai ce que nous ferions des autres effigies du roi, celle qui le représentait à table, d'après mes dessins, et l'autre, modelée d'après nature. Elles étaient entières, chacune sur pied, ce que je trouvai incongru en les voyant. N'auraient-elles pas dû tomber toutes seules, après l'exécution ?

La veuve me déchargea de la valise.

— Je te débarrasse. Tu es sûrement fatiguée.

J'étais un membre de la famille, voyez-vous.

Au retour, le portail et la porte d'ENTRÉE n'étaient pas fermés. Martin Millot les avait sans doute entrebâillés à notre intention. Il ne s'est pas montré quand je l'ai appelé. À l'intérieur, tout était à sa place, les personnages honnis, leurs têtes sur des piques. Curtius posa la valise par terre, ce qui semblait inconvenant. La veuve la plaça sur la table. J'en ai sorti les moules et les consignes de l'Assemblée, afin que tout soit en ordre quand nos clients viendraient chercher leur commande. La sacoche de mon maître devait toujours être prête, aussi suis-je allée à l'atelier prélever les quantités manquantes de plâtre et de pommade. Puis je l'ai laissée près de la porte du fond. Il n'aurait qu'à l'emporter, la prochaine fois.

Martin n'était pas descendu quand je suis retournée au grand salon, alors je suis montée aux écritures. Il n'était pas juché sur son tabouret et rien n'encombrait sa table. Je me suis aperçue que le coffre n'était pas bien fermé. Martin, très strict, ne nous avait pas habitués au désordre. J'allais corriger cela et j'ai jeté un coup d'œil à l'intérieur : le coffre était vide, à l'exception d'une feuille de papier sur une étagère.

En criant, j'ai couru au rez-de-chaussée. Je criais encore en mettant la feuille sous le nez de la veuve. Je criais encore lorsqu'elle la saisit.

Elle était assise avec Curtius, chacun d'un côté de Cyprien Bouchard, le gagnant de la loterie. Elle baissa la tête et commença à lire :

Je, soussigné, Martin Millot, déclare :
avoir pris 17 675 assignats,
avoir pris 12 364 louis d'or,
avoir pris les 9 000 livres cachées dans le mannequin d'Henri Picot,
avoir mis fin à votre infâme commerce.
Les portes seront ouvertes depuis longtemps quand vous serez rentrés. Moi, j'aurai disparu.

M. M.

La veuve gardait la tête baissée. Je ne doutais pas qu'elle se redresserait. Femme de ressources, elle savait toujours quoi faire. Elle restait voûtée, mais, d'un instant à l'autre, se ressaisirait. Le coup était sévère, certes, mais elle se relèverait. Elle savait toujours quoi faire. Nous pouvions compter sur elle. Ce serait l'affaire d'une minute.

Elle gardait la tête baissée.

Ne bougeait plus.

La tête baissée.

LIVRE SIX

1793-1794

UNE MAISON DANS LE SILENCE

De l'âge de trente-deux
à trente-trois ans

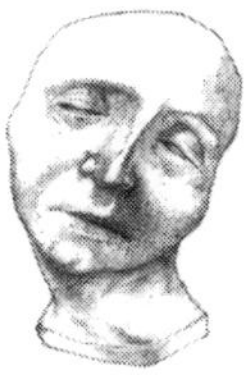

CHAPITRE CINQUANTE-NEUF

Une maison calme dans une rue calme

Eux qui arrivaient en foule, où étaient-ils à présent après le travail ? Plus ici. Plus personne. Mais qui avait encore de quoi se divertir, alors que le prix du pain, des bougies, des étoffes, avait triplé ? Les spectacles du boulevard avaient plié bagage pour on ne savait où. La porte du Dr Graham était barrée d'un panneau avec l'inscription À LOUER. Au revoir, au revoir. Quel revers, quelle culbute. Point d'étincelle, de feu ni d'artifice. Le boulevard du Temple, envolé, n'était plus qu'une rue sage.

La grande maison des singes semblait abandonnée. Martin Millot avait laissé notre portail ouvert. Personne ne l'avait refermé et il commençait à fléchir. Nous avait-il volés tout seul ou avait-il des complices ? Sûrement quelqu'un l'avait aidé, il n'était pas adroit. De mauvaises herbes poussaient dans la cour entre les pavés, où jouaient des gamins que personne ne chassait. La cloche, rouillée, s'était tue. La veuve avait baissé la tête, et le cabinet, les bras. Il avait perdu son chef.

Non que la maison fût vide. Invisibles depuis l'extérieur, quatre cœurs y battaient encore. L'un d'eux au ralenti, mais un autre plus vite, ceci compensant cela.

— Je suis le médecin, annonça Curtius. Toi, Edmond, tu es le fils. Toi, Marie… eh bien, tu es Petite. Désormais ne comptent que les faits, uniquement les faits. La vérité, Charlotte. Apoplexie, Charlotte.

Edmond et moi avions rassemblé les pailles que nous mettions jadis à l'atelier dans les narines de nos modèles. Elles permettaient de nourrir la veuve, à travers sa bouche tordue.

— Oui, je maintiens : une crise d'apoplexie. Thrombose veineuse, congestion cérébrale. Hémiplégie : paralysie latérale. Une rupture d'anévrisme, peut-être ? Avez-vous toutes vos facultés, Charlotte ? Comprenez-vous ce qui se passe ? Faites-moi signe, dans ce cas ! Si je pouvais voir à l'intérieur, je serais mieux éclairé, dit-il en effleurant son bonnet du bout des doigts. Un simple coup d'œil, oui. Un caillot, là-dedans ? Hernie ? Hémorragie ? Disséquer, je ne peux, donc cela reste un secret. Un choc, un accident ? Aidez-moi, je ne sais que faire. Ne faillissez pas, Charlotte, surtout pas. Je vous en supplie, ne faillissez pas.

Il lui soulevait le nez pour la faire boire, et au moins elle buvait. Mais alors elle regardait le plafond. Elle respirait encore, c'était le principal.

— Je serai toujours là, affirmait-il en tapotant sa main.

Lorsqu'un filet de salive gouttait sur son menton, il l'essuyait.

— Avez-vous besoin de vous changer ? reniflait-il. Oui, certainement. Je vais m'en occuper. Marie, Edmond, éloignez-vous, je vous prie. Edmond, je dois déplacer votre mère. Cette grande dame, Marie, qui a tant œuvré pour toi. Revenez un peu plus tard. J'y parviendrai tout seul. Je prendrai des forces pour vous, Charlotte, du muscle. Non, peu m'importent les autres têtes. Je ne m'en soucie pas. Tout mon bonheur est dans la vôtre, toute ma richesse est là.

Alors le Dr Curtius se dévoua entier à la veuve. Il aimait la soigner, il aimait sa sueur, sa bave et tous les fluides de son corps. Même ses grognements lui étaient agréables, puisqu'ils étaient les siens. Enhardi, il susurrait :

— Oh, je vous aime, je vous aime. Ne vous l'ai-je jamais dit ?

Comme rien ne l'arrêtait, il ne susurra plus, mais le clama haut et fort dans son oreille droite, puis dans la gauche, pour qu'elle l'entende peut-être. Il déclarait sa flamme aussi souvent que possible. Parfois il s'asseyait près du flanc invalide, étudiait tristement ce visage affaissé, le bras et la jambe immobiles, la bouche en limace et la paupière tombante.

— Tant de Charlotte et tant d'éloges à lui faire ! Grosse, verruqueuse, chevelue, oui, vous l'êtes. Mais il y a la Charlotte qui fume le cigare, patronne du cabinet, qui l'a transformé en affaire florissante et dont nous sommes si fiers. Une Charlotte merveilleuse à tous égards. Il y a Charlotte, la maman, et quel garçon remarquable ! La Charlotte maîtresse de maison, délicate envers tous. N'oublions pas Charlotte la veuve, moins lumineuse, sans doute. Peut-être appartient-elle au passé, car une nouvelle Charlotte est là, ici même dans son lit, n'est-ce pas ? Elle penche d'un côté, sûrement, mais l'autre se maintient, bien sûr ! Celle-ci représente l'avenir. La meilleure de toutes les Charlotte…

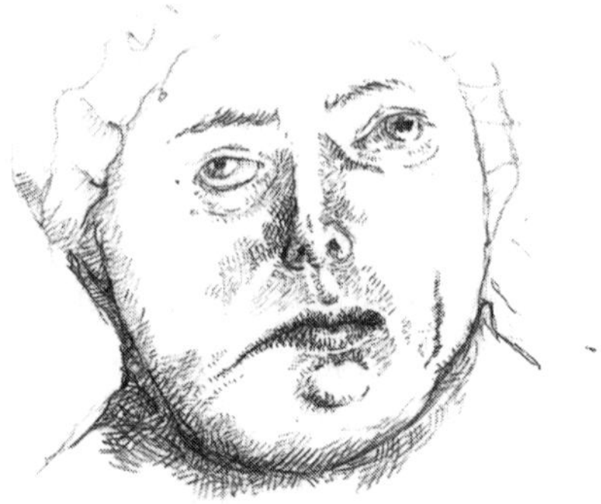

L'ENTRÉE et la SORTIE furent fermées. Le moulage du monarque attendait de comparaître devant l'Assemblée. L'ordre n'arriva pas. Personne ne semblait plus en vouloir. Les deux moitiés du moule étaient bien attachées. Le vide qu'elles contenaient représentait pourtant un monceau d'histoire. Nous en étions les dépositaires.

Soudain, Edmond et moi étions plus proches que jamais. Rien pour nous séparer. Au départ, nous trouvâmes peu à nous dire. Sans nous quitter, nous nous demandions comment profiter de cette étrange liberté. Nous sortions parfois dans la rue calme chercher nos maigres rations. Des heures à faire la queue pour du pain sous l'œil de nos voisins, pas mécontents de nous voir aujourd'hui échevelés. Quand nous touchions au but, il arrivait que l'on nous renvoie au bout de la file et qu'après une deuxième longue attente, il n'y ait plus rien à acheter. Un jour, c'est un jeune homme aux yeux de poisson, vêtu de neuf, une fine épée à la ceinture, qui nous en écarta.

— Pas encore morte, la veuve ?

— Non, Valentin, lui répondis-je, car c'était lui. Elle va un peu mieux, ce matin.

— Quel dommage ! Vos passe-ports, je veux les voir !

— Nous les avons déjà montrés.

À cette époque, nous les portions toujours sur nous.

— Qu'importe ! Je vérifierai autant que je voudrai. Des Suisses ! Savez-vous ce que nous en faisons, des Suisses ? On les arrête et on leur coupe la tête. Combien en reste-t-il encore à Paris ? De moins en moins, sûrement.

— Où as-tu déniché cette épée, citoyen ?

— Le fruit de mon travail ! Et les affaires ?

— Pas fameuses, ces jours-ci.

— Eh oui, voilà ce qui arrive. Il ne fallait pas jeter le pauvre Valentin dans la rue. Allez, refaites la queue !

André Valentin n'avait pas perdu son temps après son départ de la grande maison des singes. Saignant du nez, le poing levé derrière le portail, il avait attiré l'attention des passants et gagné certains à sa cause, qui l'avaient imité. À ses frères et sœurs d'infortune, il avait dénoncé notre horrible maison et raconté toutes sortes d'histoires improbables. Ils lui avaient offert un abri et l'abreuvaient de vin. Il avait pour seul rêve de détruire notre maison et y puisait ses forces.

Jacques ayant laissé le champ libre, Valentin avait réussi à se faire enrôler par les gardiens du quartier. Lorsqu'il entrait chez les habitants, ses yeux divergents s'attardaient dans les coins et remarquaient les détails qui échappaient aux autres. En dégrafant la robe d'une femme, il avait découvert un médaillon contenant le portrait du roi, et l'avait fait exécuter. Il était tombé sur un garde suisse caché dans un égout, qu'il avait noyé sur-le-champ. Croisant une fillette avec une poupée dans ses bras représentant la reine, il l'avait envoyée en prison avec sa mère. Récemment, Valentin avait touché assez d'argent pour se procurer bien des avantages. Nous avions des soupçons quant à sa provenance, mais ne pouvions rien démontrer. Qui aurait tenu compte des doléances de quelques étrangers, face à un patriotique citoyen ? Légitimé par les autorités, Valentin paradait avec un ruban tricolore bien en vue sur son torse. Il était difficile de se dresser sur son chemin. André appartenait à une nouvelle caste de braillards. Lui-même peu attaché à l'idée de liberté, il se servait des défenseurs de celle-ci pour sa promotion personnelle.

Edmond et moi rapportions fort peu des marchés, et parfois rien du tout. Un bruit terrible à l'étage nous surprit un jour, à notre retour. Nous précipitant dans l'escalier, nous avons trouvé mon maître en plein remue-ménage.

— Monsieur, monsieur, mais qu'avez-vous ?

— Aidez-moi, aidez-moi plutôt !

— Oh ! s'étonna Edmond.

— Je déplace mon lit dans la chambre de madame.

— Oh ! répéta Edmond, déconfit. Oh, Seigneur !

— Prêtez main-forte ou disparaissez !

Curtius disposa son matelas par terre, près du lit de la veuve, du côté bien portant.

— Mon bonheur est là, Marie, mon bonheur tout entier. Là, bien à plat ! Ma vie, Marie. À gauche, le point faible ; à droite, la santé. Je prends les deux.

Inerte, la veuve gardait les yeux rivés au plafond, tandis qu'autour de nous les pièces tombaient en ruine.

CHAPITRE SOIXANTE

Le lit céleste du Dr James Graham

Quoi qu'il arrive, qu'on les abandonne, les rafraîchisse ou les confie à des locataires peu soigneux, certaines demeures conservent leur caractère. En face sur le boulevard, l'ancien établissement du Dr Graham était un de ces endroits. Le médecin avait fui pour retrouver l'Écosse, cependant quelque fragment, quelque senteur, quelque sédiment de sa personne était resté. Peut-être l'essence du désir ou de la luxure ? Toujours est-il que cette chose-là persistait en ces lieux, et l'on n'aurait pu l'en chasser. L'enseigne LE LIT CÉLESTE DU DR GRAHAM était complétée de la mention À LOUER, et je passais de longs matins et après-midi à contempler le bâtiment vide.

Deux silhouettes peintes s'écaillaient sur la façade, un homme et une femme dans le plus simple appareil. Alors que j'observais leurs formes incertaines, Edmond m'a rejointe. Il avait refait jour.

— Edmond, tu es revenu à toi.

— Oui, Marie. Une chance que tu sois là.

Il a pris ma main. Assis ensemble devant la fenêtre, nous regardions la maison du Dr Graham. Comment était-ce à l'intérieur ? me demandais-je.

Un soir que la brume était dense, le boulevard presque désert, nous avons traversé sans crainte la rigole boueuse entre nos deux immeubles, avec les silhouettes en ligne de mire. Sur la pointe des pieds, nous avons étudié les fenêtres, qui ne révélaient que le noir total. À l'arrière, une porte n'offrait pas beaucoup de résistance, alors nous sommes entrés et avons osé allumer une bougie. Nous nous trouvions dans une partie du bâtiment réservée à un public avisé, en quelque sorte les loges de l'établissement. Miroirs fendillés, un jupon effiloché par terre, un billet doux écrit sur un carton jauni : « Rendez-vous au café Ramponneau, à l'heure habituelle », signé Victor l'affamé.

Un couloir nu nous mena jusqu'au cœur du bâtiment. Pourquoi l'atmosphère y paraissait-elle si lourde ? Et quelle était cette odeur ? Du musc, une épice inconnue ? En atteignant l'entrée, nous nous sommes arrêtés pour lire l'avis au mur :

Bienvenue dans le temple du Dr Graham, édifié pour la propagation d'êtres rationnels, physiquement et mentalement plus beaux que notre actuelle race de piteux et faibles mortels, absurdes individus qui rampent et s'agitent, prompts à trancher civilement la gorge de leur voisin dans la plupart des régions de ce globe terraqué. Bienvenue, bienvenue en ces lieux qui, loin de vous décevoir, vous MÉTAMORPHOSERONT. Entrez, puisez à de meilleures sources. Il n'est qu'à franchir le seuil.

— Et si, comme suggéré, nous faisions nous-mêmes la visite, pas à pas ? proposai-je à Edmond. Comme si le Lit Céleste était encore ouvert, le soir, au public ?

— Bien, Marie.

— Parfait.

Je poursuivis ma lecture à haute voix : « *Avancez, enveloppés de senteurs suaves, et laissez la musique vous libérer.* »

Dans une seconde pièce, les murs présentaient de nouvelles silhouettes, nues et très proches les unes des autres. Illuminées par la bougie tremblante d'Edmond, elles paraissaient se mouvoir.

LA MUSIQUE APAISE L'ESPRIT DES COUPLES HEUREUX, QUI SE FONDENT DANS L'AMOUR ET L'HARMONIE, assurait un message au-dessus de nos têtes.

— Il faut imaginer la musique, Edmond.

— Oui, Marie, murmura-t-il. Je l'entends presque.

Nous retenant à la rampe garnie de soie épaisse, nous avons monté l'escalier. À l'étage nous attendait une grande porte, sur laquelle était marqué :

Ici se trouve LE LIT CÉLESTE DU DR GRAHAM. *Moi comme mes domestiques ne voyons ni ne savons jamais qui se délasse dans cet appartement, que j'appelle le* SANCTUM SANCTORUM[1] *! L'aménagement de ce lieu, réalisé à grands frais, est le fruit de longues et sérieuses études. Le vocabulaire usuel ne suffirait pas à le décrire. Ouvrez à présent !*

Edmond ouvrit. Cela n'était encore que l'antichambre, dotée d'une nouvelle porte, ornée d'une inscription en lettres capitales : LE TEMPLE DE L'HYMEN.

1. Le saint des saints.

Puis d'autres recommandations : *Permettez maintenant à mes domestiques de vous débarrasser de vos effets, qui vous seront retournés à la fin, agréablement parfumés. DÉSORMAIS, SILENCE ! Plus un mot !*

La bougie d'Edmond tremblait de plus belle dans sa main et, tentant de le soutenir, je m'aperçus que la mienne frémissait aussi. Nous n'avions pas fini de lire :

S'ils en ressentent le besoin – que nous favorisons toujours –, les initiés jugeront utile et raisonnable d'aider leur compagne ou leur compagnon à retirer les attributs vestimentaires que leur impose la société. À l'intérieur, donc : ni chaussures, ni veste, ni bonnet, ni perruque, robe, hauts-de-chausses, chemise, corset, linge de corps. Rien de rien.

Il émanait de ces instructions une telle autorité que, malgré notre trouble, nous commençâmes maladroitement à nous dévêtir l'un l'autre, défaisant nœuds et boutons, puis jetant nos habits en tas par terre, tous deux haletants. Sans plus dissimuler son intimité, Edmond me dit tout bas :

— Marie, tes tétons sont très petits et très pointus. Je ne l'aurais pas deviné.

Je n'ai pas répondu.

— Très jolis, a-t-il ajouté.

— Chut ! ai-je soufflé gentiment, car un autre panneau recommandait :

PAS UN MOT ! PAS UN MOT ! N'ÉCOUTEZ QUE LA MUSIQUE !

Pour toute musique, cependant, nous n'entendions que nos cœurs.

Lorsque, me précédant, Edmond ouvrit la nouvelle porte, nous avions devant nous un grand rideau de soie sur lequel était imprimée une phrase : PROCUL, O PROCUL ESTE, PROFANI[1] ! Nous l'avons écarté et sommes passés de l'autre côté.

— Le lit céleste du Dr Graham ! murmura Edmond.

Aucun doute possible. Aucun objet conçu par l'homme pour la position horizontale ne pouvait ressembler à celui-ci. Mesurant bien vingt pieds sur quinze, sa vaste surface était couronnée d'un dôme, sous lequel un miroir circulaire reflétait parfaitement les draps de soie froissés par-dessous. La tête de lit, colossale, portait un ultime message de l'Écossais :

SOYEZ FÉCONDS ! MULTIPLIEZ ET REMPLISSEZ LA TERRE !

1. « Loin d'ici, profanes ! » (Virgile, *L'Énéide*).

Edmond et moi nous trouvions si petits devant cette chose, qui ne disposait même pas d'un marchepied. Si l'on nous avait présenté un simple lit, sobre et discret, dans un cadre innocent, chaleureux et dépourvu d'ostentation, nous aurions sans doute été plus à l'aise l'un envers l'autre. Mais devant cet ensemble monumental, conçu pour des titans, nous étions tout menus et hésitants.

Je me sentais observée dans cette chambre étrange, telle une effigie de cire considérée sous tous ses angles. Trente-deux ans. Une minuscule femme. J'ai grimpé sur le lit et tiré le drap poussiéreux jusqu'à mon menton. Edmond m'a suivie, un instant plus tard.

Il a posé sa bouche sur la mienne et il avait les lèvres très sèches. Il m'a embrassé les joues, le cou, et il a soupiré comme s'il avait sommeil. Me maintenant gentiment sur le dos, il a continué vers le bas de mon corps. Sa bouche était moins sèche. Il s'est attardé sur mon épaule, puis il est descendu jusqu'à mes seins, qu'il a caressés et baisés.

— Tu t'es cambrée ! a-t-il chuchoté. Tu as gémi !

Presque aussitôt, il est entré en moi, entièrement, et ne m'a plus lâchée pendant qu'il ondulait. J'ai fermé les yeux et, dans le noir, Edmond n'avait pas disparu.

— Je suis Edmond Henri Picot, m'a-t-il dit, et toi, Marie Grosholtz, alias Petite. C'était attendu de nous, et depuis bien longtemps.

Alors donc. Il y avait eu jadis une fille renfermée, nommée Marie Grosholtz, jusqu'à cet après-midi où une autre Marie avait vu le jour, effeuillée, douloureuse. Celle qui s'était languie sous la surface et plus jamais ne se refermerait.

La vie était là. Quelle belle vie ! J'étais amoureuse.

Amoureuse d'Edmond.

Par la suite, quand le désir nous reprenait, même aux moments inattendus, nous traversions le boulevard pour gagner le lit cassé du Dr Graham. Nous étions parfois si pressés que je ne retirais pas ma robe, et Edmond trébuchait dans ses hauts-de-chausses, enroulés sur ses pieds par-dessus ses bas. Nous étions la seule vérité de cet immeuble abandonné, que nous faisions revivre. Moi et le corps de tous les corps, Edmond Henri Picot, qui était mien. Je suis devenue la grande experte de son anatomie, ce dont je n'étais pas peu fière. Nous nous accordions parfaitement, cubitus et radius, péroné et tibia. Et toujours, à la fin, il me regardait longuement et posait sa tête sur mon torse.

La vie continue, pensais-je, et nous surprend.

Cet écrin, ce chapitre, se termine ici, à l'abri des autres et de ceux qui les habitent, pour qu'ils ne puissent rien bouleverser. Je le garde hermétiquement clos, afin qu'il ne déborde nulle part, mais reste dans son précieux coffret, divin, triomphant et merveilleux. Tel qu'en lui-même. La cire protège l'intimité. Elle scelle les lettres, conserve les mots du monde à leur bonne place, jusqu'à ce que de justes mains leur permettent de sortir.

CHAPITRE SOIXANTE ET UN

Toujours des têtes

— Edmond Picot m'a ouverte, déclarai-je à un inconnu décontenancé, alors que j'attendais mon tour devant la boulangerie.

Sur le chemin du retour, j'arrêtai un vieil homme pour joyeusement lui annoncer :

— Je suis un bouton éclos !

Et à une jeune maman :

— Il m'aime, il m'aime !

Nous prenions le temps de penser à nous. Seul mon maître nous interrompait parfois. Nous prenions soin tous trois des choses simples qui nous entouraient – fenêtres, volets, linteaux, portes et poignées – et nous félicitions de les avoir. Si les maisons avaient des murs et que ceux-ci se tenaient droits, c'était pour que nous puissions y vivre. Matin et soir, nous restions polis les uns avec les autres. Nous évitions la salle à manger, où nous avions vu un rat ouvrir un placard, et dînions à nouveau dans la vieille cuisine. À chaque repas, nous mettions le couvert de la veuve. Seuls les cris des enfants, jouant dehors sur les pavés disjoints, troublaient notre fragile foyer.

Un voile gris recouvrit notre collection. Nous n'avions pas moulé la tête tranchée du roi. Ses empreintes ne renfermaient encore que de l'air. Quand nous rendions visite à nos cires, afin d'en retirer certaines, nos pieds laissaient des traces dans la poussière. Pour nombre d'entre elles, nos effigies ne pouvaient plus être exhibées ; le péril était trop grand. Il ne fallait pas ressembler à Mirabeau, ne pas montrer un La Fayette, même effacer toute preuve qu'ils aient eu un visage. La famille royale – surtout elle ! – n'était plus la bienvenue, ni autour d'un dîner, ni même dans une cage.

Comme le roi, la reine avait été décapitée. Nous n'étions pas sortis, ce jour-là, mais nous avons entendu les bravos. Enfermée au Temple, Élisabeth était toujours en vie et il était inconcevable que je lui rende visite. J'aurais risqué les nôtres. Je me contentais, une fois par semaine, d'aller marcher près de la tour. Attendre, pensais-je. Ces messieurs avaient pris la reine. Ils devaient être satisfaits, maintenant. Ils avaient leur content.

Depuis le grand salon, nous avons déplacé les proscrits vers les pièces du fond. Nos pas dans la poussière dessinaient une histoire du peuple français. Nous avons dévêtu les cires et retiré leurs têtes qui, seules, étaient dangereuses. L'une après l'autre, Edmond et moi les avons jetées violemment sur le sol, pour qu'elles se brisent et que, pêle-mêle, les morceaux forment une masse confuse. Edmond m'a confié celles de la famille royale. Mon privilège puisque je les avais faites.

Et poum par terre ! Le nez de la reine jouxtait l'oreille de son mari, ou le menton de son beau-frère, ou une joue de Mirabeau, ou les globes oculaires de Bailly. (Nous conservions les yeux, qui pouvaient resservir.) Tout cela piétiné, écrasé, et les miettes rassemblées au balai, afin de les verser, jusqu'à la dernière, dans la grande bassine de cuivre. Alors nous avons allumé le feu par-dessous afin de faire fondre le tout.

Quand les têtes furent liquéfiées, et le feu éteint, Curtius se plaça dignement devant la bassine pour une célébration. Les mains tendues par-dessus le brouet en train de refroidir, il marmonna :

— Qui est né de la cire n'a qu'une vie éphémère.

Une demi-heure plus tard, nous avons retourné la bassine et, à l'aide d'une palette, l'avons vidée. Une grosse demi-sphère de temps aggloméré, totalement indéchiffrable, est bruyamment tombée sur la table. Têtes perdues. Reliefs arasés.

Je m'assis près de mon maître, maintenant silencieux. La veuve dormait à l'étage.

— Tant de travail, lui dis-je.

— Parfois remarquable, mais pas toujours.

— À jamais disparu.

— Quoique...

— Oui, monsieur ?

— Quoique nous possédions les moules... Tout est invisible, certes, mais rien n'est entièrement perdu.

Puis, tandis qu'Edmond et moi nous tenions compagnie, Curtius s'affairait à l'étage autour de la veuve, dont le moindre murmure l'émerveillait :

— Écoutez-la ! Ah, quel courage !

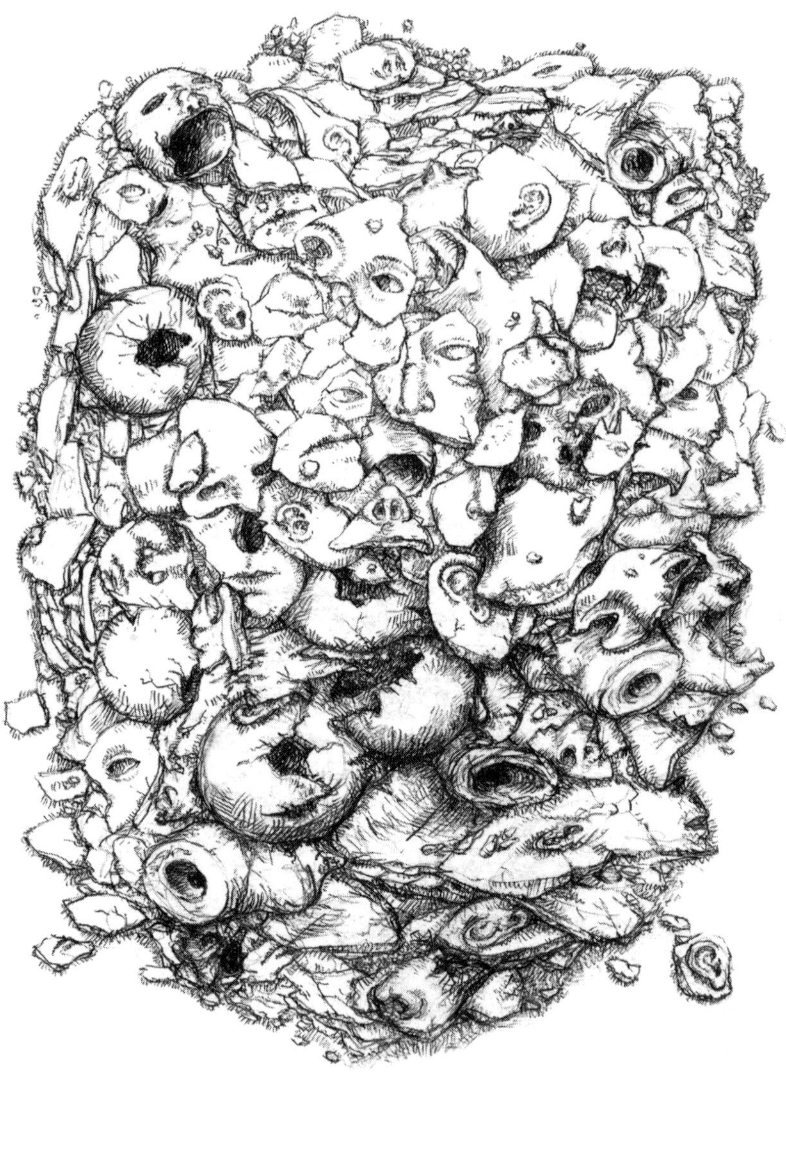

Cette tranquillité ne fut que momentanée. Tard un soir, à l'approche de minuit – nous étions endormis –, un son retentit au rez-de-chaussée. Nous l'avions oublié et ne le reconnûmes pas.

On actionnait la cloche d'Henri Picot.

S'immisçant entre nos grilles rouillées, deux hommes frappèrent aux portes ENTRÉE et SORTIE.

— Ils ne s'en iront pas, pensai-je. Je vais dire que nous sommes fermés.

— Je ne peux descendre et la laisser seule, déclara Curtius.

— Peut-être viennent-ils enfin chercher l'effigie du roi ?

Edmond m'accompagna en bas.

— Êtes-vous seuls ? s'enquirent-ils.

— Oui, il n'y a que nous.

— Le patron ?

— Indisponible.

— Avez-vous vos ustensiles ?

— Pour mouler ?

Nous enjoignant de les suivre avec notre bagage, ils nous ont menés sans perdre de temps de l'autre côté de la Seine. « Plus vite, plus vite », insistaient-ils. Une foule était massée devant une maisonnette. Certains pleuraient. On nous a conduits au premier étage, dans un couloir bondé où plusieurs hommes maintenaient fermement une femme, vêtue d'une robe à rayures déchirée.

— Qu'a-t-elle fait ? demandai-je.

— Elle a tué.

On nous a frayé un chemin dans la chambre, elle aussi bondée, où un homme alité portait un vieux peignoir et une sorte de turban blanc, enroulé autour du crâne. Il avait un visage rond et grêlé, de larges paupières entrouvertes, et sa langue dépassait à la commisssure des lèvres. Différentes plaies, croûtes et papules marquaient sa peau malade. Un trou lui entamait la poitrine, si profond qu'on lui voyait jusqu'à l'intérieur de la gorge. L'homme avait commencé à se figer ; ses fluides se caillaient, noircissaient.

— Tu ne vas pas défaillir, Edmond ?

— Non. Merci, Marie. Ne t'inquiète pas pour moi. Je suis fait d'une étoffe solide et je suis très fort. Dis-moi quoi faire et je m'appliquerai. Je me surprends moi-même ! Un mort. Assassiné… Voilà, je l'ai regardé.

Des rugissements résonnèrent dans le couloir. Ils emmenaient la fille.

Devant le corps se dressait un grand individu aux cheveux ondulés, muni d'un carnet à croquis. Il a posé son crayon et s'est retourné. Il paraissait très beau au premier abord. Je remarquai sa joue gauche tandis qu'il nous observait. Enflée, tordue et balafrée au coin de la bouche, elle ressemblait de loin à celle de la veuve. L'homme balbutiait curieusement.

— Quiii est-ce ? fit-il.

— Nous sommes de chez Curtius. Je suis son assistante et je m'occupe des têtes. Des mortes comme des vivantes. Edmond Picot, qui m'accompagne, compose les corps.

— Cuuuurtius ?

— Il est empêché.

— Iiiil faut reproduire ceeeelui-ci en entier.

— Oui, monsieur. Nous le ferons.

— Viiite !

— Bien, monsieur, tout de suite.

— Iiiil va se dééégrader.

— En effet, il commence à se putréfier.

— Et jeeee dois le peindre.

— Le peindre ?

— Pour laaa Convention. Le pooortrait d'un héros.

— Vous êtes peintre, monsieur ?

— Daaavid.

Son nom entier était Jacques-Louis David.

— Vraiment ?

Je n'en avais jamais entendu parler.

— Si je puis me permettre, qui est la malheureuse victime ?

— MAAAARAT !

Jean-Paul Marat, médecin. Le bouillonnant Marat qui, pour sauver la nation, prônait quotidiennement l'usage répété de la guillotine. L'enragé Marat qui prétendait incarner la colère du peuple. Le Marat mal en point – sa maladie alimentait certainement son courroux – qui, prenant un bain pour soulager sa peau infectée, avait reçu un coup de couteau. Il avait le poumon, l'aorte et le ventricule gauche perforés.

Il fallait nous hâter, nous appliquer, préserver cet affreux cadavre.

Nous étions les premiers d'un long cortège à nous affairer sur le corps. Edmond et moi prîmes ses empreintes. La tête, seulement, et une partie du torse, car le reste était trop fragile. Le visage s'affaissait et les yeux avaient une teinte d'huître. Quand nous eûmes terminé, d'autres l'ouvrirent entièrement, jetant divers organes mais en gardant certains, qu'ils enveloppèrent soigneusement dans des linges mouillés. Un métier distinct du nôtre : ceux-là utilisaient du vinaigre, de l'arsenic, des sels de mercure, des aiguilles et du fil. Ils devaient apprêter la dépouille pour les funérailles nationales. Le cœur de Marat fut prélevé et déposé dans une urne de porphyre. Quant à nous, nous avons rapporté nos plâtres à la maison, afin de fournir rapidement à David le masque mortuaire qu'il nous demandait.

— Je vais avoir besoin de toi, expliquai-je à Edmond. Du début jusqu'à la fin.

— J'avais compris.

Nous avons passé le balai dans le grand atelier, nettoyé la table et les outils, puis disposé nos instruments de mesure, le savon mou et encore du plâtre. Quand tout fut propre et prêt, nous avons installé nos empreintes au milieu.

Curtius est descendu.

— Que se passe-t-il ?

— Une nouvelle tête.

— Une commande ? demanda-t-il, perturbé.

— Oui, monsieur.

— Ah, non, non, terminé. Le salon est fermé.

— Il le faut, monsieur. Nous avons reçu des ordres.

— Qui est-ce ?

— Un homme. Assassiné.

— Assez de morts. On n'y touche plus. Risque de contagion. Je ne veux plus que des vivants.

D'une main tremblante, il me confia la clef de l'armoire à cire.

— Prends-la. Je ne m'en occupe pas. Ne réveillez pas Charlotte, qui dort. Je remonte.

Notre masque mortuaire de Marat fut placé à la fenêtre de son appartement, où des centaines d'admirateurs purent le voir.

— Biiien ! s'exclama David quand je le lui portai. Booonne paaaatriote !

J'étais donc une bonne patriote.

Le surlendemain, nous remplacions le masque par un buste. David nous pria alors de reproduire le corps dans son entier, afin de l'exposer au public. La dépouille de Marat se décomposait rapidement dans la chaleur de l'été et les funérailles devaient être si grandioses que les préparatifs s'éternisaient.

— Le cooorps entier ! Faites viiite, s'iiil vous plaît !

Edmond et moi sommes retournés travailler. Notre Marat de cire comportait douze sections. Faute d'empreintes de sa poitrine, de ses épaules ou de sa nuque, nous avons créé un mannequin d'argile, à l'aide de mes notes et des mesures qu'Edmond avait prises. Il fallut ajuster le masque mortuaire sur le corps reconstitué, puis de nouvelles empreintes pour le fabriquer entier. Nous avons mélangé nos teintes à de la cire de Chine, chauffée au bain-marie jusqu'à la bonne température, avant de la verser lentement dans les moules. Enfin, nous avons détaché ceux-ci, assemblé les parties et peint les plaies, en ajoutant de petites écailles de cire pour imiter les croûtes de sang.

— Cessez ce bruit, se plaignait Curtius.

Pourtant c'est à peine si nous échangions un mot, concentrés comme nous l'étions.

Le 15 juillet, deux jours après le décès, je vins trouver David pour lui faire part de nos progrès. Le vrai Marat était verdâtre. Le 17, après tant de nuits lourdes, l'orage éclata enfin. Il pleuvait et la meurtrière fut exécutée. Le 18, le corps du Dr Jean-Paul Marat fut transféré à l'église des Cordeliers afin d'y être exposé, avec sa mortelle blessure. De nombreuses personnes l'approchèrent pour lui rendre hommage, de sorte qu'il fallut constamment l'asperger de parfum. Le 19, notre Marat de cire était prêt – rendant son dernier souffle, figé dans sa baignoire, le couteau dans la poitrine – et acheminé à la Convention. Vous pouviez

tendre la main et le toucher. Ce Marat-là ne sentait rien, ne s'altérait pas, brillait même légèrement. Il resterait à l'Assemblée jusqu'à ce que David termine son grand tableau d'un martyr, d'un saint, d'un dieu.

— Merciii, ciiitoyens, nous dit-il, sa joue balafrée ruisselante de larmes.

Les gens voulaient se rappeler le révolutionnaire assassiné. Où trouver son souvenir ? Ils voyaient son masque dans notre vitrine. Pouvait-on s'en procurer un ?

Sans l'avoir décidé, nous devînmes le principal fournisseur de cette sorte de relique.

CHAPITRE SOIXANTE-DEUX

◆ ◆ ◆

Un nouveau commerce

Ces semaines et mois-là, nous nous sommes transformés en petite boutique fort profitable. Nous fabriquions des plâtres de l'extrémiste Jean-Paul. À notre grande surprise, il n'y en avait que pour lui : Marat le matin, Marat le midi, Marat le soir, seulement Marat. Nous avons ajouté, SOUS ENTRÉE et SORTIE :

POUR MARAT
PRIÈRE DE PASSER PAR LE FOND

— Eh bien, Edmond, c'est à nous de la tenir, cette boutique.

— Nous ?

— Il ne reste que toi et moi. Curtius se consacre à ta mère.

— Quel progrès nous faisons, Marie !

Nous avons déplacé le guichet à l'arrière de la maison. Edmond et moi y prenions place pour encaisser l'argent : une tête de Marat coûtait soixante-dix assignats. Alors je sus ce qu'était d'être toujours ensemble, d'occuper le même espace, jour après jour, proches l'un de l'autre, les mains prêtes à se joindre. Nous étions une maison figée dans le temps, flottant pendant des mois au-dessus d'une date, la mort de Marat, le 13 juillet 1793.

— Cette tête-là seulement ? s'étonnait Curtius.

— Oui, monsieur, celle-là seulement.

— Est-ce bien normal ? Et s'ils se fourvoyaient ?

— En effet, c'est étrange. J'ai du mal à le comprendre, moi aussi. Mais la maison des singes a toujours attiré le chaland, et aujourd'hui, on ne vient que pour Marat.

Enveloppée de couleurs vives, de fils turquoise, vermillon et magenta, la poupée d'Edmond avait grandi. Il la parait de petites pièces lavande, indigo et terre de sienne, qu'il choisissait dans l'atelier délaissé de sa mère. La poupée-Edmond était aussi hardie, radieuse et jolie qu'il avait jadis été terne, timide et hautain.

— J'avais pris les mesures de Marta, me dit-il.

— Ah oui ?

— Je m'en souviens.

— Et quoi d'autre ?

— Je venais te voir, le soir. J'y ai souvent repensé.

— Moi aussi.

Peut-être était-ce sa voix, que l'on n'avait pas l'habitude d'entendre aussi souvent, ou la demande continue pour les Marat, ou la présence constante de Curtius auprès de la veuve – son adoration, ses attentions –, toujours est-il que quelque chose s'est réveillé au fond de l'hémiplégique.

Selon lui, elle se manifestait bruyamment, contemplait les murs et non plus le plafond. Pauvre Curtius, pensions-nous, le pauvre homme est trop bon, elle n'a pas changé d'un iota. Mais lorsque Edmond est monté la voir, un matin, elle a posé les yeux sur lui, où ils demeurèrent. Il s'est déplacé d'un côté de la pièce, et ils le suivirent. Puis de l'autre côté, et ils l'accompagnaient encore. Il poussa un cri – « Venez ! Venez ! » – et nous accourûmes.

Le temps que nous arrivions, elle s'était rendormie. Le lendemain, quand il est revenu, Curtius lui parlait, et ce qu'elle lui répondait semblait avoir un sens.

— Traaaa, disait-elle.

Pardon ?

— Traaaaaaaaa.

— Oh oui, tous ensemble, et beaucoup, admit-il. Mais plus maintenant.

— Du travail, madame Picot ? lui demandai-je. Parlez-vous de travail ?

— Traaaaaaaaaaaaaaa.

Je lui apportai de vieux vêtements, d'anciens uniformes de nos employés, et elle s'y accrochait. Elle pleurait quand j'appliquais le tissu contre sa joue. La veuve tentait de refaire surface – une partie d'elle, au moins. Nous l'avons hissée hors du lit, chargée dans une brouette, promenée dans les pièces à l'étage. Nous lui donnions de quoi s'amuser, des objets qu'elle jetait par terre pour le plaisir, semblait-il, de nous les voir ramasser. Un matin, Curtius se pencha sur elle et, d'un petit coup de scalpel, trancha le lacet de son bonnet. Il tomba sans libérer ses cheveux. Une odeur de moisi et de renfermé se répandit dans la chambre. Ils étaient devenus solides, durs comme l'os. Une vaste coque de mèches brunes, grises et blanches, tristes couleurs de l'abandon. Fredonnant, Curtius hésitait derrière elle. Un peigne en ivoire dans sa main, il ne savait par quel bout commencer. Il le plantait ici, le plantait là, tirant doucement, mais la tête entière suivait le peigne. Atterré, Edmond le regardait. Curtius se munit de pinces coudées, ces longues pinces utilisées pour opérer un utérus, qui lui permirent de dégager quelques nattes. Certaines se détachèrent toutes seules. Il tremblait devant ces épaisses queues-de-rat, collées, bosselées, agglomérées, confinées et rongées par les ans, inertes dans ses mains. Quelle étrange incarnation que ces cheveux : ils personnifiaient

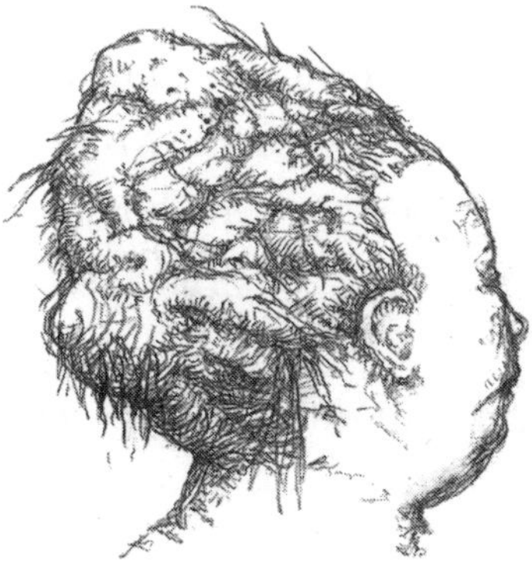

un amour desséché, exsangue, rabougri. Et Curtius qui voulait le peigner.

Elle le mordit.

Hagard, il l'observa. Puis applaudit.

— Bravo, Charlotte ! Tu reprends vie ! Mords encore ! Mords !

De fait, elle se réveillait. Mais ce n'était plus la même. Elle accepta qu'il démêle ses mèches, qu'il en coupe parfois quelques-unes. Soigneusement, amoureusement, il la recoiffait. Edmond apporta à sa mère nos vieux livres de comptes ; de sa main valide, elle en arrachait les pages. Nous l'avons descendue dans le grand salon, tombé en ruine, parmi les socles nus et les sièges vides sur lesquels le public ne s'asseyait plus. Nous l'avons confrontée aux cires encore présentes. Elle n'y prêta aucune attention. Je lui montrai nos productions récentes, les étagères garnies de Marat de plâtre ; on ne put rien lui faire comprendre. Je lui montrai aussi l'argent qu'il nous faisait gagner, mais la nouvelle monnaie, des assignats, lui tombait des mains. Finalement, Edmond la souleva par les aisselles, Curtius et moi empoignâmes chacun une jambe, et nous l'avons remontée dans sa chambre, où elle se sentait mieux, je crois.

Edmond lui porta le mannequin d'Henri, grisâtre et mal en point depuis que Martin Millot – et d'éventuels complices – l'avait éventré. Il ne bombait plus le torse.

— Maman, il faut que tu te rappelles qui nous sommes, papa et moi. Je suis Edmond, ton fils. J'ai certainement changé, tu as peut-être du mal à me reconnaître, mais je veux que tu me voies tel que je suis. C'est moi, ton fils, qui a fini par grandir.

Curtius se mordait les doigts, se tordait, se détournait. Edmond plaça son père dégonflé devant la veuve, qui l'a regardé, regardé, regardé, sans rien voir.

— Papa, poursuivit-il, avait une voix très douce, presque un murmure.

Curtius baissa les yeux, terrifié à l'idée que la veuve se souvienne d'Henri.

Elle contemplait le plafond.

— Il hochait la tête en parlant.

Curtius hocha la sienne malgré lui. Il s'en voulait, mais il avait tant pris l'habitude d'imiter les visages qu'il moulait – pour mieux les comprendre – qu'il ne pouvait s'en empêcher.

La veuve contemplait le plafond.

— Papa chantait des cantiques en travaillant.

— Faux ! s'exclama Curtius, qui commença à fredonner.

La veuve contemplait le plafond.

— Papa, cria Edmond, mon bel Edmond si courageux, papa marchait les pieds en dedans !

— Seigneur ! fit Curtius, ramenant l'une contre l'autre la pointe de ses chaussures.

La veuve contemplait le plafond, mais fronça les sourcils.

— Papa… hurla Edmond, avait les oreilles décollées !

— À l'aide, à l'aide ! beugla Curtius, les mains sur les siennes.

La veuve s'est endormie.

Dans notre petite boutique, chaque fois que j'ouvrais le moule de Marat, je me demandais si, enfin, quelqu'un d'autre s'y cacherait, mais cela n'était jamais que lui. Et, parfois, en l'ouvrant, il fallait que je vomisse.

— Cette tête, voilà, c'est elle, me disais-je. Je me sens mieux quand je ne la vois pas.

Nous menions une vie de famille, pleine de propos banals et quotidiens. Mais parfois il émerge de ceux-ci quelque information nouvelle.

— Non, finit par objecter Edmond d'un air grave, je crois que j'ai compris. Ce n'est pas la tête, Marie.

— Pas la tête ?

— Non. Tu es enceinte.

CHAPITRE SOIXANTE-TROIS

En compagnie d'Edmond

Afin de renforcer les armées, la Convention décida le 23 août de procéder à une levée en masse de jeunes hommes. Un grand nombre furent enrôlés de force, certains même appréhendés dans les rues, alors qu'ils vaquaient à leurs activités.

Edmond se terrait à la maison des singes derrière ses volets fermés. Cela n'était pas suffisant. Il fallait retourner au grenier.

— Non, Marie, je n'y habiterai plus.

— C'est pour ton bien.

— Je l'ai en horreur, ce grenier.

— Tu y seras à l'abri.

— Comment peux-tu dire cela ? Y as-tu jamais dormi ? C'est terrible comme on y est serré. On s'y sent écrasé.

— Non, protestai-je. Plus maintenant. Plus aujourd'hui que tu es revenu à toi-même.

Je montais le voir dès que j'avais un instant, mais il devait rester caché. Que seulement quelqu'un l'aperçoive ou l'entende, alors on l'emmènerait et tout serait perdu. Pour l'instant, personne n'était venu le chercher. Entre-temps, les clients m'apportaient les nouvelles en achetant nos Marat.

— Mercier a été arrêté, vous êtes au courant ?

— Pauvre Mercier ! Non, je ne savais pas.

— Vous ne savez pas non plus qui lui a mis la main dessus ?

— Aucune idée.

— Jacques Beauvisage.

— L'avez-vous vu ? Où se trouve-t-il ?

— On m'a dit que c'était lui, mais rien d'autre.

Edmond s'est résigné à vivre à l'étage, avec la grande poupée en bois qu'il avait faite de moi et ses petits modèles en tissu. Il a réuni tous ses mannequins-sosies dans une pièce, telle une assemblée de la confrérie des mannequins. Nous lui avons apporté de la nourriture qui se conserve, au cas où nous autres serions arrêtés, ce qui lui permettrait de se rationner un moment.

Edmond étant confiné, Curtius a précipité l'anéantissement du mannequin Picot. À l'abri des regards, il détachait nonchalamment les coutures ; découpait de petites pièces qu'il utilisait pour boucher les trous dans le mur. Jusqu'au jour où Henri ne fut plus qu'un carré de tissu que mon maître conservait dans sa poche pour essuyer, de temps en temps, le front de la veuve.

— Qui c'est ? Qui c'est ? lui demandait-il en le lui mettant sous le nez.

À quoi elle ne pouvait répondre, ce qui le ravissait.

Un beau matin, il déclara :

— Je connais l'anatomie, j'ai certaines notions relatives au corps humain. On m'a jadis transmis des organes féminins, atteints d'épuisement puerpéral. On m'a soumis d'énormes abdomens. Un, en particulier, me revient en mémoire, qui n'avait pas été massacré comme les autres. Je l'avais ouvert… il y avait un petit être dessous, murmura-t-il. Alors, Marie, que me caches-tu là-dedans ?

— Un bébé.

— Un vrai ?

— Je l'espère.

— Comment est-il arrivé là ?

— Par les voies habituelles.

Il semblait perplexe. Je lui montrai le plafond.

— Oh !

— Oui, monsieur.

— Mais c'est fort dangereux ! Il y a des risques.

— Les gens font des bébés.

— Tu n'es plus jeune ! Tu vas mourir !

— Peut-être pas.

— Si, si. Tu verras.

Dès lors, mon maître devait veiller sur deux femmes. Il écoutait mon torse et mon ventre plusieurs fois par jour. Il exigeait que je m'allonge, me lavait la figure et faisait la moue. Il est même venu me prêter assistance pour mouler les Marat. On nous avait rendu notre Marat de cire, remplacé à la Convention par le tableau de David. La demande pour les plâtres s'effrita peu à peu. Le nôtre avait été moulé sur son visage, mais paraissait très laid, comparé à celui du peintre. David l'avait recomposé splendide et saint, tout droit sorti de la Bible. C'était une supercherie, Marat ne lui ressemblait pas.

Edmond se cousit un simple costume de toile, qui aurait pu convenir à un mannequin de vitrine.

— S'ils viennent me chercher, ils ne me reconnaîtront pas parmi les autres mannequins. Je passerai inaperçu.

— Cela ne durera pas toujours, Edmond. Rappelle-toi qui tu es, il ne faut pas oublier. Regarde la maison du Dr Graham. Je te rejoindrai, ce soir.

— Nous allons avoir un enfant.

— J'espère que nous aurons cette chance.

— Il grandit dans ton ventre.

— Un accident est toujours à craindre.

Il se mit à pleurer.

— Nous ferons de notre mieux.

— Notre possible.

Par ces journées brumeuses, nous n'existions plus qu'à moitié. Nous nous déplacions lentement dans la pénombre de notre maison, quand la nouvelle a surgi. Quelqu'un resté dans une autre vie. J'en avais perdu le souvenir, elle m'était sortie de l'esprit. Aurais-je pensé à elle, peut-être ne lui serait-il rien arrivé. Elle aurait survécu, elle respirerait encore.

Je voulais sortir acheter le pain, mais la porte du fond était fermée à clef. Comme pour me barrer la voie, Curtius se dressait devant elle.

— Mieux vaut ne pas y aller aujourd'hui. Nous n'avons pas besoin de pain.

— Mais si, mais si.

— Non, cela ne sera pas nécessaire.

Je n'ai tout d'abord pas réfléchi.

Il a insisté pour que je monte au chevet de la veuve. Puis Edmond m'a montré le masque en papier mâché qu'il avait fabriqué. Il lui recouvrait le visage et comportait des trous pour les narines. Edmond avait même peint deux yeux grossiers.

— Tu en fais trop, Edmond.

— Non, non, c'est plus prudent. Je me sens bien mieux quand je l'ai sur la figure.

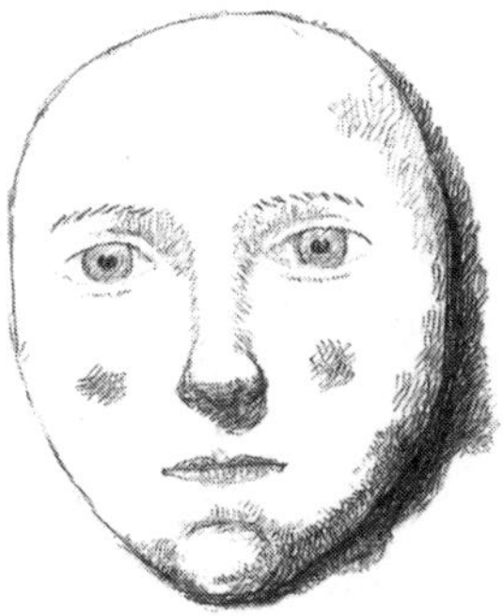

Il le mettait chaque fois qu'il entendait l'escalier grincer sous les pas d'un autre. Le même jour, Curtius voulut que nous parlions de Berne.

— Nos premières têtes, rappelons-nous, Marie. Et enveloppe-toi dans cette couverture.

Tous deux emmitouflés, nous nous assîmes au coin du feu pour nous souvenir de ces vieilles cires sans importance.

Je finis par y voir plus clair.

Par réfléchir aussi : tous nos volets sont clos, comme ils l'étaient lorsqu'on avait supprimé le roi et la reine. Un personnage de premier plan venait-il de disparaître ? Qui ? J'entrouvris un volet et m'aperçus que, de toutes les maisons occupées du boulevard, la nôtre était la seule fermée. Et ce fut l'affolement. Est-ce elle ? pensai-je. Elle, oui. Elle, sans doute. Pourquoi, sinon, me regarderaient-ils avec cet air bizarre ? Pourquoi me cajolaient-ils, m'étreignaient-ils, me touchaient-ils ?

— Mmmmmm, marmonna la veuve.

— Élisabeth ? demandai-je.

— Marie, dit Edmond, laisse-moi te caresser le ventre.

— Marie, dit mon maître, assieds-toi près de moi.

— Élisabeth ?

— Parle-moi de nos moulages à Berne.

— Élisabeth ? Élisabeth ? Élisabeth ?

Enfin, il hocha la tête.

— Élisabeth.

Puis :

— Viens t'asseoir devant le feu.

Forcément, j'ai obéi.

10 mai 1794, ou 21 floréal an II selon la langue du nouveau calendrier. Peut-être avait-elle son Christ en plâtre avec elle, cette misérable chose. J'aurais dû être là. Tous autant qu'ils étaient, chargés dans le tombereau. À prier, certainement, d'un bout à l'autre du chemin. Le vent ayant emporté son fichu, elle était nu-tête, paraît-il. Il y en eut vingt-quatre avant elle. Mon Élisabeth. Envoyée à

la mort sans cœur ni rate. Mon Élisabeth ne m'avait pas fait chercher.

« Pourquoi ne m'as-tu jamais appelée ? »

Le lendemain matin, je suis sortie acheter le pain.

CHAPITRE SOIXANTE-QUATRE

Emmenés

Le 10 juin 1794 fut adoptée la loi du 22 prairial an II, dont les auteurs déclarèrent : « Le délai pour punir les ennemis de la patrie ne doit être que le temps de les reconnaître… » À une heure ou une autre de la matinée, l'on sortait de leurs geôles toutes sortes de gens ordinaires pour les mener au tribunal. La sentence était prononcée vers deux heures de l'après-midi et, une heure plus tard, ils montaient dans le tombereau vers la guillotine. L'index pointé vers eux, le procureur déclarait : « Vous êtes coupable au vu de votre tenue. Vous êtes coupable en raison de votre nom. Vous, du fait de votre moustache. Vous, de vos cheveux. Vous serez exécuté, car vous êtes riche de naissance. Vous, parce que vous ne l'êtes pas. Parce que vous avez murmuré une opinion. Parce que vous êtes sorti sans cocarde. Parce que votre voisin médit sur vous. Parce que vous ne criez pas assez fort. Vous devez mourir car votre mine nous déplaît. Vous serez tué pour compléter la liste. Car telle est notre volonté. Nous savons vos pensées intimes. Vous êtes dangereux, vous menacez nos libertés. »

Dans nos réserves, mon maître et moi examinions les rangées d'étagères, pleines de coques vides.

— Il faut les détruire, dis-je à Curtius. S'ils les trouvent, nos moules nous conduiront à l'échafaud. Chaque jour, Valentin est là qui arpente le boulevard. Il ne nous laissera jamais tranquilles. Nous devons les casser, monsieur. Nous risquons la mort.

Il était blême.

— Supprimer tout cela ? Nous y avons consacré une vie, la veuve et moi !

— Mais nous n'avons pas le choix.

— Attends, attends. J'ai peut-être une idée, Marie. Et si nous remplissions entièrement la pièce avec du plâtre ? Jusqu'à ce qu'elle soit comble, qu'on ne puisse plus rien y mettre. Par la suite – s'il y en a une –, nous la dégagerons prudemment à l'aide d'un marteau et d'un burin. Nous rangeons tous nos moules au fond, nous les protégeons avec une toile goudronnée, nous garnissons le reste de plâtre. Celui ou celle qui reviendra saura que la toile protège notre lot, caché derrière, en bon état.

Et donc au travail. Nous avons empilé les moules et les avons recouverts. Versé des seaux, des seaux, encore des seaux de plâtre humide, cloué des planches dans le cadre de la porte pour le maintenir et, au bout d'un moment, il ne restait plus là qu'un trou ou deux, de la taille d'une tête. J'ai même conservé les empreintes du roi. Leurs commanditaires avaient perdu la vie, personne ne les avait réclamées.

Ensuite, dégager le cadre de la porte pour qu'elle se fonde dans le mur, clouer une plinthe au bas et il n'y avait plus rien, ni porte ni pièce.

Enfermés dans la grande maison des singes, nous écoutions attentivement les bruits de pas, la troupe qui défilait dehors. Parfois, le sourire au coin des lèvres, André Valentin se montrait derrière le portail affaissé. Il est entré un jour, bousculant tout sur son passage, tapotant même le front de la veuve. Valentin exigeait de savoir où se trouvait Edmond. Retourné chez son épouse, lui avons-nous dit. Comme il ne nous croyait pas, il a traîné partout ses vilains yeux, au grenier surtout où, certainement, ils se sont posés sur Edmond, sans qu'il arrive à le reconnaître au milieu des mannequins. Il est revenu, il a revu, il est reparti. Peut-être, osions-nous rêver, lui suffirait-il de nous tourmenter, peut-être se riait-il de nous et cela n'était-il qu'un jeu. Mais une fois encore il s'imposa, souleva la poussière, renversa les chaises. Son corps massif barré d'une écharpe tricolore, Florence Biblot, notre ancienne cuisinière, l'accompagnait.

— Alors, citoyenne Biblot, est-ce bien eux ?

— Didididi.

— Des fidèles du roi déposé, hein ?

— Didididi.

— Des Suisses ?

— Didididi. *Rosti. Fleischkäse.*

— Autre chose ?

— Didididi. Ils ont pleuré Louis. Je les ai entendus pendant des années. Ils voulaient faire le portrait de la reine. Ils les aimaient. Tous. Elle a même vécu à Versailles, celle-là.

Elle a craché.

— Merci, citoyenne, a dit Valentin.

— Didididi.

Il a soufflé dans son sifflet en cuivre.

— Je vous arrête en vertu de la loi du 22 prairial, a-t-il déclaré, incapable de nous regarder avec ses yeux fuyants. Suivez ces hommes. Vous autres, fermez cette maison.

Ils nous ont emmenés.

Tous, sauf Edmond, au grenier avec son masque et son costume de toile. Nous étions convenus que, si l'on venait nous chercher, il se dissimulerait entre ses frères et sœurs.

Je n'ai pu lui dire au revoir. Et je n'ai pas osé me retourner.

LIVRE SEPT

1794-1802

LA SALLE D'ATTENTE ET LE THÉÂTRE EN CARTON

Je passe de l'âge de trente-trois ans à celui de quarante et un

CHAPITRE SOIXANTE-CINQ

Une pièce pour vivre et pour mourir

Ils nous conduisirent à La Force, où les griefs furent prononcés contre nous. La veuve et moi fûmes séparées de Curtius, et l'on nous envoya dans différentes prisons, en attente de nos procès respectifs. Nous l'avons compris au moment seulement où ils éloignèrent mon maître. Puis, dans un autre coche sans fenêtre, nous avons regardé, à travers les lattes, des rues et des maisons que nous trouvions fort belles, comme si nous les voyions pour la première fois. On nous menait à l'ombre, au monastère des Carmes. Le bruit courait que, par une nuit de septembre, Jacques Beauvisage aurait ici massacré plusieurs prêtres. Cette nuit-là, nous étions encore libres et j'avais Edmond auprès de moi. Maintenant, je partageais une pièce avec sa mère affaiblie et vingt autres femmes, du bétail comme nous, à attendre et pleurer sur de la vieille paille.

Carmes. Le nom inspirait la paix. Une prison.

Cette petite salle aurait aussi bien pu se trouver au fond de l'océan. Le temps y pesait lourdement, égrenait nos dernières minutes. D'y respirer encore était une chose sérieuse. « Une chance, ce jaune dans votre robe. Il est notre seule lumière, que ferions-nous sans lui ? » remarqua l'une d'entre nous.

Des portes et murs épais. La plus jeune avait douze ans, et notre doyenne, une comtesse, plus de soixante-dix. Certaines lui en voulaient d'être là, eu égard à la petite.

L'odeur de ces femmes ensemble.

Elles arrivaient, elles partaient. Nous savions où, sans le moindre doute : à la Conciergerie, antichambre de la mort, puis à la place du Trône-Renversé[1] pour l'ultime voyage, sur la planche à bascule de la lucarne nationale. Je serrais la main de la veuve. Elle n'avait plus du tout sa tête, ce que nous faisions là la dépassait. Notre corps est parfois bien aimable.

Les femmes enceintes n'étaient pas guillotinées. Les filles, oui, et les vieilles folles aussi. Mais les grosses profitaient d'un répit. En toute probabilité, après l'accouchement, le délai serait échu. Tant que j'avais mon bébé dans le ventre, ma sécurité était garantie. Lui et moi nous sauvions mutuellement la vie. Selon mes calculs, il me restait trois mois.

J'estimai les dimensions de la pièce à trente pieds sur vingt. Le sol était dallé, nous avions de la paille en guise de litière. Pas assez. Nous nous battions parfois pour nous coucher, le plus souvent nous nous relayions. Nous avions

1. Place de la Nation.

le droit de faire le ménage une fois par semaine. L'unique horrible petite fenêtre donnait sur de vilains murs gris. Pas de ciel. L'un d'eux était partiellement recouvert de mousse. J'aimais bien la regarder. La mousse a une couleur.

Notre seau commun n'était pas souvent vidé. Certaines s'en servaient très nonchalamment ; d'autres parlaient fort en s'asseyant ; pour d'autres encore, c'était l'humiliation quotidienne, une torture. Une mère demandait à sa fille de tendre un vêtement devant elle, le temps qu'elle finisse. Mais ce paravent de fortune, au lieu d'étouffer les bruits, ne faisait qu'attirer l'attention. Plusieurs ne comprenaient rien à la pudeur. La solitude n'existait pas ici, sinon peut-être dans l'esprit dérangé de la mère Picot.

Je n'avais jamais connu la promiscuité. Les plus jeunes se regroupaient et parlaient d'hommes. Bien sûr, nous nous disputions, pour de petites choses ou de plus grandes. Nos minces relations étaient un sursaut de vie. Nous étions parfois cruelles, parfois douces. Toutes avaient besoin d'un peu de chaleur humaine. L'une, je m'en souviens, vendeuse de billets de loterie, faisait journellement le tour de la pièce, demandant à chacune : « Puis-je tenir votre main, s'il vous plaît ? » « Me donnerez-vous la vôtre ensuite ? » « Puis-je la garder encore un instant ? »

On nous accordait une promenade, de temps en temps, à l'intérieur du monastère. Partout, cela sentait l'excrément, l'ammoniac, l'humidité. Les corps se bousculaient, nous déambulions dans un air immobile, oppressant. Des hommes également étaient emprisonnés, aussi désespérés que nous-mêmes. Combien étaient partis hier ? murmurait-on, et combien aujourd'hui ? Des bruits couraient à propos de

Beauvisage, que l'on aurait vu commettre les pires atrocités, du sang jusqu'à la taille, décimant des familles entières, incendiant des villages. Mais le Jacques évoqué manquait de substance, ne boitait pas, ne pleurait pas son cher Émile… Je n'y croyais pas.

Nos vies suivaient l'ordre des listes – imprimées presque quotidiennement – des prochains départs. Souvent, vingt-quatre heures s'écoulaient avant les exécutions. Terribles heures ! Ensuite, le bruit des condamnés quand on les sortait des cellules. Aiguillonnés dans l'escalier comme des bœufs. Les cris, les suppliques, les empoignades. Mais de gré ou de force, ils sortaient. La nuit, nous transpirions, beaucoup versaient des larmes.

Nous avions tant de temps.

Et il nous échappait.

Une par une, les femmes s'en allaient. Non, c'est inexact, parfois ils en sortaient trois ou plus. Les jours passaient. La veuve et moi étions encore en vie. Il arrivait qu'une de nos compagnes perde ses moyens, se mette à hurler, à sangloter, ce qui ne changeait rien. Nous en étions d'autant plus affectées. Nous essayions de conserver un peu de dignité, de nous comporter bien, poliment, décemment. Nous riions même, par moments. Pour certaines, se trouver là était un soulagement. Folles d'inquiétude, nous avions anticipé les coups sur la porte ; alors, lorsqu'on avait frappé, cela avait été comme un réconfort, une trêve : nous étions arrêtées, mais de nouveau nous-mêmes. Et voilà qu'une autre porte occupait nos esprits. Même si nous essayions de ne pas la regarder, aucune n'y parvenait vraiment.

Une de ces femmes était particulièrement jolie, aimable et sensible. Sa dignité nous armait de courage. La veille de son éloignement, je l'ai entendue chuchoter : « Je sais que mon heure est venue. » En partant, elle nous a embrassées et fait cadeau de tout ce qu'elle possédait encore. Je souhaitais suivre son exemple.

Nos journées étaient ponctuées de durs repas, pain, pois et haricots si secs qu'ils nous descellaient les dents. À force de les sucer, nous avions mal aux mâchoires. Mon bébé criait famine. Nous ressemblions tant aux pauvres d'Élisabeth, pensais-je. Comme si l'on nous avait toutes forcées à revêtir l'uniforme de la misère. M'aurait-elle vue qu'elle m'aurait prise pour un de ses indigents.

Tout était précieux dans notre cellule. Il restait si peu à aimer. D'un crépuscule au suivant, ne s'élevait qu'un bruit de Parisiens emprisonnés.

Nous avions tant de temps.

Et il nous échappait.

Les personnages changeaient.

Au début, je me suis occupée de la veuve. Nous jouions ensemble, je lui parlais d'Edmond et du Dr Curtius. Je l'apaisais, la lavais, l'essuyais. Dans mes bras, elle posait sa joue ridée sur mon épaule et je tentais, du bout des doigts, de démêler sa tignasse. Je l'arrangeais, la disais jolie. La maladie l'avait adoucie. Ne pouvant plus la haïr, je m'efforçais de l'aimer. Pourtant incapable de comprendre qu'elle allait être grand-mère, elle observait mon ventre avec tristesse et semblait sur le point de se rappeler une chose, sans jamais y parvenir. Comme il était curieux que nous dussions finir ensemble.

— Vous avez un fils, n'est-ce pas ? Edmond, qui est vivant, en bonne santé. Si bien caché que personne ne le trouvera.

— Oooooh.

Il effleurait sa mémoire, silhouette brumeuse, vite évanouie. Je voulais tant qu'elle s'en souvienne. Je crus un jour qu'elle me reconnaissait. Elle parut un instant folle de rage, puis les larmes brouillèrent ses yeux. Elle m'avait de nouveau perdue. De dos, elle ne ressemblait pas à une femme. Ce n'était qu'une pauvre vieille gosse, emmaillotée dans plusieurs sacs.

Elle n'a pas réagi quand son nom est apparu sur la liste. Je ne lui ai pas expliqué : qu'aurait-elle pu saisir ? Je ne l'ai pas quittée de la journée, lui ai chanté des chansons, toujours un œil sur elle. La tête sur mes genoux, elle a dormi quelques heures. Je caressais ses cheveux fanés. Quelqu'un les couperait bientôt, au dernier moment. Ils dégageaient toujours la nuque. J'espérais que les ciseaux se briseraient sur ses mèches. Lorsqu'ils l'ont appelée, son nom ne lui dit rien et je dus répondre à sa place. Elle avait l'air contente, mais surprise que je ne l'accompagne pas. Je lui ai avoué que je n'en avais pas le droit. Elle a pleuré. Terrible, une vieille femme qui pleure. J'espère qu'elle m'a oubliée en montant l'escalier, qu'elle est restée hermétique à cette démonstration de cruauté qu'ils qualifiaient de procès. J'espère que, dans le tombereau, quelqu'un aura été gracieux avec elle ; qu'elle sera passée la première ; qu'elle ignorait ce qu'on ferait de sa tête. Peut-être a-t-elle cru rejoindre une charretée de mannequins ; peut-être ne craignait-elle pas d'en devenir un. La planche couverte de sang l'aura épouvantée. J'espère que non ; que le soleil brillait ; qu'il ne faisait pas froid. Cette grosse vieille femme folle. Oh, seigneur, aidez-moi, aidez-nous.

Nous avions tant de temps.

Et il nous échappait.

Les personnages changeaient.

Après son départ, je m'allongeais dans la paille, toute raide, avec Marta, et m'imaginais remplie de sciure. Pendant plusieurs journées, j'ai ignoré ce qu'on me disait. Je mangeais pour mon enfant, pas pour moi. Si je voulais un jour regarder son père en face, il fallait que je le garde. Je n'avais pu garder sa mère. J'avais une vie en moi, et donc j'ai tenu bon.

J'ai recommencé à parler.

Nous nous racontions notre histoire l'une à l'autre. Encore et encore. Nous distinguions toujours les vraies des fausses, car les fausses changeaient à chaque fois. Seules les vraies duraient. Qu'est-ce qu'une vie ? Ce qu'on nous en a laissé : des histoires. Nous les portions comme des vêtements.

Avant de partir un matin, la veuve d'un député exécuté nous avait narré la sienne. Le lendemain soir, une autre la reprenait comme si elle lui appartenait. C'était une actrice de la Comédie-Française, que l'on avait arrêtée parce qu'elle citait le roi d'une pièce de théâtre – non pas le serrurier décapité, mais un souverain d'antan. Cela n'importait pas : un roi est un roi. Elle avait écouté la femme du député, dont à présent elle répétait les paroles, presque mot pour mot, à deux nouvelles arrivantes. Quand, furieuses, nous l'avons traitée de voleuse, elle a hoché la tête d'un air triste. Elle n'était pas mauvaise femme, expliqua-t-elle. Elle voulait simplement rassembler des histoires, celles des autres filles, pour les conserver dans sa mémoire, qui était prodigieuse. Voilà pourquoi elle avait souhaité devenir comédienne, comprenait-elle maintenant : pour raconter la vie, non pas de personnages fictifs, mais de vraies personnes, celles réunies ici, et qu'on ne les oublie pas après leur mort. Sans doute son destin était-il de nous survivre, pour conserver cet héritage. Mais son nom fut appelé, et il disparut.

Au bout d'un mois, j'ai commencé à narrer la vie de celles qui nous avaient précédées – sans me l'approprier, seulement pour la répéter aux nouvelles. Dans le coin, là, il y avait eu Élodie, et voici son histoire ; ici, il y avait eu une Mme Grenlin, de Marseille ; Mlle Cossé passait ses journées près de la fenêtre, voyez les traces que ses ongles y ont laissées. Des marques, il y en avait partout sur les murs ; la pièce était garnie de messages émouvants, uniques vestiges de vies passées. Parfois, une femme criait, m'ordonnait de me taire, mais tant d'autres craignaient d'être oubliées qu'elles se livraient à moi. Puis elles m'interrogeaient pour vérifier que je savais ma leçon. Je devais me souvenir de taches de rousseur, de fossettes, d'un pendant de fauteuils, de fleurs dans le jardin, de jeunes et de vieux hommes, de garçons en bas ou perruque, de fillettes qui aimaient les fraises, de femmes croyantes, de dos indolores, de voyages chez les parents, de jeux de cartes, d'œufs à la coque, d'honoraires perçus, de petites maisons, de notre première tapisserie, de naissances, d'enfants égarés, de parents décédés, tant de choses, tant d'affaires, chiens et chevaux adorés, une vieille chanson, celui qui a vu le roi et quand, bijoux, splendeurs, héritages, poèmes, contes de fées, Cendrillon et Persinette, mon fils membre de la guilde. Vous y êtes, Marie, vous vous souviendrez ? Qui était mon cousin germain ? Décrivez mon blason. Où ai-je rencontré Pierre ? La petite cicatrice près de l'œil. Quelle somme ! Doucement, doucement, je perds le fil…

Il y avait tant à se rappeler. Impossible de tout retenir. Des fragments d'une histoire se brouillaient et surgissaient dans une autre : ce n'était plus Mme D. qui aimait beaucoup les jonquilles, mais Mlle P. Et Mlle P., follement éprise du soldat Augustin, se faufilait dans la biographie confuse d'une vieille femme du faubourg Saint-Marcel, dont la sœur, avec qui elle vivait, était soudain parente d'une vendeuse de limonade qui travaillait place de la Révolution[1], pendant les exécutions.

Leurs récits commençaient à me faire peur. Ils me hantaient la nuit, s'immisçaient dans mes rêves, nuisaient

1. Aujourd'hui place de la Concorde.

certainement à la santé de mon enfant. J'ai arrêté de les écouter. Ne voulus rien savoir. Il n'y avait plus que mon bébé, Edmond et moi. Je devais rester moi-même.

J'en ai aujourd'hui remisé la plupart, mais ils me reviennent par bribes. Mon sommeil est troublé par un grand chœur de mortes, arborant différents costumes, et qui, avec force détails, déclinent leur nom et celui de leurs proches. « Je ne supporte pas qu'on déteste les choux de Bruxelles, m'avait confié l'une d'elles. Des gens faibles, ceux-là, sans personnalité. » Une autre aurait dansé avec un ours dans une foire de campagne. Un ours tout de même bon cavalier. Une fille m'avait parlé du peuple imaginaire d'une île qu'elle avait inventée. Elle en avait dressé les cartes et rédigé les lois. J'aurais écrit des livres de récits.

Dans cet almanach de tristesse, une histoire en particulier a tant de fois été narrée qu'elle ne sombrera pas dans l'oubli. Deux mois après moi, est arrivée une créole de Martinique, issue d'une famille de planteurs qui exploitait des esclaves. Lui aussi incarcéré aux Carmes, son mari avait déjà été guillotiné. Elle était née Marie-Josèphe Rose Tascher de La Pagerie, et se faisait alors appeler Rose.

C'était une solide femme. Légèrement boudeuse, jolie sans être remarquable, elle avait des épaules rondes, des cheveux bruns, des sourcils épais, de grands yeux et une grande bouche. Maintenant que j'y pense, son nez n'était pas si petit. Elle larmoyait le plus souvent, bien que, par la suite, elle dût affirmer que, très courageuse, elle avait rassuré et consolé nos amies d'infortune. Billevesées ! En réalité, terrifiée, elle venait pleurer sur mon épaule. Comment le lui reprocher ?

— Je vais vous dire, mademoiselle – et non pas citoyenne, j'en ai fini avec ces choses, affirmait-elle. Je vais vous dire ce qui me manque le plus. Pas mon mari, bien que je sois navrée pour lui, mais il n'a pas toujours été juste ni fidèle. Je regrette qu'il soit mort et ne le ferai pas revenir. Pas mon fils ni ma fille. Ils sont à l'abri, et l'on s'occupe bien d'eux, loin de ces murs. Je les ai mis en apprentissage, Hortense chez une couturière, Eugène chez un ébéniste. Il ne leur arrivera rien, mais dans quel état les retrouverai-je ? Qui seront-ils devenus ? Non, c'est surtout mon carlin qui me manque. Rien ne vaut mon Fortuné, un amour de chien. Il faut le voir se gratter les oreilles et tortiller sa croupe. Il aboie, il éternue, puis il reprend son souffle… C'est lui qui me manque le plus, mon cher carlin.

Elle ne tarda pas à me surnommer Carlinette. Moi, une chienne à face plate… Comme c'était drôle, comme elle s'amusait ! La nuit, il fallait que je sois près d'elle. Inconsolable, jusqu'à ce que je lui permette de me choyer, de me lisser les cheveux. Cela ne me dérangeait pas.

Parfois elle partageait sa nourriture avec moi. J'en avais besoin.

J'ai fini par le rencontrer, son chien. Usant de son charme auprès d'un gardien, Rose a obtenu que Fortuné nous rende visite chaque semaine. Ses irruptions nous redonnaient un peu de vitalité. Jovial, il était dévoué à sa maîtresse et nous étions ravies de le voir. Il incarnait l'innocence, ce bon toutou aux yeux inquiets, au museau noir, à la tête triste. Il semblait tout comprendre de notre situation et cela nous faisait du bien. Ses menus bruits, son ingénuité, sa franchise. Quand il repartait, trottinant, nous redevenions tristes et espérions survivre jusqu'à son retour, huit jours plus tard. Au moins durer jusque-là, pensions-nous.

Mon ventre, elle caressait mon ventre. Participer au ménage, non, cela n'était pas pour elle, bien qu'elle nous encourageât quand nous le faisions. J'ai dû avoir un petit béguin pour elle, mais elle était amoureuse d'un militaire emprisonné ici. Un beau garçon, auquel un coup de sabre avait laissé au front une terrible cicatrice. Que de temps passait-elle à s'apprêter pour le fringant soldat, qui répondait au nom de Lazare Hoche. Il était sûr d'échapper à la guillotine, ce qui consolait Rose. Alors elle se pomponnait et se pomponnait encore.

J'étais son aînée de deux ans et ne le paraissais pas. À elle aussi, j'ai survécu. Elle est morte à l'âge de cinquante et un ans, peu après l'abdication d'un certain empereur en 1814. Je l'aurais crue plus endurante. Je lui dois cependant d'avoir grandement diverti mes dernières journées de prison.

Le 28 juillet 1794, 10 thermidor an II, la porte s'ouvrit et un garde m'appela.

— Je suis enceinte, lui dis-je, regardez ce ventre.

Il n'avait qu'à poser ses mains dessus, mon petit lui aurait donné un coup de pied.

Il répéta :

— Anne-Marie Grosholtz, sortez !

Alors même les femmes enceintes n'étaient plus épargnées. Rien de si étonnant, finalement, cela ne m'ébranlait pas plus que cela. Au nom de quoi le serais-je ? Que pouvais-je bien représenter ? « On s'en va, mon bébé. Je ne te laisserai pas, ne t'abandonnerai pas. »

On me conduisit dans la cour, en haut de l'escalier, où l'air était si léger que je sentis mes poumons se serrer. Mes doigts étaient sales, ma robe sale, mes cheveux sales. J'avais cru observer un minimum de propreté ; quelle importance, à présent ? Je tenais bien mon ventre, comme pour m'en excuser. Un escalier, la porte du monastère, une rue de Paris et un homme de la garde qui m'enjoignait :

— Par ici, citoyenne.

— Je suis grosse.

— Oui, n'ayez crainte.

— Mais bien sûr que j'ai peur !

— Vous ne serez pas jugée.

— Vraiment ?

— Non, citoyenne. Vous verrez.

CHAPITRE SOIXANTE-SIX

❖ ❖ ❖

La mâchoire brisée

Une explosion de joie, rue Saint-Honoré, comme lors d'un jour de fête. Que de bruit ! « C'est fini ! » s'exclamaient les passants. Une voix parmi eux :

— Le tyran est mort.

Un autre :

— Mort, mort ! Ils sont en train d'arrêter ses complices !

On m'emmena dans une pièce, près de la place de la Révolution. Une foule grouillait autour d'objets posés sur des tables. On se serait cru chez le boucher, sauf que ces objets-là ne seraient ni pesés ni mangés.

— Des têtes. Encore des têtes. On ne m'appelle qu'au terme de leur vie.

— En effet, me répondit-on.

— Qui est celui-ci ?

On me fit les honneurs.

— Couthon l'estropié. Il a fallu le coucher de travers,

alors le cou est coupé en biseau. Les autres, dans la charrette, l'avaient piétiné.

— Celui-là ?

— Augustin Robespierre, le frère. En très mauvais état. Quand il a su que la partie était terminée, il s'est jeté dans une cour, du haut d'une fenêtre. Ça, il a dû se faire mal. S'est abîmé, mais pas tué. On s'en est occupé plus tard, une entaille à la nuque, comme vous vous en doutez. Celui qui a l'air soigné, à côté, c'est Saint-Just. Mieux conservé que les autres.

— Et lui ?

— L'incorruptible en personne.

Cette trogne avait appartenu à Maximilien Robespierre. Je ne l'avais encore jamais vu. Il n'avait pas seulement été abîmé par le couperet. Dans un autre pays, mon histoire avait commencé avec une mâchoire, un bien de famille qui avait disparu, emporté par un canon hors d'usage. Plus près de la fin, elle se poursuivait avec une autre mâchoire brisée. Celle-là ne s'était pas envolée, elle était toujours reliée au maxillaire supérieur, fracassé par une balle de pistolet. Robespierre avait tenté de mettre fin à ses jours et raté son suicide.

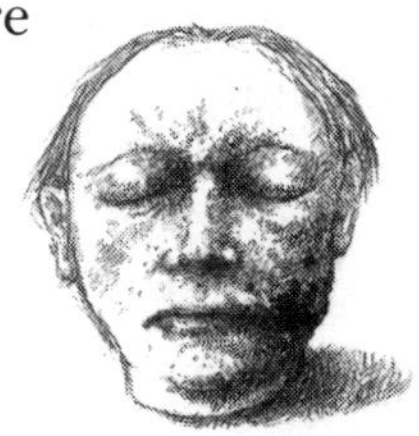

On ne me libérait pas de prison pour m'offrir le privilège d'admirer des paniers ensanglantés. On me donnait du travail. De pleins sacs de plâtre, de l'ordinaire cire de bougie – la pire qualité. Faute de mieux, ils avaient fait fondre des centaines de bouts de chandelle. Je devais mouler des pièces qui seraient exposées à la Convention.

Cela m'a pris deux jours.

— Bien des gens voudront voir ces têtes, leur dis-je. S'assurer que ces messieurs sont bien morts, n'est-ce pas ? Je n'ai guère de doute. Pendant des décennies, on viendra les voir.

Lorsque j'eus terminé, je m'inquiétai de la suite.

On me répondit que j'étais libre de partir.

— De partir où ?

— Pourquoi pas chez vous ?

— Chez moi, murmurai-je. Je n'y avais pas pensé.

J'ai pris le chemin le plus long, emprunté les rues tortueuses. Je ne voulais pas me presser. Allez savoir ce qui m'attendait au bout.

CHAPITRE SOIXANTE-SEPT

Une sombre petite liste

Je n'aurais pas dû être grosse, mais je l'étais. Il aurait fallu me secouer par les pieds, tout vider. J'avais aussi une liste à dresser. Les corps viennent et s'en vont ; mieux vaut ne pas s'attacher. En prison, on ne faisait pas de vieux os. Ma liste, donc.

Picot, Charlotte, soixante ans, une vieille toquée.

Pour commencer. Je ne suis qu'un petit escargot. Non, j'ai le cuir dur. Noir, brisé. Petite, oui, mais robuste. Alors, cette liste. Job est un personnage de la Bible, qui perd ses enfants. Comme si cela ne suffisait pas, il attrape la lèpre et souffre de tous les maux. Mais il persévère. Sans doute ignore-t-il pourquoi. Les souffrances ne sont pas éternelles. Ma liste, alors.

Je suis arrivée devant une ruine. La moitié de la maison : écroulée. Les béquilles avaient cédé ou on les avait aidées. Pierres et poutres gisaient sur le sol, tel un château de cartes affaissé. La grande maison des singes aux ambitions déchues. Deux des principaux murs s'étaient effondrés, révélant l'armature de bois qu'ils recouvraient. Les dalles de la cour avaient été descellées ou emportées. Les grilles aussi, ainsi que la cloche d'Henri Picot. Cet endroit avait soutenu bien des espoirs ; beaucoup y avaient œuvré, servi. Il avait été la curiosité du boulevard, de Paris même.

J'en restai bouche bée.

— Edmond, murmurai-je. Me revoilà.

Pas de réponse.

— Edmond ?

Que s'était-il passé en mon absence ? J'allais l'apprendre plus tard, par un procès-verbal à la préfecture de la Seine. Combler les lacunes. En finir.

La garde nationale et ses chefs de section, tous de bons vieux Français, avaient pris la grande maison d'assaut. Parmi eux, André Valentin, je suppose mais ne peux le prouver. Ils la détestaient depuis si longtemps. Elle n'offrait guère de résistance, ils l'ont cernée pour la détruire. Les béquilles ont fléchi aisément ; la bâtisse entière pleurait et criait, comme si les singes y étaient toujours. La garde a tout démoli, chaque armoire, chaque malle, chaque tiroir de chaque pièce. Dévasté les ateliers, retiré les quelques effigies présentes pour les écraser, tant ils les haïssaient. Ivres, les hommes en ont sorti quelques-unes dans la rue. Ils ont dansé un instant avec elles avant de les anéantir. Ils ont tout retourné, tout fracassé. Notre chambre de plâtre, en revanche, n'avait subi aucun dégât. Ils ignoraient son existence. Aux étages, maintenant.

Au pied de l'escalier, j'ai découvert la grande poupée qui me représentait. L'œuvre d'Edmond. Disloquée, désespérée, les jambes à l'envers, la jupe relevée, la tête fendue, une main par-dessus comme pour se protéger, comme si elle ne supportait pas de regarder.

Ensuite, le grenier. Ce qui en restait. La plus grande partie du toit manquait.

Tandis qu'avinée et furieuse, la garde ravageait tout en bas, ici se taisaient les nombreux frères et sœurs Picot. Une petite bande douce et tranquille. Soudain, riant à gorge déployée, des hommes cruels, grossiers, leur tombèrent dessus, les renversèrent, les démembrèrent. Ils commencèrent à s'attaquer aux poutres, puis jetèrent les mannequins par les fenêtres. Ceux-ci se fracturaient en touchant le sol, basculant les uns sur les autres, pendant que les murs gémissaient, que le plafond cédait. Mais, parmi les autres, un mannequin chaud.

— Chut, dit-il au chef de section. Je suis destiné aux vitrines.

L'homme l'observa.

— Chut. Je ne fais jamais de bruit.

Le chef l'attrapa par le revers du costume. Le grenier grondait : gare !

— Je suis fait de bois, de tissu, de coutures. J'ai du papier mâché à la place de la tête, de la sciure à la place du ventre.

Les poutres s'affaissaient.

— Alors tu ne crains pas la douleur ?

Est-ce arrivé ainsi ? Ses oreilles l'avaient-elles trahi ? Il aurait pu servir de modèle à mille autres. Je suis sûre qu'il n'a pas crié. Ou peut-être que si. Peut-être, lorsqu'ils furent redescendus, a-t-il lâché : « Je suis Edmond Picot ! Edmond Henri Picot ! Je n'ai pas oublié ! » Peut-être encore, à force de concentration, s'était-il vraiment transformé en mannequin. Sœurs et frères écrasés. Parmi tous ces débris, membres et têtes rompus, torses déchiquetés, s'en trouvait un plus lourd. Peut-être même n'a-t-il rien dit et ne surent-ils jamais qu'ils jetaient par la fenêtre un être bien vivant – avant qu'il touchât le sol et que le sang jaillît. Ma vie déversée dans la rue. On ne le réparerait plus. Je comble les lacunes. Est-ce arrivé ainsi ? Ou alors le grenier, depuis longtemps fragile, s'était-il effondré tout seul, et Edmond, désemparé, avait-il sauté ?

La préfecture de la Seine détenait l'acte de décès. *Inconnu, sexe masculin. Cinq pieds, cinq pouces et un huitième. Tombé du toit.* Depuis toujours, Edmond s'était entraîné à disparaître. Cette fois était la bonne et la fin de ma vie privée.

Picot, Henri, Edmond. Trente-neuf ans, maître ès mannequins.

La maison n'était plus qu'une portion d'elle-même. Les ailes bâties sur le terrain du café de l'échiquier s'étaient écroulées. Ma liste. Il faudrait que je la termine.

Je suis allée à l'hôpital de la Salpêtrière. Là, dans un lit bondé, est apparue mon enfant. Silencieusement. Quelque chose est sorti de mon corps et j'ai ressenti beaucoup d'amour. J'ai fait cela, pensai-je, un miracle. De petites mains, de petites jambes, un petit ventre. De minces lèvres très rouges. Elle avait le menton Grosholtz, pour sûr, mais pas la truffe Waltner, évincée par le nez insignifiant d'Edmond. Ma chère fille. Pas de chance, cette petite créature. Mort-née. Elle était immobile, on me l'a retirée.

Marie Charlotte Grosholtz, bébé.

Le monde se fissure et se brise. Il lui manque certaines choses qui ne seront pas remplacées. Alors seulement ai-je compris ce que la veuve avait toujours su : notre monde est troué et ces trous sont les miens. Sans doute étais-je incapable de donner la vie. Cela devait être ma faute si je n'arrivais à faire que *ressemblant* et *grandeur nature.* Qu'attendez-vous d'un père qui fut moins homme que mannequin ? Qu'attendez-vous d'une femme qui s'est consacrée à des imitations, plus qu'à des êtres de chair ?

Retour à la maison.

CHAPITRE SOIXANTE-HUIT

Plus d'os

Je me terrais au fond, dans les coins, sous les fissures. On frappa à la porte. Pensant que les enfants du quartier revenaient se moquer de moi, je n'ai pas répondu. Mais on insista. Les enfants ne frappaient pas ainsi. C'était un gentil petit bruit, avec quelque chose de repentant. Différent des vigoureux battements du serrurier Louis dans sa forge. Je commençai à comprendre : un *toc-toc* solidaire, un affectueux *toc-toc.* J'ai entrouvert la porte.

Curtius.

Le maître et l'élève réunis. Nous nous regardâmes, chacun à un bout de la planche que j'avais posée pour remplacer les marches du perron. Lui, depuis les dalles brisées de la vieille cour, moi, sur le seuil d'une ruine qui m'abritait. Cela dura quelques secondes, des minutes peut-être, une dizaine. Quel repas pour les yeux ! Il revenait de l'Hôtel-Dieu, l'hôpital où Mercier m'avait emmenée, un soir, depuis ma cuisine. Voilà pourquoi il avait tant tardé. Curtius avait été si malade qu'on l'avait sorti de prison, de crainte qu'il infecte les autres prisonniers, qui auraient rendu l'âme avant d'être guillotinés. On l'avait placé à l'Hôtel-Dieu, il avait pourri chez les affamés. Contre toute attente, il n'était pas mort. De jour en jour, il avait survécu et même, très lentement, pendant qu'autour de lui les autres succombaient, il avait guéri. Lorsqu'il avait été assez solide pour tenir sur ses jambes, on l'avait renvoyé chez lui, tel un citoyen libre. Mon cher vieil ami. Très maigre, bien sûr, mal en point, mais vivant. Un rhizome desséché, racorni, distendu, capable de bruit et de mouvement.

— Bonjour, monsieur.

— Serait-ce ma… Petite ? Ah, je l'espérais.

— C'est sûrement elle.

— Alors nous voilà ensemble : toi et moi.

— Voulez-vous entrer ?

— Oui, oui, certainement.

J'ai refermé la porte derrière lui. Elle fermait mal.

— Il fait bien sombre, Marie.

— Je vais chercher une bougie.

— La lumière, oui ! De la lumière dans le noir !

Il avait autre chose en tête ; la peur se lisait sur son visage. Pour l'instant, il ne posait pas de question. Nous nous sommes assis et, pour meubler le silence, avons parlé de tout et de rien. Une demi-heure plus tard, il trouva le courage de demander, très doucement, ce qui lui tenait à cœur :

— Petite, Marie, où sont les autres ? Sortis ? Vont-ils revenir ?

J'ai fait signe que non.

Nous nous tûmes un long instant.

— Évidemment, dit-il, Edmond est… au grenier ?

— Non, et je le regrette. Cela m'aurait tant aidée.

Soupir, puis :

— Mon Dieu. Un si précieux créateur de mannequins.

— Oui, monsieur.

— Ma pauvre petite.

— Oui, monsieur.

— Et toi, Marie ? Une nouvelle vie devait… apparaître.

J'ai baissé la tête.

Ses doigts si expressifs parlaient leur langue.

— Il n'y aurait plus d'os pour te rassurer.

Alors le silence. Puis, très vite :

— Elle aussi ? Oh non, pas elle. Non, pas la veuve, dis-moi.

— Si. Si. Elle aussi.

Il ferma les yeux.

— Elle était fêlée, brisée.

— Quelle tristesse.

— J'aurais cru qu'elle… Je n'aurais pas pensé que… Et… ah, quelle affaire, quelle affaire !

Il restait voûté dans son fauteuil, mais ses nerfs réagirent. Son visage frémit, une paupière se contracta, une lèvre se retroussa. La suite ne peut se décrire que comme une série de bruits, ceux d'un édifice qui dégringole, étage par étage, en produisant une grande masse de débris, de gravats accumulés. Ce fracas n'était qu'audible, tout se passant à l'intérieur de son corps. Il ne bougeait pas et, bien qu'il eût le front en sueur, qu'un liquide noir coulât de son oreille, qu'un œil parût ne plus voir, cette ruine continuait de respirer. Peut-être faisait-il froid dans la pièce car, lorsqu'il ouvrit la bouche, un nuage de buée sale en sortit.

Eh bien, nous étions revenus dans une misérable maison des singes.

— Nous ont-ils servi, en fin de compte, Petite ? Nos organes, je veux dire. Pas les grandes cires, mais les petits bouts de corps humain. Les avons-nous trop côtoyés ? Peut-être nous appellent-ils près d'eux ?

Ce n'était pas la fin. Pas encore. Nous avons continué un peu, Curtius et moi. Nous ne nous séparions jamais, de peur de croiser un fantôme surgi du passé. Tant de gens avaient peuplé ces lieux. Nous trébuchions, nous hésitions, mais avancions. Il a fallu ranger, déblayer. Le sol était jonché de boutons. Les trous des murs furent habillés de drap. Un beau jour, nous avons rassemblé assez de courage pour ouvrir les volets. Nous avons débouché la chambre de plâtre, si pleine qu'elle avait résisté ; à petits coups de marteau, de burin, nous avons atteint la toile goudronnée et tous les moules étaient sauvés. Même le masque mortuaire du roi, demeuré une empreinte vide.

Nous avions commencé ensemble, nous poursuivions ensemble. Fort de quelques piètres effigies, le cabinet reprit son activité deux mois après le retour de mon maître. Nous reçûmes l'autorisation d'utiliser les moules de Robespierre et de ses acolytes. Curtius avait toujours eu un appétit pour les gens ; il lui permettait de tenir.

— Tu m'accompagnes depuis si longtemps, me dit-il. Quel duo formons-nous ! Tu remplis les fonctions de la veuve, et tu es presque aussi capable. Il n'est plus acceptable que tu me donnes du « monsieur ». C'est embarrassant.

Alors peut-être, si cela convient, ne gêne pas, n'est pas trop demander… puisque, après tout, tu n'as plus pour maman qu'une poupée de bois et de chevilles, et une mandibule de métal en guise de père… peut-être voudras-tu me considérer comme un oncle. Et m'appeler ainsi.

— Un oncle ?

— Oui.

— Non, monsieur, je ne crois pas.

— Avec le temps, alors ?

— Monsieur, puis-je être payée ?

— Eh bien, cela me plairait.

Les bustes de Marat furent détruits ; les gens avaient maintenant honte d'en détenir un chez eux. Le vrai Marat fut exhumé du Panthéon et jeté à l'égout. Nous présentions toujours notre baigneur de cire, avec son couteau dans le cœur ; Edmond et moi l'avions fait. Nous avons peint une grande enseigne :

VOS MONSTRES À L'INTÉRIEUR

Le public ne vint pas nombreux. Comment le lui reprocher ? Tout Paris en avait assez, de ces monstres. Alors nous inventâmes un nouveau nom :

MAISON DE LA JUSTICE

Qui n'attira guère plus de monde. « Pourquoi, s'étonnait-on, faudrait-il payer pour voir la tête de Robespierre, alors qu'il a fait tomber celles de nos pères, mères, fils et filles ? » Comme nous n'avions pas de réponse, mon maître en laissa beaucoup entrer gratuitement, ce que la veuve n'aurait jamais permis. Nous n'avions plus de chien de garde, rien pour nous protéger, dans la rue, des regards accusateurs et des railleries ; et donc pas d'autre choix que de poursuivre notre chemin. Les enfants me jetaient des pierres, faisaient des crocs-en-jambe à Curtius.

Pourtant jamais mon maître ne perdit foi en son travail.

— Ce ne sont que des miroirs, Marie. Nous créons des reflets. Voilà la mission du cabinet. Les gens n'aiment pas se voir dans la glace. Leur image leur fait honte.

Notre affaire s'est maintenue, difficilement, jusqu'au 25 septembre au soir. Aux premières heures du 26, j'ai entendu Curtius applaudir au milieu de la nuit ; sans quoi il serait parti aussi discrètement que mon père. Le matin venu, il n'est pas descendu. Je me suis assise un moment au bas de l'escalier, comme le jour où maman m'avait quittée. Finalement, je suis montée.

— Debout, monsieur, debout ! Savez-vous l'heure ?

Il n'écoutait pas.

— Au moins, ouvrez les yeux. Cela n'est pas trop demander, vous y arriverez bien ! Que je les revoie. Ils sont bleus, n'est-ce pas ?

Quel entêté.

— Un son, un petit bruit. Cela me suffira. Ensuite, je m'éclipse sur la pointe des pieds et je vous retrouve plus tard. Avez-vous parlé ? Recommencez ! Ah, vous remuez… Non ? Ne me laissez pas seule, monsieur. Il ne faut pas. Cela ne serait pas gentil. Et si je vous secouais légèrement ? Monsieur, monsieur ! Quelle immobilité ! Que vais-je faire, moi ?

J'avais tout de suite compris. Je lui ai lavé le visage, peigné ce qui lui restait de cheveux, j'ai appliqué le savon mou, mélangé le plâtre, et nul besoin de pailles. Comme c'était étrange, une tête encore vissée au corps, un corps somme toute encombrant, j'avais oublié cela. Masque mortuaire de Philip Wilhelm Matthias Kurtz, né à Stockach en 1737, mort à Paris en 1794, amoureux malheureux, chroniqueur historique, faiseur d'hommes et de femmes, le plus grand des montreurs parisiens. Sans doute connaissait-il le corps humain mieux que quiconque, mais n'a jamais partagé le sien avec personne. Immense Curtius.

— Je vous appellerai tonton, finalement, mon oncle.

Les obsèques eurent lieu à minuit et, selon les lois de la République, sans cérémonie religieuse. Peu s'y rendirent, sinon quelques attristés, ruisselant de pluie. Un homme se présenta dans une brouette : Louis-Sébastien Mercier. Comme tant d'autres, il avait été libéré de prison après la mort de Robespierre. Il absorbait la lumière de Paris, mais ne la voyait pas. S'il avait toujours de bons yeux, seul le passé l'intéressait. Sa ville n'avait plus de sens ; cet endroit nouveau, disait-il, lui était inconnu.

Durant sa longue incarcération, il n'avait pas retiré ses souliers bien-aimés. Les premiers temps, il les avait promenés chaque jour dans sa cellule, de long en large, puis il avait choisi de s'asseoir dans un coin, de sorte que ni eux ni lui ne prenaient plus d'exercice. La cellule était humide, les murs ruisselaient et l'on ne remplaçait jamais vraiment la paille. Trop d'inertie : ses promenades se brouillèrent dans son esprit, il se perdit dans ses pensées, ses chaussures commencèrent à suppurer. Leur enveloppe de cuir se fondit dans sa peau. Les chevilles enflées débordèrent par-dessus et, le temps passant, pieds et souliers ne firent plus qu'un. Lorsqu'ils eurent de nouveau touché le sol de Paris, la douleur était si cuisante qu'il avait fallu le transporter.

Les médecins lui suggérèrent la chirurgie pour séparer pieds et souliers, mais il avait refusé. Tout de même, il venait faire ses adieux à Curtius. Mercier m'a invitée à demeurer chez lui, à lui servir de chaussures, lui rapporter mes déambulations dans le nouveau Paris. J'ai décliné en le remerciant.

Le notaire de Curtius, Me Gibé – un campagnol fait homme –, m'avisa d'un testament et de ses dispositions.

— Tout revient à une seule personne, déclara-t-il. Vous.

Moi ? Petite ? Anne-Marie Grosholtz ? Tout ? Êtes-vous sûr ? Non, cela ne vaut pas. Donnez-moi ce papier. Je suis un être crédule, ne mentez pas ! Ce serait vaincre sans péril. Ou plutôt, lisez encore !

— ... à Anne-Marie Grosholtz, mon égale dans notre art.

J'ai porté ma main à ma bouche.

— C'est elle ! C'est moi ! Payée ! Enfin payée !

J'avais un logis. Cadeau de tonton.

Mais Gibé ajouta :

— ... et les dettes.

Mon maître était l'obligé d'un médecin-chirurgien, de deux tailleurs, d'un serrurier, de plusieurs grands fournisseurs de cire. Il n'avait pas payé son impôt de l'année précédente. Le tout s'élevait à cinquante-cinq mille livres. Une telle somme paraissait impossible. On aurait pu s'y noyer.

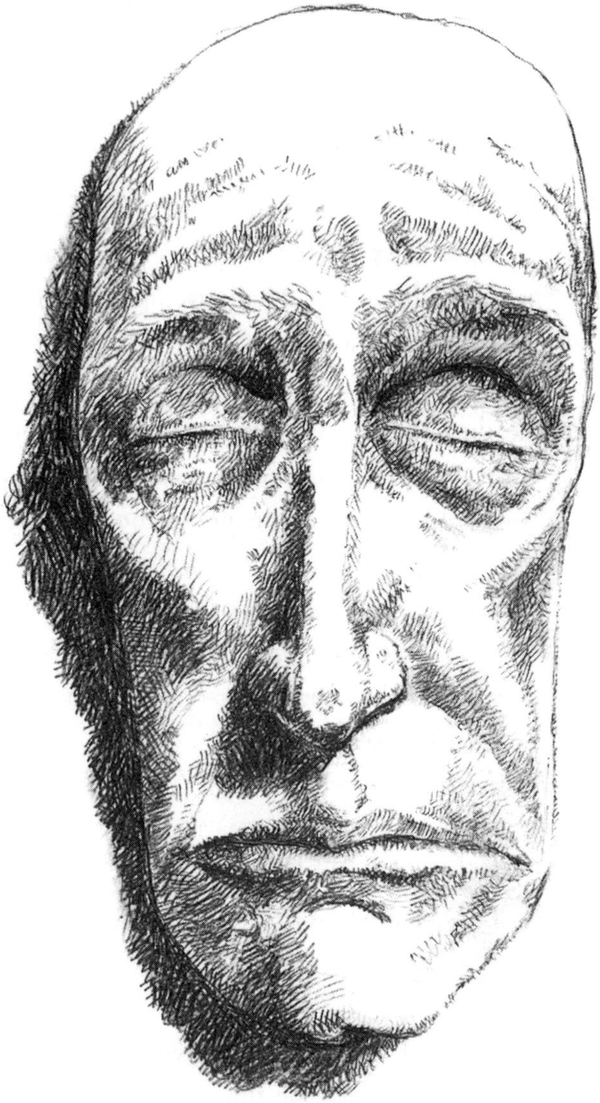

A.M.GROSHOLTZ AMICUS LUD. DAVID

CHAPITRE SOIXANTE-NEUF

Portrait d'A.-M. Grosholtz
(Louis David, an III)

J'atteins bientôt la fin et j'ai peu à faire. Après la mort de Curtius, j'ai cherché quelques connaissances autour de moi, mais plus personne n'était là. Un jour, il est vrai, une tarte m'attendait sur le perron défoncé de la maison des singes, à l'évidence déposée par Florence Biblot. Était-ce une forme d'excuse ? D'un coup de pied, je l'ai envoyée dans la rigole. Je ne devais jamais revoir ni Florence ni ses tartes. J'étais un personnage éminent, propriétaire d'un commerce. Le peintre David a même fait mon portrait, alors qu'il était détenu à la prison du Luxembourg.

Je comptais parmi ses rares visiteurs et, là-bas, il n'avait pas grand-chose à peindre. Peu m'importait. Une petite femme vêtue de noir. Marta sur mes genoux. J'aurais préféré ma petite Marie-Charlotte, mais on s'arrange avec ce que l'on a. J'ai voulu être représentée une main devant la figure. Je n'étais pas encore disposée à ce que l'on me regarde.

Il protesta : on ne me reconnaissait pas ! Mon visage était caché !

— S'iiiil vous plaît !

J'ai insisté. Aussi inexpressive que ma poupée. Le visage que l'on voulait, par-dessous.

Et donc : combler les lacunes, remplir les trous. Cinquante-cinq mille livres.

J'ai emprunté de l'argent. À un fournisseur de plâtre ; ses affaires, après tout, étaient aussi les miennes. Cela ne suffisait pas. Il fallait réfléchir. J'avais trente-quatre ans, un commerce à tenir. Si je n'agissais pas vite, je risquais de tout perdre. Tordue comme elle était, la maison des singes faisait peine à voir. J'ai vendu les terrains adjacents ; les acquéreurs ont emporté les gravats. Je pensais exposer quelques vieilles effigies ; avec le temps, sans doute retrouveraient-elles un public.

Je ne pouvais compter que sur moi. Je m'étais fait un mannequin qui ressemblait à Edmond, et je me coiffais d'un bonnet serré, comme la Picot. Mais je n'étais pas la veuve. Il y avait trop à faire pour une femme seule. J'étais agitée, agacée. La détresse mène aux décisions les plus regrettables. Et donc.

Pour mon salut, j'ai fait comme bien des gens : un mariage.

La rumeur circulait. On croyait que le Dr Curtius avait légué une vaste fortune. À tort. Elle se limitait, comme la mienne, à la maison des singes. Je reçus des visiteurs : des affamés, en quête d'une rare aubaine. L'un me montra son carnet, des croquis à l'encre, pattes de mouche, architecture. Peut-être.

Le 5 octobre 1795, des combats, de nouveau, firent rage dans les rues. Cet automne-là, David fut définitivement amnistié. Le 28, à la préfecture de la Seine, dans une salle nue et crasseuse, garnie de bancs pour les promis et les témoins en tenue ordinaire, Anne-Marie Grosholtz et François Joseph Tussaud attendaient l'officier d'état civil. « Bon pour association », expliquai-je au citoyen Tussaud, et le citoyen Tussaud, rangeant son carnet dans sa poche, acquiesça.

Mon mari Tussaud. Une histoire malheureuse. La faute de ses parents, sans doute. Ils l'avaient emmené au théâtre lorsqu'il était petit et il s'était épris de la scène. Un rêve qu'il n'a pas oublié en grandissant. Comme tant d'autres, il avait été charmé, ébloui par la lumière, les personnages, les décors. Pourtant, jamais il ne sut ce qui se passait en coulisses, jamais il ne franchit l'entrée des artistes. Les théâtres de carton étaient son terrain de jeu. Un monsieur séduisant, peut-être, mais propre à rien.

Je ne me rappelle pas le frottement de sa moustache sur ma peau, ni le bruit de ses pas dans le couloir ; je ne me souviens pas qu'il ait frappé à ma porte, naguère celle de mon maître. Je revois en revanche les lettres de sa banque et l'horreur qu'elles m'inspirèrent. Simplement, il m'avait menti et j'ai été assez bête pour le croire. Malencontreuse rencontre que la nôtre.

Je n'en suis pas morte. Nécessairement, je me levais chaque jour. Si nous ne dormions pas dans la même chambre, le citoyen Tussaud logeait dans la maison des singes et, je l'avoue, je ne le repoussais pas quand parfois il me rejoignait.

Il comptait sur moi pour faire bouillir la marmite et qu'elle soit toujours pleine. Je lui donnais de l'argent de poche, comme une maman à son enfant. Alors il achetait de jolies cartes de visite.

— Tout ira bien, maintenant, assurait-il.

François Joseph Tussaud
Architecte des théâtres
Grand atelier, 20 boulevard du Temple

En carton, elles aussi. Il partait, le matin, avec ses grandes idées, mais revenait le soir vaincu et saoul. J'avais un petit être qui grossissait en moi. Comme je ne m'attendais pas à ce qu'il survive, je n'y ai tout d'abord pas prêté attention. Je n'osais pas. Je rationnais François, qui continuait de s'endetter. J'ai tenté de lui apprendre à sculpter des cires, mais les cires ne l'intéressaient pas. Travailler pour le cabinet non plus, il ne voulait que ses recettes.

J'avais beau les cacher dans un endroit ou un autre, il les trouvait quand même – s'il avait un don, c'était celui-là. Lorsqu'il les avait dépensées, il revenait hurler ou pleurer devant moi. La maison des singes avait besoin d'employés. Il aurait cependant fallu les payer. C'est une armée que j'aurais dû lever. Tomber enceinte à l'âge de trente-six ans n'était pas sans danger, mais grandir près de Curtius en comportait déjà, et lui-même en avait bravé en choisissant Paris.

Puis une flamme a jailli, le feu, une incroyable chance.

Un et bientôt deux !

Petit François est né en 1798. Petit Joseph deux ans plus tard. Tous deux incontestablement dotés du nez Walter et du menton Grosholtz. J'avais de nouveaux compagnons ! Je leur ai appris, comme Curtius et la veuve me l'avaient enseigné, ce que je savais du monde. Les larmes aux yeux, le citoyen Tussaud roucoulait comme moi devant eux. Comme ils remuaient, ces bruyants petits hommes ! Je les allaitais devant nos gens de cire.

Petit F.

Nous avons même été heureux, quelque temps, en si bonne compagnie. Mais les affaires périclitaient.

Petit J.

Il convenait de veiller sur la maison et sur les enfants. À l'âge de quatre ans, Petit François savait déjà implanter les cheveux, mélanger eau et plâtre, allumer le poêle, comme sa mère, jadis, pour Curtius.

— Il n'a que quatre ans, déplorait le citoyen Tussaud.

— Mais il nous est utile. Cela ne t'embête pas de travailler, n'est-ce pas, Petit F. ?

— Non, maman.

Bon garçon.

— Où allons-nous, maman ?

— Au palais des Tuileries.

— Là où habitait la princesse Élisabeth ?

— Pas longtemps, mais c'est vrai. Quelle mémoire, Petit F. !

— Enfin, il est cinq heures du matin, se plaignit Tussaud. Cet enfant a besoin de dormir. Allons, petit homme, au lit !

— Non, citoyen Tussaud, répliqua Petit F. Je reste avec maman.

S'il était resté au lit, il n'aurait jamais rencontré Bonaparte.

CHAPITRE SOIXANTE-DIX

Une dernière effigie en France

J'avais un ambitieux projet, aussi risqué que celui de la veuve lorsqu'elle nous avait installés chez les singes. Je n'en parlais à personne, mais il s'affirmait au fond de moi. Son déménagement avait été une décision extravagante autant qu'inspirée. De même, celle de réunir tant de personnalités, fameuses ou infâmes. L'audace ou la faillite. Je devais en faire autant. Je voulais le meilleur des Français. Et donc j'ai réfléchi. Un seul nom s'imposait – dans mon esprit comme dans celui de tout le monde. Je fis jouer mes relations pour obtenir Bonaparte.

Le Premier consul, puisque c'était alors son titre, avait épousé une de mes connaissances, Rose, la pleureuse des Carmes. Je lui avais écrit un mot, signé : « Affectueusement, Carlinette. » Cela ne serait pas aisé, m'avait-elle répondu. Il n'avait guère de temps pour ces choses. Mais il aimait tant Rose, qu'il préférait appeler Joséphine.

Rose m'a embrassée et elle a gentiment tapoté le nez de Petit François. Fortuné courait autour de nous et Bonaparte, le consul, était là.

— Approche, a-t-il dit, ce que j'ai fait.

— Non, pas vous, l'autre. L'avenir de la France.

J'ai poussé Petit François vers lui. Il s'est avancé en plissant le bout de son nez. Bonaparte lui a posé une main sur l'épaule et, baissant la tête, l'a regardé attentivement. Au début, Petit François n'a pas bougé, mais il a soudain lâché :

— Ha !

Il n'avait pas peur, il riait. Petit François s'amusait des choses les plus singulières.

Mon aîné, qui n'était pas mon premier-né, devait souvent raconter cette anecdote. Elle fait partie de sa mythologie. Il s'en vantait devant ses camarades de classe, qui n'en croyaient rien.

— Êtes-vous la mère ? s'enquit Bonaparte.

— Cela ne se voit pas assez ?

— Il est courageux. Nous avons besoin de gens courageux. Mettez-vous au travail.

J'avais mon matériel et j'ai expliqué à cet homme comment j'allais procéder exactement. Je devais recouvrir tout son visage de plâtre. Petit François lui a introduit les pailles dans les narines. Le consul approuva.

Quand nous eûmes fini, il demanda :

— Donc vous m'avez moulé là-dedans ?

— Oui, monsieur. Votre portrait sera authentique.

— Prenez-en soin. C'est une belle tête.

— Je m'abstiens de tout jugement, monsieur Bonaparte. Cela n'entre pas dans mes attributions. Certaines têtes sont éternelles, mais c'est fort rare. Nous n'aurions pas fait fondre Voltaire ou Benjamin Franklin. En revanche, le public a tout oublié du meurtrier Desrues. On ne sait jamais à l'avance. Mais nous faisons notre travail. Il y a toujours une nouvelle tête à mouler, une ancienne à dissoudre…

— Tu as la langue bien pendue, Carlinette, me coupa Rose.

— Je connais mon métier et je peux en parler.

— « Carlinette » ? s'étonna Bonaparte.

— Je l'appelais ainsi en prison, les jours où nous n'avions pas Fortuné.

— La Révolution a produit tant de personnages extravagants, remarqua le consul. Et l'on a certainement exagéré bien des choses, madame la modeleuse. Jacques Roux, le prêtre des sans-culottes, Marat le médecin qui souhaitait la mort de tout le monde, et le bourreau Jacques Beauvisage…

— L'avez-vous rencontré, monsieur Bonaparte ?

— Jacques Beauvisage n'est qu'une invention, nourrie par la rumeur. « Avez-vous vu cet homme assoiffé de sang ? C'est qu'il ne fait pas de quartier, celui-là… Un monstre épouvantable… » Des bruits, du vent. Personne ne produit de telles hécatombes. Les pires excès de la Révolution sont attribués à cet individu.

— Le plus grand des assassins, ajoutai-je.

— Il paraît que, à Nantes, il noyait les gens dans le fleuve, rapporta Rose.

— Et qu'il siégeait au tribunal avec Fouquier-Tinville… renchérit le consul.

— On m'a dit également que, après les massacres de septembre, il se trouvait place de Grève, à jurer et crier jusqu'à ce qu'une foule se forme autour de lui. Lorsqu'il compta plusieurs centaines de personnes, il se serait tué devant elles, d'un coup de pistolet dans le crâne. Selon les mêmes, des chiens errants auraient dormi plusieurs nuits à l'endroit où il s'est effondré.

— Est-ce bien vrai ? m'étonnai-je. Pauvre Jacques.

— Sottises, évidemment ! répondit Bonaparte. Fariboles ! Et quel nom ridicule, Jacques Beauvisage. Pure fiction, en vérité.

— Mais non, monsieur. Je le connaissais. Le Dr Curtius l'avait pris à son service. Nous l'appelions notre chien de garde et j'ai grandi avec lui.

— Voilà un épisode que j'ignorais encore. Ne me demandez pas d'y croire.

— Il ne revenait pas et nous l'avons cherché partout.

— Encore une légende de la Révolution, pour effrayer les bonnes gens. Et donner du piquant à votre entreprise, sûrement. Détenez-vous des preuves de son existence ? Un moule de cire ?

— Non. Il nous avait suppliés de le faire, pourtant.

— Eh bien, voilà. Avez-vous terminé, citoyenne ?

— Ici, oui. Il y a toujours un public pour mes têtes et je ne manque pas de travail.

— Vous avez ce que vous vouliez, donc. Bonne journée.

— Merci, monsieur le Premier consul. Je n'aurai plus besoin de vous déranger. Au revoir, Rose, et merci aussi. Au revoir, Fortuné.

L'année suivante, le chien du cuisinier de Bonaparte, un bouledogue anglais, mettrait fin aux jours du carlin.

Quand nous sortîmes, d'autres attendaient dans le couloir. Apparemment, le Corse recevait nombre d'artistes, ce matin-là. Parmi eux David, et Houdon, le vieux sculpteur, qui semblait très appauvri, mais aussi un fringant jeune homme que je n'avais jamais vu. Je me demandai lequel passerait après moi.

Houdon serait l'auteur d'un buste grandeur nature de Napoléon. Rien de très impressionnant. David le représenterait en train de se couronner, sur une toile de vingt pieds sur trente-deux. David et Bonaparte étaient faits l'un pour l'autre. Le jeune inconnu le sculpterait finement dans le marbre, sous les traits de Mars, dieu de la guerre. Son nom était Antonio Canova.

Ces deux-là, mais pas seulement, transformèrent en colosse le petit homme de cinq pieds sept pouces. À leur suite, tous les artistes de Paris ne s'attelèrent plus qu'à une seule tête. La ville devint une manufacture, entièrement vouée à l'adoration du souverain. Qui viendrait encore voir son effigie de cire, alors qu'à chaque coin de rue, la capitale vous l'offrait gratuitement, sous un angle ou un autre, que chaque pièce ou chambre, publique ou privée, avait son Napoléon ? Au comble de sa gloire, dit-on, la France comptait sept millions d'habitants et cinq millions de portraits de l'empereur. Dans ces conditions, quel cabinet de cire aurait pu prospérer ?

CHAPITRE SOIXANTE ET ONZE

Ne jamais revenir

Munie de ma tête impériale, je pouvais enfin révéler mon projet. Pas une nouvelle maison des singes, non. Plus grand. Une autre ville, un nouveau pays. Paris était fragile, Londres bien plus prometteuse. Les Parisiens avaient la peau sur les os ; les Londoniens avaient du ventre. À Londres, l'avenir ; à Paris, le passé. J'avais appris que, là-bas, les artistes du boulevard projetaient des images peintes des guillotinés sur leurs lanternes magiques. Le spectacle était payant.

J'avais mieux : mes têtes, concrètes, et celle de Napoléon à présent.

J'ai écrit des lettres, transféré des fonds, loué une salle au Lyceum Theatre. J'allais revivre. Petit François et Petit Joseph m'accompagneraient, grandiraient, chacun avec son nez. Leur flair les mènerait quelque part.

— Londres, leur épelai-je. Répète après moi, Petit F.

— Lon-dres.

Je promis au citoyen Tussaud de revenir ; je ne le croyais pas moi-même, et lui non plus. C'était un habitué des nombres négatifs, une perpétuelle soustraction, un panier percé. Je lui laisserais l'hôtel des Singes, une chance de faire ses preuves. À lui de choisir. Cette maison, je lui disais au revoir, ainsi qu'à la veuve, au Dr Curtius, à Edmond. À Jacques Beauvisage également, qui ne rentra jamais au bercail et dont l'histoire resterait inachevée. Mais les mythes ne s'oublient pas. On chuchote toujours son nom sur le boulevard, certainement. « Chut, les enfants, dormez. Sinon Jacques Beauvisage viendra vous attraper. »

Au revoir, tous !

— J'emmène les petits en Angleterre, annonçai-je à Tussaud. Il y a moyen de gagner notre vie, là-bas.

Mon mari, un citoyen humain, adorait ses enfants et se battit pour les garder. Fou de douleur, il versa son argent de poche aux avocats. Nous avons eu pour juge – inconstance de la fortune ! – André Valentin. Un œil à l'est, un œil à l'ouest, comme de coutume, il avançait dans le monde et gravissait l'échelle.

— La Suissesse ! Toujours là ?

— Plus longtemps.

— Où va-t-elle ?

— Londres. On y accueille bien les étrangers.

Nous regardant simultanément, Tussaud et moi, il décida que mère et père auraient chacun la charge d'un enfant. Que pouvais-je faire ? Mon cœur étouffait, ruait, crachait. Obligée de laisser Joseph au mari, forcée par l'homme qui avait sûrement tué Edmond. Mais qui étais-je contre un juge ? Cette canaille invétérée.

— Étiez-vous là quand il est tombé ? lui demandai-je. J'en ai bien l'impression.

— Je ne sais de quoi vous parlez.

— Que s'est-il passé, je vous prie ?

— Dois-je confisquer votre passe-port ?

— Mon Edmond ! Répondez !

— D'autres affaires m'attendent, citoyenne. En conclusion, un petit ici, un petit là-bas.

Notre navire s'appelait le *Kingfisher*[1]. Il devait un jour briser sa coque aux îles Scilly, mais il nous mena en Angleterre. Pas d'algues pour dessiner une barbe à mes cires dans les abysses de la Manche. Sur le pont, je tenais Petit F. dans mes bras, mon précieux avenir. Dans les soutes, le passé, ma vie, des caisses pleines de moules, d'amours et de haine, qui tanguaient et roulaient avec la houle. La poupée de bois qu'Edmond avait faite de moi. Un mannequin avec ses yeux. Je n'aurais pu les abandonner.

J'apportais l'histoire de France, soigneusement enveloppée et empaquetée, aux îles britanniques. Le nez de Voltaire se brisa pendant le voyage, Franklin perdit une oreille et Marat s'affaissa. Rien d'irréparable, puisque je détenais les moules.

J'avais fait mes adieux à Paris et ce qu'elle représentait. La mer m'en séparerait. Qu'on ne me suive pas, surtout, jamais.

Et donc la Manche, toutes voiles dehors, l'amour en proue, et les Anglais connaîtront notre épopée. Avez-vous

1. Le *Martin-Pêcheur*.

lu *Barbe bleue, La Belle au bois dormant* et *Le Chat botté* ? J'ai un nouveau conte à vous dédier : *La Petite femme qui portait l'histoire sur son dos.* Voulez-vous du sang ? Il y en a. Des châteaux, des palais ? Bien sûr. Des taudis ? Également. Des monstres ! Oh oui, pléthore. Venez, venez voir, que je vous montre comment tout est arrivé, je vous dirai ce que sont les hommes.

Saurez-vous être bienveillants ?

Bien sûr que vous saurez.

Derrière nous, la France rapetissait et disparut bientôt. Plus d'André Valentin pour me briser le cœur. Je leur tournais le dos et appris à Petit F. à regarder devant lui : là-bas, la Grande-Bretagne. Que fera-t-elle pour nous ? Que ferons-nous pour elle ? C'est qu'ils parlent anglais, dans cette île – avons-nous quelques mots ? *George le troisième. Douvrrres. Théâtre Lyceum. Lon-dres.*

— Rentrerons-nous chez nous ? Rentrerons-nous un jour, maman ?

— Ce sera un autre chez-nous, Petit F. Tout neuf ! Nous ne voudrons jamais en partir.

APRÈS

1850

CHEZ NOUS

J'ai quatre-vingt-neuf ans

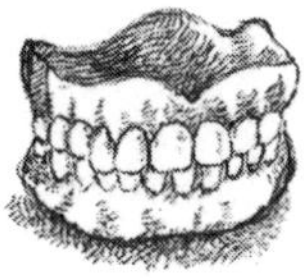

CHAPITRE SOIXANTE-DOUZE

❖ ❖ ❖

Dernières têtes

Je suis là, à l'étage, avec toutes mes affaires. Au mur est accroché mon portrait par Jacques-Louis David. Dans la vitrine : le masque mortuaire de mon oncle Curtius ; la poupée qu'Edmond a faite de moi, ainsi qu'un mannequin, ressemblant à un homme que j'ai connu jadis ; un cœur de cire, une rate de cire et mon propre visage, de cire aussi, modelé par Curtius lorsque j'avais sept ans ; la mandibule de papa, jamais oubliée au cours des ans, enfin et surtout, ma poupée sans tête, Marta, cadeau de ma mère. Tout est là avec moi. Et où sommes-nous ?

À Londres. À l'hospice ? Non. Personne n'emporte ses biens à l'hospice. Nous sommes chez nous, propriétaires de notre domicile. Nos affaires se sont bien arrangées, nous avons fait notre chemin dans Londres, le plus gros tas de fumier jamais amassé, une boursouflure d'effroyables dimensions. J'avoue cependant que je ne suis plus entière, mais composée de trois bouts. J'ai perdu toutes mes dents, remplacées par deux dentiers : un en haut, l'autre en bas, *clic* et *clac*, ils font le même bruit que mon père avec sa mandibule. Mes traits s'affaissent quand je les retire, mon nez s'abaisse si près de mon menton qu'il le touche presque. Et je porte des lunettes de plus en plus épaisses, à monture métallique. Sans elles, je ne vois rien ni personne.

Je réside dans Baker Street, ce qui semble pertinent puisque, à défaut de pain, nous pétrissons des gens[1]. Nous occupons un bâtiment entier, massif comme un éléphant, un grand monstre qui abrite l'histoire. Nous y montrons nos effigies au rez-de-chaussée, au premier étage et à la cave. Une galerie est réservée aux souverains, aux grands personnages, dont certains très récents. Les ateliers se trouvent au second ; là, tous les jours, nous fondons, nous moulons, dans un perpétuel va-et-vient, le cirque de la vie que j'observe de près. Nombreux sont ceux qui veulent faire bonne impression. Je suis enfin à l'abri. Je me rappelle que, derrière ses grilles, la veuve se croyait hors d'atteinte. Il faut pourtant se méfier, les murs n'aspirent en fait qu'à s'écrouler.

Loin du soleil, la cave abrite les affreux et les malfaisants. La chambre des horreurs. Il y en a toujours. Les bandits d'aujourd'hui se mêlent aux anciens. J'y suis descendue hier. Devant Marat dans sa baignoire, ce triste corps, œuvre d'Edmond, paré d'une blessure toujours rouge, se trouvait un jeune cockney en train de mastiquer un pâté en croûte.

Je fais mes visites, sans oublier personne. Je regarde les nouveaux, mais j'appartiens aux vieux. Je survis à tout

1. Baker Street porte le nom de William Baker, et *baker* veut dire boulanger.

le monde. J'époussette Napoléon, je défroisse la veste de brocart de Louis XVI. Je lui ai mis dans la poche une carte de l'île de Robinson Crusoé. Je vois sa sœur sur son visage.

On vient me toucher aussi. Certains m'appellent Mère l'histoire ou Mère le temps, d'autres Mme « Two-Swords[1] ». J'ai quelque chose d'un monument public. Parfois, j'ai raconté ma vie aux visiteurs. Tout cela est-il vrai ? demandaient-ils. La cire ne ment pas, leur répondais-je.

J'ai arrêté de vendre les billets au guichet. Fragile comme je suis, je risque de me briser. D'autres s'en chargent à ma place. François et Joseph ont fabriqué ma réplique, qu'ils ont assise sur mon siège. Ainsi donc, je me joins parfois, l'après-midi, à ma Tussaud de cire. Le public adore nous voir toutes deux. Notre association a inspiré Cruikshank, le caricaturiste, qui, nous dessinant ensemble, a nommé son tableau *Mme Tussaud dans tous ses états.* Pour dire vrai, nous ne sommes pas très ressemblantes. Mais je me reconnais dans cette effigie, cette miette racornie, ce vieux cuir ridé, cette espèce d'araignée, de scarabée, de mite aptère, cette forme voûtée et poussiéreuse, vêtue de noir des bottes au bonnet. Une veuve Picot. Tous les trois mois, un homme vient m'épiler le menton. Les enfants, effrayés, poussent des cris en me voyant. Ils rêvent de moi, la nuit, et se réveillent en hurlant. À ceux-là, on raconte aujourd'hui des contes de fées – cela n'est plus pour les grands, mais pour la pouponnière. Où l'on chante encore *Brille, brille, petite étoile,* la comptine composée l'année de ma naissance. Cette étoile a mon âge.

1. Littéralement : deux épées. *Two swords* se prononce en anglais pratiquement comme Tussaud's.

L'un après l'autre, parfois trop vite, parfois lentement, ils sont tous morts. Louis-Sébastien dans son sommeil, ses pieds prisonniers de ses souliers. Jacques-Louis David, déshonoré, en exil. Joséphine, Rose pleureuse, répudiée par l'empereur. Napoléon, sur son rocher de l'Atlantique. François Tussaud, criblé de dettes. Même André Valentin, qui, parvenu à de hautes fonctions, fut un jour tranché en morceaux, chacun roulant d'un côté, pour cause de malversations.

Longtemps vide, la maison des singes poussa un dernier cri de babouin, toussa un nuage de poussière, s'écroula entièrement avant d'être déblayée. De nouveaux édifices ont grandi à sa place.

Il n'est plus d'être vivant pour me comprendre. Je n'ai que mes poupées.

M. Dickens, le romancier, me rend visite. Un chenapan, bien sûr. Je lui dis tout, il prend des notes. J'ai Burke et Hare à la cave, les voleurs de cadavres écossais, l'un moulé de son vivant, l'autre après son décès. Ils tiennent compagnie à Marat. Le duc de Wellington a souhaité voir Napoléon, et j'ai maintenant un Wellington aussi.

Il existe un état intermédiaire entre la vie et la mort : cela s'appelle un théâtre de cire.

Mes enfants et moi avons nos appartements en haut de l'immeuble, derrière la porte marquée PRIVÉ – DÉFENSE D'ENTRER – RÉSERVÉ AU PERSONNEL. Dans ma chambre se trouvent mes objets précieux, ma collection particulière, mon histoire soustraite aux regards.

Je reçois chaque jour le Dr Marcus Healy, mon septième et ultime médecin, qui est chauve et s'efforce de cacher son récent embonpoint. Il me déplace comme si j'étais incapable de le faire toute seule, s'agite autour de moi tel un enfant avec son jouet.

Le monde est devenu mécanique. Un monde de fer, où l'existence n'est que lourdeur, pistons et vapeur. Les chandelles n'y ont plus cours, on s'éclaire au gaz, qui produit une lumière sans mystère. Voilà qui trahit mon grand âge : les gens ont changé d'apparence. Les hommes se laissent pousser des favoris et des moustaches qui leur donnent des airs d'épagneul, et se servent de cire pour plaquer leur pilosité. Cela n'est pas encore la dernière nouveauté. Celle-là est une chose qu'on appelle daguerréotype et dont François craint qu'elle nuise à nos affaires. C'est un appareil qui saisit des paysages ou des personnes sur une surface d'argent pur, laquelle permet d'en produire une image. Le procédé, bien plus rapide que la cire, exclut en outre toute erreur. Et l'on voudrait me représenter à l'aide de cette machine ! J'ai l'intention de mourir avant.

Me voilà essoufflée et alitée. De ma chambre, j'aperçois nettement la fin. J'ai quatre-vingt-neuf ans, n'en aurai pas un de plus. Je suis Anne-Marie Tussaud, Petite, née Grosholtz.

Et ne partirai jamais.

REMERCIEMENTS

La rédaction de ce livre m'a pris quinze ans, ce qui représente un bon bout de temps. Bien qu'il soit basé sur des événements attestés et des personnages réels, ces derniers (notamment Marie Grosholtz et Philip Curtius) nous ont laissé des témoignages parfois vagues ou douteux, c'est pourquoi j'ai pris la liberté de combler certains vides. Parmi les documents consultés au cours de mes longues périodes de recherches, les écrits de Louis-Sébastien Mercier se sont révélés les plus ravissants et les plus utiles. Il est l'équivalent de Henry Mayhew pour Londres, de Joseph Mitchell pour New York, et certainement le meilleur guide de Paris au XVIIIe siècle. J'en ai fait un de mes personnages et tenté de lui donner voix.

Je n'aurais pu écrire cet ouvrage sans l'aide des personnes et organismes suivants : le musée Madame Tussauds à Londres, qui, me procurant un emploi il y a bien des années, m'a mis sur la voie ; Christopher Merrill et l'International Writers Program ; Patrick Deville et la Maison des écrivains étrangers et des traducteurs ; Søren Lind et la Brecht Hus ; Claudia Woolgar et le Kilkenny Arts Festival ; Bradford Morrow et la revue *Conjunctions* ; Paul Lisicky et *Story Quarterly* ; Yiyun Li et *A Public Space* ; Arno Nauwels, qui m'a montré comment fabriquer une femme en bois d'un mètre vingt (entièrement articulée), et Elizabeth McCracken, qui lui a planté des cheveux ; Dana Burton, pour sa patience et sa précision ; Charles Lambert, pour sa générosité ; Elisabetta Sgarbi, qui a toujours été là ; Michael Taeckens, sans qui rien ne serait pareil ; la splendide équipe de Gallic Books, source d'inspiration, et particulièrement Jane Aitken, Maddy Allen, et Emily Boyce qui, la première, a embarqué la bête ; toute l'équipe de Riverhead Books, merveilleux et intelligent éditeur, qui a cru en ce livre, notamment les exceptionnelles Jynne Martin, Jennifer Huang et Glory Plata, sans oublier le génie stupéfiant de Calvert Morgan, dont l'esprit, la sagesse, l'élégance et l'œil pertinent ont permis de conduire ce roman à bon port (je ne saurai jamais le remercier assez) ; tout le monde chez Blake Friedmann, spécialement l'immense Carole Blake, malheureusement disparue, ainsi que Tom Witcomb, James Pusey, Emanuela Anechoum ; et particulièrement mon agent bien-aimée, Isobel Dixon, qui a lu ce livre sous ses nombreuses formes et dimensions, qui l'a soutenu plus longtemps qu'aucun être humain n'aurait pu ; enfin et surtout, Elizabeth, Gus et Matilda, petits mais tout-puissants.

MIXTE
Papier issu de sources responsables
FSC® C003309

L'éditeur de cet ouvrage s'engage dans une démarche de certification FSC® qui contribue à la préservation des forêts pour les générations futures.

Pour en savoir plus :
www.editis.com/engagement-rse/

Achevé d'imprimer en mars 2021
par Normandie Roto Impression s.a.s. à Lonrai
N° d'impression : 2100959

Imprimé en France